LES DAUPHINS DE PERN

ŒUVRES D'ANNE McCAFFREY
CHEZ POCKET

LA BALLADE DE PERN

1. LE VOL DU DRAGON
2. LA QUÊTE DU DRAGON
3. LE CHANT DU DRAGON
4. LA CHANTEUSE-DRAGON DE PERN
5. LES TAMBOURS DE PERN
6. LE DRAGON BLANC
7. LA DAME AUX DRAGONS
8. L'AUBE DES DRAGONS
9. HISTOIRE DE NÉRILKA
10. LES RENÉGATS DE PERN
11. TOUS LES WEYRS DE PERN

CHRONIQUES DE PERN

1. LA CHUTE DES FILS

LE VOL DE PÉGASE

1. LE GALOP D'ESSAI
2. LE BOND VERS L'INFINI
3. LA ROWANE
4. DAMIA

LA TRANSE DU CRYSTAL

1. LA CHANTEUSE CRYSTAL
2. KILLASHANDRA
3. LA MÉMOIRE DU CRYSTAL

LA DAME DE LA HAUTE TOUR (Le Grand Temple de la S.-F.)

AVEC ELIZABETH SCARBOROUGH

LES FORCES MAJEURES

SCIENCE-FICTION

Collection dirigée par Jacques Goimard

ANNE MacCAFFREY

LES DAUPHINS DE PERN

POCKET

Titre original
THE DOLPHINS OF PERN

Traduit de l'américain par
par Simone Hilling

Si vous souhaitez recevoir régulièrement
notre zine « **Rendez-vous ailleurs** », écrivez-nous à :

« Rendez-vous ailleurs »
Service promo Pocket
12, avenue d'Italie
75627 PARIS Cedex 13

PRESSECO
PAPIER RECYCLÉ
NATURE PROTÉGÉE

ISBN : 2-266-06924-1

À ma petite-fille
ELIZA ORIANA JOHNSON
Petite princesse de compagnie

REMERCIEMENTS

Je tiens à exprimer encore une fois ma reconnaissance pour son aide au Dr Jack Cohen qui a su me maintenir dans le droit chemin, quoique assez large, de la physique newtonienne et de la biologie de Terran ; pour son sens aussi de tout ce que la biologie pernesienne a nécessité d'invention.

Je voudrais aussi remercier Rick Hobson du Whale Conservation Institute de Lincoln, dans le Massachusetts, pour nous avoir donné tous les documents sur les dauphins et leur comportement. C'est par son entremise que ma fille et moi avons fait la connaissance d'Aphrodite et de son fils, Aj, au Dolphin Research Center de Grassy Kay, en Floride. Je chérirai toujours le souvenir de cette expérience, ainsi que celui de cette visite, un jour, où nous avons regardé Dart, Little Bit et d'autres dauphins, qui jouaient dans l'eau et nous « parlaient » sous la lumière du soleil couchant.

Ceux qui ont eu le privilège de nager au Dolphin Research Center reconnaîtront plusieurs des noms que j'ai utilisés. Et pourquoi pas ? J'ai apprécié la reconnaissance qu'ils m'ont témoignée en tant qu'être humain. Ils rencontrent nombre d'entre nous, et oublient. Moi, je ne les oublierai jamais !

PROLOGUE

102 ANS APRÈS L'ATTERRISSAGE

Kibbe tira une dernière fois la corde de la cloche. Il s'était relayé avec Corey toute la matinée, mais maintenant, le soleil déclinait, et on ne leur répondait toujours pas. Généralement, quelqu'un, ne fût-ce qu'un pêcheur, sortait du lieu de l'Homme sur la jetée. Mais les bateaux se balançaient sur leurs ancres, et, à l'évidence, ils n'étaient pas sortis depuis un certain temps.

Corey cliqua, écœuré. Les autres dauphins de leur bande étaient partis pêcher depuis longtemps, se lassant d'attendre que les humains viennent les nourrir, alors qu'il y avait tant de poissons à glaner dans les eaux du Nord en cette saison de l'année. Elle « souffla » sa faim, si contrariée par ce manque d'attention humaine qu'elle refusa de parler.

— Il y a eu des maladies. Ben nous l'a dit, lui rappela Kibbe.

— Il n'allait pas bien, répondit Corey, utilisant à contrecœur le Langage pour exprimer ce concept. Les humains peuvent mourir.

— Ils meurent, c'est vrai.

Chef de bande — et l'un des plus vieux de cette bande —, Kibbe avait eu deux dolphineurs pour partenaires. Il se rappelait toujours avec affection Amy, la première. Elle était autant poisson que lui, même si elle devait porter de longs pieds et n'avait pas de nageoires. C'était elle qui lui grattait le mieux le menton, et elle savait toujours repérer sur sa peau les fragments qui s'écaillaient. Quand il avait été blessé, elle était restée dans l'eau jour et nuit près de lui, tant qu'elle n'avait pas été sûre de sa guérison. Il n'aurait jamais survécu à sa profonde coupure si elle ne l'avait pas suturée, lui donnant aussi des remèdes humains pour prévenir l'infection.

Corey n'avait eu qu'un partenaire, et pas longtemps. Cela expliquait son scepticisme. Elle avait été peu associée aux humains, comme Kibbe, à qui cela manquait. Ils faisaient du bon travail ensemble. Et il restait encore de longues parties du littoral à cartographier, de nombreux bancs de poissons à localiser. Le travail semblait plutôt un jeu, et il leur restait encore du temps pour jouer. Dernièrement, tout ce qu'il avait pu faire pour remplir le Contrat des Dauphins vis-à-vis des hommes, c'était de suivre les bateaux pour s'assurer que personne ne tombait à la mer sans qu'un dauphin vienne à son secours. Il ne savait pas si ses avertissements de tempêtes imminentes étaient entendus ; parfois, les humains négligeaient les conseils, surtout quand la pêche était bonne.

Kibbe était de ceux qui avaient choisi de servir dans le Nord-Ouest, où vivait la Tillek, choisie parmi tous les dauphins pour sa sagesse. Les chefs de bandes portaient aussi des noms traditionnels. Il avait appris, comme les autres dauphins-instructeurs, pourquoi les dauphins avaient suivi les humains sur ce monde, loin des eaux de la vieille Terre, où s'était accomplie leur évolution : pour habiter des eaux pures, non polluées, et vivre comme avaient toujours vécu les dauphins avant que la tech-no-lo-gie (il avait soigneusement appris à prononcer le mot) n'ait souillé les Vieux Océans de l'humanité. Il savait, et enseignait, malgré la stupéfaction que cela causait, que les dauphins avaient autrefois marché sur la terre ferme. C'était pour ça qu'ils respiraient de l'air et que la Nature leur imposait de venir chercher l'oxygène à la surface. Il écoutait des contes, si anciens que même ceux qui les avaient enseignés à la Tillek ignoraient leur origine : les dauphins avaient, autrefois, été les messagers particuliers des dieux, escortant ceux dont le corps était rendu à la mer jusqu'à leur dernière demeure « sous le monde ». Comme les dauphins considéraient que les mers se trouvaient « sous le monde », cela causait quelque confusion.

Pour les humains, « sous le monde » était l'endroit où allaient les âmes — quoi qu'elles fussent par ailleurs.

L'un des contes préférés de Kibbe était celui que racontait fièrement la Tillek : la façon dont les dauphins avaient honoré ceux qui étaient morts lorsqu'un astronef avait été endommagé dans la mer-ciel. Depuis lors, les dauphins de Pern honoraient ces rites funéraires en faisant escorte aux défunts. Les humains n'avaient pas demandé aux dauphins d'inclure cette cérémonie dans leurs traditions, mais ils en paraissaient reconnaissants.

Apprendre les noms des dauphins qui avaient dormi le Grand Sommeil et accompagné l'humanité jusqu'aux mers pures de Pern était une leçon importante. De ces noms dérivaient ceux choisis pour les jeunes, afin d'honorer ces premiers dauphins et ceux nés Avant les Fils. Ces noms, mis en musique dolphinique, étaient encore chantés pendant les longs voyages dans le Grand Courant ; le chant des noms était toujours interprété avant que les jeunes n'entreprennent la traversée du grand tourbillon du Nord-Ouest, ou même celui, plus modeste, de la Mer Orientale.

Certaines matières enseignées par la Tillek devaient être apprises, simplement parce qu'elles étaient importantes pour l'histoire considérée globalement. Le Grand Sommeil, par exemple, plongeait les jeunes dans la perplexité, parce que les dauphins n'avaient jamais besoin de dormir. Avoir dormi pendant quinze ans était un exploit incroyable. Ils savaient bien que les points brillant dans le ciel s'appelaient des « étoiles », et il y en avait vraiment beaucoup, mais la Tillek ne savait pas au juste laquelle était la Vieille Terre. Les humains avaient un appareil qui leur permettait de voir plus loin, mais, les étoiles se trouvant dans les airs, les dauphins ne pouvaient pas les repérer à l'aide de leur sonar. Il y avait trois points lumineux, à l'aube et au crépuscule, qui ne bougeaient pas. La Tillek disait que ces points étaient les astronefs qui avaient amené les humains et les dauphins sur Pern. Ils devaient la croire sur parole, disait-elle, car elle avait elle-même appris ces faits du Tillek qui l'avait instruite. C'était un fait en même temps qu'un article de foi, car jamais il n'avait été vérifié par l'expérience. C'était l'Histoire.

Et l'Histoire était un autre des Grands Présents faits par l'humanité aux dauphins. L'Histoire était le souvenir des choses passées. Dans l'intérêt de l'Histoire, les dauphins avaient reçu le Plus Grand Présent : la capacité de parler. Car, grâce au Plus Grand Présent, ils pouvaient répéter les paroles de l'Histoire, prononcées dans le langage des humains, et non dans celui des dauphins. Et ils pouvaient parler aux humains ou même entre eux avec des mots humains, et non avec des sons marins.

Kibbe avait été très doué pour apprendre tous les mots qu'utilisaient les humains avec les dauphins, et tous leurs signaux sous-marins. Il était doué aussi pour chanter les mots, de sorte que les jeunes de sa bande étaient familiarisés avec eux, dussent-ils un jour être choisis pour aller dans les eaux de la Tillek compléter leur instruction. Kibbe connaissait bien les traditions établissant des rapports privilégiés entre humains et dauphins : les dauphins devaient protéger les humains sur et dans l'eau au mieux de leurs capacités, jusqu'au sacrifice de leur propre vie pour sauver les frêles humains; ils devaient avertir ceux-ci des conditions météorologiques, leur montrer où se trouvaient les bancs de poissons, et les prévenir des dangers marins. En retour de ces services, les humains promettaient d'enlever tous les poissons-sangsues qui pouvaient s'attacher au corps des dauphins, de remettre à l'eau tous les dauphins échoués, de soigner les malades et les blessés, de leur parler et d'être leurs partenaires si les dauphins le désiraient.

Aux premiers jours de Pern, humains et dauphins avaient pris grand plaisir à explorer les mers nouvelles, et ces années avaient été capitales : c'étaient les années où vivait encore l'humain Tillek que tous révéraient. Une cloche des dauphins avait été installée à la Baie de Monaco, et tous, humains et dauphins, avaient promis d'y répondre chaque fois qu'elle sonnerait. En ce temps-là, tous les jeunes dauphins avaient un partenaire humain, pour explorer les mers, les profonds abysses et les Grands Courants, les Deux Fosses, la Grande et la Petite, et les Quatre Plateaux Continentaux. Il y avait une courtoisie réciproque entre les êtres terrestres et marins.

La Tillek parlait toujours des humains avec respect, et grondait sévèrement tout jeune qui les qualifiait de « longs pieds » ou de « sans nageoires ». Quand ces jeunes fous se plaignaient que les humains ne remplissaient plus leur part du contrat, la Tillek leur rétorquait sévèrement que ce n'était pas une raison pour que les dauphins ne remplissent pas la leur. L'humanité avait dû cesser d'explorer Pern pour protéger les terres contre les Fils. Cela déclenchait toujours un bruyant concert de « clicks » amusés. Pourquoi les humains ne mangeaient-ils pas les Fils comme le faisaient les dauphins ?

La Tillek répondait que les humains devaient vivre sur la terre, où les Fils ne sombraient pas mais attaquaient les chairs, comme les poissons-sangsues, et leur suçaient la vie. Et cela, pas sur une longue période, mais en un clin d'œil, de sorte que toute vie quittait le corps en l'espace de quelques respirations — la chair du corps humain se trouvant complètement consumée.

Autre article de foi que les dauphins devaient croire sur parole, aussi sûrement qu'ils savaient que les Fils sont bons à manger.

Puis la Tillek abordait l'Histoire, et parlait du Jour où les Fils Tombèrent sur Pern, et comment ils avaient dévoré la chair des humains. Comment les humains les avaient combattus par les flammes — source de chaleur et de lumière que les dauphins côtiers reconnaissaient mais qu'ils n'avaient jamais sentie —, brûlant les Fils dans le ciel avant qu'ils ne tombent sur la terre, les humains et les animaux et ne les mangent. Quand toutes les choses que les humains avaient apportées avec eux depuis la Vieille Terre s'étaient révélées inutilisables, les dauphins avaient aidé les humains à piloter les nombreux bateaux du Dunkerque vers le nord, où ils pouvaient s'abriter dans de vaste grottes, renonçant aux eaux tièdes des mers du Sud. Kibbe avait toujours aimé entendre la Tillek raconter comment les dauphins avaient aidé les petits bateaux à faire le long voyage, malgré les tempêtes et la traversée des Grands Courants. Il y avait eu une cloche des dauphins à Fort, également, et bien des années de partenariat entre les dauphins et les humains. Jusqu'à la Maladie.

Kibbe savait que tous les humains n'étaient pas morts — on voyait toujours sur les mers des bateaux avec des équipages humains et, sur terre, des hommes qui travaillaient — quand ce n'était pas le Temps des Fils.

Comme Kibbe avait eu une partenaire, il connaissait les humains, leur fragilité, et leur habileté à soigner les quelques maladies auxquelles les dauphins étaient sujets. Mais les jeunes de sa bande ne savaient pas tout cela, et demandaient pourquoi ils auraient dû se soucier d'eux.

— C'est la tradition. Nous avons toujours fait ainsi. Nous obéirons toujours à la tradition.

— Pourquoi les humains désirent-ils venir dans l'eau? Ils ne peuvent pas s'abandonner aux courants comme nous.

— Autrefois, les humains nageaient aussi bien que les dauphins, répliquait Kibbe.

— Mais nous ne pouvons pas marcher sur la terre, disaient les jeunes. À quoi ça nous servirait?

— Nous sommes des espèces différentes, avec des besoins différents : les dauphins, l'eau; les humains, la terre. Chacun sa vie.

— Alors, pourquoi les humains ne restent-ils pas sur la terre et ne nous laissent-ils pas l'eau?

— Ils ont besoin des poissons, comme nous, disait Kibbe.

Il fallait répéter plusieurs fois la même chose avant que les jeunes ne comprennent.

— Il leur faut aller dans d'autres endroits terrestres, et la seule façon d'y aller, c'est par la mer.

— Ils ont des dragons pour voler.

— Mais ils n'ont pas tous un dragon.

— Est-ce que les dragons nous aiment?

— Je le crois, bien que je n'en aie pas vu beaucoup ces derniers temps. Autrefois, dit-on, ils nageaient dans la mer avec nous.

— Ils peuvent nager avec ces ailes géantes?

— Ils les replient sur leur dos.

— Bizarres créatures.

— Bien des créatures terrestres nous paraissent bizarres, disait Kibbe, ondulant gracieusement dans l'eau devant ses élèves.

À part lui, Kibbe pensait que les humains étaient des créatures gauches et maladroites, dans ou hors de l'eau. Toutefois, ils étaient un peu plus gracieux dans l'eau, surtout s'ils nageaient comme les dauphins, en gardant leurs jambes collées l'une à l'autre. La façon dont certains barattaient l'eau séparément de leurs quatre membres gaspillait beaucoup d'énergie.

Aujourd'hui, les humains ne respectaient plus les traditions adoptées par les ancêtres des deux espèces. Très peu de capitaines se penchaient par-dessus la lisse quand les dauphins apparaissaient, leur demandant des nouvelles de leurs familles ou la localisation des bancs de poissons. Très peu donnaient à leur escorte quelques petits poissons en guise de remerciement. Bien sûr, de nombreuses saisons s'étaient écoulées depuis la dernière fois que les dauphins avaient signalé aux humains des caisses coulées, et les dolphineurs ne parcouraient plus de longues distances à la nage avec leurs partenaires depuis de nombreuses saisons. Quelle tristesse que les traditions se perdent, pensa Kibbe. Comme celle de répondre à la cloche.

Il effectua un dernier passage devant la jetée, observant la structure déserte. Il sonna la cloche une dernière fois, se disant qu'elle sonnait aussi triste que lui-même devant ce silence autrefois plein de bruits humains, et au souvenir du beau travail qu'ils avaient accompli et des jeux auxquels ils s'étaient divertis ensemble.

D'un dernier coup de queue, il fit demi-tour et entreprit le long voyage de retour dans la Mer du Nord-Ouest, pour informer la Tillek qu'une fois encore, personne n'avait répondu à la cloche. Les humains qui pilotaient les bateaux ne sauraient rien des dangers dont les dauphins étaient venus les avertir. Même les eaux de Pern modifiaient les terres de Pern, mais c'était normal. Du moins, c'est ce que disait la Tillek. Les dauphins continueraient à patrouiller le littoral, et quand — si jamais cela arrivait — un humain les écouterait, ils pourraient au moins lui dire ce qui avait changé, et lui éviter de fracasser son bateau sur de nouveaux récifs ; ou lui indiquer l'endroit où les Courants avaient changé et pouvaient être dangereux pour les bateaux et les équipages.

1

Ce matin-là, quand le Maître Pêcheur Alemi arriva près du fort de Readis, il trouva l'enfant qui l'attendait.

— J'ai cru que tu viendrais jamais, Oncle Alemi, dit Readis, d'un ton frisant l'accusation.

— Ça fait une heure qu'il est sur la véranda, dit Aramina, réprimant un sourire. Il s'est levé avant l'aube!

— Oncle Alemi dit que le poisson mord mieux à l'aube, l'informa Readis avec condescendance, sautant les trois marches de la véranda pour glisser sa menotte dans la main calleuse de son oncle à la mode de Bretagne.

— Je ne sais pas ce qui l'excite le plus : aller pêcher avec toi, ou participer à la Fête de Swacky ce soir.

Puis, menaçant plaisamment son fils de l'index, elle ajouta :

— Tu dois faire la sieste cet après-midi, n'oublie pas.

— Je suis prêt à aller pêcher *maintenant*, dit Readis, ignorant la menace. J'ai mon déjeuner — il brandit le sac contenant son sandwich et sa bouteille d'eau — et mon gilet de sauvetage.

Cette dernière remarque ajoutée avec quelque dédain.

— Tu remarqueras que je porte aussi le mien, dit Alemi, secouant la confiante menotte.

— C'est la seule raison pour laquelle il porte le sien, gloussa Aramina.

— Je nage bien, annonça Readis d'une voix claire. Aussi bien qu'un poisson-bateau!

— Ça, c'est vrai, acquiesça calmement sa mère.

— On voit que c'est moi qui t'ai appris! répliqua

joyeusement Alemi. Et moi, je nage encore bien mieux que toi et je porte quand même un gilet de sauvetage dans un petit bateau.

— Et par gros temps, ajouta Readis pour montrer qu'il savait bien sa leçon sur les gilets de sauvetage. C'est Maman qui a fait le mien, ajouta-t-il, bombant le torse. Avec plein d'amour dans chaque point !

— Bon, allons-y, petit ; le temps passe, dit Alemi.

Faisant au revoir à Aramina de sa main libre, il conduisit son petit compagnon vers la plage et le canot qui les emmènerait à l'endroit où Alemi pensait trouver les grands thons promis à Swacky pour les festivités du soir.

Swacky faisait partie de la vie de Readis aussi loin que remontait son souvenir. L'ex-soldat avait rejoint Jayge et Aramina quand Tante Temma et Oncle Nazer étaient venus du nord. Il vivait dans un petit fortin, et s'acquittait de mille petits boulots au Fort de la Rivière Paradis. Il avait servi dans bien des Forts et avait des tas d'histoires à raconter à un petit garçon fasciné. Jayge, le père de Readis, ne mentionnait jamais le problème des Renégats, qui les avait rapprochés, Swacky et lui. Et Swacky, bien qu'il ne pardonnât pas aux renégats d'avoir « massacré des hommes et des animaux innocents rien que pour le plaisir de voir leur sang couler », ne précisait jamais ce que Jayge avait accompli à l'époque, sous-entendant simplement que cela avait quelque chose à voir avec les renégats particuliers qui avaient attaqué la caravane de Lilcamp — la famille de Jayge.

Si l'on avait demandé à Readis lequel il aimait le mieux — à part son père, bien sûr —, de Swacky ou d'Alemi, il aurait eu du mal à répondre.

Les deux hommes tenaient une grande place dans sa jeune vie, quoique pour des raisons différentes. Aujourd'hui, Readis aurait la meilleure part de chacun — la pêche avec Alemi le matin, et, le soir, la fête en l'honneur des soixante-quinze révolutions de Swacky !

Ensemble, ils poussèrent la petite embarcation sur le sable, jusqu'à la mer qui clapotait doucement. Quand Readis eut de l'eau à mi-cuisse, Alemi lui fit signe de sauter dans le canot et de prendre la pagaie. C'était la principale différence entre les deux idoles de Readis : Swacky parlait beaucoup, tandis qu'Alemi s'exprimait par gestes chaque fois qu'il le pouvait.

D'une dernière poussée, Alemi propulsa l'embarcation par-dessus la première petite vague, et sauta à bord. Comme d'habitude, Readis alla godiller à l'arrière pendant qu'Alemi déployait la voile. La brise de mer gonfla la toile, et Readis posa sa pagaie et enclencha le gouvernail dans son logement où il l'assujettit solidement par sa goupille.

— Bâbord, toutes, chantonna Alemi, accompagnant ses paroles des gestes appropriés.

Il esquiva agilement le bout-dehors qui pivotait, amena les amarres et rejoignit son petit matelot. Il réduisit la toile, puis, remarquant son maniement instinctif de la barre, prit Readis par les épaules, de son bras libre.

La femme d'Alemi lui avait donné trois filles et attendait un quatrième enfant, dont ils espéraient ardemment que ce serait un garçon. Mais, jusque-là, Alemi « s'entraînait » avec Readis. Jayge approuvait, car il était bon de connaître la mer dans un fort du littoral, et il était tout à l'avantage de Readis d'avoir plusieurs cordes à son arc.

Alemi flaira la brise de terre, chargée des parfums des plantes et fleurs exotiques. Le vent, il le savait, tournerait quand ils auraient franchi la passe de la Rivière Paradis. Il n'avait pas l'intention d'aller au grand large, mais de rester sur le bord du Grand Courant Méridional où il était certain de rencontrer des bancs de thons. La veille, Alemi avait envoyé les deux plus petits bateaux de sa modeste flotte reconnaître ces bancs. Dès que sa grande yole serait réparée, il les rejoindrait avec son équipage. Alemi était assez content d'être à terre pour la Fête de Swacky. Il manquerait un jour de pêche, mais, jusqu'à la fin des réparations, il ne pouvait pas faire autrement.

Quand ils abordèrent la barre à l'embouchure de la rivière, le bateau se mit à danser et rebondir. Readis éclata de rire, ravi. Il avait le pied marin, le petit, et il n'avait jamais nourri les poissons. Et c'était plus qu'on n'en pouvait dire de bien des adultes.

Alemi saisit un reflet argenté près de la surface, et, touchant l'épaule de Readis, tendit le bras. L'enfant se pencha contre lui, et, suivant du regard la direction indiquée, vit le banc de thons, si nombreux qu'ils semblaient nager les uns sur les autres.

D'un commun accord, ils prirent leurs cannes à pêche sous les fargues. C'étaient de belles cannes en bambou, avec des moulinets de fil solide, et des hameçons forgés à la main par le compagnon Forgeron du Fort, et barbelés, de façon à retenir le thon le plus récalcitrant.

Il fallait douze thons longs comme le bras pour le banquet du soir. Il y aurait aussi des wherries et des bœufs rôtis, mais Swacky aimait le thon par-dessus tout. Il serait bien venu pêcher avec eux, avait-il dit à Readis la veille au soir, mais il fallait qu'il reste à terre pour organiser sa Fête, ou rien ne serait fait comme il le voulait.

Alemi laissa Readis appâter son hameçon avec les coquillages dont ces poissons sont friands, ce qu'il fit avec application, en tirant la langue. Levant les yeux, il vit le hochement de tête approbateur d'Alemi. Puis, d'un mouvement puissant pour un garçon de son âge, il lança sa ligne à tribord. Pour lui laisser la première prise du jour, Alemi s'attarda un peu à différentes petites corvées. Puis il lança sa ligne lui aussi à bâbord.

Ils n'attendirent pas longtemps. Readis eut la première touche. Sa gaule plia, effleurant presque la surface agitée par les mouvements désordonnés du poisson. Readis tint bon, serrant les dents, les yeux exorbités de détermination, les deux pieds arc-boutés sur le siège, grognant dans son combat contre le monstre. Derrière lui, Alemi était prêt à saisir sa canne si le poisson se révélait trop fort.

Readis haletait de fatigue quand il hissa enfin hors de l'eau le poisson tout aussi fatigué.

Saisissant prestement l'épuisette, Alemi l'amena à bord, et Readis hurla de joie en constatant la taille de sa prise.

— C'est le plus grand, hein, Oncle Alemi ? C'est le plus grand que j'ai pris, non ? Et drôlement grand !

— Sûr, dit Alemi avec conviction.

Le poisson n'était pas long comme son bras, mais de taille respectable pour un enfant.

Au même instant, sa ligne s'enfonça.

— Tu as une touche aussi ! Tu as une touche !

— En effet. Alors, occupe toi du tien tout seul.

Alemi s'étonna de la traction exercée par sa prise. Il dut déployer une force considérable pour que sa ligne ne lui soit pas arrachée des mains. Stupéfait, il se demanda un instant s'il n'avait pas, par inadvertance, accroché un poisson-bateau, chose qu'aucun pêcheur dans son bon sens ne faisait jamais. Il fut immensément soulagé de voir les nageoires rouges de son poisson quand il creva la surface, en un dernier effort pour décrocher l'hameçon.

— Il est énorme ! s'écria Readis, regardant le Maître Pêcheur avec admiration.

— Tu l'as dit ! répondit Alemi, calant ses pieds derrière le siège pour résister à la traction.

— Et il traîne le bateau !

Alemi dut en convenir également : il les entraînait vers le bord du Grand Courant Méridional. Il voyait même la différence de couleur entre les eaux du courant et celles de la mer.

— Et on est en plein milieu du banc ! s'écria Readis, courant de bâbord à tribord pour regarder les poissons qui entouraient le petit esquif.

— Assomme le tien avant qu'il ressaute à la mer, dit Alemi, remarquant les soubresauts du poisson et voulant éviter qu'il n'enduise tout le pont de son huile.

Il parvint à mouliner une bonne longueur de ligne, même si le bout de sa gaule disparut un instant sous la surface. Il tira de toutes ses forces, et obtint assez de mou pour se remettre à mouliner.

— T'as jamais eu un poisson aussi combatif, dit Readis.

Il assomma son poisson d'un bon coup sur la tête, et le jeta dans la cale, en n'oubliant pas de bien assujettir le couvercle.

Un œil sur sa dérive vers le Grand Courant, Alemi accéléra la remontée de sa ligne, encouragé par les exclamations de Readis quant à la taille de sa prise.

— Prépare l'épuisette, petit ! cria Alemi, manœuvrant le thon vers bâbord.

Readis était prêt, mais le poids était trop lourd pour ses petits bras. Alemi lâcha sa gaule pour l'aider. Dès qu'ils eurent amené le poisson à bord, Alemi l'assomma, puis prit la barre pour modifier leur course et s'éloigner du Grand Courant. Ils en étaient assez près pour voir ses eaux rapides filer inexorablement à travers la mer grouillante de poissons.

— Regarde ça, Onclemi ! s'écria Readis, pointant un doigt taché de sang sur le banc de thons. On ne peut pas pêcher ici ?

— Pas dans le Courant, petit, à moins que tu ne veuilles te lancer dans un voyage beaucoup plus long et ne pas rater la Fête de ce soir.

— Oh non...

Puis il regarda vers la poupe, et ses yeux se dilatèrent, sa mâchoire s'affaissa.

— Oooh !

Alemi regarda par-dessus son épaule et resta sans voix. Fondant sur eux, et beaucoup trop proche pour qu'ils puissent regagner la sécurité de l'embouchure, un grain noir apparut, de ceux, fréquents sur cette côte, qui défient l'instinct météo du pêcheur le plus éprouvé. Une bourrasque lui gifla le visage et lui fit pleurer les yeux. Tout en fixant le bout-dehors et en faisant signe à Readis d'exécuter les mesures d'urgence qu'on lui avait inculquées en vue d'une situation semblable, Alemi maudit le temps capricieux, qui ne donnait aucun des avertissements préalables dont il avait l'habitude dans la Baie de Nerat où il avait fait son apprentissage. Son père, Yanus, avait souvent déploré la folie des hommes qui s'obstinaient à pêcher dans les Grands Courants, alors que la pêche était aussi bonne, et bien moins dangereuse, dans des eaux plus calmes. Alemi, qui ne détestait pas le danger, n'avait jamais été d'accord avec son père sur ce point — entre autres.

Alemi tira sur les cordons du gilet de Readis, sourit, rassuré, puis laissa filer l'ancre flottante.

— Que doit faire un pêcheur dans un grain, Readis ? cria-t-il pour dominer le vent qui emportait ses paroles.

— Piquer dessus ! Ou l'accompagner ! répondit Readis, souriant avec la confiance impudente de son âge.

Ils se réfugièrent dans le cockpit, et Readis se blottit contre lui.

— Lequel des deux on va faire? demanda-t-il.

— Accompagner, dit Alemi, modifiant leur course.

Le canot était un fétu de paille dans les vagues que pouvait soulever un grain de cette violence. Alemi espérait ardemment qu'il serait bref. Une vague par le travers, et ils seraient balayés. La côte avait disparu dans la soudaine obscurité amenée par la tempête, mais Alemi s'inquiétait plus encore du danger d'être pris dans le Grand Courant, qui pouvait les entraîner au grand large, ou les fracasser sur la pointe dominant la Baie de la Rivière Paradis. Il poussa la barre aussi loin qu'il l'osa, espérant que le vent les drosserait loin du courant, vers la terre. Mais les vents étaient aussi capricieux que la mer. Pourtant, il *avait* consulté le baromètre — l'un de ces nouveaux outils fournis par Siaav comme aide-météo. Se sachant plus habitué aux eaux calmes de la Baie de Nerat, Alemi s'était procuré cet appareil malgré les ricanements des autres pêcheurs. Il avait aussi étudié les cartes météo, et toutes les informations que les Anciens avaient amassées dans les « fichiers » apparemment inépuisables de Siaav. Rien de ce qui pouvait aider son Atelier ou empêcher des pertes de vies et de bâtiments ne semblait trop bizarre à Alemi.

Mais le baromètre était sur Beau quand il était parti chercher Readis. Trop tard pour penser à ça, se dit-il tandis qu'une vague les frappait par le travers. Puis le canot piqua dans un creux, lui faisant remonter le cœur dans la gorge. Près de lui, Readis riait, cramponné au plat-bord. Alemi parvint à faire un sourire encourageant à son brave petit matelot.

Puis la vague souleva l'esquif jusqu'en haut de la crête suivante, d'où il fut précipité dans un nouveau creux, l'ancre flottante fendant l'air derrière eux. Le canot fit une embardée, mordit dans la muraille liquide. Ils embarquèrent de l'eau, et, comme Readis tendait la main vers l'écope, Alemi resserra son bras autour de lui en secouant la tête. Le canot pouvait embarquer pas mal d'eau — ce qui l'alourdirait et le rendrait plus stable — avant d'être en danger de couler. Il redoutait davantage de chavirer. Il se félicitait d'avoir enseigné à Readis comment se comporter en un cas semblable. En attendant, il ne pouvait que se cramponner dans le roulis et le tangage, une main sur le plat-bord, l'autre sur Readis, priant pour que la tempête s'achève. Ces grains pouvaient cesser aussi brusquement qu'ils avaient commencé, et c'était maintenant leur seul espoir : la fin rapide de ce coup de vent.

Il vit le mât craquer et s'abattre, sentit la main de Readis se crisper, puis, tout d'un coup, le canot se dressa à la verticale et les déversa dans la mer. Il resserra son bras sur Readis, le serrant contre sa poitrine. Par-dessus les hurlements de la tempête, il perçut le cri effrayé de l'enfant. Puis ils furent roulés dans les vagues, Readis accroché à lui comme une bernique.

Alemi nagea de son bras libre, tentant de faire surface. Il eut tout juste le temps d'inspirer avant qu'une nouvelle vague ne déferle sur sa tête. Readis se débattait dans ses bras, et Alemi ne pouvait que le tenir solidement. Il ne fallait surtout pas le lâcher. Puis sa main heurta quelque chose. Le canot retourné ? Il sentit une rondeur qui n'était pas du bois, mais de la chair.

Poisson-bateau ? Poisson-bateau ! À travers la pluie et les déferlantes, il vit des formes tout autour d'eux. Combien de fois lui avait-on dit qu'ils sauvaient les pêcheurs !

Le bord dur d'une nageoire dorsale emplit sa main et, lorsqu'une nouvelle vague déferla, son corps fut projeté sur la longue forme aérodynamique. Non, le poisson-bateau fendait la vague pour ressortir de l'autre côté. Le petit corps de Readis se trouvait orienté vers l'extérieur, donc plus exposé aux turbulences. Sans lâcher la nageoire, Alemi parvint à le faire passer à l'intérieur, contre le corps du poisson-bateau. Entre les déferlantes, il vit Readis chercher une prise sur le corps lisse de leur sauveur.

— *Poissons-bateaux, Readis ! Ils vont nous sauver ! Tiens bon !*

Puis il sentit qu'un nouveau corps les soutenait de l'autre côté, sans comprendre comment ces créatures réussissaient un tel exploit dans ces eaux déchaînées. Mais ce soutien supplémentaire lui accorda un peu de répit ; il resserra sa prise sur la nageoire dorsale et parvint même à poser dessus une menotte de Readis.

Puis, traversant une nouvelle muraille liquide, Alemi pensa brusquement que Readis était assez petit pour se mettre à califourchon sur le dos de l'animal. Trois vagues passèrent encore avant qu'Alemi n'ait pu le hisser. *Tiens bon ! Tiens bon !* cria Alemi, refermant les petits bras de Readis sur la nageoire dorsale.

L'enfant, livide de peur, mais serrant les dents d'un air résolu, hocha la tête, à demi accroupi derrière la nageoire, comme le cavalier d'un dragon de mer.

Soulagé, Alemi desserra un peu sa prise et faillit sombrer. Presque immédiatement, un nez émoussé le souleva avec autorité, et une nageoire replaça l'enfant sur le dos du poisson-bateau, qui, à sa grande surprise, semblait l'aider en maintenant son corps aussi droit que possible.

— La dorsale vint se placer sous sa main droite. Mais une vague déferla sur lui, l'entraîna vers le fond, et il dut combattre sa panique. Le poisson-bateau, cependant, ne l'avait pas quitté, et le poussait vers la surface à coups de museau. Ils crevèrent la surface ensemble. Alemi, projeté vers la créature, saisit à deux mains sa dorsale, plaqué contre le long corps lisse par une nouvelle déferlante. Puis, luttant contre la panique, il lâcha une main et eut le courage de s'abandonner au mouvement du poisson-bateau. Tandis qu'ils piquaient et plongeaient dans la vague suivante, il vit Readis, accroupi sur le dos de sa monture, et la phalange de leurs sauveteurs les entourer de tous les côtés.

Puis il lui sembla que la tempête faiblissait, ou peut-être avaient-ils été transportés dans des eaux plus calmes. Le voyage, en tout cas, devint moins houleux. Regardant en direction de la terre, il vit la ligne floue de la côte à l'horizon, et faillit hurler de soulagement.

— Hourra !

Sursautant à ce cri, Alemi se retourna et vit un poisson-bateau s'élancer au-dessus des vagues en un arc gracieux, puis rentrer dans l'eau. D'autres se lancèrent dans les mêmes acrobaties, dans un concert de « clicks » et de « couics ».

— Hourra ! cria une voix incontestablement enfantine.

Alemi regarda par-dessus son épaule gauche, et vit Readis qui, maintenant assis bien droit sur son poisson-bateau, souriait jusqu'aux oreilles, ravi de cette exhibition.

— C'est super ! ajouta l'enfant. Hein, ils sont super, Oncle Alemi ?

— Superrrr !

Mais c'était un poisson-bateau qui répétait le mot, en faisant rouler le « r ».

De tous côtés, les poissons-bateaux criaient « super », tout en continuant à sauter et cabrioler hors de l'eau. Alemi resserra convulsivement sa prise sur la nageoire dorsale. Il n'en croyait pas ses oreilles. Le stress de la tempête, ou peut-être un coup sur la tête, ou tout simplement la peur, lui avait brouillé le cerveau. Mais sa monture sortit la tête de la mer, souffla l'eau par ses orifices respiratoires, et dit clairement :

— C'est super !

— Ils parlent, Onclemi ! Ils parlent !

— Comment est-ce qu'ils pourraient parler, Readis ? Ce sont des poissons !

— Pas poissons ! Mam'fères ! prononça clairement son sauveur d'un ton contrarié. Dau-phins, ajouta-t-il. Dauphins parler bien.

Comme pour souligner ses propos, il accéléra son allure, emportant le Maître Pêcheur éberlué à une vitesse étourdissante.

Le dau-phin de Readis et ses escorteurs modifièrent leur trajectoire et prirent de la vitesse, ceux de l'extérieur continuant leurs acrobaties aériennes.

— Parle encore, tu veux bien ? dit Readis à son compagnon, de sa jeune voix haut perchée.

Quelle histoire à raconter à la Fête ! Et on serait bien forcé de le croire, parce que Oncle Alemi était avec lui et pourrait confirmer ses paroles.

— Parler ? Toi, parler ! Longtemps pas parler, dit très nettement un dau-phin nageant le long de Readis. Homme revenus Atterrissage ? Dauphins revenir aussi ?

— L'Atterrissage ? répéta Alemi, stupéfait. Les dauphins *connaissent* l'ancien nom ? Miracle sur miracle !

— Les hommes *sont revenus* à l'Atterrissage, dit Readis avec fierté, comme s'il y était pour quelque chose.

— Bon ! s'écria un dau-phin, exécutant une vrille en plein ciel puis rentrant dans l'eau sans une éclaboussure.

— Bon ! répéta un autre en faisant un saut périlleux.

Dans l'eau tout autour de lui, Alemi entendait des « clicks » excités. Il y avait tellement de poissons-bateaux qu'il se demanda comment ils pouvaient bouger sans se blesser.

— Regarde, Onclemi, on est presque arrivés ! dit Readis, montrant la terre qui approchait à toute vitesse.

Ils avaient été transportés si rapidement qu'Alemi fut partagé entre le soulagement d'approcher de la terre ferme, et le regret de voir se terminer cet incroyable voyage. Le poisson-bateau ralentit à l'approche du premier banc de sable. Certains sautèrent par-dessus, d'autres suivirent les montures d'Alemi et Readis jusqu'à la passe ; tandis que la plupart repartaient vers le large.

Quelques instants plus tard, leurs montures s'arrêtèrent, et, abaissant les pieds avec hésitation, Alemi sentit le fond qui montait en pente douce vers le rivage.

Il lâcha la nageoire dorsale et donna une petite claque au flanc de sa monture, qui tourna la tête et frotta son nez contre lui, comme quémandant une caresse. Ahuri, Alemi le gratta comme il aurait gratté son chien ou les petits félins qui commençaient à envahir le Fort. La monture de Readis le dépassa.

— Merci, mon ami. Tu nous as sauvé la vie et nous t'en sommes reconnaissants, dit Alemi, cérémonieux.

— D'rien. Not'd'voir, dit clairement le poisson-bateau.

Puis, d'un coup de queue, il se propulsa par-dessus le banc de sable, et repartit vers le large rejoindre ses compagnons.

— Hé ! cria Readis, d'un ton alarmé.

Sa monture l'avait débarqué sans cérémonie, et, debout sur la pointe des pieds, il avait du mal à garder la tête hors de l'eau.

— Remercie le dau-phin, lui cria Alemi, avançant vers lui le plus vite possible. Gratte-lui le menton.

— Ah, tu aimes ça, mon vieux ? dit Readis, grattant des deux mains le menton qu'on lui présentait. Merci de m'avoir sauvé la vie, et merci de m'avoir ramené à terre.

— D'rien, p'tit !

Puis le dau-phin exécuta un saut fantastique par-dessus Readis, et alla rejoindre sa bande.

— Reviens. Reviens bientôt, lui cria Readis, se dressant au-dessus de l'eau pour projeter son invitation.

Un faible « click » lui répondit.

— Tu crois qu'il m'a entendu ? demanda-t-il plaintivement à Alemi.

— Ils semblent avoir l'oreille très fine, remarqua Alemi, ironique.

Puis, aussi discrètement que possible, il aida Readis à sortir de l'eau. L'enfant s'était magnifiquement comporté pendant toute cette aventure. Il faudrait qu'il le dise à Jayge. Parfois, un père ne voit pas son fils sous le même jour qu'un observateur impartial.

Bien qu'épuisés par cette expérience, l'exaltation de leur sauvetage leur donna la force de gagner le rivage avant de se reposer.

— On ne nous croira pas, hein, Onclemi ? demande Readis avec un soupir de lassitude en s'allongeant sur le sable.

— Je ne suis pas sûr de nous croire moi-même, répondit Alemi, souriant, en s'asseyant près de l'enfant. Mais les poissons-bateaux nous ont sauvés, ça, c'est indiscutable.

— Et le poisson-bateau — comment il a dit qu'il s'appelle ? Mam'fère ? — nous a parlé. Tu l'as entendu. D'rien ! Not'd'voir ! dit Readis, imitant la voix stridente du dau-phin. Ils savent même la politesse.

— Prends-en de la graine, Readis, glousse Alemi.

Il savait qu'il aurait dû se lever et aller rassurer Aramina en lui apprenant qu'ils avaient survécu à la tempête. Mais, tournant la tête pour regarder la côte, il ne vit pas âme qui vive. Était-il possible que personne n'eût remarqué cette soudaine tempête ? Que personne n'eût réalisé qu'ils étaient en danger? C'était tout aussi bien; ça ne gâcherait pas la joyeuse soirée que devait être la Fête de Swacky.

— Onclemi? fit Readis d'un ton plaintif. On a perdu nos thons. Et le canot, ajouta-t-il vivement pour montrer qu'il avait conscience des priorités.

— Il nous reste nos vies, Readis, et une belle histoire à raconter. Repose-toi encore quelques minutes, et on y va.

Les quelques minutes devinrent une bonne heure, car la chaleur du sable et le bruit du ressac se joignirent à leur fatigue et les endormirent.

Si Alemi n'avait pas eu une solide réputation de sérieux, les habitants du Fort de la Rivière Paradis n'auraient sans doute pas cru la stupéfiante histoire qu'ils raconta. Mais, le lendemain matin, la marée déposa sur la plage des épaves de leur canot.

Tout le Fort avait déjà entendu le récit de leur aventure. Tout aux préparatifs de la Fête, personne n'avait remarqué le grain. Aramina faisait des gâteaux chez Temma. Elle faillit s'évanouir quand Alemi l'informa, aussi doucement que possible, de l'épreuve que son fils venait de subir avec tant de courage. Puis elle s'agita tant autour de Readis, qui tentait de déjeuner parce que son repas s'était perdu en mer, qu'elle eut l'air blessé quand il se dégagea pour remplir son estomac vide. Et elle le réprimanda sévèrement quand il lui annonça que les poissons-bateaux parlaient.

— Comment des *poissons* pourraient-ils parler? demanda-t-elle, foudroyant Alemi, comme si c'était lui qui avait farci la tête de son fils de ces sottises.

Avant qu'Alemi ait pu confirmer ses paroles, Readis regarda sa mère d'un air farouche.

— Les dragons parlent, déclara-t-il.

— Les dragons parlent à leur *cavalier*, pas aux petits garçons.

— Pourtant, toi, tu entendais les dragons, protesta-t-il hardiment, tout en sachant que sa mère n'aimait pas qu'on le lui rappelle.

Elle garda si longtemps le silence qu'il regretta ses paroles et mastiqua plus lentement.

— Oui, j'entendais les dragons, mais je n'ai jamais entendu des poissons-bateaux !

— Même quand ils vous ont sauvés, toi et P'pa ?

— En pleine tempête ? demanda-t-elle, sceptique.

— Le mien a commencé à parler *après* la tempête.

De nouveau, sa mère regarda Alemi pour confirmation.

— C'est vrai, Aramina. Ils nous ont parlé.

— C'est que leurs « clicks » devaient *ressembler* à des mots, Alemi, s'obstina-t-elle.

— Pas quand ils ont dit « d'rien » après que j'ai dit « merci », dit Readis avec véhémence, tandis qu'Alemi approuvait vigoureusement de la tête sous le regard scandalisé d'Aramina. Et ils savent que les Anciens appelaient un endroit l'Atterrissage, et ce sont des mam'fères, pas des poissons !

— Bien sûr que ce sont des poissons ! s'écria Aramina. Ils nagent dans la mer !

— Nous aussi, et nous ne sommes pas des poissons ! rétorqua Readis, écœuré de son incrédulité.

Il sortit en coup de vent de la pièce et refusa d'y revenir quand elle l'appela.

— Là, tu vois ce que tu as fait, maintenant ! dit Aramina à Alemi, sortant à son tour de chez Temma.

Alemi regarda Temma, médusé.

— Si tu dis qu'ils parlent, 'Lemi, c'est qu'ils parlent, dit l'ancienne négociante en hochant la tête. Ne t'inquiète pas pour Ara. Elle se calmera. Mais il faut reconnaître que tu lui as fait une drôle de peur. Et dire qu'ici, personne ne s'était aperçu de ce grain. Tiens !

Elle lui tendit une tasse de klah tout frais, auquel elle ajouta une bonne giclée de l'alcool spécial qu'elle réservait pour les urgences.

— Ha ! fit Alemi, faisant claquer ses lèvres après une longue rasade. J'en avais besoin !

Il lui rendit la tasse, l'air interrogateur.

— Ça suffit pour le moment, ou tu seras incapable de régaler la Fête de ton histoire, dit-elle avec un clin d'œil.

La bande retourna dans ses eaux territoriales, enchantée d'avoir, une fois de plus, sauvé des humains. La nouvelle méritait d'être communiquée immédiatement à la Tillek, sans attendre le rendez-vous annuel de la Grande Fosse, où les bandes échangeaient les nouvelles en regardant les jeunes mâles s'essayer à la traversée du tourbillon. Les bandes du Sud n'avaient pas autant d'occasions que celles du Nord d'accomplir leurs devoirs traditionnels. Les sons furent donc émis et relayés, annonçant qu'Afo et Kib avaient joué avec des hommes perdus en mer. C'était un moment historique. Car ils avaient parlé aux hommes avec des Mots, et les hommes leur avaient parlé, utilisant les anciens Mots de Courtoisie. C'est ainsi que Kib prépara son récit, murmurant en nageant les Mots de son Rapp'rt. Il émit les sons à relayer de bande en bande jusqu'à ce qu'ils arrivent aux oreilles de la Tillek. C'était peut-être le temps dont la Tillek leur avait promis l'avènement : celui où, l'homme recommençant à parler aux dauphins, ils redeviendraient partenaires.

Les sons parvinrent à la Tillek, qui les fit répéter d'un bout à l'autre des mers, à toutes les bandes peuplant les eaux de Pern. Une telle chance suscita des envieux, et certains eurent même envie d'aller se joindre à l'heureuse bande. Afo, Kib, Mel, Temp et Mul nagèrent fièrement, avec force acrobaties. Et Mel se demanda si les hommes savaient toujours enlever les poissons-sangsues, car il en avait un qui lui suçait le sang, et dont il n'arrivait pas à se débarrasser, malgré tous ses efforts.

2

Ce soir-là, Readis s'endormit après avoir fait trois fois le récit de son aventure.

— Il le sait par cœur, aussi bien qu'un harpiste, dit son père, quelque peu chagrin.

— J'espère que tu lui as bien fait *comprendre*, dit Aramina, qu'il ne doit plus aller nager...

— Le canot a coulé, n'oublie pas, intervint Jayge, rassurant.

— ... pour essayer de retrouver ces poissons-bateaux, termina-t-elle, le foudroyant du regard.

— Tu l'as entendu promettre qu'il n'approcherait plus de l'eau sans être accompagné, Mina. C'est un enfant de parole, tu le sais.

— Hummm, fit Aramina, peu convaincue.

Mais, surveillant étroitement son fils les deux jours suivants, elle ne le vit pas désobéir, même si, la main en visière sur les yeux, il regardait souvent les eaux agitées de la Mer Méridionale. Illogique, elle craignait maintenant qu'il eût peur de la mer. Quand, hésitante, elle fit part de ses craintes à son mari, Jayge protesta avec véhémence qu'il n'y avait pas une once de peur chez son fils.

— Il obéit — ce n'est pas ce que tu voulais ? dit Jayge. Il faut savoir ce que tu veux.

Aramina soupira, puis fut tirée de ses inquiétudes au sujet de Readis par un cri de frustration d'Aranya, dont la voiture de poupée n'arrêtait pas de perdre sa roue.

Le lendemain après-midi, tandis qu'ils se reposaient à l'abri du soleil, Aramina reçut un message de Ruth, lui annonçant courtoisement la visite du Seigneur Jaxom. Elle avertit son mari, puis, presque arrivée à la cuisine où elle s'apprêtait à préparer les jus de fruits, elle se retourna, perplexe.

— Ils sont déjà là, dit-elle.

Elle alla sur la véranda entourant leur maison, et scruta le ciel, sans y découvrir la forme si reconnaissable d'un dragon.

— Mais où sont-ils ? C'est bien de Jaxom ! Mais pourquoi me dirait-il qu'il arrive s'il est déjà là ? Peut-être que j'ai mal compris Ruth. Ça m'arrive parfois.

Elle eut un soupir exaspéré, haussa les épaules, et rentra chez elle.

Jayge s'assit sur la véranda pour surveiller les abords de la maison, les deux pieds sur le garde-corps. L'époque où Aramina entendait toutes les conversations des dragons était révolue depuis longtemps — à son grand soulagement. Maintenant, les dragons devaient penser spécifiquement *à elle* pour lui transmettre un message. Jayge ne comprenait pas ce qui avait pu retarder Ruth, qui paraissait toujours très vite après avoir annoncé son arrivée. Le Seigneur Jaxom du Fort de Ruatha était toujours le bienvenu, et Jayge sourit à la surprise qu'aurait Readis en voyant le dragon blanc quand il se réveillerait de sa sieste.

— Non que cela puisse maintenant l'impressionner autant que nager avec des dauphins, murmura-t-il.

C'était le premier chevalier-dragon à venir à la Rivière Paradis depuis l'aventure de Readis, et l'enfant s'en réjouissait car il répondrait honnêtement à ses questions.

Au même instant, Ruth arriva en vol plané, replia ses ailes et atterrit juste devant la maison. Jayge se leva et s'avança avec un grand sourire pour les saluer.

— Ara s'est mise à presser des fruits dès le message de Ruth, mais vous l'avez troublée. Elle disait que vous étiez déjà là, mais je ne voyais nulle part la robe de Ruth. Et je suis content de te voir, parce que nous avons du nouveau.

Jaxom sourit, et Jayge fronça les sourcils, car il réalisa alors que Jaxom ne portait pas sa tunique de vol et qu'il transpirait. Étant donné qu'il régnait un froid intense dans l'*Interstice*, cela était troublant. Puis Ruth se retourna, et, d'une démarche sautillante, se dirigea vers la plage, tandis qu'une bande de lézards de feu pépiait joyeusement au-dessus de lui.

— Il va prendre son bain, non ?

Jayge fit signe à son hôte de monter sur la véranda ombreuse.

— Comment as-tu pu transpirer comme ça dans l'*Interstice*, Jaxom ?

— En volant du sable, dit le jeune Seigneur avec un sourire malicieux. Nous examinons la qualité de votre produit local.

— Vraiment ? Et à quoi pourrait vous servir le sable de la Rivière Paradis ? Mais je suis sûr que tu vas me le dire.

Il fit signe à Jaxom de s'allonger dans le hamac, stratégiquement suspendu au coin de la maison pour capter la moindre brise, de mer ou de terre. Puis il s'appuya contre le garde-corps ; les bras croisés, attendant une explication.

— Les colons avaient une carrière dans tes friches. Ils appréciaient beaucoup les sables de la Rivière Paradis — pour la fabrication du verre.

— Ce n'est pas ce qui manque. Au fait, Piemur et Jancis ont trouvé ces... comment ça s'appelle ?

— Les puces, dit Jaxom, utilisant le mot des Anciens pour désigner les curieux petits trucs entreposés dans la vieille grange.

Ce n'est que récemment qu'on avait compris ce que c'était : des pièces destinées aux ordinateurs, dont le Système d'Intelligence Artificielle Activé par la Voix, et découvert dans un bâtiment de l'Atterrissage, était le plus complexe. Siaav, ainsi qu'on l'appelait, était le réceptacle où les Anciens avaient entreposé leurs vastes connaissances. Jayge avait eu l'occasion d'apercevoir l'incroyable machine, et entendu parler des informations miraculeuses qu'elle contenait.

— Des puces, donc... et elles vous servent ?

— Nous avons récupéré les transistors et les microprocesseurs encore utilisables, mais nous ne les avons pas encore installés.

Jayge lui lança un regard soupçonneux à l'audition de ces mots étranges qui lui venaient avec tant de naturel.

— Comme tu dis, conclut-il en souriant.

Puis le jeune Readis, vêtu d'un simple pagne, sortit sur la véranda en se frottant les yeux. Il regarda Jaxom qui se balançait paresseusement dans son hamac, puis tourna vivement la tête vers la plage.

— Ruth ?

Jaxom tendit le bras vers l'endroit où, entouré d'industrieux lézards de feu, le dragon blanc pataugeait dans la mer.

— Il suffira comme gardien, non ? demanda Readis, penchant la tête en arrière en une attitude qui rappelait son père.

Jayge hocha la tête, content que Readis respecte sa promesse de ne pas aller dans l'eau tout seul.

— Mais Ruth est en train de prendre son bain ; et, de plus, j'aimerais que tu racontes à Jaxom ce qui vous est arrivé l'autre jour, à Alemi et toi.

— Tu es venu juste pour écouter mon histoire ? demanda Readis, tout en sachant que le Seigneur Jaxom avait bien d'autres choses à faire, car il voyait combien son Seigneur de père devait travailler dur.

Il était sûr, poourtant, que même un homme aussi occupé que le Seigneur Jaxom trouverait son aventure intéressante : parce que c'était une aventure *vraie*.

— Eh bien, c'est une des raisons de ma venue, en tout cas, dit Jaxom en souriant. Alors, qu'est-ce qui vous est arrivé l'autre jour, à Alemi et toi ?

Aramina sortit de la maison, sa fille gigotant sous un bras, et un plateau dans sa main libre. Jayge se leva vivement pour lui prendre le plateau, mais elle lui tendit Aranya, et servit à Jaxom un grand verre de jus de fruits et quelques biscuits tout chauds sortis du four. Il fallut encore quelques minutes pour installer Readis sur son tabouret, avec un verre plus petit et deux biscuits. Puis, quand sa mère fut assise, il regarda Jayge pour voir s'il pouvait commencer.

Il prit une profonde inspiration, et se lança dans son récit, maintenant bien au point, sans quitter des yeux le

Seigneur Jaxom pour voir s'il écoutait avec toute l'attention requise — ce qu'il fit.

— Des poissons-bateaux? s'exclama le Seigneur Jaxom quand Readis en arriva à cette partie de son histoire.

Il regarda alors Jayge et Aramina, qui confirmèrent de la tête.

— Ils étaient toute une bande, déclara fièrement Readis. Onclemi dit qu'ils devaient bien être vingt ou trente. Ils nous ont déposés assez près de la côte pour qu'on puisse regagner la plage tout seuls. *Et*, ajouta-t-il, faisant une pause pour mettre sa conclusion en valeur, le lendemain matin, on a trouvé le canot sur la plage, ramené par les poissons-bateaux, comme s'ils savaient exactement à qui il appartenait.

— Quelle histoire, jeune Readis! Tu es un harpistené! Voilà un sauvetage étonnant. Vraiment étonnant.

À son ton, Readis perçut sa sincérité.

— Et est-ce que les poissons-bateaux ont rapporté les thons en même temps que le canot, par hasard? demanda Jaxom.

— Non, répondit Readis, écartant la question d'un geste désinvolte, bien qu'il eût été déçu de ne pas les avoir retrouvés. Ils ont coulé. Alors on a dû manger du wherry filandreux à la place des bons steaks de thon bien juteux. Et tu sais quoi, en plus?

— Non. Quoi? demanda Jaxom.

— Ils ne nous ont pas seulement sauvés — ils nous ont parlé aussi!

— Qu'est-ce qu'ils ont dit?

Le visage de Jaxom fut soudain en alerte, un regard perçant fixé sur Readis comme s'il le surprenait à mentir. L'enfant se redressa en bombant le torse.

— Ils ont dit « d'rien » quand on leur a dit « merci ». Et ils ont dit qu'ils sont des « mam'fères », pas des poissons. Onclemi te le dira!

Readis surprit Jaxom à regarder son père, comme s'il doutait de ses paroles. Jayge confirma de la tête, puis se retourna vers son fils.

— Et maintenant, si tu allais voir comment se passe le bain de Ruth?

Son numéro terminé, Readis fut ravi d'être libéré pour aller voir Ruth, son dragon préféré, entre tous ceux qu'il connaissait.

— Je peux ? Vrai ? dit-il en regardant Jaxom.

— Vrai, tu peux, dit Jaxom.

Readis poussa un cri de joie, sauta à bas de la véranda et détala vers Ruth et la plage.

Dès que l'enfant fut hors de portée de l'entendre, Jaxom se tourna vers ses parents.

— Je sais avec certitude que des dauphins — que nous appelons poissons-bateaux depuis des siècles — sont venus avec les premiers colons. Et ils parlent ? Étonnant.

Il regarda en direction de Ruth.

— Ils ne feront jamais concurrence aux dragons, déclara Jayge, suivant son regard.

— Non, répondit Jaxom en souriant. Rien ne le peut, mais les habitants des côtes pourraient renouer cette ancienne amitié. Surtout avec les tempêtes que vous subissez.

— Hummm, fit Jayge, intéressé par cette idée.

— Tu ne vas pas donner à mon fils plus d'idées qu'il n'en a déjà, au moins ? dit Aramina.

— Pourquoi pas ? Plus tôt on détecte les vocations, mieux ça vaut.

— Readis te succédera comme Seigneur de la Rivière Paradis, commença-t-elle avec véhémence.

— Et comme c'est un Fort côtier, il serait bon qu'il puisse en exploiter toutes les possibilités, continua Jayge, embrassant du geste la terre et la mer. Bien sûr, seulement quand il sera en âge d'en apprécier les avantages, ajouta-t-il devant son air indigné.

— On ne les prend jamais trop jeunes, tu sais, dit Jaxom à Aramina.

— Tu ne vaux pas mieux que lui. Ne viens pas me dire que Sharra permettrait à Jarrol d'aller cabrioler avec ces bêtes sur la côte.

— Nous n'avons guère de côtes à Ruatha, répondit Jaxom avec humour. Et, puisqu'il est question de ma femme, je ferais bien d'aller la retrouver. Elle sera surprise de me voir rentrer si tôt. Ainsi, c'est d'accord, Seigneur Jayge ? J'ai ta permission d'utiliser les sables de la Rivière Paradis ?

— Prends-en autant que tu voudras, dit Jayge, donnant son assentiment des deux mains.

— Merci.

Jaxom vida son verre, faisant claquer ses lèvres de satisfaction.

— Maintenant, il me faut arracher mon dragon à ses admirateurs.

Jayge, un bras sur les épaules d'Aramina, lui fit au revoir de la main. Puis il regarda sa femme, toujours un peu étonné qu'elle ait choisi de partager sa vie avec lui.

— Certains ont des affinités pour la mer, d'autres pour le bétail ou les dragons.

La voyant s'assombrir à ce préambule, il lui pressa l'épaule, rassurant.

— Readis a vécu une grande aventure. Donnons-lui le temps de l'assimiler. En attendant, j'aimerais savoir ce que Siaav a à dire sur les poissons-bateaux. Après tout, ma chérie, nous aussi nous leur devons la vie — et tout ce qu'elle nous a apporté. Dans l'intérêt de notre fils, nous devrions apprendre tout ce qu'on sait sur eux.

Elle se blottit contre lui, s'appuyant sur sa force.

— Ce n'est encore qu'un tout petit garçon.

— Qui grandira, je l'espère, pour devenir un homme solide et courageux. Qui sera sans doute têtu comme sa mère, termina-t-il en souriant.

— Ha ! Et pas seulement comme sa mère ! répondit-elle, acide. Ne me force pas la main, Jayge.

— Je n'en avais pas l'intention, mais je reconnais que j'aimerais bien savoir ce que Siaav dira des poissons parlants.

— Oui, dit Aramina, s'écartant de lui pour ramasser le biscuit de sa fille tombé dans le sable. Les gens peuvent imaginer des choses bizarres dans des moments de stress.

— Pas nous, pourtant ! fit Jayge, souriant au souvenir de leur propre sauvetage. Mais il faut dire que nous n'avons pas pensé à les remercier.

Aramina le regarda, indignée.

— Étant donné qu'on a eu du mal à atteindre le rivage

et qu'on n'a jamais pensé que les poissons-bateaux nous parlaient, pourquoi les aurait-on remerciés ?

Les dauphins continuèrent à patrouiller dans les eaux de Paradisriv, espérant demander aux hommes de leur enlever les poissons-sangsues. Parfois, un membre de la bande arrivait à en arracher un avec ses dents, mais les parasites s'incrustaient souvent si profondément que seul le couteau tranchant de l'homme pouvait les déloger. C'est ça qui était formidable quand ils avaient un partenaire : il ou elle les débarrassait de tous les poissons-sangsues. Aussi, quand ils avaient retrouvé le canot, ils l'avaient poussé aussi loin qu'ils l'avaient pu vers le rivage, car les eaux n'étaient pas assez profondes pour qu'ils nagent jusqu'à la plage. Voyant que les dauphins se rappelaient les tâches que la tradition leur imposait, peut-être les hommes se souviendraient-ils des leurs. Ils surveillèrent la côte jusqu'au moment où les hommes trouvèrent l'épave. Kib cria et cria, leur demandant quand ils pourraient leur enlever les poissons-sangsues, et où ils devaient aller pour subir l'opération. Mais les hommes étaient si contents d'avoir retrouvé les morceaux de leur bateau qu'ils s'en allèrent sans leur répondre.

Si seulement il y avait une cloche, pensa Kib. Il devrait y avoir une cloche. Alors, ils pourraient sonner comme le faisaient leurs ancêtres, et les hommes répondraient. Les dauphins de Moncobaies avaient une cloche qu'ils sonnaient, mais personne ne les avait débarrassés de leurs poissons-sangsues. L'homme avait-il oublié ses devoirs envers les dauphins ?

La Tillek avait dit qu'un jour, quand les cloches des dauphins sonneraient de nouveau, l'homme se rappellerait ce que l'homme devait faire pour aider les dauphins.

3

Aramina espérait sans doute que le Seigneur Jaxom oublierait de mentionner devant Siaav une question aussi insignifiante que l'aventure de son fils, mais elle se trompait lourdement. Toutefois, ce fut le Maître Pêcheur Alemi qui fut invité à venir raconter l'événement au Système d'Intelligence Artificielle Activé par la Voix.

Jayge fut quelque peu irrité que Readis manquât cette occasion de faire connaissance avec la stupéfiante machine des premiers colons, mais Aramina trouva que c'était aussi bien.

— Il commence tout juste à se calmer, Jayge. Voir cette machine l'exciterait trop. Et qu'est-ce qu'un enfant de son âge pourrait y comprendre ? Je veux dire, ce n'est pas comme si c'était une personne à qui il pourrait parler.

— Je pourrais insister pour que Readis m'accompagne, dit Alemi, qui ne voulait pas être la cause d'une dispute entre le Seigneur et sa Dame.

En vérité, le fait que son jeune ami fût exclu de l'entrevue avait beaucoup douché sa première exaltation. Il s'était rendu à l'Admin avec d'autres Maîtres Pêcheurs, et il avait été impressionné par la quantité d'informations utiles que renfermait encore la machine sur les fonds et les courants océaniques. L'enfant aurait été très fier de la voir.

— Non ! dit Aramina avec force. Il a vécu cette aventure, c'est assez. Il a déjà tendance à tout exagérer ! Et je ne veux pas qu'il retourne nager avec ces dau-phins. Vas-y tout seul. Écoute ce que sait Siaav. Après, nous déciderons s'il faut le dire à Readis. Pour le moment, j'aimerais mieux oublier toute l'affaire.

— Oublier que nous devons la vie de notre, fils aux dau-phins ?

— Nous leur devons la nôtre aussi ! dit-elle sèchement. Mais je ne passe pas mes journées à regarder la mer dans l'espoir d'apercevoir leurs nageoires ! Readis doit apprendre à vivre sur la terre, pas dans la mer.

Elle lança un bref regard à Alemi et poursuivit d'un ton radouci :

— Je veux dire que, pour un garçon de son âge, il sait déjà beaucoup de choses sur le métier de pêcheur, et je te remercie de les lui avoir apprises.

Puis, après un soupir exaspéré, elle ajouta avec véhémence :

— Il n'a que sept Révolutions ! Il a plus à faire avec les dragons qu'avec les dau-phins.

Les deux hommes se regardèrent et conclurent un accord silencieux.

— Je vais donc aller seul à l'Atterrissage, dit Alemi. Écouter ce que Siaav sait de ces créatures. Je dois avouer que je suis moi-même fasciné. Et, ajouta-t-il avec un sourire ironique, je leur ai même réservé une part de poisson de ma dernière pêche. Vous savez, je n'avais jamais réalisé qu'ils nous escortaient si souvent. Ni qu'ils avaient si souvent sauvé des vies humaines. Tous mes vieux matelots avaient une histoire à raconter, concernant soit leur famille, soit d'anciens camarades d'équipage. Oly est certain qu'un jour, les dau-phins ont maintenu son bateau à flot jusqu'à ce qu'il soit assez près de la côte pour la regagner à la nage. L'embarcation a coulé à l'instant où il l'a quittée.

— Rends-moi un service, veux-tu, Alemi ? demanda Aramina d'un ton sévère.

— Quoi ?

— Ne raconte pas ces histoires à Readis.

— Ara... voulut protester Jayge.

Elle pivota vers lui.

— Je sais trop bien, Jayge Lilcamp, ce qui arrive à un enfant qui se met des *idées* dans la tête !

Jayge recula, affectant un air contrit.

— D'accord, Ara, j'ai compris. Alemi ?

— D'accord ; je resterai bouche cousue.

Il y eut un silence gêné, puis Aramina se laissa un peu fléchir.

— S'il vous questionne, dites-lui la vérité quand même. Je ne veux pas qu'on lui mente ou qu'on le berne.

— Tu veux encore manger aux deux râteliers ? demanda Jayge.

Elle le foudroya du regard, puis se détendit un peu, et dit, avec un sourire hésitant :

— Je suppose. Mais il n'a que sept ans, et pour moi, moins on lui en dira, mieux ça vaudra.

Le soir, quand Alemi partit, ils étaient tous d'accord. Il s'arrangea avec son second, qui irait pêcher le thon le lendemain. Ceux qu'il ne pourrait pas vendre frais, il les fumerait ; ainsi, il ne perdrait pas sa journée du seul fait qu'on lui demandait de venir à l'Atterrissage.

Kitrin répugnait à le voir partir.

— Mais je reste plus longtemps dehors quand je vais en mer, ma chérie, dit-il à sa femme.

Sa grossesse était avancée, et cela la rendait nerveuse. Il la prit dans ses bras, caressant ses beaux cheveux noirs.

— Et je te promets de ne pas regarder toutes ces effrontées qui travaillent à l'Atterrissage.

Ils sentirent tous les deux le bébé remuer dans le ventre de sa mère, et se sourirent.

— En cas d'urgence, envoie-moi Bitty, dit-il, montrant de la tête le petit lézard bronze blotti dans une flaque de soleil sur leur véranda. C'est bien plus facile de revenir de l'Atterrissage que du grand large.

— Je sais, je sais, dit-elle, se blottissant contre lui.

Si Alemi avait voulu être parfaitement sincère — et ce n'était pas le moment, avec Kitrin tellement inquiète —, il aurait avoué qu'être convoqué à l'Atterrissage et parler avec Siaav était un événement qu'il n'aurait voulu manquer pour rien au monde, et qu'il aurait préféré partager sans cachotteries. Il comprenait les inquiétudes d'Aramina : Readis était assez aventureux et sûr de lui pour entreprendre plus qu'il n'était capable d'assumer. Alemi avait eu l'intention de lui raconter tout ce qu'il avait observé sur les dau-phins au cours de sa dernière pêche : il s'était posté à la proue pour saluer les poissons-bateaux, pour voir si d'autres lui parleraient, pour leur donner les poissons qu'il leur avait réservés en guise de remerciement. À sa grande surprise, il avait commencé à remarquer des différences dans leur couleur et les cicatrices de leurs museaux, de sorte qu'on pouvait les distinguer les uns des autres. Il lui vint à l'idée que les dauphins, comme les dragons, pouvaient être identifiés quand on savait ce qu'il fallait chercher : les petites différences de couleurs et de cicatrices.

De plus, Alemi était ravi de voyager à dos de dragon. Il n'en avait pas souvent eu l'occasion. Il avait fait son premier transfert dans l'*Interstice* à la demande de sa sœur Menolly. Son Maître, le harpiste Robinton, lui avait parlé du Fort de la Rivière Paradis, et elle s'était dit que son frère Alemi accepterait peut-être de venir dans le Sud pour fonder son propre Atelier. Elle connaissait bien sa situation, et savait qu'il rongeait son frein chez son père, trop conservateur pour son goût. On l'avait donc amené à dos de dragon pour sa première entrevue avec le Seigneur récemment confirmé, Jayge Lilcamp, et ils s'étaient assez plu pour faire affaire. Depuis lors, on l'avait emmené deux fois à dos de dragon à diverses assemblées de l'Atelier des Pêcheurs de Tillek. Menolly lui avait dit qu'en sa qualité de Maître, il avait le droit de demander un dragon chaque fois qu'il en avait besoin, mais il n'abusait pas de ce privilège.

Il était souvent allé en bateau à ce qu'on appelait maintenant la Baie de Monaco, avec la dîme pour le Weyr, et des vivres pour la population croissante de l'Atterrissage. Les fouilles continuaient, et il avait acquis un ou deux objets trouvés dans les Grottes de Catherine quand on les avait partagés.

Pour cette visite à l'Atterrissage, il revêtit sa tunique de fête toute neuve, brodée de son emblème de Maître, et ornée des couleurs du Fort de la Rivière Paradis, et de ses nœuds d'épaule tressés depuis peu. Kitrin était très habile à l'aiguille, et accomplissait pour l'ensemble du Fort tous les travaux délicats.

Il avait demandé qu'on vienne le prendre près de la mer; non loin de sa maison, où Readis avait peu de chance de le voir partir. Alemi fut un peu surpris de la jeunesse du chevalier-dragon, qui se présenta exactement à l'heure fixée.

— Je suis T'lion, Maître Pêcheur, et je viens te chercher comme convenu, dit le jeune homme, haut perché sur son bronze. Et voilà Gadareth, mon dragon, ajouta-t-il, la voix vibrante d'affection et de fierté. As-tu besoin d'aide pour monter, Maître Alemi ?

— Je crois que non, répondit Alemi avec sérieux, tout en se demandant si c'était la première fois que l'adolescent transporterait un passager. Si Gadareth veut bien plier le genou, ajouta-t-il.

Le bronze n'avait pas terminé sa croissance, de sorte que, en l'occurrence, monter n'était pas encore un grand problème.

— Bien sûr. Désolé, Maître Alemi.

Le visage du jeune homme se figea pendant qu'il « parlait » à son dragon.

Le dragon avait la tête tournée vers Alemi, ses yeux tournoyant un rien plus vite que le Pêcheur ne l'eût trouvé normal pour cette énorme bête.

— Si tu pouvais me tendre la main ? suggéra Alemi.

— Oh, c'est vrai, dit T'lion en rougissant.

Il se pencha si bas qu'il dut se retenir à la crête de son dragon pour ne pas tomber de son perchoir. Alemi sauta donc sur le genou offert, ne toucha la main que pour se donner un peu d'élan, et s'installa derrière T'lion entre deux crêtes de cou.

— En fait, c'est facile, dit Alemi.

— Oui, n'est-ce pas, Maître ?

Quelques instants passèrent, puis Alemi s'éclaircit la gorge.

— Je suis bien installé. Quand tu seras prêt, suggéra-t-il avec tact.

— Ah oui, très bien. Nous partons, Gadareth ! ajouta T'lion, d'une voix plus assurée.

Gadareth prit son envol, et Alemi, doutant quelque peu des compétences du jeune homme, espéra ardemment qu'ils n'allaient pas se retrouver dans un endroit inconnu, loin des coordonnées familières. Il avait entendu des histoires...

Brusquement, ils furent dans le froid de l'*Interstice* et Alemi retint son souffle... un... deux... trois... qua... Ils surgirent au-dessus de la mer — ça, au moins, c'était juste —, puis Gadareth vira sur l'aile droite, et le magnifique croissant de sable de la Baie de Monaco se déploya devant eux. Le dragon piqua droit vers le sol, et Alemi retint son souffle au cours de cette manœuvre, s'enfonçant aussi profondément qu'il le put entre les crêtes de cou et serrant ses genoux de toutes ses forces sur le cou du dragon.

Pourtant, il atterrit en douceur et Alemi ne sentit pas le moindre choc quand il se posa devant le bâtiment de l'Admin, qui abritait Siaav.

Alemi connaissait l'histoire de sa découverte — objet de bien des récits de harpistes lors des Fêtes. Ce bâtiment des Anciens avait été dégagé parmi les derniers. La tâche avait été entreprise par le Maître Forgeron Jancis, le compagnon harpiste Piemur et le Seigneur Jaxom — sur un coup de tête, disait-on. Et Ruth les avait aidés. Ils avaient mis au jour l'extrémité curieusement renforcée de la construction, suggérant que quelque chose de très spécial avait été soigneusement protégé... et ils avaient découvert le Système d'Intelligence Artificielle Activé par la Voix laissé par les premiers colons de Pern : intelligence qui leur apprit beaucoup sur les premiers temps de la colonisation, et beaucoup sur les Fils. Siaav, ainsi que l'Intelligence préférait qu'on l'appelle, avait également promis de les aider à détruire les Fils à jamais.

Bien sûr, le bâtiment avait été très agrandi depuis, car Siaav enseignait à tous les Ateliers les connaissances perdues. Alemi ne comprenait pas très bien comment ce Siaav pouvait enseigner tant de choses à tant de gens à la fois. Et il était heureux et fier d'avoir une entrevue particulière avec lui.

En démontant, Alemi n'oublia pas de remercier le dragon et son maître.

— Nous devons t'attendre pour te ramener, Maître Alemi, dit T'lion.

Puis, regardant par dessus son épaule et voyant d'autres dragons atterrir, il ajouta :

— Nous serons sur la crête avec les autres. Fais-nous signe, c'est tout.

Le bronze décollait déjà, faisant place à ceux qui attendaient pour atterrir, et les paroles de T'lion lui parvinrent apportées par la brise. Alemi agita la main pour montrer qu'il avait entendu, puis il se tourna vers l'entrée de l'Admin. Juste passé la porte se trouvait un bureau derrière lequel siégeait un grand personnage, en fait nul autre que Robinton, Maître Harpiste de Pern. Alemi en resta tout ahuri, mais Robinton se leva et lui tendit la main avec un sourire chaleureux.

— Ah, ça fait plaisir de te voir, Maître Alemi. Et en une telle circonstance. Toi et le jeune Readis, vous avez été sauvés d'une façon vraiment extraordinaire.

— Tu es au courant? fit Alemi, stupéfait.

Il faut dire que le Maître Harpiste, bien que n'étant plus en service actif, avait une façon à lui de savoir tout ce qui se passait sur Pern.

— Naturellement, dit Robinton avec force. C'est le Seigneur Jaxom lui-même qui me l'a raconté. Mais pourquoi le jeune Readis ne t'accompagne-t-il pas?

— Eh bien, sa mère trouve qu'il est trop jeune pour être impliqué dans cette histoire. Il n'a que sept Révolutions et quelques mois, et elle dit qu'il est trop petit...

Alemi entendit la réprobation dans sa voix, et regretta de ne pas savoir feindre un peu mieux.

— Je vois. Aramina a sans doute des réserves sur une association avec un simple dauphin.

Le harpiste sourit avec indulgence à ces craintes maternelles.

— En tout cas, toi, tu es là. Siaav a beaucoup de choses à te dire sur les poissons-bateaux. Il a été ravi d'apprendre qu'ils avaient si bien prospéré et qu'ils savaient encore parler. Si tu veux bien me suivre, dit le harpiste, montrant le couloir de gauche. Tu es déjà venu ici, Alemi? Oui? Alors, tu constateras que nous nous sommes beaucoup agrandis, poursuivit-il, tandis qu'ils passaient devant des pièces occupées par de petits groupes qui fixaient attentivement leurs écrans, s'arrêtant tout au bout devant la plus petite pièce.

— C'est là.

Il s'effaça pour laisser passer Alemi.

— Siaav est là aussi ? demanda le Maître Pêcheur, pivotant sur un talon pour embrasser du regard la salle où il ne vit que des chaises de la même antique facture que les deux qu'il avait acquises pour sa maison. Puis ses yeux s'arrêtèrent sur un grand écran vide, occupant tout le mur du fond. Une petite lumière rouge clignotait dans un coin.

— Bonjour, Maître Pêcheur Alemi. Ça me fait plaisir de te revoir, dit une voix de basse.

— Il se souvient de moi ? Pourtant, je ne lui ai pas parlé, la première fois !

— Il se rappelle tout et tout le monde, gloussa Maître Robinton, et il sortit.

L'écran s'éclaira et afficha un ballet de dauphins sautant et cabriolant dans la mer.

— Ne deviez-vous pas venir à deux ? Toi, et ton jeune compagnon d'aventure ?

— Euh, oui, répondit Alemi, expliquant ensuite les craintes d'Aramina, qui lui parurent encore plus futiles en cette auguste présence.

— Eh bien, les mères sont censées savoir mieux que personne ce qui convient à leurs enfants, dit Siaav, et Alemi ne décela aucune ironie dans le ton de sa voix. Pourtant, les enfants ont la réputation d'apprendre plus vite les langues étrangères, parce qu'ils ont moins d'inhibitions, et il aurait été bien utile d'avoir un jeune élève. Pour en revenir à ce qui nous occupe, j'ai été heureux d'apprendre que les dauphins n'ont pas oublié leurs devoirs au cours des longues années — Révolutions — qui ont passé. Assieds-toi, je te prie, Maître Alemi. L'enregistrement de ton expérience me permettra de mettre à jour cette section longtemps négligée des connaissances originelles.

S'efforçant d'assimiler le concept que les dauphins, eux aussi, faisaient partie des colons originels, Alemi se laissa tomber sur la première chaise, les yeux braqués sur l'écran. Il y avait quelque chose... de pas tout à fait... normal dans la scène qu'il regardait. Les dauphins étaient parfaits mais — soudain, l'idée qu'il voyait des images animées de créatures vivantes le frappa de stupeur.

— Comment fais-tu ? demanda-t-il.

Lors de ses précédentes visites, l'écran affichait des cartes et ce que Siaav appelait des « relevés sonar », mais aucune de ces images mouvantes où les dauphins faisaient ce qu'il les avait vus faire toute sa vie dans la mer.

— C'est l'un des nombreux films dont dispose cette installation, dit Siaav. Les images animées faisaient partie intégrante des services d'information de la culture de nos ancêtres.

— Oh ! fit Alemi, fasciné par les acrobaties des dauphins. Je les ai vus faire ça ! C'est exactement ce que font les poissons-bateaux ! ajouta-t-il, très excité, quand la scène changea, pour montrer des dauphins qui escortaient un navire, plongeant et cabriolant dans son sillage.

— Ce film a été tourné il y a plus de deux mille cinq cents Révolutions, dit Siaav, d'un ton légèrement didactique.

— Mais... mais ils n'ont pas changé du tout !

— Les changements évolutifs prennent beaucoup plus de deux mille cinq cents Révolutions, Maître Alemi, et tous les zoologues s'accordent pour dire que cette espèce est passée par plusieurs changements avant d'arriver à sa forme présente.

— Y compris la parole ? bredouilla Alemi.

— Les dauphins amenés sur Pern par les premiers colons avaient été soumis à la mentasynth pour accroître leur capacités empathiques et les aider à apprendre le langage humain. On dit que vous les avez entendus prononcer des mots compréhensibles ?

— Oui, nous les avons entendus parler.

Alemi gloussa.

— Readis y a cru plus vite que moi, reconnut-il, penaud.

— Et l'enfant a été jugé trop jeune pour venir.

— Oui, soupira Alemi. Je lui dirai que tu as parlé de lui.

Il y eut un bref silence.
— Comme tu voudras. Il est réconfortant de savoir que les dauphins n'ont oublié ni le langage ni leurs devoirs.
— Leurs devoirs ?
— L'une des fonctions essentielles des dauphins était le sauvetage en mer.
— Eh bien, non seulement ils nous ont sauvés, Readis et moi, mais depuis notre aventure tous les marins de mon Fort ont une histoire de sauvetage à raconter.
— Élucide, s'il te plaît.
— Tu veux dire « explique » ?
— Oui, je te prie.
— Pour une machine, tu es très poli, dit Alemi, s'efforçant de maîtriser l'admiration révérencielle que lui inspirait cette étonnante création des Anciens.
— La courtoisie est essentielle dans tous les rapports avec les humains.
— Surtout dans les rapports entre humains, ajouta Alemi d'un ton cocasse.
— Aurais-tu l'amabilité de raconter en détail ta récente expérience avec les dauphins ?
— Bien sûr, mais c'est Readis qui devrait la raconter. Son récit est parfaitement au point.
— C'est ce que dit le Seigneur Jaxom.
— Tu as le sens de l'humour ?
— Pas au sens où vous l'entendez. Raconte ton expérience.
— Je n'ai pas une formation de harpiste...
— Tu *étais là*. Ton récit de témoin oculaire sera hautement apprécié.
Il n'y avait aucune nuance d'impatience ou de critique dans le ton de Siaav, mais Alemi s'exécuta sans plus discuter. À son grand amusement, il se surprit à répéter des phrases employées par Readis. L'enfant avait un don pour la narration. Il faudrait que Jayge demande un harpiste pour le Fort. Une fois de plus, il regretta la décision d'Aramina.
— Et ils disent qu'ils sont des mam'fères, pas des poissons, conclut Alemi.

— C'est exact, dit Siaav d'un ton irréfutable. Des mammifères, ajouta-t-il, soulignant la prononciation correcte.

— Qu'est-ce que c'est, des mammifères ?

— Les mammifères — m-a-m-m-i-f-è-r-e-s —sont des formes de vie qui mettent au monde des petits vivants et qui les allaitent.

— Dans l'eau ? demanda Alemi, incrédule.

Sur l'écran, l'image changea et montra un tournoiement d'eaux et de queues. Soudain, Alemi réalisa qu'il assistait à la naissance d'un poisson-bateau. Bouche bée, il regarda la petite créature émerger du ventre de sa mère, puis monter vers la surface avec l'aide de deux adultes.

— Comme tu le vois, l'oxygène est indispensable aux dauphins, comme à tous les autres mammifères marins, remarqua Siaav.

L'image suivante montrait un jeune en train de téter.

— Sur la Terre, poursuivit Siaav, il existait beaucoup d'espèces de mammifères marins, mais seuls les dauphins de la famille des Delphinidae, du genre *tursiops tursio,* furent transportés sur Pern. Le temps que cette installation entre en sommeil, ils s'étaient reproduits en grand nombre. Le volume des mers disponibles sur cette planète fut la raison de l'inclusion des dauphins dans la colonie. Il est réconfortant d'apprendre qu'ils ont survécu et semblent s'être multipliés. Un recensement des bandes est en cours. Les estimations des populations ne sont pas encore terminées, vu qu'ils semblent avoir développé une culture migratoire.

Pendant ce bref exposé, l'écran montra au pêcheur admiratif d'autres dauphins avec leurs petits.

— Mais ce n'est pas sur Pern, dit Alemi, réalisant soudain ce qui lui avait paru bizarre. Du moins, pas dans une mer que je connais.

— Finement observé, Maître Alemi, car ces scènes ont été tournées sur la Terre, en un endroit appelé les Keys de Floride. Ce sont les ancêtres de vos dauphins dans leur habitat naturel. Je vais te montrer maintenant comment ces dauphins travaillaient avec leurs partenaires humains appelés dolphineurs.

Stupéfait, Alemi vit des hommes et des femmes travailler avec les dauphins, sous l'eau ou propulsés à la surface et accrochés à leurs montures inattendues.

— Ils s'entendent et se parlent? demanda Alemi. Comme les dragons et leurs maîtres?

— Le lien n'est pas aussi étroit, à ce qu'on m'a rapporté. Il n'y a aucune cérémonie semblable à l'Empreinte. L'association entre les humains et les dauphins se faisait par convenance et consentement mutuels, et ne durait pas toute la vie, quoiqu'elle fût affectueuse et efficace.

« Certains groupes de dauphins — il y avait plus de vingt variétés connues sur la Terre — avaient accepté le traitement mentasynth pour travailler en accord plus étroit avec les humains. Ceux qui vinrent sur les astronefs avec les colons, au nombre de vingt-quatre, étaient expérimentés en ces matières, et ils entreprirent d'explorer les océans et de fournir certains services aux humains. Jusqu'à l'éruption des Monts Picchu et Garben, un haut niveau de communication fut possible entre humains et dauphins.

— S'ils aiment travailler avec les humains, alors, en ma qualité de capitaine, j'aimerais bien travailler avec eux, si c'était possible, dit Alemi. Je leur dois la vie — comme beaucoup d'autres. Les dau... phins — il fit un gros effort pour ne pas scinder les deux syllabes — ont beaucoup amusé Readis par leur courtoisie.

— La courtoisie a été observée dans les interactions de nombreuses espèces, et pas nécessairement sous forme vocale. Toutefois, certains concepts abstraits exigent le langage et des attitudes et postures adaptées à la transmission des différences culturelles.

— Qu'est-ce que je devrais apprendre pour parler aux dauphins? demanda Alemi, fier de s'exprimer aussi bien.

— Il y a eu des mutations linguistiques au cours des siècles, commença Siaav, mais les deux espèces peuvent s'adapter au changement. Voici un exemple d'interaction entre humains et dauphins.

L'écran monta un homme et un dauphin en train de relever une nasse quelconque. L'humain portait un appareil sur son dos, et un vêtement à jambes et manches courtes, noir, avec des rayures jaune vif. L'image était aussi nette que si Alemi l'avait regardée par sa fenêtre, et il se pencha, pour n'en perdre aucun détail.

Alemi regardait, fasciné, répétant les paroles qu'échangeaient les deux partenaires. Le dauphin remorquait l'homme, accroché à sa nageoire dorsale, au milieu des lignes et des nasses. Il se demanda fugitivement ce que son père, si conservateur, dirait de dauphins qui parlent.

— Comment fait-on pour qu'ils vous parlent, Siaav ?

— D'après les rapports de nombreux dolphineurs, le problème consiste plutôt à les arrêter de parler.

— Vraiment ? fit Alemi, ravi.

— Il semble que les dauphins aient une capacité inusitée à remettre le « travail » pour s'adonner au « jeu ».

Sur l'écran, l'image changea, et Alemi reconnut la Baie de Monaco, mais telle qu'il ne l'avait jamais vue, couverte de bateaux de toutes les formes et tailles, avec des véhicules circulant dans le ciel comme des dragons trapus, rigides et malgracieux. Une immense jetée se dressait à l'extrémité de son croissant, puis il vit un solide socle, surmonté d'une cloche.

— Ça, je l'ai déjà vu, s'écria Alemi, montrant la cloche. On l'a retirée de la mer.

— Oui, tout incrustée de coquillages. Les dauphins sonnaient cette cloche pour appeler les humains quand ils avaient un message à leur transmettre, et les humains la sonnaient pour appeler les dauphins.

— Les dauphins appelaient les humains ? dit Alemi, enchanté de cette idée. Crois-tu qu'ils répondraient encore à la cloche, aujourd'hui ?

— Il est recommandé de se servir de ce moyen pour les réunir, dit Siaav. Il serait intéressant de voir si les dauphins actuels répondent aux anciens impératifs. Ces feuilles imprimées sont des résumés des fichiers sur les dauphins et les dolphineurs. Elles contiennent également les signaux manuels qu'utilisaient les dolphineurs pour communiquer sous l'eau — ce qui pourrait vous être utile — de même qu'une liste du vocabulaire des dauphins.

Soudain, des feuilles imprimées sur le nouveau papier fabriqué par le Maître Forestier Bendarek commencèrent à sortir d'une fente située au bas de l'écran.

— Et des instructions sur la conduite à tenir pour rétablir un contact intéressant avec les dauphins, Maître Alemi. Un rapport sur l'évolution de la situation serait apprécié.

Alemi rassembla les feuilles d'une main respectueuse, impressionné par ses responsabilités, qu'il acceptait pourtant de grand cœur. Il avait toujours envié leur monture aux chevaliers-dragons, mais, contrairement à la plupart de ses amis d'enfance, il n'avait jamais désiré *être* un chevalier-dragon : il avait toujours eu la mer dans le sang. Il trouvait que les lézards de feu de sa sœur Menolly étaient des créatures charmantes en même temps qu'utiles, mais il trouvait que rien ne valait un contact avec une créature marine intelligente, une créature aussi impressionnante dans l'eau que les dragons l'étaient dans l'air.

En sortant du bâtiment de l'Admin, après avoir distraitement répondu à l'adieu du Harpiste, il se demandait déjà où il pourrait bien trouver une cloche pour appeler les dauphins.

De la crête, le jeune T'lion avait surveillé la porte, de sorte qu'il atterrit avec Gadareth avant qu'Alemi ne lui fasse signe.

— Comment savais-tu que je sortais ? demanda Alemi, étonné et ravi.

— Je t'ai vu sortir de l'Admin, dit le jeune homme en rougissant. Ta démarche est différente. Chaloupée.

Alemi éclata de rire.

— Est-ce que tu dois rentrer tout de suite au Weyr ?

— Non ; je suis à ton service toute la journée.

— Parfait. Alors, pourrait-on aller jusqu'à la Baie ? demanda-t-il, montrant le croissant de la Baie de Monaco. Il voulait voir la taille de la cloche des dauphins.

— Certainement.

T'lion tendit la main à Alemi, qui sauta légèrement sur la patte repliée de Gadareth et s'installa entre les crêtes de cou.

— Sommes-nous obligés de passer par l'*Interstice* ? demanda Alemi. Ce serait trop long d'y aller en vol normal ?

— Non, pas du tout, répondit T'lion.

Quand il eut atteint son altitude de croisière, Gadareth vola donc en douceur vers la mer, simple scintillement à l'horizon. Alemi n'avait jamais eu l'occasion de voir grand-chose de l'Atterrissage, où tant de merveilles des premiers jours de Pern avaient été déterrées au cours des dernières Révolutions. Maintenant, il avait une vue panoramique des fouilles, y compris de l'ancien « terrain d'atterrissage », de sa tour de contrôle en ruine, et même de la « prairie des vaisseaux » où l'on avait dégagé les trois anciennes navettes. Ils survolèrent ensuite une épaisse forêt qui ne pouvait plus être détruite par les Fils, protégée qu'elle était par les larves qui, s'étant répandues sur tout le Continent Méridional, neutralisaient l'organisme meurtrier.

De temps en temps, T'lion tournait la tête pour s'assurer que son passager voyageait confortablement. Alemi le rassurait d'un grand sourire, en levant le pouce. C'était son plus long trajet à dos de dragon, et il en jouissait immensément, sans le moindre remords de monopoliser ainsi un dragon et son maître pour son usage personnel ; mais ce voyage avait un but, se rappela-t-il en tâtant les feuillets d'instructions dans la poche de sa veste.

Puis ils arrivèrent en vue du croissant presque parfait de la Baie de Monaco, et des vestiges de sa jetée à sa pointe orientale. Elle devait avoir été construite en ce matériau presque indestructible que possédaient les Anciens. Maître Idarolan, pourtant, assurait que la moitié en avait été arrachée. Des images d'archives de Siaav montraient un grand bâtiment, des docks flottants, et des machines quelconques. Alemi soupira. Au large, des pêcheurs pratiquaient leur antique métier qui, s'il fallait en croire Idarolan, n'avait pas changé depuis les premiers temps de la colonisation. Certaines activités de base ne changeaient jamais. Mais beaucoup d'autres avaient bénéficié d'idées et de méthodes perdues ou oubliées au cours des âges sombres.

Puis Alemi vit une colonne, et ce qui ne pouvait être que la cloche. Il toucha l'épaule de T'lion, et pointa le doigt vers le sol. T'lion hocha la tête, indiquant qu'il comprenait. Un instant plus tard, Gadareth amorça sa descente, vira vers la droite, et atterrit à quelques longueurs de l'ancienne jetée. Malgré lui, et espérant qu'il ne faisait pas mal au dragon, Alemi serra très fort sa crête de cou.

Une épaisse couche de berniques déformait la cloche, remarqua Alemi en s'en approchant. Posée sur le sable, elle était de bonne taille — quatre empans au pavillon. Une grande partie des coquillages avaient été grattés, et quelqu'un avait commencé à polir le métal. Le battant manquait. Il la frappa de l'index avec désinvolture, et fut surpris d'entendre en retour un son étouffé.

— Tiens, essaye avec ça, dit T'lion, lui tendant une pierre grosse comme le poing.

Alemi obtint alors un bien meilleur résultat, un son riche et vibrant qui résonna à travers la Baie.

— Joli ! dit T'lion avec un grand sourire.

Ramassant une pierre encore plus grosse, il en frappa la cloche et obtint un son plus puissant. Alemi se pencha et regarda l'intérieur de la cloche, s'efforçant d'imaginer la taille du battant originel.

— Le son est plus fort avec la mienne, dit-il, tendant sa pierre à Alemi.

Une pierre dans chaque main, Alemi se mit à frapper la cloche, prêtant l'oreille à ses sons harmonieux. Soudain, T'lion poussa un cri, regarda son bronze dont les yeux commençaient à tournoyer d'excitation. T'lion se retourna vers le large et scruta la mer.

— Sapristi ! Gadareth a raison ! Regarde ! s'écria-t-il d'un ton pressant, en tendant le bras vers la Baie.

Alemi tourna la tête, et vit une phalange de dauphins nager vers la côte à toute vitesse, sautant et cabriolant à la surface. Plus loin, les eaux semblaient couvertes de nageoires dorsales et de poissons-bateaux acrobates. Bouche bée, il prêta l'oreille aux sons que lui apportait la brise.

— Clochi ! Clochi sonni ! Clochi ! Clochi !

Inquiet de les voir charger vers le rivage, Alemi s'avança au bord de l'eau en faisant de grands signes.

— Non, attention ! Vous allez vous échouer ! Attention !

Doutant que les dauphins l'aient entendu par-dessus leurs « clochi » et leurs « clicks », il entra dans l'eau, espérant les arrêter. Mais il fut renversé par tous les corps grouillant autour de lui, puis soulevé par plus d'une demi-douzaine de museaux, et les exubérantes créatures se le lancèrent de l'une à l'autre.

— Doucement ! Doucement ! Vous allez me noyer ! cria Alemi, riant de leurs acrobaties.

Une ombre passa au-dessus de lui, et il vit le bronze Gadareth planer, toutes serres dehors, prêt à l'arracher aux attentions des dauphins.

— Ça va, T'lion, ça va. Rappelle Gadareth !

— Mais ils vont te noyer ! glapit T'lion d'une voix stridente, courant comme un fou sur la plage.

Simultanément, Alemi s'efforça de rassurer les dauphins, de renvoyer Gadareth, qui le croyait toujours en danger, et de tranquilliser T'lion.

— Arrêtez ! rugit Alemi.

Brusquement, toute agitation cessa autour de lui, et les nez camus firent cercle autour de lui, entourés d'un second cercle, et d'autres nageoires qui ne cessaient d'arriver du large.

— Mon nom est Alemi, pêcheur. Quel est ton nom ? demanda-t-il, montrant un dauphin dont le museau lui frôlait la cuisse.

— Noum Dar, couina joyeusement le dauphin.

Deux mots, réalisa Alemi, interprétant le premier comme une déformation de « nom ». Il était ravi que l'animal ait compris sa question.

— Qui est le chef de cette bande ?

D'un coup de queue, un autre dauphin s'approcha.

— Noum Flo. Long...

Et la créature dit un mot qu'Alemi ne reconnut pas.

— Je ne parle pas bien le dauphin, s'excusa Alemi. Répète, s'il te plaît.

Un concert de couinements salua cette déclaration.

— On ens'gne.Toi, é-cout', dit Flo, tournant un œil vers lui et lui présentant la courbe joyeuse de sa gueule. Clochi sonni ? Prob'lum ? Fais pois'sue ?

— Non, pas de prob'lum, dit Alemi en riant. Je ne sonnais pas la cloche pour vous appeler, ajouta-t-il.

Puis il haussa les épaules, n'ayant pas compris la dernière question.

— Appel bon ! Éc'ter longtemps. Pas appel. Nous... (ici, un mot qu'Alemi ne comprit pas)... clochi. Sit' plaît ?

Elle pencha la tête — sans savoir pourquoi, Alemi eut soudain l'impression qu'il s'agissait d'une femelle. Il eut aussi vaguement conscience de la somme de connaissances qu'il avait assimilées à partir des images de Siaav et de ses explications sur ces... mammifères. Cela allait choquer les pêcheurs conservateurs. Surtout son père. Les « poissons » n'avaient pas le droit d'être intelligents, et encore moins de parler avec les humains.

— Cette cloche, dit Alemi, en la montrant sur le sable, ne marche plus. Je vais en trouver une qui marche, et je la monterai au Fort de la Rivière Paradis. C'est de là que je vous appellerai. Vous pouvez m'entendre de partout ?

Concert de « clicks » et de « couics » ponctués de soufflements par leurs trous respiratoires, qui semblaient des tentatives de le comprendre.

Soudain, Flo se dressa à la verticale et se maintint en l'air, à ce que crut Alemi, par un acte de volonté pure. Elle pencha la tête, dardant un œil sur lui.

— Lemi sonne clochi. Flo venir. Toa at'ends ? Flo vient !

Elle souligna le dernier mot d'un coup de queue avant de replonger dans l'eau.

— Moa dis jeu viens, jeu viens, dit Flo, soufflant l'eau par ses trous respiratoires. Toa gr'ter pois'sue ? ajouta-t-elle, d'un ton plein d'espoir.

Alemi s'attendait à tout, sauf à un tel enthousiasme des dauphins pour rétablir le contact avec les humains. Il répéta la dernière question, s'efforçant de comprendre chaque mot. Toa, c'était « tu » ou « toi ». Mais que signifiait « gr'ter » ou « pois'sue » ? Il n'en avait aucune idée. Près de lui, Flo se tournait et retournait dans l'eau. Il ne put s'empêcher de rire de son manège — presque enfantin. Puis il réalisa qu'il avait trop chaud, avec l'eau qui lui montait maintenant jusqu'à la poitrine, et alourdissait sa veste.

— Laissez-moi retourner à terre, d'accord ? demanda-t-il, montrant qu'il devait franchir le cercle des dauphins pressés autour de lui.

Il tendit les bras pour nager, et fut soulevé par des corps aérodynamiques qui voulaient l'aider.

— Je sais nager. Laissez-moi faire.

— Nageu, hom'nageu, hom'nageu...

Soudain, le cercle s'ouvrit et les dauphins s'écartèrent avec force sauts et cabrioles.

T'lion et son dragon, tout au bord de l'eau, surveillaient anxieusement cette scène inconcevable.

— R'pelle-toa! R'pelle-toa! Toa sonni! Nooous v'nir! cria un dauphin à Alemi qui pataugeait vers le rivage. Toa fais pois'sue.

Il hocha la tête avec enthousiasme, se retournant et faisant au revoir aux dauphins qui se bousculaient pour regagner le large. Leur nombre lui parut incroyable. Puis mettant ses mains en porte-voix, il leur cria :

— Je sonne. Vous venez. J'attends.

T'lion le regarda, médusé.

— Ils parlaient? Ils te parlaient?

Alemi hocha la tête, ôtant sa veste et ses bottes trempées.

— C'est pour ça que j'ai vu Siaav aujourd'hui — pour les dauphins. Je n'aurais jamais cru avoir une réaction pareille, après avoir seulement tapé sur une cloche.

T'lion branla du chef.

— Moi non plus!

Il expulsa l'air de ses poumons, prenant la veste d'Alemi et l'étendant sur la cloche, tandis que le pêcheur enlevait sa chemise et l'essorait.

— Je ferais bien d'aller te chercher des vêtements secs. Même au soleil de midi, les tiens mettront du temps à sécher, et tu ne peux pas venir dans l'*Interstice* tout mouillé.

— Non, et j'aimerais bien me changer. C'est un problème?

T'lion l'évalua du regard, puis secoua la tête.

— Non. Et ça ne prendra que quelques minutes, répondit-il, sautant sur son dragon. J'en emprunterai à un chevalier de ta taille. Nous avons toujours une tenue de rechange.

Le dragon prit son vol, projetant une gerbe de sable sur Alemi.

— Zut ! s'écria Alemi, se jetant sur sa veste et sortant les feuilles de Siaav de sa poche.

Les mains tremblantes, il ouvrit les feuillets trempés, mais le texte ne semblait pas avoir souffert. Avec le plus grand soin, il les étala au soleil, les lestant d'un caillou à chaque coin.

Maintenant, c'était au tour de Flo, chef de la bande de Moncobaie, de propager la nouvelle que la cloche avait sonné. Pas exactement comme elle l'aurait dû, mais elle avait sonné, et ils avaient tous répondu, pour prouver à l'homme qu'ils venaient quand la cloche sonnait. Ce son n'était plus entendu depuis si longtemps, sur ou sous l'eau. Aucun membre de la bande, pas même Teres, qui était très vieille et qu'il fallait accompagner pour aller se nourrir parmi les bancs de poissons, n'avait jamais entendu la cloche. Mais ils s'étaient souvenus: Ceux de Pardisriv n'étaient pas les seuls à parler à l'homme et à utiliser les Mots.

Les hommes étaient deux et ils avaient été gentils avec la bande. Il y avait eu des grattements et des caresses dont les dauphins étaient privés depuis longtemps. Ils avaient remercié par des sauts, des acrobaties et des plongeons. L'homme avait dit qu'il gratterait les poissons-sangsues, ce qui était la meilleure nouvelle de toutes. Ce soir-là, tandis qu'ils se reposaient dans le Grand Courant, Teres leur répéta ce qu'elle avait appris de la Tillek dans sa jeunesse, à la Grande Fosse, avant qu'elle ait traversé le tourbillon et ait été déclarée digne de porter des petits. Sur l'époque où l'homme nageait près des dauphins, sur et sous l'eau, et où ils avaient accompli tant de choses merveilleuses ensemble. Et l'homme recommencerait à soigner les blessés, et empêcherait de mourir ceux qui s'étaient échoués. Il y aurait du bon Travail à faire. La mer avait changé la terre depuis que les humains et les dauphins étaient arrivés dans ces eaux. Les humains devaient savoir. Les dau-

phins pouvaient montrer à l'homme l'enroit où le littoral et les Courants avaient changé, et où se trouvaient les plus grands bancs de poissons. Et ils pourraient peut-être même jouer ensemble comme autrefois.

4

Quand Alemi arriva au Fort de la Rivière Paradis, il brûlait de raconter sa journée, et se mit en quête de Jayge pour lui faire son rapport.

Jayge arrachait les broussailles qui ne cessaient de repousser autour de la maison, travail pénible mais indispensable pour prévenir leur prolifération pendant la saison chaude — et tâche qui avait tendance à le mettre de mauvaise humeur. Quoi qu'il en soit, il accueillit le récit d'Alemi avec rien moins que de l'enthousiasme.

Jayge interrompit son travail, épongeant la sueur qui coulait sous son serre-tête.

— Tout cela est bel et bon, Alemi. Je suppose...

Jayge hésita.

— ... que c'est bon. Nous avons des lézards de feu et des dragons, alors pourquoi pas une vie intelligente dans les mers ? Les Anciens savaient *apparemment* ce qu'il fallait pour faire un monde parfait, et ces dauphins avaient sans doute leur rôle à jouer...

De nouveau, il hésita.

— Mais tu t'inquiètes au sujet de Readis ?

Jayge poussa un soupir explosif.

— Oui ! Il n'arrête pas de parler de ces mam'fères...

— Ce sont effectivement des mammifères, dit Alemi, prononçant soigneusement toutes les syllabes. Des créatures qui mettent au monde des petits vivants et qui les allaitent.

Jayge lui lança un long regard incrédule.

— Sous l'eau ?

Alemi sourit de son étonnement.

— J'ai vu des images animées d'une naissance et d'un allaitement, alors je n'en doute plus.

— Siaav perd son temps à ces fariboles?

— Je ne dirais pas que c'est du temps perdu, dit Alemi avec ironie, si ces dauphins sauvent les marins perdus en mer.

Jayge eut la bonne grâce de rougir et se concentra sur l'affûtage de sa machette.

— Ecoute, je garderai tout ça pour moi. Tu n'as pas parlé à Readis de mon entrevue avec Siaav? Non? Bon. Moi, je n'en dirai rien, mais j'aimerais avoir ton autorisation de poursuivre discrètement mon association avee ces créatures. Avec des grains comme celui que nous avons essuyé, Readis et moi, les marins ont besoin de tous les secours possibles.

— Et ces dau-phins viendraient *toujours* à leur secours?

— D'après ce que j'ai vu et ce que Siaav m'a dit, le sauvetage en mer est l'un des devoirs des dauphins.

— Hum. Et qu'en dit Maître Idarolan?

— Je viens de revenir, Jayge. Je ne lui en ai pas encore parlé, mais je ne tarderai pas à le faire. La plupart des bateaux ont des cloches. Si les Maîtres savent quelle séquence sonner pour appeler les dauphins à leur aide, ils auront une chance de plus de revenir sains et saufs. Tu ne peux pas le nier, non?

— Non.

Jayge se rappelait très bien la tempête qui les avait jetés par-dessus bord, lui et Aramina, et le poisson-bateau qui les avait sauvés.

— Je ne le nie pas. Mais fais en sorte que Readis n'en apprenne rien. Il est beaucoup trop jeune.

Alemi hocha la tête, avec une satisfaction perverse à l'idée d'être le seul à rétablir le contact avec les dauphins, sans avoir à partager son expérience avec personne. Après tout, maintenant, ils avaient une jetée dans la crique abritée, de l'autre côté de la pointe. Il pourrait y installer une cloche, et un radeau comme celui qu'il avait vu sur les images animées, pour rencontrer les dauphins à leur niveau.

— Je vais te débarrasser d'une partie de ces bambous, Jayge, proposa Alemi, remarquant le diamètre des tiges que coupait le Seigneur.

— Tes dau-phins mangent des plantes ?

— Non, mais ça pourra me servir; répondit Alemi, rassemblant des tiges de longueur suffisante.

Avec des vessies gonflées d'air pour améliorer la flottaison, il aurait une plate-forme semblable à celle qu'il avait vue dans les eaux de la Baie de Monaco — plus petite, mais suffisante pour un homme.

— Tu as des nouvelles de Benden, et de la date à laquelle on recevra les nouveaux colons ?

— Je devrais le savoir à la fin de cette septaine, dit Jayge, s'interrompant pour s'éponger le front. Alors, ils auront sûrement besoin de poisson.

— Pas de problème, dit Alemi en souriant.

Les merlans étaient abondants — et délicieux. Ils pouvaient être salés, marinés ou fumés sans perdre leur goût. Il savait que Jayge était impatient d'installer un nouveau fort sur la rivière. Lui aussi. Les frontières de Jayge étaient confirmées; Alemi, Swacky, Temma et Nazer avaient aidé les chevaliers-dragons à établir les limites du nouveau Fort, qui commencerait après la boucle marquant la fin du Fort de la Rivière Paradis, et continuerait jusqu'à la source. Le meilleur site se trouverait au pied des collines, vu que les nouveaux colons étaient des fermiers; ils regrouperaient le bétail sauvage, et cultiveraient les céréales qui venaient mal sur la côte.

Alemi avait vu les chefs de Keroon, grande famille avec des tas d'oncles et de tantes, qui avaient posé leur candidature pour le nouveau Fort. Des travailleurs solides, tant les femmes que les hommes. Il lui tardait de les avoir pour voisins. Et on parlait d'un autre groupe qui voulait, quant à lui, s'établir sur la rive sud-ouest de la Rivière.

Alemi ne put consacrer tout le temps qu'il aurait voulu à sa nouvelle passion. Il dut affecter des bateaux et leurs équipages au transport des nouveaux colons sur la Paradis jusqu'à la Boucle, de sorte qu'il manqua de pêcheurs. Pourtant, comme c'était la saison du merlan, il voulait en prendre le plus possible. Avec les équipages qui restaient, il pêchait jour et nuit, au chalut et aux lignes de fond. Alemi respectait à la lettre toutes les précautions conseillées par Siaav — dont certaines avaient toujours été observées par les pêcheurs sans qu'ils en connussent la raison. Il fallait surtout veiller à la taille des filets et s'abstenir du « péché » d'y prendre un poisson-bateau. Même son père, qui n'avait même pas assez d'imagination pour être superstitieux, respectait ces préceptes. Maintenant, Alemi connaissait la raison de ces pratiques, mais il doutait que son père les admît jamais — et encore moins le fait que les dauphins étaient intelligents et doués de la parole. Entre eux, le gouffre allait s'élargissant.

Fort de la confirmation de l'intelligence des poissons-bateaux/dauphins par Siaav, Alemi informa Maître Idarolan de ses recherches et de ses projets pour renouveler l'association au bénéfice mutuel des deux espèces — sans bien comprendre quel bénéfice les dauphins, quant à eux, pourraient en tirer. Comme il respectait le Maître Pêcheur de Pern et ne voulait pas descendre dans son estime, il attribua l'intérêt qu'il leur portait au récent sauvetage, et aux tempêtes imprévisibles des eaux tropicales. Il envoya Tork, son lézard bronze, lui porter son message. Le prompt retour de Tork l'enchanta — preuve que Menolly avait raison en lui conseillant de dresser la petite créature. Trouvant qu'il s'était bien tiré de l'instruction de son lézard de feu, Alemi pensa qu'il réussirait encore mieux avec les dauphins, qui étaient plus intelligents.

Tout en sachant que l'eau amplifiait les sons, Alemi pensa qu'il lui faudrait une cloche plus grosse que celle de son bateau — et qu'il empruntait chaque fois qu'il était à l'ancre. Après l'invasion de Thella, Jayge avait installé un triangle d'alarme à la frontière de son Fort, et Alemi se demanda s'il ferait l'affaire, avant d'écarter cette idée. Un triangle n'avait pas les mêmes résonances.

Il lui fallait une cloche. Il renvoya Tork en mission ce même jour, à l'Atelier des Forgerons du Fort de Telgar, cette fois, pour leur demander de couler une cloche semblable à celle de la Baie de Monaco.

Le Maître Forgeron Fandarel lui renvoya un message,

disant qu'il se ferait un plaisir de lui couler une cloche de cette taille, mais qu'il devrait attendre son tour, car ils étaient submergés de travail avec toutes les commandes qu'ils recevaient en vue d'éliminer les Fils. Alemi dut se contenter de cette promesse. En attendant, le Maître Harpiste Robinton lui trouva une petite cloche, puis lui fit savoir par Zair, son lézard bronze, que le harpiste de Fort croyait avoir vu une grosse cloche dans les immenses entrepôts de leurs cavernes inférieures.

Tous les soirs, Alemi étudiait les notes que Siaav lui avait données, jusqu'au moment où il sut par cœur les signaux manuels et les commandements de base dont il espérait qu'ils avaient survécu dans la mémoire des dauphins. Pendant ces séances d'étude, il lui arrivait parfois de branler du chef, incrédule.

— Pourquoi hoches-tu la tête comme ça quand tu lis ces feuilles, Alemi ? lui demanda Kitrin, soupirant d'exaspération.

— Je suis stupéfait, répondit Alemi, se renversant sur sa chaise. Stupéfait que nous ayons été aveugles à toutes les marques d'amitié que nous ont données les dauphins. Sapristi, ils ont essayé de nous *parler*, et nous, nous n'avons jamais *écouté* !

Kitrin fit une telle grimace qu'il éclata de rire. Il comprenait souvent ses pensées avant qu'elle ne les exprime tout haut.

— Oui, tu as raison. Je vois d'ici mon bon père Yanus en train d'écouter un poisson-bateau !

— Exactement ! dit Kitrin avec emportement, abandonnant un instant le lange qu'elle ourlait pour son prochain enfant. Je ne voudrais pas lui manquer de respect — enfin, peut-être un peu —, mais il est parfois...

— *Toujours*, rectifia Alemi en souriant.

— ... tellement borné. Ton père et ta mère ne parlent *jamais* de Menolly, même si ta mère fait parfois en ma présence des réflexions sur l'ingratitude. C'est comme si Menolly n'avait jamais existé, termina-t-elle en soupirant.

— Je crois que c'est mieux ainsi, dit Alemi avec un peu d'ironie, connaissant trop bien le traitement qu'avait supporté sa sœur si talentueuse au Fort Maritime. Mieux pour la mère et la fille.

— Menolly n'est jamais retournée les voir?

— Pas au Fort Maritime. Qu'irait-elle y faire?

Kitrin haussa les épaules.

— Je trouve tellement... tellement dommage... qu'ils n'arrivent pas à accepter ses succès.

Puis elle ajouta timidement :

— Sebell n'oublie jamais de nous envoyer des copies de ses dernières ballades. Alemi, *quand* aurons-nous un harpiste ici?

Il sourit car il savait depuis le début de cette conversation que c'était là qu'elle voulait en venir.

— Hum, j'en ai parlé à Jayge et Aramina. Readis est maintenant assez grand pour apprendre ses ballades, et plusieurs autres enfants aussi, dont les nôtres, ce qui justifierait la présence d'un harpiste, d'un compagnon, en tout cas. Et nous avons bien des avantages à offrir, entre autres un climat agréable et des terres à cultiver.

— Demande-leur s'ils ont *postulé*, dit Kitrin avec une force inusitée. Je ne veux pas que mes filles, et notre *fils*, ajouta-t-elle posant la main sur son ventre, grandissent dans l'ignorance de ce qu'ils doivent au Fort, à l'Atelicr et au Weyr.

— Bien dit! approuva Alemi en riant.

Il souleva la question d'un harpiste pour le Fort dès l'après-midi suivant, en livrant à Jayge ses plus belles prises du jour : trois thons magnifiques.

— Il y a des moments où je *regrette* presque que Siaav ait été découvert, dit Jayge avec quelque acrimonie. Maintenant, il a toujours la priorité en tout!

— Mais sûrement que les harpistes...

— Tout harpiste qui a terminé ses voyages de compagnon veut participer à la transcription des informations de Siaav, inépuisables, paraît-il, sur tous les sujets imaginables, et qui semblent toutes devoir être transcrites *immédiatement!*

Jayge passa une main nerveuse sur ses cheveux noirs coupés en brosse, et fronça les sourcils.

— J'ai déjà fait cette demande je ne sais combien de fois!

— Maître Robinton ? suggéra Alemi avec espoir.

— Il est encore pire que les autres, maintenant qu'il ne bouge plus de l'Admin.

Il eut quand même un gloussement amusé.

— Ça ne l'empêche quand même pas d'être mêlé à tout ! Mais je ne désire pas que Readis grandisse en ignorant ses devoirs — même s'ils sont susceptibles de changer avec tous ces nouveaux gadgets et enseignements — pas plus que tu ne désires que tes filles demeurent ignorantes. Dans le pire des cas, les fermiers ont un vieux harpiste qu'on pourra peut-être persuader de venir ici de temps en temps, mais...

— Si tu es d'accord, je pourrais en toucher un mot à Menolly ? proposa Alemi.

Une expression d'intense soulagement passa sur le visage de Jayge.

— Je n'osais pas te le demander...

— Pourquoi pas ? dit Alemi en souriant. Je n'ai pas demandé beaucoup de faveurs à ma sœur si haut placée. Et elle a un enfant elle aussi, tu sais. Et un deuxième en route.

Jayge le regarda, étonné, puis ajouta avec un clin d'œil :

— On dirait qu'elle ne passe pas tout son temps à composer ces ballades que tout le monde chante aujourd'hui !

— D'après elle, c'est une façon de conserver son équilibre, vu tout ce que les harpistes ont à faire en ce moment.

C'était la saison chaude dans le Sud, mais il régnait un froid intense dans le Nord, et peu de gens refusaient l'occasion de venir s'établir sur le Continent Méridional. Personne ne fut donc trop surpris quand la requête que fit Alemi à sa sœur d'un harpiste pour le Fort de la Rivière Paradis fut suivie d'un message annonçant qu'on leur en enverrait un dès qu'on lui aurait trouvé un moyen de transport. Mais ce à quoi personne ne s'attendait, c'était à voir débarquer du bateau de Maître Idarolan Menolly en personne, son jeune fils Robse dans les bras du fidèle Camo.

En prévision de l'arrivée d'un harpiste, Jayge avait constitué une équipe de travail pour construire un joli fortin de trois pièces près du vieil entrepôt, qui pourrait servir de salle de classe, et le fortin était assez loin des autres habitations pour que le harpiste ne soit pas gêné. Cependant, quand il découvrit que le Maître Harpiste Menolly en personne arrivait, Jayge fut tout prêt à expulser un jeune couple de colons pour lui donner une habitation plus grande.

— Pas du tout, dit Menolly. Ce n'est pas comme si je m'établissais ici définitivement. Je ne peux rester que jusqu'à la naissance de mon bébé. Et encore, ajouta-t-elle en fronçant le nez, c'est seulement parce que Sebell se fatigue de m'entendre tout le temps me plaindre que le froid m'empêche de composer, sans parler de jouer. Regarde !

Elle montra sa main.

— Tu vois ? Des engelures !

Elle passa près de Jayge, encore tout tremblant d'émotion, et sortit sur la large véranda, avec son hamac suspendu à l'endroit le plus « éventé ».

— De plus, ici on passe plus de temps dehors que dedans. Dans ma chambre, il y a assez de place pour le petit lit de Robse, et une pièce pour Camo, qu'il adore vu qu'il n'est guère plus lui-même qu'un gros bébé. J'ai une très jolie cuisine, et je pourrai toujours me servir de l'entrepôt pour travailler, non ?

— Bien sûr. Ou alors, on peut installer Camo dans l'entrepôt, comme ça, il serait tout près de vous mais pas tout le temps dans vos pattes.

— Alors, c'est d'accord, nous emménageons ici, dit-elle, se retournant pour rentrer dans la maison. Oh, c'est si bon d'avoir chaud ! ajouta-t-elle, ouvrant les bras en un geste expansif.

— Attends seulement les grosses chaleurs, fit Jayge avec un sourire cynique.

— Peu importe, répondit Menolly, rejetant en arrière son abondante chevelure, au moins, mon sang commence à dégeler. Il n'a *jamais* fait aussi froid dans le Nord, ajouta-t-elle en frissonnant.

Camo arriva alors, poussant la brouette qui contenait les effets de Menolly, Robse juché sur le tout et serrant dans ses bras la harpe de sa mère dans son étui. Un bon tiers des bagages consistait en instruments de musique et en une énorme provision de matériel pour écrire. Par la suite, Aramina apprit à Jayge que Menolly n'avait apporté que deux tenues de rechange pour elle, plus une élégante robe brodée « de harpiste ».

Elle la revêtit le premier soir, lors de la Fête hâtivement improvisée en son honneur. Tous ceux qui habitaient près ou loin du Fort voulaient connaître Maître Menolly. Seuls les nouveaux colons du Fort de la Boucle — trop occupés à construire un corral pour le bétail — ne purent venir, mais ils envoyèrent deux de leurs tantes pour aider à la cuisine. Jayge pouvait être fier d'accueillir une telle foule, car la population de son Fort avait beaucoup augmenté au cours de ces dernières Révolutions, chaque groupe d'arrivants apportant avec lui de nouveaux artisans bien utiles. Quarante-sept résidents du Fort, adultes et enfants, s'assemblèrent donc ce soir-là, auxquels se joignit l'équipage du *Sœurs de l'Aube*, amarré dans la baie.

Prétextant son assistance à la Fête, Maître Idarolan avait accepté de faire escale une journée pour voir les « dauphins » d'Alemi.

— C'est prendre deux poissons au même hameçon, déclara-t-il drôlement à son second, en observant la petite pêcherie qu'Alemi avait construite avec ses deux compagnons. Alemi dut réprimer fermement son impatience, et renoncer à prouver l'intelligence des dauphins à Maître Idarolan, car c'était l'arrivée de Menolly qu'on fêtait. Il ne lui était jamais venu à l'idée que sa *sœur* viendrait au Fort de la Rivière Paradis pour remplir les fonctions de Harpiste. Tout le monde en avait été stupéfait et ravi. Très consciente du prestige de sa belle-sœur, Kitrin était toute prête à lui céder sa chère maison, mais Alemi avait éclaté de rire.

— Menolly refuserait ta proposition, ma chérie, lui

dit-il, d'autant que ta grossesse est plus avancée que la tienne.

— Mais c'est le Maître Harpiste !

— C'est aussi Menolly, ma sœur, et elle n'a pas laissé sa haute situation lui monter à la tête.

Afin de compenser, Kitrin se lança à corps perdu dans la cuisine et la pâtisserie pour le banquet du soir.

— Après tout, nous ne pouvons pas manquer à la courtoisie envers un Maître Harpiste, et encore moins quand le Maître Harpiste est ta *sœur*.

Alemi éclata de rire et la laissa préparer, avec les autres femmes de pêcheurs, les spécialités du Fort de la Rivière Paradis, très nombreuses à cette époque de l'année.

La soirée se prolongea très tard, et fut très appréciée par les assistants, sevrés de nouveaux chants et de nouveaux visages. Menolly avait chanté sans relâche, ses nouvelles ballades et les anciennes qu'on lui demandait. Sans préciser, remarqua Alemi, lesquelles étaient de sa composition ; mais il le devinait. Son style était inimitable. Elle lui fit chanter avec elle quelques chansons de marin que le harpiste Petiron leur avait apprises quand ils étaient enfants. Alemi était heureux qu'ils aient enfin l'occasion de profiter de la compagnie l'un de l'autre — d'une façon qui n'avait jamais été possible quand ils habitaient tous les deux au Fort Maritime.

Quand Alemi en eut terminé avec ses duos et eut rejoint Kitrin dans l'assistance, il se remit à écouter la voix grave et vibrante de sa sœur, s'étonnant que personne n'ai reconnu et encouragé son talent au Fort Maritime — à part le vieux Petiron et lui-même. Quand elle s'était coupé la main sur la nageoire d'un poisson venimeux et qu'elle avait craint un moment de ne plus jamais pouvoir jouer, la méchanceté mesquine de ses parents l'avait mis en fureur. Ils s'étaient *réjouis* de cet accident !

— Pourquoi grimaces-tu comme ça, 'Lemi ? demanda Kitrin à voix basse pendant une pause, que Menolly mit à profit pour boire son jus de fruits et bavarder avec son public.

— Je pensais à ce que tu disais de mes parents, répondit-il, énigmatique.

— Qu'est-ce que j'ai dit ? Quand ?

— Qu'ils n'appréciaient pas notre Menolly.

— Oh ça ! dit-elle avec dérision. Tant pis pour eux, tant mieux pour nous. Vos voix s'accordaient bien ensemble, tout à l'heure. Tu devrais chanter plus souvent aux Fêtes. Et c'était cette merveilleuse ballade sur l'Atterrissage ! Penser que des gens comme nous ont fait ce voyage incroyable à travers l'espace pour commencer une nouvelle vie ici ! Comme nous à la Rivière Paradis, en un sens. Mais nous n'avons pas été obligés de dormir quinze Révolutions pour arriver ici.

Alemi lui tapota l'épaule, et préféra ne pas lui rappeler combien elle avait trouvé difficile son installation dans son nouveau Fort. La ballade de Menolly avait atteint son but, pensa-t-il — et son sourire s'élargit. Il avait toujours respecté sa sœur pour son talent de chanteuse ; maintenant, il respectait ses ballades pour leur subtilité. Mais n'était-ce pas là le rôle des harpistes ? Encourager les gens à réfléchir, à s'émouvoir et, par-dessus tout, à apprendre. Les pêcheurs nourrissaient les corps, mais les harpistes nourrissaient les âmes.

Ayant profité un temps de la présence de Maître Menolly, le Fort de la Rivière Paradis parviendrait-il à s'habituer au compagnon quelconque qui accepterait de se rendre dans un endroit aussi écarté ? En tout cas, il chanterait toujours les magnifiques ballades qu'elle lui aurait apprises.

Peut-être — et, ici, Alemi laissa ses espoirs s'envoler tandis que Menolly plaquait un accord — les dauphins rendraient-ils le Fort plus attirant. Il faudrait qu'il creuse cette idée. Premièrement, se rappela-t-il, il fallait convaincre Maître Idarolan que les dauphins pouvaient être bien davantage que des... mammifères acrobates qui aimaient nager près des bateaux.

Malgré le manque de temps, Alemi s'était servi un soir de la cloche de son bateau — avec hésitation, craignant presque de sonner fort de peur qu'aucun dauphin n'y réponde. Il attendit, et comme rien ne se passait, il joua la séquence « Au Rapport » mentionnée dans les instructions de Siaav. Mais sans doute pas assez fort pour attirer les dauphins.

— Clochi ! ! ! Clochi ! ! !

Il dut prêter l'oreille avec attention pour être sûr qu'il n'imaginait pas la réponse apportée par la brise du soir. Le soleil couchant se reflétait sur la mer et l'aveuglait. Puis le cri se répéta, et il vit une demi-douzaine de dauphins sauter puis filer vers le rivage. Ses genoux faillirent se dérober sous lui tant il fut soulagé.

— Clochi ! ! ! Squeeee ! ! ! Clochi ! ! ! R'porrrrt !

Leur joie paya Alemi de ses efforts.

Les instructions indiquant que le dolphineur devait récompenser les arrivants, il avait apporté un seau de poissons, trop petits pour être salés ou fumés. Comme les dauphins étaient très capables de prendre tous les poissons qu'il leur fallait, il s'était étonné de cette coutume. Il n'importe, c'était un geste amical. Les humains offraient du klah ou des jus de fruits à leurs visiteurs, et pourtant ils en avaient tous chez eux. C'était l'idée qui comptait.

— Qui êtes-vous ? demanda-t-il. Moi, je suis Alemi.

Un dauphin, sa robe grise nuancée de rose par le soleil couchant, se dressa hors de l'eau.

— Te connais ! T'ai s'vé dans b'teau !

Alemi lui lança un poisson.

— Encore merci.

— Moa s'vé hom aussi ! couina un autre, se dressant sur sa queue.

— Un poisson pour toi aussi. Un poisson pour tous ceux qui ont répondu à la cloche !

— Clochi ! ! ! Clochi ! ! !

Les dauphins semblaient ajouter une syllabe au mot, et Alemi leur lança les poissons en riant.

— R'porit ? demanda un autre.

Alemi eut l'impression que c'était la première fois qu'il lui parlait, mais il n'en était pas sûr. Ils se ressemblaient tous dans la lumière du crépuscule. Mais, le temps qu'il ait vidé son seau, il avait reconnu des cicatrices sur certaines têtes — qui lui parurent similaires à celles qu'il avait vues en mer sur certains dauphins escorteurs — et il commençait à distinguer des différences de tailles et de formes.

— Je sonnais juste pour voir si vous viendriez.

— Clochi am'ne band' ! T'jours ! Clochi sonne, nous venir !

Bien qu'il les comprît, Alemi commençait aussi à comprendre ce que voulait dire Siaav en parlant des mutations linguistiques. Comprenaient-ils vraiment ce qu'il leur disait ? Devait-il corriger leur prononciation ? Siaav n'avait rien dit sur ce point. Enfin, il pouvait toujours essayer ; il valait mieux qu'il leur parle normalement, ce qui à la longue finirait par améliorer leur prononciation.

— Parfait ! Venez toujours quand vous entendrez la cloche ! J'en fais faire une plus grosse.

— Nus sonner, hom r'pond ?

Alemi éclata de rire à cette question impudente, et s'enhardit à caresser le museau du questionneur.

— Booon ! Booon ! Gr'ter pois'sue là ?...

Encore ces mots bizarres, qui semblaient très importants pour les dauphins.

— Pois'sue ? répéta-t-il. Qu'est-ce que c'est ?

— Çaaa...

Kib roula sur le dos pour découvrir son ventre plus clair.

Sur son flanc, Alemi vit alors une vilaine tache, qu'en regardant de plus près il reconnut pour un poisson-sangsue gorgé de sang — une créature que tous les marins connaissaient car elle se collait à toutes les blessures.

— Poissons-sangsue... Bien sûr, pois'sue ! fit Alemi, imitant le ton haut perché des dauphins. Ce que je peux être bête ! ajouta-t-il en se frappant le front.

Il saisit le parasite par la tête et tira pour le déloger, mais il semblait collé au flanc du dauphin.

— Il suce dur, hein ? Mais je n'ai pas de feu ici...

Généralement, les marins touchaient la tête avec un brandon ou une braise.

Kib se remit sur le ventre et se dressa hors de l'eau.

— Couti !

— Mais un couteau ne va-t-il pas élargir la blessure ?

— Pois'sue vieux. Trou petit.

— Ça va faire mal, répondit Alemi en grimaçant.

— Nooon, pas mal, boon !

— Si tu le dis...

— Vouiii, jeu dis. Booon, booon. Homme fait bien à dauphins.

Et Kib se retourna, pour qu'Alemi puisse attaquer le parasite.

La lame de son couteau fut assez tranchante pour couper le poisson-sangsue. Il dut creuser un peu pour enlever le suçoir, mais cela ne laissa qu'un petit trou.

Deux autres dauphins extatiques se firent enlever leur poisson-sangsue, dont l'un très proche des génitoires. Après chaque extraction de parasite, le dauphin concerné se livrait à des acrobaties exubérantes. Alemi nota de nouveaux traits permettant de les distinguer. Kib avait une longue cicatrice à la mâchoire inférieure, et était le plus gros mâle. Mul avait la peau marbrée, et son parasite se trouvait près de sa queue. Mel avait le museau le plus long, et Afo était la plus petite femelle. Jim semblait le plus acrobatique — ce qu'il prouva en couvrant la plus longue distance dressé sur sa queue, lorsqu'il fut débarrassé de son parasite — et Temp était nettement plus gros que les autres. Les notes de Siaav faisaient état d'un épaisse couche de graisse sous la peau, qui leur tenait chaud dans les eaux froides et jouait le rôle de régulateur thermique.

Quand le bref crépuscule tropical fit brusquement place à la nuit, il leur souhaita bonne nuit.

— Bonne nuit, leur cria-t-il, montant la courte échelle qui accédait à la jetée.

—M'ci enl'ver pois'sue. Booon, booon ! Booon'nouit ! Dor bian !

Il entendit, plus qu'il ne vit, les dauphins exécuter encore quelques sauts périlleux avant de repartir vers le large et les Courants.

Une fois encore, la bande d'Afo avait de bonnes nouvelles à annoncer à toutes les autres, dont l'extraction des ennuyeux poissons-sangsues. Ils reçurent d'autres bonnes nouvelles par le sonar car, maintenant, certains bateaux nourrissaient les dauphins qui les escortaient à la pêche. Parfois, cependant, les bateaux ne suivaient pas les dauphins une fois qu'ils étaient au large, de sorte qu'ils ne trouvaient pas les meilleurs bancs de poissons. On demanda à la Tillek d'enseigner cela à l'homme. Les dauphins se rappelaient. Pourquoi pas les hommes ?

Af ro put affirmer avec fierté que son homme se rappelait. Il avait fallu lui rafraîchir la mémoire et lui montrer comment faire, mais il avait sorti son acier et effectué l'opération. Tous n'étaient pas encore débarrassés de leur parasite, mais il était tout seul et les dauphins étaient nombreux dans la bande, qui avait déjà eu beaucoup, beaucoup de chance. Ils avaient une cloche à Paradisriv, et une extraction de poissons-sangsues. Alta et Dar répondirent que la cloche de Moncobaie n'était pas encore montée à l'endroit où les dauphins pouvaient la sonner. Bientôt. La Tillek fit savoir qu'ils devaient être patients. Quand la cloche serait en place, elle reviendrait voir les hommes, maintenant qu'ils étaient revenus à leur Premier Camp. Peut-être y aurait-il parmi eux un Tillek qui rappellerait aux hommes leur part du Contrat.

Quoique Maître Idarolan ait biberonné aussi bien qu'un autre à la Fête, il quitta les *Sœurs de l'Aube* et gagna le rivage à la rame dès que le soleil parut sur l'horizon. La mer d'huile lui facilita la tâche. Alemi l'attendait, une tasse de klah fumant à la main. Des Révolutions de réveils matinaux l'avaient rendu incapable de dormir après le lever du soleil.

— Merci, mon garçon. Ah, c'est du bon, dit Idarolan, faisant claquer ses lèvres après avoir goûté le breuvage en connaisseur.

Alemi lui présenta un panier de fruits et des pains et pâtisseries restant de la Fête.

— Je n'aurais jamais cru qu'il y aurait des restes après le passage de mon équipage, déclara-t-il, prenant un gâteau, tout en regardant discrètement l'intérieur de la maison par la fenêtre. Tu es bien installé. Et c'est aussi propre que la pêcherie ! Nickel ! Ça me fait plaisir de voir ça, mais je n'en attendais pas moins d'un fils de ton père.

— Euh, à propos de Maître Yanus, euh... j'aimerais mieux, Maître Idarolan que... euh, tu...

— Que je ne parle pas des dau-phins à ton père? demanda Idarolan en riant, son visage hâlé tout plissé de rides de soleil. Peu probable, et pourtant j'aimerais qu'il soit capable d'accepter les nouveautés — de temps en temps. Quelqu'un qui se jette à corps perdu dans toutes les modes...

— L'association des dauphins et des hommes n'est pas une mode, répondit fermement Alemi.

— Certainement pas si tu tiens tes informations de Siaav lui-même! gloussa Idarolan. Maître Yanus est un bon marin, il forme bien les apprentis, il sent bien le temps de la Baie de Nerat et a une bonne connaissance de ses côtes...

Idarolan fit une pause, puis lança un regard en coin à Alemi, les yeux pétillants de malice.

— Mais, pour ce qui est d'accepter des idées nouvelles... pas question! Ce n'est pas sa façon de carguer ses voiles.

Il se pencha vers Alemi, tout un prenant un autre gâteau dans le panier.

— Entre nous, il ne croit toujours pas qu'il *puisse exister*... une créature, un appareil comme Siaav. Non, une chose comme Siaav ne peut pas exister.

— Ça ne m'étonne pas.

— Mais ce qui m'étonne, c'est que Yanus et Mavi aient pu avoir des enfants comme toi et Menolly.

— C'est elle, la vraie surprise!

— Au moins, tu es fier d'elle, toi.

— Très!

— C'est à cause de toi qu'elle est venue, tu sais. Elle m'a dit qu'elle n'avait jamais eu l'occasion de bien te connaître, mais que tu étais le meilleur du lot.

— Elle a dit ça? s'écria Alemi, stupéfait. De moi?

Sa gorge se serra de fierté et d'affection.

— Sur un bateau, beaucoup de gens disent des choses qu'ils n'avoueraient jamais sur la terre ferme, ajouta Idarolan, madré. Bon, verse-moi une autre tasse de klah, puis tu viendras me montrer tes fameux dau-phins.

— Dauphins, rectifia machinalement Alemi en remplissant leurs deux tasses.

Il prit un seau — plein de restes de pain et de gâteaux. Il ne restait plus un seul poisson de la veille, et il ne savait pas si les dauphins mangeraient de la nourriture humaine. Puis, passant devant Idarolan, il s'engagea sur le chemin qui conduisait directement de sa maison à la jetée.

Idarolan descendit l'échelle menant au radeau aussi agilement qu'Alemi. Un peu gêné, Alemi prit la petite cloche et joua la séquence « Au Rapport » devant les eaux qui clapotaient doucement.

Lui et Idarolan sursautèrent quand deux dauphins surgirent hors de l'eau à quelques doigts du radeau.

— Ça, c'est de l'enthousiasme ou je ne m'y connais pas ! s'exclama Idarolan.

— Lemi sonn'clochi ! R'pporit ! Afo r'porit !

Les mots parvinrent distinctement aux deux hommes.

— Kib r'porit ! fit le second dauphin.

— Ça alors ! dit Idarolan en un souffle, très impressionné.

S'agenouillant tout au bord du radeau, il s'efforça de suivre les mouvements des dauphins maintenant submergés. Il recula précipitamment quand l'un d'eux fit surface juste devant lui, son rostre lui touchant presque le menton.

— Ma parole ! fit-il, fixant Alemi un bon moment.

— Toa sonner ?

— Kib ? demanda Alemi, lui tendant un morceau de pain. Tu manges la nourriture de l'homme ?

— Pas poissons ?

— Pas ce matin.

— Il a dit distinctement « pas poissons » ! Et sur le ton interrogatif ! s'exclama doucement Maître Idarolan, s'asseyant sur ses talons.

Alemi eut un grand sourire.

— Pas poissons ? s'enquit le second dauphin, surgissant devant Alemi qui le gratta sous le menton.

— Je peux les remplacer par des caresses, ou vous enlever des poissons-sangsues ?

Il sourit, expliquant à Idarolan comment il les avait débarrassés de leurs parasites.

— Et ils t'ont laissé faire ? Avec un couteau ?

— Ils ont eu l'air très contents. J'en ai opéré cinq de cette bande. Et ils aiment qu'on les gratte. Parfois, leur peau s'écaille, mais c'est normal. Gr'tter ? demanda-t-il. Ou y a-t-il un poisson-sangsue à enlever ?

— Gr'tter. Poisson-sangsue, prononça soigneusement le dauphin, levant la tête. Boon ! Encoor' !

Le dauphin tourna la tête pour amener le parasite sous les doigts d'Alemi.

— Comment sont-ils, au toucher ? demanda Idarolan, agitant les doigts.

— Vois par toi-même. Ne touche pas les trous respiratoires, mais, sinon, une caresse sur la tête ou le nez leur fait toujours plaisir.

— Élastiques, mais fermes. Et pas visqueux comme les poissons.

— Pas poisson ! Mammifère ! répondit instantanément Afo.

— Sapristi !

De surprise, Idarolan perdit l'équilibre et s'assit lourdement sur le radeau, provoquant un remous qui les inonda.

— Il sait ce qu'il est !

— Exactement comme nous, gloussa Alemi. Alors, doutes-tu encore de leur intelligence ?

— Non, impossible ! avoua Idarolan. Je suis sidéré, c'est tout. Quand je pense que je les admire depuis des Révolutions sans avoir jamais eu l'idée de leur parler ! Je n'ai jamais pensé que les sons qu'ils émettaient *pouvaient* être des mots, alors je n'ai jamais *écouté* ! Oh, certains marins sauvés par les dau-phins m'ont bien dit ce qu'ils *pensaient,* eux...

Portant un doigt noueux à sa tempe, il esquissa le geste immémorial qui indiquait le dérangement mental.

— Mais ils étaient stressés après avoir frôlé la noyade et tout ça — et les bruits du vent et de la tempête avaient pu les tromper. Mais, maintenant, je les ai entendus et je sais que je ne me trompe pas. Bon, alors, qu'est-ce qu'on fait maintenant, jeune Alemi ?

— R'pporit ? demanda Kib, un œil sur Alemi, la bouche fendue en un sourire delphinique.

Les deux hommes éclatèrent de rire, tandis que les dauphins sautaient, clickant et couinant.

— Clochi ? Clochi ?

Le cri résonna du large, et ils virent d'autres dauphins nager vers eux.

— Clochi sonner ! Clochi sonner !

— Ils prononcent « cloche » en deux syllabes, dit Idarolan, branlant du chef.

— Et « toa » c'est « toi » ou « tu », et « pois'sue » désigne les parasites, dit Alemi, riant encore de son impuissance à comprendre ce mot qui désignait un danger si commun. Plus quelques autres bizarreries, mais je crois que, si je prononce correctement, ils ne mettront pas longtemps à m'imiter. Ce que j'aimerais faire maintenant, Maître Idarolan, c'est consolider ce bon début. Siaav m'a donné des instructions sur la façon de procéder. Tous les bateaux pourraient jouer la séquence « Au Rapport » sur leur cloche, et leur demander des informations. Siaav dit qu'ils savent où se trouvent les bancs de poissons, les récifs et les écueils, qu'ils connaissent les changements de temps. Nous savons déjà qu'ils effectuent des sauvetages. Mais les humains et les dauphins accomplissaient ensemble de nombreuses tâches...

— Hum... ils pourraient signaler les berniques et les trous dans les coques. Vérifier la vitesse des courants... Siaav m'a donné le journal de bord rédigé par le Capitaine James Tillek...

— Tillek ! Tillek ! Il y a un Tillek ? s'écrièrent en chœur les dauphins, avec tant d'étonnement et de passion qu'Alemi et Maître Idarolan en restèrent éberlués.

— Non, non, pas de Tillek ici, dit Alemi. *James* — Alemi insista fortement sur le prénom — Tillek est mort. Mort depuis longtemps. Parti.

Les dauphins se blottirent les uns contre les autres, et un son lugubre s'éleva de leur groupe.

— Bref, le capitaine — Alemi sourit au choix du mot, pour prévenir une nouvelle réaction explosive des dauphins — fut l'un des premiers colons à faire des relevés des fonds marins. Il raconte aussi dans son journal comment les dauphins ont aidé les colons à déménager dans le Nord après l'éruption des volcans. Voyage stupéfiant. Avec des tas de petites embarcations, et, grâce aux dauphins, sans aucun noyé à la suite d'un de ces grains si communs à vos latitudes.

Il regarda Alemi de travers, comme s'il en était responsable.

— Hum, intelligents comme ils sont, ils pourraient peut-être transmettre des messages de temps en temps. Peut-être pas aussi vite que les lézards de feu, mais ceux-ci se laissent facilement distraire : ils ne sont pas assez intelligents pour se concentrer sur une seule chose.

Entre-temps, les autres dauphins étaient arrivés au radeau, et se bousculaient pour se faire reconnaître, énoncer leur nom et se renseigner sur l'identité d'Idarolan.

— Comment font-ils pour nous distinguer ? s'émerveilla Idarolan.

— Facile ! Homme a couleurs ! dit Kib.

Alemi aurait juré que le dauphin se moquait d'eux.

— Ce sont des vêtements, Kib. Vêtements, dit Alemi, tirant d'une main sur l'étoffe de sa légère veste, de l'autre sur la grosse toile de son pantalon.

— Dauphins... s'hab'llent pas ! énonça clairement Kib.

Puis il se roula dans l'eau, comme s'il se tordait de rire.

« Iddie », tel devint dans leur bouche le nom du Maître Pêcheur, mais il ne s'en offensa pas.

— Je suis très honoré, tu comprends. J'ai parlé avec un animal, et il a compris mon nom, dit Idarolan, bombant fièrement le torse.

Puis il ajouta sur un ton plus confidentiel :

— Jamais je ne raconterai les événements de ce matin à Yanus du Fort Maritime ! Jamais ! Mais je pourrai enrôler dans ce projet les Maîtres dont je sais qu'ils apprécieront ces contacts.

Il fut presque renversé par la caresse impétueuse d'un museau.

— Excuse-moi. Où en étais-je ?

— Gr'tter Temp ! lui intima-t-on d'un ton ferme. Gr'tter Temp !

Idarolan s'exécuta.

— Voilà bien une chose que je n'aurais jamais pensé faire, remarqua-t-il à voix basse.

— Moi non plus !

5

Alemi n'était pas le seul à désirer mieux comprendre les dauphins.

Quand T'lion et Gadareth eurent ramené Alemi à son Fort et repris les vêtements empruntés à un chevalier brun endormi, le jeune homme et son bronze ne retournèrent pas tout de suite au Weyr Oriental.

— Ils ne sont pas aussi bien que toi, Gaddie, dit-il à son bronze qui prenait son envol, mais tu ne trouves pas que, des animaux marins parlants, c'est formidable ?

Tu crois qu'ils me parleraient à moi aussi ?

— Ah, Gaddie, ne va pas croire une seconde que je t'échangerais contre un dauphin, dit T'lion, riant à cette idée et grattant aussi bien qu'il pouvait, de ses doigts gantés, le cou de son bronze.

Sa croissance n'étant pas terminée, sa tenue de vol lui était un peu trop grande pour lui, et les doigts de ses gants d'une phalange trop longs, de sorte que gratter était une opération difficile.

— Toi et moi, nous sommes différents...

Tu es mon maître et je suis ton dragon, et c'est une grande différence, fit Gadareth avec conviction. *Je t'ai choisi entre tous les candidats le jour de l'Éclosion...*

— Et je n'étais même pas censé *être* Candidat, répondit T'lion, souriant au souvenir du plus beau jour de sa vie.

Son frère Kanadin était le Candidat officiel, et, bien qu'ayant conféré l'Empreinte à un brun, il n'avait jamais tout à fait pardonné à son cadet d'avoir tellement fait sensation en conférant l'Empreinte à un dragon alors qu'il n'avait même pas été *présenté* comme Candidat possible. Et le fait que son dragon fût un bronze rendait l'insulte encore plus impardonnable.

— Tu es trop jeune ! avait hurlé K'drin à son frère quand les aspirants avaient été conduits à leur caverne. Tu es venu uniquement parce que Maman et Papa n'ont pas osé te laisser tout seul à la maison ! Comment as-tu pu me faire une chose pareille ?

T'lion avait eu beau lui dire qu'il n'avait jamais eu l'intention de conférer l'Empreinte à un dragon, et encore moins à un bronze, K'drin considérait toujours ce fait comme une insulte personnelle. Non qu'il eût accepté d'échanger son Bulith contre Gadareth, ne fût-ce que dix minutes après l'Empreinte, mais le triomphe de K'din, simple fils de fermier, avait été éclipsé par celui de son jeune frère, qui avait à peine l'âge minimal requis au moment de l'Empreinte.

T'lion avait essayé de lui expliquer que, s'ils s'étaient trouvés dans un Weyr comme ceux du Nord, avec une caverne intérieure à gradins étagés pour le public, au lieu d'un simple espace dégagé autour de l'Aire d'Éclosion, Gadareth ne l'aurait pas atteint si facilement. Mais, couinant d'angoisse, le petit bronze avait rampé et trébuché depuis l'Aire d'Éclosion, droit sur l'endroit où T'lion regardait avec ses parents et sa sœur. Ce n'était pas comme si T'lion avait *essayé* d'attirer l'attention du dragonnet. Il n'avait pas bougé un muscle. Et il était tellement sidéré des coups de tête du nouveau-né que T'gellan, le Chef du Weyr, et le Maître des Apprentis avaient dû l'encourager à accepter l'Empreinte. Non qu'il eût pu résister beaucoup plus longtemps, avec Gadareth bouleversé de voir que son partenaire élu ne l'acceptait pas immédiatement.

Encore trois ans plus tard, à quinze ans, T'lion évitait K'din autant que possible. C'était plus facile maintenant que K'din faisait partie d'une escadrille de combat, et pouvait ainsi ricaner en rappelant à T'lion qu'il lui faudrait encore attendre plusieurs Révolutions avant d'être *utile* au Weyr qui le logeait et le nourrissait.

T'lion était très reconnaissant à T'gellan, le Chef du Weyr, et à Mirrim, sa compagne, maîtresse de la verte Path, de ne jamais lui faire sentir sa jeunesse.

— C'est le dragon qui choisit, avait déclaré T'gellan à l'époque, et souvent depuis, lors d'autres Éclosions, en branlant parfois du chef devant le choix des dragonnets.

Puis il avait félicité la famille d'avoir *deux* fils si exceptionnels.

Comme T'lion ne pouvait pas combattre avant ses seize ans, T'gellan se servait de lui comme messager, ce qui lui donnait une grande pratique des coordonnées de tous les endroits habités du Continent Méridional, et de celles des Weyrs et des Forts du Nord. T'lion mettait son point d'honneur à être un messager consciencieux, et il était toujours d'une courtoisie parfaite avec ses passagers, ne faisant jamais allusion au comportement de certains d'entre eux qui avaient peur de plonger dans l'*Interstice*. Ou de ceux qui essayaient de lui donner des ordres, comme s'il était un domestique. Aucun dragon ne choisissait jamais une personnalité servile. Bien sûr, c'est sa jeunesse qui donnait à certains adultes l'impression de pouvoir le commander... lui ! Un chevalier-dragon !

Voilà quelques nageoires, déclara Gadareth, interrompant adroitement le cours de ces pensées rien moins que réjouissantes. Et, connaissant les désirs de son maître avant même qu'il les ait exprimés, il descendit vers la bande des dauphins.

Depuis l'altitude où il était, T'lion avait une vue magnifique sur les dauphins qui se livraient à leur acrobaties coutumières. Ça ressemblait un peu à une escadrille en formation de combat, se dit-il. Sauf qu'il avait entendu dire que les poissons-bateaux — non, les dauphins — *aimaient* les Fils. Des chevaliers-dragons les avaient vus, avec d'autres créatures marines, grouiller dans l'océan, en suivant le Front de Chute.

— Toujours ça de moins à calciner, avait remarqué le chevalier bronze V'line. Toutefois, l'altitude ne facilitait pas la conversation avec les dauphins, même si Gadareth volait en rasant la surface, en essayant de ne pas plonger une aile dans l'eau, ce qui l'eût déséquilibré.

Puis un dauphin sauta, se trouvant un instant au niveau du dragon et de son maître, et les lorgnant avec curiosité avant de replonger avec grâce.

Surpris, Gadareth vira brusquement, plongeant le bout de son aile dans l'eau. Lorsqu'il s'efforça de se redresser, T'lion se trouva complètement décentré et maintenu seulement par son harnais de vol.

— Squiii ! Att'tion ! Att'tion ! crièrent plusieurs dauphins, tandis que Gadareth remettait une distance raisonnable entre lui et l'eau.

Deux autres dauphins sautèrent, chacun dévisageant le dragon et son maître.

Se remettant de sa frayeur, T'lion répondit à leur curiosité par de grands gestes enthousiastes, s'efforçant de suivre des yeux leurs sauts et leurs plongeons. Puis Gadareth saisit le rythme de leurs manœuvres, et se mit à piquer quand le nez d'un dauphin apparaissait, et à arquer son grand corps quand ils sautaient.

C'est amusant ! dit le dragon, dont les yeux tournoyaient, pleins de reflets bleus et verts.

— Am'saaant ! Am'saant ! Jeu ! Jouer ! s'écrièrent les dauphins, redoublant leurs acrobaties.

Ils m'ont entendu ? demanda Gadareth à son maître éberlué.

Obtenir une réponse à cette question était impossible, étant donné les contraintes que leurs imposaient les manœuvres présentes, même si T'lion hurlait chaque fois qu'un dauphin sautait à son niveau.

— Je le demanderai à Maître Alemi, Gaddie, répondit T'lion. Il prétend que Siaav lui a appris des tas de choses sur les dauphins. Parce que c'est comme ça qu'ils s'appellent, et pas poissons-bateaux.

Je sais, je sais. Dauphins, pas poissons-bateaux. Et ils parlent.

— Je crois qu'il est temps de rentrer au Weyr, dit T'lion, voyant le soleil décliner. Et on gardera cette aventure pour nous. D'accord, Gaddie ?

C'est toujours amusant de savoir quelque chose que les autres ignorent, répondit le bronze, comme il l'avait toujours fait chaque fois qu'ils se livraient à une enquête de leur propre chef. Il y avait tant de choses à explorer! Naturellement, si T'lion n'avait pas été aussi consciencieux dans l'accomplissement de ses *devoirs*, Gadareth aurait été plus réticent à prendre du bon temps. Mais T'lion ne s'amusait que lorsqu'il avait accompli ses missions.

On diffusa la nouvelle que les dragons créés par l'homme aimaient toujours les dauphins. Les dauphins voyaient des dragons dans le ciel depuis que l'homme était parti dans le Nord. Les dauphins avaient chanté à l'intention des dragons, mais les dragons n'avaient pas répondu. Les dragons parlaient avec leurs cavaliers d'une façon que les dauphins ne comprenaient pas très bien. Ils sentaient *les paroles, et voyaient le résultat — le dragon qui faisait ce que demandait son maître. Les dragons permettaient de nouveaux jeux. Ils aimaient qu'on leur gratte le ventre, et l'homme les examinait toujours pour voir s'ils n'avaient pas des pois'sues. Ils acceptaient qu'on saute par-dessus eux, ce qui était un bon sport pour les dauphins. Ils avaient des yeux très grands et colorés, pas comme ceux des dauphins. Les dauphins avaient sauté pour les regarder. Le dragon avait été content de les voir jouer.*

De retour au Weyr Oriental, T'lion reçut l'ordre d'aller aider à la cuisine, ce qu'il faisait toujours volontiers, car cela lui donnait l'occasion de voir ce qu'il y avait pour le dîner, et de manger discrètement un morceau. Quand son frère se moquait de lui parce que, n'étant ni assez fort ni assez grand pour faire autre chose, il faisait des corvées ménagères, T'lion réagissait invariablement comme l'espérait son frère, et n'avouait jamais que cela lui plaisait. Ce qu'il aimait par-dessus tout, c'est qu'il ne savait jamais la veille ce qu'il ferait le lendemain.

Avant de se présenter dans le Grand Hall du Weyr, T'lion s'assura que Gadareth était confortablement installé dans son weyr sablonneux, clairière que T'lion avait aménagée pour son dragon au cœur de l'épaisse jungle quand on les avait jugés assez grands pour quitter la caverne des Apprentis. T'lion vivait dans une cabane d'une seule pièce, au bord de la clairière. Il avait même une véranda couverte, où, par les nuits les plus chaudes, il dormait dans un hamac accroché au mur et à un poteau de l'auvent. Ayant vécu, jusqu'à l'Empreinte, dans un fortin trop petit pour tous les frères et sœurs avec qui il le partageait, T'lion chérissait sa solitude actuelle. Et, au souvenir des vents et des hivers glacés du Fort de Benden où il était né, il trouvait qu'il avait beaucoup de chance. La vie dans le Sud était beaucoup plus agréable. Même les chevaliers-dragons de Benden habitaient dans des cavernes glaciales. Ici, il vivait dans la forêt, cueillant des fruits sur les arbres chaque fois qu'il en avait envie.

Au cours des semaines suivantes, T'lion et Gadareth passèrent le plus clair de leur temps à transporter Maître Menolly de-ci, de-là — généralement en vol direct car sa grossesse était trop avancée pour passer par l'*Interstice* —, parfois à l'Atterrissage, mais le plus souvent au Fort de la Baie, pour voir Maître Robinton, le vieux Lytol et D'ram. Les vols ne duraient pas longtemps, si les vents étaient favorables, ce qui était souvent le cas en cette saison. En attendant Menolly, ils avaient tout le temps de se baigner dans les eaux tièdes de la baie. Puis, un jour qu'ils étaient partis en exploration, ils découvrirent, un peu à l'ouest, une seconde baie aux eaux profondes où nageaient des dauphins.

Ce fut une véritable aubaine pour T'lion et Gadareth, car les dauphins désiraient aussi ardemment leur parler qu'ils désiraient eux-mêmes approfondir les relations avec eux.

Le dragon et son maître ne réalisaient pas que les dauphins nageaient en groupes appelés bandes, et patrouillaient dans un certain territoire marin, exactement comme les dragons se voyaient assigner certaines régions qu'ils devaient protéger des Fils. T'lion n'avait pas de cloche, et ne put en découvrir une au Weyr, mais le claironnement mélodieux de Gadareth la remplaçait très bien. De plus, Gadareth s'enhardit à se poser sur l'eau, ailes déployées pour favoriser la flottaison. Cela fut pour les dauphins l'occasion d'un nouveau jeu — sauter par-dessus ses ailes ou passer entre ses pattes antérieures. Les dauphins aimaient aussi chatouiller le dragon, en caressant leur corps contre son ventre sensible, « jeu » au cours duquel T'lion se vit plusieurs fois submergé, jusqu'à ce qu'il apprît à déboucler son harnais de vol avant que les dauphins n'« attaquent » Gadareth.

Menolly avait pris l'habitude de leur envoyer sa petite reine, Beauté, ou l'un de ses bronzes, Rocky, Diver ou Poll, pour les rappeler au Fort de la Baie. Les lézards de feu, fascinés par les dauphins, se perchaient sur les ailes déployées de Gadareth, et apprenaient à gratter les dauphins à l'aide des excellentes serres dont ils étaient équipés.

Gadareth savait, en gros, ce que les lézards désiraient exprimer et il le disait à son maître qui, à son tour, en informait les dauphins. C'était une conversation triangulaire, mais T'lion trouvait que ça permettait de développer leur vocabulaire. Parfois, enseignant aux dauphins la prononciation correcte, T'lion avait l'impression d'être un harpiste. Maintenant, ils parlaient mieux : ils disaient « nous » au lieu de « nuuus' », « rapport » au lieu de « r'pporit », et « cloche » au lieu de « clochi ».

Il sortait parfois de ces séances avec le sentiment d'être plus important que T'gellan !

Avec toutes ces activités, et bien qu'il se rendît souvent au Fort de la Rivière Paradis, il s'écoula près de six septaines avant qu'il ne revoie Maître Alemi.

— T'lion, Gadareth, comment ça va ? demanda Alemi, qui arrivait avec un panier de poissons pour Menolly.

— Très bien, Maître Alemi. Comment vont tes dauphins ?

Surpris, il sourit en entendant la prononciation correcte ; il avait encore du mal à l'inculquer à bien des adultes.

— Tu te souviens d'eux ?

— Oui, Maître, et il y a peu de chances que j'oublie un jour comme celui-là. De plus...

T'lion hésita. Alemi le prit par l'épaule et le regarda, amical.

— De plus, tu ne cesses pas de parler aux dauphins depuis, c'est bien ça ?

Il leva la tête vers Gadareth, qui dirigea sur le pêcheur des yeux qui tournoyaient calmement.

— Et Gadareth ? Que pense-t-il d'eux ?

— Il les aime, Maître Alemi. Il les aime beaucoup. Tu connais la crique à l'ouest du Fort de la Baie ? Les dauphins la fréquentent car les eaux y sont profondes, et nous avons eu la chance d'en connaître quelques-uns.

— Très bien ! fit Alemi, ravi. Lesquels ? J'essaye de dresser une liste de leurs noms. Ils en sont très fiers, tu sais.

— Et ils sont drôlement contrariés quand on se trompe de nom ! dit T'lion avec un sourire malicieux. Bon, ceux que je connais s'appellent Rom, Alta — c'est le chef de la bande —, Fessi, Gar, Tom, Dik, et Boojie, qui est le dernier petit d'Alta. Plus...

— Doucement, mon garçon, dit Alemi, riant devant le torrent de noms que T'lion déversait tandis qu'il cherchait bloc et crayon dans son aumônière. Recommence plus lentement, veux-tu ?

T'lion s'exécuta.

— Tu en connais certains, Maître Alemi.

— Non, mais je connais Dar et Alta de Monaco, Kib, Afo, Mel, Jim, Mul et Temp. Demande aux tiens s'ils connaissent les miens, et je ferai de même de mon côté. Et nous pourrons comparer nos notes. Je te vois de temps en temps venir chercher Menolly, mais c'est généralement quand j'appareille et que je ne peux pas revenir en arrière. Comment fais-tu pour les appeler ? Tu as une cloche ?

— Gadareth claironne, et ils viennent. Ils l'aiment beaucoup.

— Le contraire m'aurait étonné.

— Pourtant, nous sommes le contraire des dauphins, pour ainsi dire. Ils mangent ce que nous calcinons.

— C'est vrai. Mais les dragons et les dauphins sont des créatures intelligentes. Je dirais qu'ils se respectent mutuellement.

— Oui, c'est vrai, dit T'lion avec conviction.

— De quoi parlez-vous? Est-ce que Gadareth les comprend aussi?

— C'est justement ce que je voulais te demander, dit T'lion, soudain solennel. Est-il *possible* qu'ils entendent ce qu'il pense?

Alemi réfléchit.

— C'est que je n'ai jamais entendu un dragon — pas dans ma tête, comme vous autres chevaliers. Il paraît que les dragons peuvent se faire entendre des gens à qui ils désirent parler, mais je n'ai jamais eu cet honneur.

Je te parlerai, Maître Pêcheur, dit aussitôt Gadareth — à la surprise de T'lion.

Alemi porta la main à sa tempe, roulant des yeux stupéfaits. Puis il s'inclina cérémonieusement devant Gadareth.

— Merci, Gadareth. C'est très gentil de ta part.

De rien, Maître Alemi.

— Bon. Pour répondre à ta question, Siaav n'a pas mentionné de dons télépathiques chez les dauphins; il a simplement dit qu'on leur avait fait subir la mentasynth.

— Qu'est-ce que c'est que ça?

— Je ne suis pas certain d'avoir compris moi-même, gloussa Alemi, mais c'était un traitement des Anciens qui permettait aux dauphins d'utiliser la parole humaine.

— Je posais la question parce que, bon, parfois, ils disent quelque chose juste après que j'en ai discuté avec Gaddie, et on dirait qu'ils nous répondent. Pourtant, je parle mentalement.

— Vraiment? Ce pourrait être une coïncidence, tu sais. Les grands esprits qui se rencontrent.

T'lion ôta son casque et se gratta distraitement la tête.

— C'est possible, je suppose. Mais je pensais que tu saurais ce qu'il en est, puisque tu as parlé avec Siaav.

— Siaav ne m'a dit que ce qu'il savait et qu'il avait dans ses archives, gloussa Alemi. Je doute qu'il ait eu des contacts personnels avec eux comme moi, ou comme toi avec ton dragon.

T'lion regarda Alemi, penchant la tête.

— Est-ce que les tiens parlent davantage? Je veux dire, est-ce qu'ils te racontent plus de choses?

Alemi réfléchit un moment.

— Je crois que oui. Je ne sais pas ce qu'il en est des tiens, mais je tâche d'enseigner aux miens la prononciation correcte — ou plutôt notre prononciation actuelle.

— C'est mieux s'ils parlent comme nous, non ?

— Oui, si nous voulons qu'ils soient compris de tout le monde. Et je crois qu'ils se rappellent même certains mots qu'ils n'emploient pas encore. N'utilise pas des mots de sonorités semblables ou voisines, mais de sens différent, comme « trou » et « proue ». Les dauphins ne connaissent qu'un trou, le trou respiratoire, conclut Alemi en se frappant la tête.

— Alors, j'ai raison de les corriger ? demanda T'lion en souriant. Je suis parvenu à leur faire dire correctement « cloche », « rapport », et plusieurs autres mots. Comment se fait-il que les mots se soient tellement déformés ?

— Ah... répondit Alemi, levant la main. C'est que nous ne parlons plus comme nos ancêtres.

— Non ? s'écria T'lion, les yeux dilatés d'étonnement. Pourtant, les harpistes disent toujours qu'ils ont conservé la pureté du langage, exactement tel qu'il fut toujours parlé.

— Ce n'est pas ce que dit Siaav, rétorqua Alemi en riant. Il a dû s'adapter aux... — Alemi hésita, cherchant le terme exact — aux mutations linguistiques. Inutile de le reprocher aux harpistes. Je veux rester en bons termes avec ma sœur Maître Harpiste. Tiens, quand on parle du loup... Bonjour, Maître Menolly.

— Bonjour, Maître Alemi, mon frère. Bonjour, T'lion, Gadareth. Je vous remercie de me transporter si patiemment, ajouta-t-elle, chargeant son sac à dos. Ça ne t'ennuie pas qu'on parte tout de suite, Alemi ? J'ai tellement chaud en tenue de vol ! Et tu pêcheras pour moi ? Merci, 'Lemi. Je suis vraiment gâtée-pourrie, ici. Camo ?

Le géant simplet parut, portant sur son dos un Robse qui babillait joyeusement.

— Tiens, mon ami, mets ça dans la glacière. Que dois-tu faire du poisson, Camo ? demanda-t-elle, le tirant par la manche pour le forcer à la regarder en face.

— Poisson ? dit Camo, l'air concentré pour se rappeler ce qu'elle venait de lui dire.

— Dans la glacière.

— C'est ça.

Elle le fit pivoter sur lui-même, puis le poussa doucement vers la maison.

— Dans la glacière, Camo. Puis tu amèneras Robse chez 'Mina.

— Poisson dans la glacière, Robse chez 'Mina, répéta Camo entre ses dents, répétant inlassablement ses instructions en s'éloignant, alors que le rire de Robse faisait un joyeux contrepoint à sa litanie.

— Bon, merci encore 'Lemi, et bonne journée. Partons, T'lion, avant que je ne fonde complètement.

Tout en marchant vers le dragon, Menolly lui demanda de quoi il parlait si sérieusement avec Alemi.

— Oh, de choses et d'autres, répondit T'lion sans se compromettre, et préférant ne pas mentionner ce qu'Alemi lui avait dit des « mutations linguistiques » et des harpistes.

— Tu as transporté Alemi une ou deux fois, n'est-ce pas ? demanda-t-elle avec naturel.

— C'est tout ce que je sais faire pour le moment, répondit T'lion. Tu arrives encore à monter sur Gadareth ?

— Bien sûr, fit-elle avec un rire cristallin.

Et elle se mit en devoir de le prouver. En fait, elle dut faire un effort pour hisser son corps gravide entre les crêtes de cou de Gadareth.

— Heureusement que tu as un bronze. Dans mon état présent, je ne tiendrais jamais sur un bleu ou un brun.

Puis, juste avant que T'lion ne donne le signal de l'envol, elle ajouta d'un ton penaud :

— Et, très bientôt, je crois que je ne tiendrai même plus sur Gadareth ! Je devrai demander à mon frère de me transporter par bateau, je suppose.

— Ou je pourrai t'amener les gens que tu dois rencontrer, lui cria T'lion par-dessus son épaule.

— Si je ne peux pas faire autrement, hurla-t-elle en réponse.

Puis ils se turent, car il était trop pénible de parler contre le vent.

T'lion trouva que c'était aussi bien, car il ne savait pas s'il devait parler à quiconque de ses visites aux dauphins. Pas même à Maître Menolly, si simple et gentille qu'on oubliait facilement qu'elle était l'un des personnages les plus importants de Pern.

L'un des archivistes, si nombreux au Fort de la Baie ces derniers temps, se trouvait sur la véranda et vint vivement à leur rencontre.

— Maître Menolly, Maître Robinton voudrait que tu ailles à l'Atterrissage aujourd'hui. Siaav a eu le temps d'imprimer d'autres morceaux de musique, ajouta le compagnon, les yeux brillants d'impatience. Il paraît que c'est splendide.

— Oh, ce sont sans doute les sonates que je lui demande de copier depuis si longtemps, répondit Menolly, remuant un peu pour dissiper la fatigue de ce long vol. Bon, allons-y, T'lion. Ça me donnera l'occasion de voir Sharra. Elle est venue dans le Sud avec moi sur le *Sœurs de l'Aube.*

Pendant tout le vol jusqu'à l'Atterrissage, T'lion se demanda ce qu'il ferait si elle accouchait en plein ciel. Sa mère avait toujours enfanté la nuit, de sorte qu'on les faisait sortir, lui et ses frères. On ne lui pardonnerait jamais qu'il arrive quelque chose à Maître Menolly pendant qu'elle était confiée à ses soins. Il faudrait qu'il demande conseil à Mirrim.

Ainsi, il ne pensa pas trop qu'il devrait renoncer pour la journée à ses jeux avec les dragons. Par ailleurs, il avait de la chance d'avoir tant de temps libre, se dit-il avec fermeté. Et la cuisine de l'Atterrissage était bien meilleure que celle du Fort de la Baie, où tout le monde se contentait d'un friand ou de viande froide et continuait à travailler en mangeant.

En revanche, l'Atterrissage était vraiment moins divertissant que le Fort de la Baie. Gadareth alla prendre le soleil sur les crêtes de feu, et bavarder avec les dragons qui arrivaient des autres Weyrs.

Gadareth informa son maître que la plupart des chevaliers-dragons étaient réunis en une sorte de conférence, à laquelle assistaient aussi les Maîtres Forgerons et la moitié des harpistes, qui essayaient de construire une espèce de chose qu'ils appelaient une « presse à imprimer ».

T'lion se rendit ensuite à la cuisine, espérant y grappiller quelque chose, mais il fut immédiatement réquisitionné par la cuisinière en chef.

— T'lion ? On manque de bras, ici. Rends-toi utile. Apporte ce plateau — et fais attention à ne rien renverser — à la grande salle de conférence. J'ai tous ces visiteurs à nourrir, et pas assez de personnel pour m'aider. Et voilà pour toi, mon garçon, conclut-t-elle avec un clin d'œil, en ajoutant quelques pâtisseries sur le plateau.

T'lion s'éloigna prestement, avant qu'elle ne pense à lui demander de revenir l'aider.

Il parvint à livrer son plateau et à s'éclipser avec ses gâteaux sans que personne ne s'interroge sur sa présence. Entendant des voix et des bruits de bottes, il entra dans la petite pièce adjacente où il espérait manger en paix.

— Oui ? Identité ? fit une voix grave.

Manquant s'étrangler avec la grosse bouchée qu'il venait de mordre, T'lion regarda autour de lui, comme pris en faute. La pièce était vide et la porte fermée.

— Qui parle ?

— Siaav. Je n'avais pas réalisé qu'il y avait une conférence ici.

— Où es-tu ?

— Adresse-toi à l'écran, je te prie, lui dit-on.

— Euh ?

Il se tourna vers l'écran et vit la lumière rouge qui clignotait en bas dans le coin droit.

— Identité, s'il te plaît ?

— Tu me vois ?

— Identité ? S'il te plaît !

— Oh, excuse-moi. Je m'appelle T'lion.

— Maître du bronze Gadareth ?

T'lion en resta bouche bée.

— Ooooui. Comment le sais-tu ?

— On a entré dans mes mémoires une liste de tous les chevaliers-dragons actuels de tous les Weyrs, avec le nom et la couleur de leur dragon. Tu es le bienvenu, T'lion. En quoi puis-je t'être utile ?

— Oh, je ne suis pas censé être là. Je veux dire, je croyais que la pièce était vide, et je voulais être tranquille...

Il laissa sa phrase en suspens, branlant du chef devant sa propre stupidité.

Il était gêné d'être surpris en un lieu où il n'avait rien à faire, et étonné d'être *connu* de quelqu'un — quelque chose ? — que tout son Weyr respectait hautement. Il ne savait que faire et se sentait tout bête, avec ses gâteaux dans les mains.

— Je ne devrais pas te faire perdre ton temps, Siaav.

— Tu n'as rien d'intéressant à rapporter ? Toutes les informations sont précieuses.

— À propos des dauphins, tu veux dire ?

T'lion ne voyait rien d'autre qui pût intéresser Siaav dans ses activités.

— Tu as été en contact avec les dauphins ? Un rapport serait apprécié.

— Vraiment ?

— Vraiment.

— Je n'ai pas fait grand-chose, à part les corriger quand ils prononcent mal, mais Maître Alemi m'a dit que c'est notre langage à nous qui a changé.

T'lion se surprit à sourire. Voilà une chose qu'il pouvait dire sans danger, vu qu'Alemi la tenait de Siaav lui-même.

— Oui, c'est exact. Et les dauphins s'adaptent-ils aux corrections ?

— Ceux avec qui je parle ont été très rapides à se corriger, dit T'lion, une nuance de fierté dans la voix. « Cloche » au lieu de « clochi », « rapport » au lieu de « r'pporit », par exemple. Et ils utilisent plus de mots qu'au début.

— Un rapport plus complet serait souhaitable.

— Tu veux vraiment tout savoir ? Je n'en ai parlé à personne, dit T'lion, hésitant à avouer ses escapades.

— Toutes informations sont utiles. Personne ne sera informé de ton association avec eux, si c'est ce que tu désires, mais ton expérience compléterait les connaissances sur cette reprise de contact.

— Dans ce cas...

T'lion s'assit sur une chaise et raconta ses expériences, aussi brièvement qu'il le put, vu que le Maître des Apprentis avait toujours exigé des rapports détaillés mais concis. Siaav ne l'interrompit pas une seule fois, mais, quand le jeune homme eut terminé, il lui demanda de répéter les noms de tous les dauphins qu'il connaissait.

— Intéressant, le fait que les noms se soient transmis à travers les générations.

— Quoi ?

— Les noms actuels sont des abrégés des noms donnés au contingent originel de *tursiops tursio*.

— Vraiment ?

— Kib est l'abrégé de Kibbe, Afo est sans doute dérivé d'Aphrodite, Alta d'Atlanta, Dar de Dart. Il est réconfortant de constater qu'ils ont perpétué bien des traditions. Continue tes contacts indépendants, je t'en prie, et rapporte tout ce qui peut présenter un intérêt quelconque. Merci, T'lion, du Weyr Oriental, maître du bronze Gadareth.

L'écran s'éteignit, et la lumière rouge clignota plus doucement.

— De rien, murmura T'lion, encore abasourdi.

Son estomac grogna, et il baissa les yeux sur ses gâteaux encore presque intacts. Il rumina sa conversation avec Siaav en les mangeant.

Menolly te cherche, dit soudain Gadareth.

Se léchant les doigts, T'lion enfila vivement le couloir et sortit chercher sa passagère.

Maître Idarolan informa de nombreux membres de son Atelier de l'intelligence des dauphins et de l'expérience qu'il en avait faite. Pas tous, car il savait que les plus conservateurs, comme Maître Yanus du Fort Maritime, nieraient les faits. Les réponses qu'il reçut lui apprirent que beaucoup de Maîtres et de compagnons avaient eu des expériences personnelles avec les dauphins, ou en connaissaient de sources sûres. Certains apprirent avec soulagement que ce qu'ils avaient pris pour une illusion

— les dauphins qui leur parlaient ! — était vrai. Idarolan leur communiqua la séquence « Au Rapport » notée par le harpiste de son Atelier, afin que le marin le moins doué pour la musique fût en mesure de la jouer. Il conseilla de formuler en termes simples les demandes d'assistance, et suggéra de leur demander des informations sur les bancs de poissons, le temps et la profondeur des fonds dans les eaux dangereuses.

Lisant les rapports conservés sur les naufrages, il s'aperçut que la plupart des bateaux s'étaient perdus pendant des tempêtes, ou en s'échouant sur des écueils, des récifs ou des bancs de sable. Plusieurs capitaines déclaraient avoir vu des dauphins virer subitement de bâbord à tribord.

Maintenant, Maître Idarolan comprenait que les dauphins avaient voulu inciter le barreur à changer de cap. Invariablement, on mentionnait la présence de dauphins quand un bateau était malmené dans une tempête. Tous les sauvetages n'étaient pas attribués aux poissons-bateaux, mais les marins, généralement honnêtes dans leurs rapports, sous-entendaient souvent qu'ils avaient reçu de l'aide d'un agent extérieur.

On rapportait le cas de deux petits bateaux qui, emportés dans les Grands Courants, en avaient été sortis grâce aux vigoureux efforts des poissons-bateaux.

Idarolan demanda et obtint une entrevue avec Siaav pour lui rapporter ses découvertes et lui demander conseil sur la façon de promouvoir l'association au bénéfice des deux espèces.

Il apprit que les bandes étaient autonomes, et suivaient le chef qu'elles choisissaient — généralement une vieille femelle. Les mâles, jeunes et vieux, pouvaient vivre en solitaires la plus grande partie de l'année. Il reçut une copie des instructions que Siaav avait déjà données à Alemi, avec le vocabulaire de base enseigné aux dauphins, et les signaux manuels utilisés sous l'eau.

Pourtant, les deux hommes furent un peu déçus que la nouvelle de l'intelligence des poissons-bateaux fût éclipsée par l'industrie qui se développait de plus en plus en vue de la bataille finale contre les Fils. C'était la grande priorité, et tout se trouvait subordonné à ce but. Même Idarolan, après son ardent intérêt du début, ne trouva guère le temps de poursuivre ses relations avec les dauphins. Pourtant, il avait toujours sur le pont un seau de leurs petits poissons préférés — selon Siaav — et, chaque fois que le *Sœurs de l'Aube* avait une escorte, il leur en offrait lui-même. Il ordonna aussi à ses barreurs d'observer les directions que prenaient les dauphins, et de les suivre sur les lieux de pêche. De cette façon, ses pêches devinrent plus abondantes, et le *Sœurs de l'Aube* évita par deux fois des récifs en suivant les directions indiquées par les dauphins.

Ce fut Kitrin qui avertit Menolly des activités vespérales de son frère.

Quand le vent marin commençait à rafraîchir la terre, Menolly prenait l'exercice que son état lui permettait. Généralement, elle nageait, ravie alors de ne plus sentir le poids de son futur enfant. Aramina la rejoignait souvent, accompagnée d'Aranya. Menolly en profitait aussi pour mieux connaître sa belle-sœur. Elle ne put convaincre Kitrin de venir nager, mais, au moins, entrait dans l'eau jusqu'à la taille, ce qui la rafraîchissait agréablement. Alemi avait appris à nager à ses filles, qui étaient bonnes nageuses, mais elles obéissaient instantanément à leur mère quand elle leur criait de revenir plus près de la plage. Readis, en revanche, devait être surveillé de près, car il était comme chez lui sur ou sous l'eau et avait tendance à s'éloigner du rivage plus que sa mère ne l'aurait voulu. Camo venait aussi, n'entrant dans l'eau que jusqu'aux mollets, pour suivre l'intrépide Robse dans les flaques.

Quand Menolly trouvait qu'elle avait pris assez d'exercice, elle rejoignait Kitrin sur la plage, s'extasiant avec elle sur les prouesses des enfants.

Un soir, elle demanda si Alemi accepterait de les rejoindre. Elle n'avait pas profité de sa compagnie autant qu'elle l'espérait, quoiqu'elle l'ait vu plus davantage qu'au cours des précédentes Révolutions. Ils étaient à l'aise l'un avec l'autre, d'une façon qui eût été impensable au Fort Maritime, et elle aurait aimé passer plus de temps avec lui.

— Oh, presque tous les soirs, il se consacre à un projet quelconque pour l'Atelier, dit Kitrin avec un geste désinvolte et un sourire indulgent pour les lubies masculines. Je n'interfère jamais avec les affaires de l'Atelier, mais, quel que soit ce projet, il en revient toujours content.

Menolly fronça les sourcils. Elle avait exploré les alentours au cours de ses promenades quotidiennes, avec et sans ses élèves, et ne se rappelait pas avoir vu de projet en cours.

— Il construit un nouveau bateau?

À son tour, Kitrin fronça les sourcils.

— Je ne crois pas, car il a passé une commande à Ista — le seul Atelier, ou presque, qui ne soit pas submergé par les commandes de Siaav.

Elle se redressa brusquement, une main sur le ventre.

— Oh, j'espère que ce sera un garçon. On dit bien que, quand on a la nausée le matin, il s'agit d'un garçon?

Elle pencha la tête, regardant Menolly pour confirmation.

Menolly haussa les épaules, souriant dans la direction de Robse. Il avait des problèmes avec les vaguelettes qui ne cessaient de recouvrir ce qu'il essayait de déterrer dans le sable. Il leva une main impérieuse à l'adresse de la prochaine vague, et glapit d'indignation quand elle l'inonda, elle aussi. Camo accourut voir s'il était en danger.

— Je suis mauvais juge. Je n'ai jamais eu de nausées matinales pour Robse, ni pour celui-ci. Et Aramina?

— Elle n'a jamais de problèmes, soupira Kitrin.

— Ne t'inquiète pas, Kitrin, dit Menolly, lui posant doucement la main sur le bras.

Kitrin était une personne délicate, aux traits fins et aux longs cheveux noirs nattés et enroulés autour de sa tête. L'anxiété assombrissait ses yeux noisette.

— Alemi t'adore, et continuera à t'adorer, que tu lui donne un fils ou pas. Pourtant, ajouta-t-elle, fronçant le nez, je me rappelle que les femmes de marins souhaitaient toutes avoir des filles pour ne pas risquer de les perdre en mer.

— Tiens ?

Puis Kitrin regarda autour d'elle, bien qu'elles fussent seules dans l'eau. Touchant le bras de Menolly d'un air confidentiel, elle se pencha vers elle.

— As-tu entendu dire que les poissons-bateaux — Alemi insiste pour qu'on les appelle des dau-phins maintenant — sont intelligents ? Et qu'ils parlent ?

— Oui, j'ai entendu cette rumeur. Par Readis, ajouta-t-elle en souriant : mon premier jour de classe, il m'a raconté avec force détails qu'il avait été sauvé par des mam'fères. Quel conte, pour un harpiste !

— Eh bien, c'était vrai, soupira Kitrin. Alemi le dit. Siaav l'a même fait venir à l'Atterrissage pour qu'il lui fasse un rapport sur cet incident.

Elle se rapprocha un peu plus et poursuivit :

— Je crois que c'est avec les dau-phins qu'il parle tous les soirs. Quand le vent est favorable, j'entends une cloche. Je sais qu'il en a commandé une grosse à l'Atelier des Forgerons, mais, avec tout ce qu'ils ont à faire pour Siaav et les chefs du Weyr de Benden, il faudra attendre une éternité avant qu'ils trouvent le temps de la couler. En attendant, Maître Robinton lui en a donné une petite. Je crois qu'il s'en sert pour appeler les dau-phins. Il l'a installée sur la jetée de l'autre côté de la pointe, pour ne pas contrarier Aramina et pour que Readis ne sache pas ce qu'il fait.

— Readis ?

Le regard de Menolly se porta sur l'enfant intrépide qui sautait et plongeait un peu comme elle avait vu les poissons-bateaux le faire.

— Oui ; Aramina ne veut pas que Readis parle aux poissons-bateaux. Regarde donc comme il nage en ce moment ! Readis ! cria-t-elle, reviens sur la plage !

Puis elle se retourna vers Menolly :

— Tu vois ce que je veux dire ? C'est ce que craint Aramina. Il serait capable de partir au large pour suivre les dau-phins. Il n'a peur de rien.

— Eh bien, je peux contribuer à le distraire de cette idée, dit Menolly. À son âge, on n'a guère de suite dans les idées.

Elle soupira.

— Il faut toujours garder un peu d'avance sur eux, avec quelque chose de nouveau à faire, un jeu ou un problème. D'ailleurs, tes filles contribuent beaucoup à le distraire. Quelles adorables fillettes !

Kitrin se redressa un peu, ravie de ces louanges adressés à Kitral, Nika et Kami, et qui lui firent oublier ses inquiétudes précédentes.

Curieuse, Menolly profita de la première occasion pour suivre le sentier menant à la pointe, à travers arbres et buissons. Par cette soirée tranquille, les trois bateaux de pêche se balançaient sur leurs ancres dans la petite baie située à l'est de la pointe. D'abord, elle ne vit pas Alemi, bien qu'elle entendît des voix — dont certaines, curieusement aiguës, émettaient des sons très bizarres. Elle vit d'abord les gerbes d'eau, puis réalisa qu'une demi-douzaine de têtes de poissons-bateaux pointaient hors de la surface. Et c'étaient eux qui produisaient ces sons bizarres : couics, clicks et bruits aquatiques. C'est seulement en arrivant au bout de la jetée qu'elle vit son frère, assis juste en dessous, sur un fragile radeau presque inondé par les vigoureuses vaguelettes produites par les poissons-bateaux.

Elle faillit tomber de la jetée quand l'un d'eux sauta brusquement à son niveau, un œil noir fixé sur elle, avant de retomber dans la mer en couinant

— Squiii ! Nouveau jeu qu'arrive, 'Lemi ? demanda-t-il plaintivement.

La tête d'Alemi parut au-dessus de la jetée.

— Menolly ?

— Elle-même, mon cher frère, répondit-elle d'un ton cocasse, en baissant les yeux sur son visage stupéfait. S'agit-il d'un secret ? demanda-t-elle, montrant les têtes attentives maintenant tournées vers elle.

— Je vous présente Menolly, ma sœur de bande, dit Alemi aux dauphins.

Menolly réprima un éclat de rire tandis qu'il poursuivait :

— Menolly, je te présente, de bâbord à tribord, Kib, Afo, Mel, Temp, Biz et Rom. Jim et Mul ne sont pas là ce soir.

— Je suis enchantée de faire votre connaissance, dit cérémonieusement Menolly, saluant de la tête chaque dauphin souriant.

— B'jour, Nolly ! s'écrièrent-ils en chœur.

Menolly ne put plus se retenir de rire.

— Nolly a bébé dedans.

— Ma parole ! Je sais que mon ventre est imposant, mais comment savent-ils ? s'exclama-t-elle, interrompant sa tentative pour s'asseoir au bord de la jetée.

— Ils savent, ou, comme ils disent, ils se « r'ppellent » beaucoup de choses sur les humains. Nolly ! C'est un joli surnom.

— Pour les dauphins, oui, mais pas pour toi ! fit-elle d'un ton sévère. De quoi parliez-vous ?

— Du temps qu'il fera demain et de la situation des bancs de poissons.

— Vraiment ?

— Les dauphins nous ont beaucoup aidés, ces dernières semaines. Nous n'avons jamais fait de meilleures pêches. Ils savent exactement où se trouvent les bancs et nous y conduisent directement. Les hommes sont ravis, car ils restent moins longtemps en mer, et ils sont prévenus à temps des grains.

— Oui, ce doit être très utile, dit Menolly, s'asseyant aussi confortablement qu'elle le put sur les planches de la jetée. Readis m'a parlé de votre sauvetage spectaculaire.

— Il n'a pas dû trop l'enjoliver depuis la dernière fois que je l'ai entendu. Et c'est vraiment arrivé. Sauf que, ajouta-t-il, montrant le radeau et les dauphins de la main, Aramina préfère que Readis oublie cette aventure.

— C'est ce que Kitrin m'a dit, et maintenant que je suis au courant, je tâcherai de l'en distraire. 'Mina aurait dû m'en parler.

Alemi haussa les épaules.

— Elle n'est pas encore remise du choc de ta venue, chère Maître Harpiste de sœur.

— Ah ? Elle avait l'air contente.

— Bien sûr. Qui ne voudrait avoir une harpiste de ton talent pour enseigner aux enfants ce qu'ils doivent savoir ?

— Enseigner? Enseigner? demandèrent deux poissons-bateaux.

— Désolé, mes amis, dit Alemi, se retournant vers les dauphins. Où en étions-nous? Je leur enseigne de nouveaux mots — ou plutôt, je les aide à s'en souvenir.

— Toi? Enseigner?

— Allons donc, Menolly, j'étais le chouchou de Petiron avant ton arrivée.

— Et tu as chanté pour tes nouveaux amis?

— Non, dit Alemi, refusant de mordre à l'hameçon. C'est toi la chanteuse de la famille! Et l'enseignante!

Menolly le regarda avec insistance. Alemi avait un côté taquin, mais il était sincère.

— Vas-y, dit-il. Tu chantes bien pour les lézards de feu, alors pourquoi pas pour les dauphins? Je chanterai la partie de ténor si tu choisis quelque chose que je sais.

— Très bien.

Elle se lança dans une chanson de marin qu'elle avait composée peu après avoir servi à table quand elle était compagnonne. La voix bien placée d'Alemi se joignit harmonieusement à la sienne. Après les premiers couinements stupéfaits, son public fit silence. Beauté, Rocky et Diver surgirent soudain au-dessus de leurs têtes, se posèrent sur les piliers, leurs yeux tournoyant de curiosité en voyant son auditoire.

— Sanson mer, dit un poisson-bateau quand les dernières notes se turent. Nolly sante sanson mer!

— Sanson mer, répéta un autre.

— Chanson, folles créatures. Pas sanson.

Puis, brusquement, les poissons-bateaux se lancèrent dans des manœuvres compliquées, sur et sous l'eau, accompagnées de « clicks » et de « couics » et de plusieurs autres sons, qui semblaient imiter ce qu'ils venaient de chanter. Ravi de leurs acrobaties et de ce qu'elle prit pour un compliment, Menolly battit des mains. Deux poissons-bateaux claquèrent leurs nageoires pour l'imiter.

— Ils sont effectivement intelligents, 'Lemi. Sont-ils comiques à dessein?

— Regarde donc leurs têtes souriantes. Ce sont de

vrais filous quand ils s'y mettent, dit Alemi, quittant son radeau pour s'asseoir près d'elle.

— Chante chanson, Nolly ? Chante deux chansons, Nolly ?

— D'accord, mais tenez-vous tranquilles. Vous ne pouvez pas entendre si vous bougez tout le temps.

Beauté prit sa place habituelle sur l'épaule de Menolly, enroulant sa queue autour de son cou, mais veillant à ne pas poser ses serres sur la légère étoffe de son corsage. Menolly la caressa avant d'attaquer une Ballade Traditionnelle. Elle était habituée à des auditoires respectueux, mais l'attention de ces créatures marines était d'une qualité qu'elle n'avait jamais connue jusqu'alors. Elles écoutaient avec les yeux, le corps, tout leur être. Elles semblaient même ne plus respirer. À son oreille, Beauté se mit à l'accompagner en sourdine. Les dauphins l'entendirent aussi, car ils tournèrent légèrement la tête, et leur sourire s'élargit. Menolly avait bien connu des expériences de qualité avec différents auditoires, mais celle-ci était unique. Il faudrait qu'elle raconte ça à Sebell. Elle n'oublierait jamais cette soirée ! Et, à en juger par son expression, Alemi non plus.

La nuit tomba avec sa rapidité habituelle à ces latitudes, et ils se retrouvèrent brusquement dans le noir, les têtes argentées des dauphins luisant doucement sur la mer.

— Merci à tous ! dit Menolly, d'une voix vibrante de gratitude. Je n'oublierai jamais ce moment.

— Merci, Nolly. Aime chanson d'homme.

— Dans ce cas, c'était une chanson de femme, dit Alemi, ironique.

— Chanson de Nolly ! Chanson de Nolly ! crièrent-ils en chœur.

— Diff'rent, bon, meilleur, ajouta Afo, baissant la tête et les éclaboussant de son nez en guise d'adieu.

Tous les six repartirent vers le large, sautant et plongeant gracieusement, et Menolly et Alemi les suivirent des yeux jusqu'à ce qu'ils aient disparu.

— Eh bien, je n'en attendais pas tant, dit Menolly, revenant lentement vers le Fort, Alemi portant le panier de brandons qu'il avait pris l'habitude de prendre avec lui en prévision de ses retours nocturnes. En fait, c'est presque dommage.

— Quoi ?

— Qu'on fasse tant d'histoire pour l'éradication des Fils, alors que Siaav a tant d'autres choses à nous apporter.

— Qu'est-ce qui pourrait être plus important qu'être à jamais débarrassés des Fils ? demanda Alemi, surpris de sa remarque. L'intérêt pour les dauphins se limitera sans doute à mon Atelier, et laissera froids les fermiers. Non, ils resteront des alliés utiles, comme les dragons et les lézards de feu. Ils sont beaucoup plus intelligents que les coureurs ou même que les canins, et beaucoup plus utiles que les lézards de feu. Et d'autant plus qu'ils communiquent verbalement, et pas mentalement comme les dragons ou même les lézards de feu, malgré leur portée limitée.

— Ne rabaisse pas les lézards de feu, pas devant une femme qui en a dix et qui les utilise tous ! Maître Idarolan connaît-il l'existence de tes... dragons de mer ? acheva-t-elle en riant.

— Bien sûr. C'est la première personne — après Siaav — à qui j'en ai parlé. Je lui transmets régulièrement des rapports sur mes travaux avec cette bande.

— Bande ?

— Oui, c'est le nom des unités individuelles. Chacune a ses eaux préférées pour pêcher et jouer. C'est qu'ils sont très joueurs, les dauphins, ajouta-t-il avec un rire indulgent. Pour eux, je suis seulement un nouveau jeu.

— Pourtant, tu disais qu'ils te donnaient des informations sur le temps et les bancs de poissons.

— Oui, mais ils considèrent ça comme un jeu.

— Ah, je vois.

— Ne va surtout pas te méprendre sur l'utilité d'un tel jeu, Menolly, ajouta-t-il avec sérieux.

— Pas du tout, mais je vois aussi que leur utilité sera forcément limitée. Ils ne sont pas aussi faciles à emmener à la maison que les lézards de feu.

— C'est vrai, gloussa Alemi. Mais leurs observations

sont d'un intérêt toujours renouvelé. Et ils sont beaucoup plus indépendants que les lézards de feu, et même les dragons. Si tu ne les intéresses pas, ils s'en vont.

— Comme les enfants...

— Oui, comme des enfants, par moments.

— Enfin, les lézards de feu se sont révélés utiles, ajouta-t-elle, une nuance d'irritation dans la voix.

Certains s'obstinaient à nier leur utilité.

— Pas d'amertume, Nolly.

Le ton d'Alemi lui fit lever les yeux, et elle vit ses dents blanches briller dans son visage souriant.

— Et c'est la méthode d'enseignement que tu as employée avec eux qui m'a permis d'établir des contacts intéressants avec les dauphins.

— Désolée, mon frère, fit-elle, penaude.

— Nous devons une grande reconnaissance aux Anciens qui nous donnent tant, dit-il avec exubérance.

— Je me demande parfois, fit-elle, pensive, si nous dirons la même chose dans quelques Révolutions, quand Siaav aura déchaîné sur nous toutes les merveilles qu'il recèle.

— Je pensais que les harpistes applaudissaient à toutes ces nouvelles connaissances.

— La connaissance est une arme à deux tranchants, Alemi. Tu prends connaissance de toutes les merveilles qui existaient autrefois, mais celles-ci fixent de nouvelles normes de ce qui peut être, et parfois ne devrait pas être.

— Tu es inquiète?

— Oh, répondit-elle en se secouant, mets cela sur le compte de ma grossesse. Il y a tant de choses ignorées, oubliées, perdues. Comme les poissons-bateaux — pardon, les dau-phins — capables de parler intelligemment. Chaque fois que je vais au Fort de la Baie, D'ram, Lytol ou Maître Robinton ont quelque chose d'extraordinaire à m'apprendre. L'esprit ne peut assimiler que jusqu'à un certain point.

— N'est-ce pas le rôle de l'Atelier des Harpistes et des Chefs du Weyr de Benden de s'assurer que nous n'apprenions que le meilleur? demanda-t-il, mi-sérieux, mi-taquin.

— C'est vrai, répondit-elle, solennelle. Et c'est une grande responsabilité.

— Tu dois trouver la vie bien ennuyeuse dans notre petit trou de campagne.

— Pas du tout, 'Lemi. Franchement, vivre ici et faire la classe à vos adorables enfants m'a donné un répit bien nécessaire, et une perspective nouvelle sur les changements de notre mode de vie.

— Il s'est amélioré, c'est indiscutable.

— Mais est-ce vraiment une *amélioration* ?

— Tu es d'humeur morose, ce soir, Menolly.

— Je réfléchis à bien d'autres choses qu'à ma prochaine ballade.

— Je n'ai jamais dit le contraire.

— Non, c'est vrai. Pardonne-moi, 'Lemi. Le matin venu on regrette souvent les confidences et les doutes du soir.

Alemi lui entoura les épaules d'un bras rassurant.

— Ne doute jamais de toi, Menolly. Tu as fait tant de chemin depuis notre enfance.

— Oui, n'est-ce pas ? gloussa-t-elle, posant une main chaleureuse sur celle de son frère préféré.

— Mais, en ta qualité de harpiste élevée dans un fort maritime, tu dois comprendre mieux que personne l'utilité potentielle des dauphins.

— Oui, sans compter ma gratitude pour ton sauvetage et celui de Readis.

— Attention ! fit-il en lui serrant l'épaule. Pas un mot de ce que tu as vu ce soir à Readis ou Aramina !

— Non, bien sûr. Mais j'aimerais en parler à Sebell et à Maître Robinton.

— Naturellement.

Elle déclina son invitation à venir boire un verre de vin ou une tasse de klah chez lui. Il la raccompagna chez elle, bien qu'elle eût protesté qu'elle pouvait rentrer toute seule. Elle était bien décidée à écrire immédiatement à Sebell pour lui raconter sa soirée, mais la vue du hamac se balançant doucement dans la brise du soir fut irrésistible. Elle s'y allongea — pour quelques instants seulement, se dit-elle — et s'endormit aussitôt.

Afo diffusa un rapport extatique sur la Nolly qui avait chanté pour eux. Les dauphins possédaient des chansons à eux, si bien enseignées par les Tilleks qu'elles étaient imprimées dans leur mémoire, et qu'ils chantaient en souvenir des eaux dont ils venaient. Parfois, ces chants étaient tristes — quand ils racontaient l'époque où les dauphins mouraient dans les filets qui les avaient capturés. Parfois, la tristesse venait de la nostalgie de l'homme, et des grandes œuvres qu'ils avaient accomplies ensemble. Les chants joyeux racontaient les choses que les dauphins avaient appris à faire avec l'homme, le Dunkerque, la Traversée des Grands Courants, la Domination du Tourbillon, le repêchage des choses de l'homme tombées dans la mer et qui ne devaient pas y rester, le sauvetage de l'homme dans les tempêtes. Il y avait bien des chansons que les dauphins pouvaient chanter. Parfois, toutes les bandes chantaient en même temps, se renvoyant les sons à travers toutes les mers de Pern.

Cette nuit-là, bien des chants flottèrent dans les Grands Courants.

Ils troublèrent le sommeil de deux femmes et d'un petit garçon au Fort de la Rivière Paradis, mais cela cessa avec la marée du matin. Pourtant, le chant demeura, souvenir vague mais agréable, et non pas triste comme il l'avait été en d'autres temps.

6

Aramina soupçonnait Alemi de passer beaucoup de temps avec ses dauphins, mais il n'en parlait jamais devant elle. Peu à peu, son aventure s'estompa de la mémoire de Readis, à mesure que d'autres expériences — telles que l'apprentissage des Ballades Traditionnelles sous la direction de Maître Menolly, la naissance de son petit frère Olos et celle du fils si longtemps attendu de Kitrin, Aleki — venaient la supplanter.

Elle commença à se détendre.

Readis était très bon nageur, mais elle ne voulait pas qu'il outrepasse ses forces en prolongeant une telle association avec ces créatures marines — mammifères ou autres, peu importe — qui l'auraient entraîné à de trop grandes profondeurs. Readis devait succéder à son père comme Seigneur du Fort de la Rivière Paradis, même si elle nourrissait secrètement l'espoir qu'il fût un jour Candidat à l'Eclosion au Weyr Oriental, devenant ce qu'elle n'avait pas eu le courage d'être. En tout cas, il adorait la compagnie des nombreux dragons qui venaient au Fort ; il avait frictionné bien des robes, et surtout celle de Ruth, le dragon blanc du Seigneur Jaxom, qui semblait avoir une affinité spéciale pour son fils. Il n'était pas impossible, pensait-elle, que Readis ait la même chance exceptionnelle que le Seigneur Jaxom, qui était à la fois Seigneur d'un Fort et chevalier-dragon. D'ailleurs, avec tous les plans tendant à éradiquer les Fils à jamais, ce double rôle soulèverait moins d'objections qu'autrefois. Elle se demandait parfois — comme bien d'autres sur Pern — si les Weyrs disparaîtraient en même temps que les Fils.

Naturellement, *si* Readis devenait chevalier-dragon, il serait encore jeune — la trentaine — à la fin de ce Passage : raison de plus pour qu'il fût à la fois seigneur et chevalier-dragon. Après tout, Jayge était jeune et vigoureux, et il vivrait sans doute bien au-delà de l'éradication des Fils. Ainsi, Readis pourrait exercer ces deux activités. Enfin, les dragons lui *parlaient*, honneur considérable, même s'il ne le réalisait pas dans sa juvénile innocence. Il ne saurait jamais combien cela réchauffait le cœur de sa mère. Peut-être que cela contribuerait à le faire accepter comme Candidat pour l'Aire d'Éclosion. Elle ne savait pas comment Jayge réagirait à ses ambitions pour son fils. Mais ce n'était pas une raison pour ne pas les nourrir. Le cas de Readis était totalement différent du sien à tous égards. Il n'y avait aucune raison de *ne pas* envisager un avenir radieux pour son fils.

Le nouveau harpiste arriva, nommé par Menolly elle-même pour lui succéder. C'était un compagnon d'une vingtaine d'années, du nom de Boskoney, né et élevé chez des pêcheurs d'Ista, et qui avait donc l'habitude du climat et des activités de la Rivière Paradis. Elle avait eu la courtoisie de leur présenter plusieurs candidats.

— Je ne veux pas encombrer vos adorables petits d'un compagnon qui voudrait seulement réchauffer sa carcasse sous ce climat, leur dit-elle. Il leur faut quelqu'un d'alerte, de dynamique, et, ajouta-t-elle en souriant, qui soit aussi aventureux que possible dans un tel environnement. Nous avons une ravissante jeune fille qui termine son apprentissage, si vous n'avez rien contre un harpiste femelle...

Menolly avait penché la tête, regardant ses amis avec un sourire madré et une lueur malicieuse dans l'œil.

— Bien sûr que non, répondirent en chœur Jayge et Alemi, puis ils se sourirent.

— Bien, mais Hally ne sera pas compagnonne avant neuf ou dix mois, et il ne serait pas bon que les enfants interrompent si longtemps leurs études. Les jeunes de ce Fort ont soif de connaissance, il ne faut pas les décevoir.

Elle poursuivit en leur signalant les qualités et les défauts de plusieurs jeunes hommes. Perschar, le meilleur artiste de l'Atelier des Harpistes, leur avait envoyé des croquis de Boskoney, Tomol et Lesselam, plusieurs pour chacun, vus sous différents angles, plus un portrait en pied et en couleurs.

— Je ne me doutais pas qu'on nous donnerait le choix, dit Aramina, examinant les dessins.

— Quoi ? demanda Menolly en souriant. On aurait privé mes neveux et mes nièces de la meilleure éducation possible ? Bien sûr, celui qui viendra ici devra consacrer une partie de son temps à aider les archivistes à étudier la musique que Siaav nous imprime à tour de bras. C'est Tagetarl qui est chargé de l'impression, mais le Fort de la Rivière Paradis est assez proche pour que son harpiste puisse l'aider. Est-ce que ce sera un problème ?

— Pas du tout, dit Jayge. La vie est tranquille ici, et il n'y a pas tellement d'enfants...

— Pour le moment, ajouta Aramina avec un clin d'œil.

Quand les rires soulevés par cette remarque se furent calmés, elle demanda si ces jeunes gens étaient mariés.

— Pas encore, dit Menolly en souriant. Vous avez ici quelques ravissantes jeunes filles, et elles aussi doivent pouvoir choisir, et pas seulement parmi des pêcheurs malodorants.

Elle fit un grand sourire à son frère.

— Celui-là me plaît, fit Aramina, montrant Boskoney.

Boskoney n'était pas le plus beau ni le plus grand des trois. Ses cheveux blonds et bouclés étaient décolorés par le soleil, et il avait de petites rides de rire autour des yeux. Regardant son portrait, elle se sentait à l'aise, alors que les deux autres ne semblaient pas aussi... francs.

— Il est d'Ista, dis-tu ? Alors la chaleur le gênera moins que les deux autres. Et nous ne serons pas obligés de le mettre en garde contre la tête de feu et les autres inconvénients d'un climat tropical.

— C'est donc réglé, dit vivement Menolly, lui donnant le portrait de Boskoney. Sebell l'informera de sa nomination, et je demanderai à T'gellan d'envoyer un dragon pour vous l'amener. Je lui parlerai des enfants, pour qu'il sache sur quels points se concentrer. Ils sont si mignons ! Quel séjour agréable j'ai passé ici ! Ah, voilà le bébé qui se réveille.

Boskoney arriva, fut dûment informé par Menolly des capacités de ses élèves, et s'installa dans le fortin du harpiste comme s'il y avait vécu toute sa vie. Menolly promit de revenir de temps en temps au Fort de la Rivière Paradis, surtout quand Camo annonça qu'il aimerait bien rester au chaud ici. Il n'aimait pas le froid, mais, ainsi que Menolly le leur expliqua, il avait du mal à se rappeler qu'il fallait enfiler une veste quand on allait vers l'hiver, et il oubliait de l'enlever quand le printemps arrivait.

Boskoney choisit de remplir ses devoirs de harpiste à l'Atterrissage, et c'était généralement T'lion et Gadareth qui le transportaient. Cela convenait parfaitement à T'lion, Gadareth et Alemi, car ils continuaient à approfondir leurs relations avec les dauphins, et il y avait maintenant beaucoup de bandes qui répondaient aux cloches. Sur la grève la plus proche du Weyr Oriental, T'lion avait bricolé dans un grand arbre une sorte de potence, supportant la petite cloche dont Alemi se servait à la pointe de la Rivière Paradis.

Pourtant, il ne cherchait pas à garder le secret sur ses activités, mais il chérissait tellement — comme Gadareth — son association avec les dauphins qu'il ne voulait pas voir ses efforts rabaissés ou ridiculisés. Après tout, ce n'était pas, certes, comme si le Chef du Weyr, T'gellan, ignorait que les dauphins secouraient les naufragés, mais T'lion n'avait pas exactement expliqué ses rapports avec les dauphins, qui s'amélioraient régulièrement.

C'est pourquoi le jeune homme ne s'inquiéta pas spécialement quand T'gellan le convoqua, vu qu'il le faisait souvent venir pour lui confier ses missions du jour. Mais T'lion ne s'attendait pas à voir son frère, et il ne fut pas rassuré par l'air suffisant de K'din et l'air sévère de T'gellan et Mirrim.

Je ne comprends pas pourquoi tu es retourné comme

ça, Monarth, déclara mentalement son dragon. *Ce sont des dauphins que les Anciens ont amenés sur Pern. Ils sauvent des vies humaines. Ils peuvent parler à tout le monde.*

Cela donna à T'lion le fin mot de l'histoire : K'din avait espionné ses séances du soir avec les dauphins.

— Je crois que tu as des explications à nous donner, T'lion, dit sévèrement T'gellan, haussant un sourcil réprobateur.

Mirrim, elle aussi, semblait mécontente.

— À propos des dauphins ? dit T'lion, espérant avoir l'air plus détendu qu'il ne l'était.

— Les dauphins ?

— Oui, c'est ainsi que Siaav les appelle.

Il vit les Chefs du Weyr se consulter du regard quand il se référa à cette autorité.

— Ils sont arrivés avec les Anciens, vous savez. Et ils avaient été soumis au traitement de la mentasynth, de sorte qu'ils pouvaient parler avec leurs partenaires, les dolphineurs.

Il sortit tous ces grands mots sans bafouiller une seule fois.

— Tu as consulté Siaav à leur sujet ? demanda T'gellan, fronçant les sourcils.

— Non, c'est Siaav qui m'a interrogé. Maître Alemi du Fort de la Rivière Paradis travaille très étroitement avec les dauphins : ils l'avertissent à l'avance du temps qu'il fera et des endroits où se trouvent les bancs de poissons. Cela épargne beaucoup de tracas aux pêcheurs. Et le plus beau, c'est qu'ils les préviennent des tempêtes.

— Vraiment ! dit T'gellan, s'efforçant de digérer les implications de ces paroles.

— Et comment t'es-tu trouvé mêlé à cela ? s'enquit Mirrim.

— Oh, tu sais comment ça se passe, Mirrim. Comme la fois où tu as conféré l'Empreinte à tes lézards de feu.

Elle fronça les sourcils devant cette impudence.

— Tu as conféré l'Empreinte à ces créatures ?

— Non, rien de semblable, dit T'lion, écartant cette suggestion d'un geste désinvolte. Ils n'ont rien de comparable aux dragons, remarqua-t-il d'un ton qui les rangeait dans une classe très inférieure. Pourtant, ils sont utiles...

Il décida de ne pas ajouter « comme les lézards de feu ».

— On les appelle en sonnant une cloche. S'ils en ont envie, ils répondent. La plupart le font, parce que, pour eux, c'est comme un nouveau jeu.

— Un nouveau jeu ? dit T'gellan, se penchant vers lui.

— C'est ce que dit Maître Alemi. La bande qui vit dans nos eaux est différente de la sienne. Siaav nous a demandé de découvrir combien elles sont et d'améliorer leurs capacités linguistiques.

— Leurs capacités linguistiques ? répéta Mirrim, battant des paupières.

T'lion haussa les épaules.

— Ce sont les termes qu'a employés Siaav. Ils prononcent mal — ils disent « clochi » pour « cloche », « nuuus » au lieu de « nous ». J'essaye de leur enseigner à prononcer correctement.

— Toi, enseigner ? ricana K'din.

— Je connais quand même plus de mots que les dauphins, répliqua placidement T'lion.

— Et quand leur dispenses-tu cet enseignement ?

Le jeune chevalier bronze comprit qu'il n'était pas encore innocenté aux yeux de son Chef de Weyr.

— Oh, quand j'ai le temps. Quand je donne son bain à Gadareth, par exemple. Il aime les dauphins. Ils passent sous lui et lui chatouillent le ventre. Et quand je lui lave les ailes, ils sautent par-dessus lui.

— Vraiment ? fit T'gellan, stupéfait, et T'lion s'efforça de prendre un air détaché.

K'din avait-il insinué qu'il négligeait Gadareth en faveur des dauphins ? Non qu'on puisse le chasser du Weyr, d'ailleurs ! Mais on pouvait le punir et l'empêcher de voir les dauphins. Avait-il suffisamment parlé de Siaav pour rassurer T'gellan ? Ou en avait-il trop parlé, provoquant un certain agacement chez le Chef du Weyr ?

— Je crois que nous ferions bien de rencontrer ces...

— Dauphins, Chef du Weyr. Et eux aussi seront très contents de faire votre connaissance à tous deux.

T'lion avait pris un ton aussi joyeux que possible, et il espérait ardemment que les dauphins feraient la démonstration de leurs capacités utiles, et refréneraient leur amour du jeu.

— Est-ce que mon frère peut venir? Pour qu'il apprenne à connaître les dauphins, lui aussi?

T'gellan considéra le chevalier brun, l'air dubitatif.

— Je crois que cela lui sera salutaire.

— Oui, très, dit Mirrim, regardant K'din de travers.

Monarth et Path sont intéressés. Je leur ai raconté tout ce que nous faisons. Mais nous aurions dû prévenir les Chefs du Weyr plus tôt. C'est un des deux reproches. Je ne comprends pas l'autre.

La remarque n'était pas des plus rassurantes.

Se retournant pour suivre les Chefs du Weyr qui se dirigeaient vers leurs dragons, T'lion réalisa qu'effectivement il aurait dû prévenir ses supérieurs plus tôt. Mais, devant transporter partout Menolly et les autres, ils n'avaient pas souvent été au Weyr, ces derniers temps.

Mais souvent sur le rivage pour parler aux dauphins, lui fit remarquer Gadareth.

Ah, mon frère! transmit-il — mentalement — à son dragon. *Il aimerait bien me créer des problèmes avec les Chefs du Weyr.*

Buleth n'aime pas ça.

Alors, remercie Buleth.

Heureusement pour la démonstration de T'lion, Tana et Natua accoururent dès que les sons de la cloche eurent résonné sur les eaux légèrement agitées par une petite brise. T'lion entra dans l'eau jusqu'à la taille pour les saluer, tandis que les autres — les chevaliers, les dragons, et les lézards de feu de Mirrim — restaient sur le rivage.

— Seulement vous deux? dit T'lion, déçu de ne pas pouvoir parader avec toute la bande.

Puis il éleva la voix pour que ceux restés sur la plage puissent entendre ses présentations.

— Tana, Natua, voilà mon chef de bande, T'gellan, sa compagne Mirrim. Et K'din.

Pas question qu'il le présente comme son frère !

— B'jour, Gellin, Mirm, dit poliment Natua, tandis que Tana soufflait une gerbe d'eau dans leur direction.

— B'jour, Natua, répondit Mirrim, rejoignant T'lion dans l'eau, avec un grand sourire.

Ses lézards de feu tournaient au-dessus de sa tête, protecteurs. Elle tapota le nez que Natua poussait vers elle. Tana passa près d'elle, la regardant d'un œil à l'aller, de l'autre au retour. Puis elle se dressa sur l'eau afin de mettre son œil au niveau de celui de Mirrim.

— B'jour, Tana. L'eau est bonne ?

— Eau bonne. Poisson bon aussi. Bande manger. Manger bon.

À l'évidence, Tana aurait voulu savoir à quel jeu ils allaient jouer, aussi T'lion intervint-il vivement :

— Désolé d'avoir interrompu votre repas, Tana.

— Cloche sonne. Nous répondre. Nous promettre. Nous venir.

Il était très content qu'ils parlent si clairement — il leur avait enfin fait passer l'habitude de dire « nuuus » pour « nous ».

— Vous êtes très gentils d'être venus si vite, parce que les chefs de ma bande veulent vous connaître.

Natua exécuta un saut périlleux en arrière, inondant T'lion et Mirrim, qui en resta pantoise. T'lion fit la grimace. Il était si habitué à ces acrobaties qu'il n'avait pas pensé à prévenir Mirrim. De la main, Mirrim chassa l'eau de ses bras.

— Tu n'avais pas besoin d'inonder Mirrim ! dit T'lion, le menaçant de l'index.

Le dauphin couina et décrivit un cercle autour des deux humains.

— Eau chaude. Bon, dit Natua, ouvrant les mâchoires en un grand sourire en s'arrêtant devant le jeune homme.

— Et qu'est-ce qu'une trempette pour des créatures marines ? demanda Mirrim en riant. Après tout, d'ailleurs, j'étais dans l'eau.

Elle s'essora les cheveux à deux mains, ajoutant :

— Tu aimes inonder les hommes.

— Toi femme, pas hom, dit Natua.

La bouche de Mirrim s'arrondit : comment avait-il remarqué la différence ?

— Merci, Natua ! Viens, T'gellan, tu rates le plus intéressant, et l'eau est... chaude !

C'est alors que Tana leur assena une surprise de taille.

— Tu as bébé dedans.

— *Quoi ?* s'écria Mirrim, arquant le corps vers le dauphin.

— Tana voit bébé.

— Qu'est-ce que tu as dit ? Pas si vite, *poisson* écervelé ! s'écria Mirrim, pâlissant de surprise dans un premier temps, puis rougissant d'indignation sous son hâle.

— Qu'est-ce qu'il a dit ? demanda T'gellan, pataugeant pour rejoindre sa compagne et lui entourant les épaules d'un bras protecteur.

T'lion était atterré. Il ne savait où se mettre. Il déglutit et bredouilla, puis se ressaisit enfin devant l'air suffisant de son frère.

— Il dit que je suis enceinte, répondit Mirrim. Je ne vois pas là matière à plaisanter, dauphin !

— Pas plaisanter, dit Tana. Je sais. Toujours nous savons. Sonar nous dit vérité sur corps de femme.

— Sonar ? Qu'est-ce que c'est ? demanda T'gellan à son jeune chevalier. Qu'est-ce qui se passe ici ?

— Je ne sais pas, répondit T'lion d'un ton plaintif.

— Moi raison. Demande à docteur. Squiii ! Bébé, bon. J'ai bébé aussi. J'aime.

— Docteur ? répéta T'gellan, ignorant le reste du discours.

— C'est ainsi que les Anciens appelaient les guérisseurs, murmura Mirrim, la tête penchée pour regarder la main qu'elle posa sur son ventre, juste sous la surface.

— Je m'excuse, Mirrim. Je ne savais pas... bredouilla T'lion, désolé de cet incident.

Comment Tana avait-elle pu gâcher cette rencontre ? Il croyait qu'ils étaient ses *amis* ! Il ne lui restait plus qu'à demander son transfert dans un autre Weyr, avant que la nouvelle de sa disgrâce ne fasse le tour de la planète — et il ne doutait pas que K'din y veillerait ! Il avait attiré la honte sur sa famille. Et lui qui était si fier de parler aux poissons-bateaux ! De plus en plus horrifié, il entendit Tana qui insistait lourdement, et vit Natua qui l'approuvait vigoureusement de la tête !

— Je sais. Femme est en-ceinte, répétait Tana, sautant joyeusement devant les trois humains.

Puis, avant que personne n'ait pu prévoir ce qu'elle allait faire, elle rentra dans l'eau, et vint doucement nicher son museau dans la main de Mirrim.

— Tu auras bébé. Pas bientôt. Très petit.

T'gellan échangea un regard avec sa compagne, puis lui sourit tendrement.

— Je voudrais bien que ce soit vrai, Mir, déclara-t-il, si bas que T'lion ne fut pas certain d'avoir bien entendu.

— Mais je n'ai rien constaté jusqu'à maintenant — je veux dire, il est beaucoup trop tôt pour en être sûre, murmura Mirrim, tout en regardant tendrement le grand chevalier-bronze.

Puis elle se secoua et pataugea vers le rivage.

— La première chose à faire, c'est de demander à Siaav s'il est possible que cette folle créature sache de quoi elle parle.

Elle se retourna vers T'lion.

— Viens aussi, T'lion. Nous réglerons le problème une fois pour toutes. On ne peut pas laisser des jeunes comme toi fréquenter ces créatures erratiques !

Je t'aime, T'lion, dit Gadareth, avec tant de véhémence qu'il en fut un peu réconforté. Jusqu'au moment où il vit l'air triomphant de K'din. Il ferma les yeux, s'efforça de fermer ses oreilles aux joyeux « clicks » et « squiii » que faisaient les dauphins tandis qu'il regagnait la plage. J'aime *les dauphins,* ajouta Gadareth. *Ils sont amusants et nous rendent la vie amusante.*

Ne me parle pas des dauphins en ce moment, Gaddie. Tu ne sais pas ce qu'ils viennent de me faire.

Je sais. Path sait. Path est contente que sa maîtresse ait un bébé.

T'lion grogna, et obéit à T'gellan qui lui faisait signe de monter.

— Viens aussi, K'din, dit T'gellan, le visage soudain sévère. Je veux te garder à l'œil. Nous rentrons en vol direct.

Mirrim monta en selle, l'eau de ses vêtements dégoulinant sur les flancs de sa verte.

— Volons à basse altitude ; je sécherai en cours de route, mais je préfère que ce soit lentement.

Ce disant, elle ne regarda même pas vers T'lion, ce qui le déprima un peu plus.

La localisation des bancs de poissons, des récifs et des tempêtes, tout cela faisait partie des capacités des dauphins, mais ça ? Son corps accompagna machinalement le mouvement ascendant de Gadareth à l'instant de l'envol, mais il se sentait raide, effrayé, et malheureux comme les pierres. Comment Natua et Tana avaient-elles pu lui faire ça ? Juste quand il avait besoin qu'elles se montrent sous leur meilleur jour ! Lui qui n'avait jamais eu l'occasion de les questionner sur les tempêtes ou les bancs de poissons de la mer du Weyr Oriental...

Le vol direct, bien qu'assez court, lui parut durer une éternité. Ses vêtements étaient secs et il avait un coup de soleil sur le nez quand ils atteignirent l'Atterrissage. La suffisance de K'din se teinta de respect révérenciel quand il suivit ses chefs à l'Admin, puis jusqu'à la table où, ce jour-là, D'ram assurait l'accueil.

— T'gellan, Mirrim, quel plaisir de vous voir ! Monarth et Path vont bien ? Et revoilà T'lion, et son frère aîné, n'est-ce pas, T'lion ? La ressemblance est frappante.

— Bonjour, D'ram. Tiroth est en train de se dorer au soleil, et il semble gros et gras à souhait, répondit T'gellan avec courtoisie, mais avec une impatience évidente dans le ton.

— Un problème ?

— Oui, et que seul Siaav peut résoudre. Aurait-il le temps de nous recevoir ?

— Oui, bien sûr. Dans la petite salle de conférence. T'lion connaît le chemin.

En cet instant, T'lion aurait donné n'importe quoi pour ne pas être si bien connu de D'ram. Quand l'ex-Chef du Weyr d'Ista lui donna en souriant la permission d'entrer, T'lion aurait voulu rentrer sous terre.

— Conduis-nous, T'lion, dit T'gellan, lui emboîtant le pas, le visage impénétrable.

T'lion se traîna lamentablement vers la salle et l'humiliation définitive, court trajet qui lui parut aussi long que le vol direct.

Monarth dit qu'ils aimeraient avoir un bébé. Path aussi, lui dit joyeusement Gadareth.

Mais si Tana ne peut pas savoir ? Si elle se trompe ? J'en mourrai !

Non, dit Gadareth avec reproche, *parce que tu ne voudrais pas que je meure aussi, non ?*

Non, bien sûr que non ! T'lion se secoua. Quoi qu'il arrive maintenant, il aurait toujours Gadareth. Personne ne pouvait le séparer de son dragon.

Il poussa la porte.

— Siaav, c'est T'lion avec le Chef du Weyr T'gellan, et Mirrim, maîtresse de la verte Path, annonça-t-il à l'écran.

Puis, ayant saisi le regard réprobateur de T'gellan, il marmonna le nom de son frère.

— Quel est le sujet de votre discussion aujourd'hui ? Les dauphins ?

— Comment le sait-il ? demanda Mirrim à voix basse.

— Parce que T'lion vient régulièrement me faire des rapports sur ses contacts avec les dauphins, Mirrim, répondit Siaav, et Mirrim grimaça, ayant oublié combien l'appareil avait « l'oreille » fine.

Mirrim alla droit au cœur du problème.

— L'un des dauphins, Tana, a dit que j'étais enceinte.

— Si le dauphin a noté une altération dans ta matrice, elle a peu de chances de se tromper.

Un profond silence s'abattit sur la petite salle.

— Mais comment ? Je ne le savais pas moi-même, Siaav, déclara Mirrim en s'asseyant. Je veux dire...

— Le sonar des dauphins...

— C'est le mot qu'elle a employé ! s'écria T'gellan. Sonar... Qu'est-ce que c'est ?

— Le sonar des dauphins est le moyen par lequel ils naviguent dans les océans de Pern, envoyant des signaux et interprétant les sons qui leur reviennent. Le sonar les informe également de changements imperceptibles dans la masse corporelle. Les dauphins diagnostiquent avec précision non seulement les grossesses, mais aussi les tumeurs et les excroissances, et souvent d'autres maladies à leurs premiers stades. Les docteurs — que vous appelez maintenant guérisseurs — avaient grande confiance en leurs diagnostics qu'ils trouvaient uniques et corrects.

— Tu veux dire que Mirrim est *vraiment* enceinte ? demanda T'gellan.

— Si un dauphin l'a dit, elle attend indubitablement un enfant.

T'lion s'aperçut que Mirrim était rayonnante, que T'gellan se redressait avec fierté. Du coin de l'œil, il vit son frère grimacer, mais il eut le triomphe modeste. Il ne voulait pas pousser K'din à d'autres manifestations d'hostilité. Il suffisait que lui, T'lion, ait eu raison, et il s'injuria mentalement pour avoir douté des dauphins. Mais il ne se serait jamais douté qu'ils pouvaient « voir » à l'intérieur des corps !

— Cette facette des capacités des dauphins vous a peut-être échappé ? demanda Siaav quand T'gellan et Mirrim se furent joyeusement embrassés.

T'gellan regarda T'lion, qui haussa les épaules.

— Nous devrions demander au guérisseur du Weyr d'étudier la question, déclara T'gellan. Les dauphins peuvent-ils détecter les infections qui commencent sous la peau et qui crèvent ensuite ?

— Les archives indiquent que oui. Veux-tu parler de phlegmons ou d'abcès ?

— Oui. M'sur a failli perdre une jambe : il s'est aperçu de la gravité de son état seulement lorsque le poison lui a marbré la peau de veinules rouges. Persellan, quant à lui, a eu un mal fou à sauver sa jambe et sa vie !

Puis, se tournant vers T'lion, il ajouta :

— Je crois qu'il faut en informer immédiatement l'Atelier des Guérisseurs à Fort.

— Tu penses qu'ils te croiront ? demanda Mirrim en riant, une main largement écartée sur son ventre, comme si elle doutait encore du diagnostic.

T'gellan haussa les épaules en souriant.

— Qu'ils me croient ou non, c'est mon devoir de les informer.

— Il y a bien un guérisseur ici, à l'Atterrissage? demanda Mirrim. Merci infiniment, Siaav, de nous avoir consacré un peu de ton temps.

— De rien, Mirrim, maîtresse de Path.

— Toute ma gratitude, Siaav, et à plusieurs égards.

T'gellan adressa alors un sourire rassurant à T'lion.

— Cette rencontre avec tes amis dauphins a pris un tour inattendu, mon garçon. Nous te remercions. Mirrim a déjà perdu deux bébés parce qu'elle ne savait pas qu'elle était enceinte. Nous n'avons pas envie d'en perdre un troisième. Viens.

Prenant Mirrim par la taille, il la guida vers la porte.

— Nous allons en parler à D'ram. Il en informera l'Atelier des Guérisseurs.

— Oui, il vaut mieux que ça vienne de lui, acquiesça Mirrim, faisant signe à T'lion de marcher près d'elle.

D'ram mit quelques instants à assimiler la stupéfiante nouvelle, puis il se leva et secoua vigoureusement la main de T'gellan, en adressant un grand sourire à Mirrim.

— Les femmes du Weyr ont toujours eu un problème pour savoir quand elles avaient conçu... or elles doivent s'abstenir d'aller dans l'*Interstice* durant les premiers mois de leur grossesse. Les femmes vont accourir en foule pour consulter les dauphins !

— Je ne suis pas certain que ce soit ce que nous désirons, dit T'gellan, quelque peu alarmé.

— Bon, je vais toujours informer l'Atelier des Guérisseurs, et ils prendront les mesures qu'ils jugeront bonnes.

— S'ils ajoutent foi à cette histoire, dit Mirrim.

— Oh, j'en connais quelques-uns qui ont l'esprit assez ouvert pour enquêter sur la question — et d'autant plus que Siaav a confirmé les allégations des dauphins. Je vais d'abord demander à Siaav de me donner toutes les informations qu'il possède sur les capacités de diagnostic des dauphins. Rien de tel que la parole imprimée pour rassurer.

Puis le vieux Chef de Weyr se tourna vers T'gellan.

— Tu as fait preuve de sagesse en venant consulter Siaav au lieu d'oublier l'incident.

— Ça valait vraiment la peine de venir ici en vol direct, acquiesça T'gellan, souriant tendrement à sa compagne. J'avoue quand même que je trouvais ça difficile à croire. Désolé, T'lion.

— Oh, c'est normal, T'gellan, put dire T'lion avec sincérité maintenant que ses amis étaient justifiés. Je n'y croyais pas moi-même.

T'lion ne fut pas fâché d'être désigné comme officier de liaison — terme suggéré par Kib qui l'avait retrouvé dans le vocabulaire oublié des Anciens — entre les dauphins et les guérisseurs sceptiques qui venaient, parfois avec des patients mais le plus souvent seuls. Il voyait moins K'din, qui avait donc d'autant moins d'occasion de concocter des histoires pour le discréditer aux yeux des Chefs du Weyr. Persellan, le guérisseur du Weyr, compagnon originaire de la pointe la plus méridionale de Boll Sud, commença par déclarer avec mépris qu'il était impossible de détecter une grossesse si tôt après la conception. Mais Tana porta un sérieux coup à son incrédulité en détectant un abcès interne dans le bras d'un enfant qui se plaignait d'avoir mal. La cuisinière en chef était certaine qu'il disait ça pour couper à ses corvées. Non seulement Tana repéra l'infection, mais elle posa le nez exactement à l'endroit où le sceptique Persellan devait lui mettre un cataplasme. Le lendemain, l'abcès avait crevé, et l'on voyait nettement l'épine qui l'avait provoqué.

Beaucoup de plantes épineuses du Continent Méridional posaient de constants problèmes aux guérisseurs. La plupart des gens circulaient presque nus par les grosses chaleurs, et avaient d'autant plus de risques d'être blessés par une épine en frôlant une branche. Même le cuir solide des dragons n'était pas à l'abri de ces désagréments, mais les épines transperçaient rarement la couche de graisse qu'ils avaient sous la peau. Le plus souvent, c'était le maître qui en héritait, lorsqu'il frictionnait son dragon pendant son bain.

Absolument pas convaincu par cette méthode de détection des grossesses, Persellan amena des femmes à des stades différents de grossesses *connues* pour tester Tana et d'autres membres de sa bande, tous impatients de prouver leurs capacités.

Toutefois, ce fut une fracture qui finit de le convaincre. Fracture, de plus, mal réduite, et qui, située juste au-dessous du coude, handicapait les mouvements de la patiente. Elle était venue pour savoir si elle était encore enceinte, état qu'elle voulait interrompre, trouvant que trois enfants étaient une charge suffisante pour le Weyr.

— Os cassé. Mal repoussé, dit Tana à Persellan. Là.

— Et un bébé, poisson ? demanda la femme, Durras, tandis que les doigts exercés de Persellan repéraient la grosseur sur son bras. Je n'ai pas eu de règles depuis deux mois.

— Il y a longtemps que c'est arrivé ?

Durras dégagea son bras d'une secousse, fronçant les sourcils.

— Je ne suis pas venue pour mon bras. Ça remonte à mon enfance. Poisson, est-ce que j'ai un bébé ?

— Pas bébé. Matrice pleine. Pas bon. Faut nettoyer.

— Quoi ? s'écria la femme, s'enfuyant en courant vers la plage.

— Qu'est-ce que tu veux dire ? Matrice pleine ? Faut nettoyer ? demanda Persellan.

La réaction de Durras l'avait surpris, mais, durant son long apprentissage, il avait connu de nombreux cas de règles interrompues où la femme avait souffert par la suite de douleurs abdominales violentes et ininterrompues — dont plusieurs cas où la femme était morte, et où son seul recours avait été des applications massives de baume analgésique pour calmer ses souffrances.

— Grosssseeeuuur, dit Tana, essayant d'énoncer un mot difficile. Mauvais.

— Des grosseurs ? demanda Persellan.

La chirurgie interne ne faisait pas partie de ses pratiques, mais il savait que quelques guérisseurs ayant suivi un enseignement spécial ouvraient parfois le corps pour soulager un patient. Siaav avait enseigné beaucoup de choses à l'Atelier des Guérisseurs, mais bien peu avaient entrepris des opérations. Il avait entendu dire que l'Atelier avait autorisé des examens après la mort. Le seul fait d'y penser le faisait frissonner, mais ils en avaient tiré des enseignements précieux.

— Est-ce que les Anciens coupaient un corps pour enlever les grosseurs ?

— Pas besoin. Ouverture est là. Nettoyer. Puis avoir bébé.

— Comment ? Quelle ouverture ?

— La principale, en bas. Par où bébés sortent.

Persellan frissonna une fois de plus. La seule idée d'entrer par ce passage lui répugnait. Mais un guérisseur était parfois obligé de recourir à des méthodes désagréables, voire douloureuses, pour rendre la santé au patient.

Une nouvelle surprise attendait Persellan à la fin de cette matinée mémorable, quand T'lion vint le chercher pour aller à la baie.

— Ils amènent un dauphin blessé. Natua et Tana disent que tu dois le coudre.

— Coudre un dauphin ?

Sa main qui se tendait vers sa trousse de guérisseur s'immobilisa.

— Vraiment, T'lion, tu exagères !

— Non ! Tu le fais bien pour les dragons blessés.

— Mais... pour des poissons ?

— Ce ne sont pas des poissons, guérisseur, mais des mammifères comme les humains. Et Boojie ne guérira pas si tu ne couds pas sa blessure.

— Tu l'as vu ?

— Non, mais c'est Tana qui le dit. Elle t'a aidé. Maintenant, c'est à ton tour de la secourir.

Persellan ne trouva rien à répondre à ce raisonnement, mais il ne cessa de marmonner jusqu'à la plage que c'était inouï de lui demander ses soins pour une créature marine. Quand il vit l'importance de la blessure, il faillit tourner les talons pour rentrer au Weyr.

— Impossible que je referme ça. C'est que... cette créature pourrait me mordre... ou autre chose. La souffrance sera terrible.

— Baume analgésique, dit T'lion, bloquant obstinément le passage à Persellan, et appelant Gadareth à l'aide.

— Comment savoir si le baume agira ? Et s'il ne sera pas dangereux pour l'animal ?

— Tana me l'a dit. Elle dit que Boojie est trop jeune pour mourir, mais qu'il mourra sûrement si tu ne fermes pas la blessure.

— Comment s'est-il fait ça ? continua à arguer Persellan, alors même que T'lion l'entraînait vers la mer et les dauphins en attente. Je ne sais même pas si une couture est la bonne solution.

— Couds Boojie, dit Tana.

Puis, venant dans des eaux presque trop basses pour qu'elle y nage, elle poussa du nez le guérisseur, vers le blessé que d'autres dauphins maintenaient à flot.

— Allons, Persellan ! s'écria T'lion, dans l'eau jusqu'à la poitrine.

— Comment veux-tu... C'est trop absurde ! répondit le guérisseur.

Mais un nez passa entre ses jambes et le propulsa fermement de l'avant.

— Arrête ça ! s'écria-t-il, tapant de sa main libre la tête importune de Tana. Je ne sais pas comment m'y prendre... Le choc consécutif à une telle blessure, sans parler de la suturation... je veux dire, je n'ai jamais fait une chose pareille de ma vie.

— On ne t'avait pas dit que la vie n'est jamais monotone dans un Weyr ? dit T'lion, défaillant presque de soulagement en comprenant que le guérisseur acceptait d'officier.

Il faillit vomir en voyant la profondeur de la blessure. Puis, cet instant de faiblesse passé, il fut fasciné à l'idée qu'une créature aussi grièvement blessée avait survécu au long voyage pour venir sur cette plage. Boojie respirait à peine, trop épuisé pour émettre le moindre « click ». Seule une lueur visible dans l'œil gauche attestait qu'il vivait encore. T'lion posa la main près de ses poumons, assez loin de la blessure pour ne pas le faire souffrir davantage, et sentit le frémissement de ses organes.

—Si tu fais quelque chose, fais-le tout de suite, Persellan, murmura T'lion. Sa vie ne tient qu'à un fil.

— Comment veux-tu que je suture dans l'eau?

Se rendant compte du problème, car, les dauphins devant soutenir le blessé par-dessous, Persellan ne pouvait pas atteindre la blessure, T'lion appela Gadareth.

— Les serres des dragons ont plus d'une utilité, assura-t-il à Persellan. Gaddie va le soutenir juste à la surface, en lui tournant le flanc vers toi.

Il y eut une certaine agitation quand le dragon, recevant mentalement les instructions de son maître, entra dans l'eau et s'approcha du groupe.

— Gaddie aide, Tana. Dis aux autres de le laisser soulever Boojie. Il ne lui fera pas mal. Tu sais qu'un dragon ne ferait jamais de mal à un dauphin.

Tana clicka, couina, et expulsa de l'eau d'une manière si pressante que la manœuvre s'accomplit vivement, malgré la difficulté de mettre Boojie dans la bonne position pour l'opération.

— Par la Première Coquille, tu as vu ça? s'écria Persellan, montrant l'épaisse couche de graisse juste sous la peau élastique de l'animal. C'est normal, je suppose? Tu crois que Tana le sait? À la réflexion, le bétail gras a toujours une grosse couche de graisse. Je suppose que c'est pareil. Oh, et puis, il ne peut guère que me mordre.

Continuant son monologue — auquel T'lion eut le bon sens de ne pas répondre — et grommelant qu'on lui faisait faire n'importe quoi, Persellan commença à enduire de baume les lèvres de la blessure.

— Je ne sais pas si ça pénétrera assez pour l'anesthésier, mais le Maître fermier s'en sert toujours sur le bétail blessé, alors je ne vois pas pourquoi je ne pourrais pas m'en servir sur un animal marin.

Ses mouvements, d'abord hésitants, prirent de l'assurance quand il s'aperçut que son patient ne se débattait pas.

T'lion l'aida quand il eut vu comment procéder, et ses doigts plus fins firent mieux pénétrer le baume dans la plaie.

— Je n'ai jamais rien fait d'aussi bizarre au cours de ma vie, marmonna Persellan, levant la longue et fine aiguille dont il se servait pour les dragons, et s'apprêtant à faire son premier point. Suturer un poisson ! On n'a jamais vu ça !

— Boojie n'est pas un poisson, rectifia T'lion, mais il souriait. C'est un mammifère.

— Mets tes mains de chaque côté de la blessure, veux-tu, et essaye de rapprocher les lèvres.

Ce n'était pas une tâche facile que Persellan imposait à T'lion, et vers la fin, malgré la rapidité du guérisseur, ses muscles fatigués se contractaient spasmodiquement. Mais les humains parvinrent à refermer la blessure.

— Trois mains de long... dit Persellan, sceptique. Je doute qu'il survive. Rien que le choc... Quoique les blessures cicatrisent bien dans l'eau de mer...

De nouveau, il secoua la tête, brossant le sang qu'il avait sur les mains, avant de passer la brosse à son assistant tout aussi ensanglanté. Il lava son aiguille, la remit dans son étui de cuir, puis la rangea, avec ce qui lui restait de fil, dans sa trousse trempée.

— Qu'est-ce qu'on va faire de Boojie, maintenant, T'lion ? Le dorloter ici, près de la plage ? Je suis déjà trempé à partir de la taille.

— Afo, et maintenant ? demanda T'lion, la voyant dans le cercle groupé autour de Gadareth, qui tenait toujours Boojie dans ses serres.

— Vous deux, bons. Dragon lâcher Boojie.

D'une série de sifflements stridents, elle dirigea le groupe des sauveteurs — notamment Gar, Jim et Tana —, tandis que Gadareth abaissait doucement le blessé dans l'eau jusqu'à ce qu'il flotte. Soulagé, T'lion vit que Boojie agitait faiblement ses nageoires en retrouvant sa liberté. Puis ses compagnons de bande revinrent le soutenir et le poussèrent vers la mer.

— Merci ! Merci ! Merci ! s'écrièrent les dauphins en un chœur inattendu, tandis que leur groupe repartait lentement vers le large.

— Tu crois qu'il guérira, Natua ?

Elle exécuta un petit saut que T'lion interpréta comme une affirmation. Avec Persellan, il regarda jusqu'à ce que toutes les nageoires aient disparu.

— Jamais rien fait de pareil de ma vie, marmonna Persellan en remontant vers la plage.

Il fit quelques pas sur la grève, puis se laissa tomber de tout son long dans le sable.

— Et je ne sais même pas si ça réussira. Mais j'ai fait de mon mieux..

— C'est vrai, guérisseur, et je t'en suis très reconnaissant. *Gaddie, tu as été formidable!*

Je sais. Moi non plus je n'ai jamais rien fait de pareil. Mais le dauphin est vivant. Nous avons tous bien travaillé. Dis-le au guérisseur.

— Gadareth trouve aussi que tu as très bien agi, ajouta T'lion avec un sourire las.

Un ronflement lui répondit. Une petite sieste n'était pas une mauvaise idée, mais il eut le bon sens d'aller cueillir deux de ces grandes feuilles dont ils se servaient souvent pour s'abriter le visage du soleil. Il en posa une sur la tête de Persellan, et garda la deuxième pour lui.

Gadareth, repliant soigneusement ses ailes, se roula dans le sable, puis posa la tête sur ses pattes antérieures et se détendit au soleil.

7

Le lendemain matin de bonne heure, Persellan rejoignit T'lion et Gadareth sur la plage, où le jeune chevalier sonna « Au Rapport ». Inquiet au sujet de Boojie, il avait passé une mauvaise nuit, et fut plutôt content de constater que Persellan était soucieux, lui aussi.

À peine la dernière note avait-elle résonné, qu'au loin deux dauphins crevèrent la surface, leurs couinements tout juste perceptibles.

— J'espère que ce sont des couinements de joie, murmura T'lion.

— Hummm, grogna Persellan, scrutant la mer, la main en visière sur les yeux.

— Ils se nourrissent à l'aube, tu comprends, l'informa T'lion. C'est le bon moment pour les trouver.

— Est-ce que je vais devoir me mettre à la disposition des dauphins aussi, maintenant ?

T'lion le regarda pour juger de ses dispositions. Il ne le connaissait pas assez pour savoir si sa mauvaise humeur était sincère ou feinte. Bien des gens sont grincheux au réveil. Et les guérisseurs, dérangés à toutes les heures de la nuit, avaient le droit de l'être plus que personne.

— Ça t'ennuierait ? demanda T'lion avec appréhension.

— Hummm, ça dépend. J'ai bien compris qu'il fallait suturer l'animal. Ils se blessent souvent ? Il s'était fait ça comment ?

— Je ne sais pas. La plupart des dauphins ont des cicatrices par-ci, par-là, mais je ne leur ai jamais demandé d'où elles venaient. On n'en est pas encore là. Nos conversations s'en tiennent encore à des sujets élémentaires. Maître Alemi le sait peut-être. Je lui poserai la question.

— Qui est Maître Alemi ? demanda Persellan, surveillant toujours l'approche des dauphins.

— C'est le Maître Pêcheur du Fort de la Rivière Paradis. C'est lui qui m'a intéressé aux dauphins. Puis Siaav m'a demandé de continuer.

— Vraiment ? demanda Persellan, étonné.

— Oui. Mon rapport d'hier n'était pas le premier, répondit T'lion, d'un ton qu'il espérait pas trop vantard.

— Vraiment ? Hummm. Tiens !

Les couinements étaient plus forts maintenant, et T'lion les trouva joyeux. Peut-être parce qu'il le souhaitait. Il soupira. Puis, les deux dauphins étant encore assez loin du rivage, il n'y tint plus et s'avança dans l'eau jusqu'à la taille.

— Boojie va bien ? hurla-t-il, les mains en porte-voix.

— Squiii oui ! Squiii oui !

— Oui ?

— Ouuuuiii ! Squiii ouuuuiii ! crièrent en chœur les deux dauphins, accélérant leur allure.

Leur dernier saut inonda T'lion, mais peu lui importait. Natua approcha sa tête de la sienne, son éternel sourire plus large que jamais. Elle ouvrit la bouche et couina.

— Boojie très reconnaissant. Bien mangé.

— Nagé un peu. Va mieux.

— Dis-leur, cria Persellan de la plage, qu'il faudra lui enlever les fils. Est-ce qu'ils ont la notion du temps ? Parce qu'on ne peut pas les lui laisser éternellement. Ils pourraient déchirer les chairs.

— Quand veux-tu revoir Boojie ?

— Dans une septaine. Comprendront-ils ?

T'lion hocha vigoureusement la tête tout en répétant les instructions aux deux dauphins.

— Dans sept — il leva sept doigts, qu'il tapa l'un après l'autre sur le nez de Natua — aubes, Boojie revient voir le guérisseur. Compris ?

— Squiii ! Compris ! Sept aubes !

— Nous dire ! ajouta Tana, clickant affirmativement.

— Merci d'être venus, dit T'lion.

— Tu sonnes. Nous venir. Nous promettre. Merci, docteur.

Tana se dressa sur sa queue, hochant vigoureusement la tête, puis exécuta un saut périlleux, plongea et repartit vers le large, Tana couinant derrière elle.

— Tu as entendu, Persellan ? Boojie est très reconnaissant. Il a mangé, et ils ont compris qu'il fallait le ramener dans sept jours.

— J'avoue que c'est réconfortant, car j'ignorais totalement si ce que je faisais servirait à quelque chose.

— Mais si, Persellan, mais si !

— Quel incident étonnant ! Je dois faire mon rapport... mais à qui ? Certainement pas au Maître Fermier ; la mer n'est pas de sa compétence.

— Maître Alemi assure que le Maître Pêcheur Idarolan s'intéresse aux dauphins.

— Eh bien, c'est donc à lui que je ferai mon rapport. Et aussi à T'gellan et à Maître Oldive. *Lui*, au moins, comprendra, même si ce n'est pas le cas de tout le monde.

Cette idée sembla enchanter Persellan de plus en plus, à mesure qu'ils se rapprochaient du Weyr.

T'lion espérait avoir bientôt l'occasion de raconter à Maître Alemi les événements de la veille et de lui parler du sonar des dauphins. Enfin, peut-être valait-il mieux ne pas mentionner tout de suite la grossesse de Mirrim, mais il pouvait lui raconter l'opération de Boojie.

Plusieurs jours s'écoulèrent avant que T'lion n'ait l'occasion de s'arrêter au Fort de la Rivière Paradis. Il venait de ramener Maître Fandarel à l'Atelier des Forgerons de Telgar, et ne vit aucun mal à faire une courte escale pour voir Alemi. Son grand sloop, le *Bon Vent*, n'était pas à l'ancre, ni l'autre sloop, pas plus que le ketch qui pêchait dans la Rivière Paradis. T'lion allait demander à Gadareth de rentrer au Weyr, quand il aperçut un bateau entrant dans une crique. La côte nord du

Continent Méridional était très découpée. Il trouva bizarre que le bateau n'aille pas ancrer dans la Rivière Paradis. S'était-ils trompés de destination ? Une rivière se jetait aussi dans la mer à cet endroit, mais toute petite. Le capitaine avait-il pris cette baie pour celle du Fort ? Perplexe, il demanda à Gadareth d'aller voir de plus près. Ce qu'il vit n'avait rien de rassurant, car des gens déchargeaient des canots à la hâte, et il y avait déjà un monceau de caisses et de ballots sur la plage. Le Fort attendait-il de nouveaux colons ? Au Weyr, il avait entendu dire que de plus en plus de gens venaient sur le Continent Méridional après un hiver extrêmement rigoureux.

Gaddie, allons poser la question au Seigneur Jayge, fit T'lion, et son dragon s'exécuta, disparaissant dans l'*Interstice*, avant, espérait-il, qu'on ne l'ait vu de la plage. Ils avaient le soleil dans le dos et ne devaient pas être très visibles dans le ciel. Ce débarquement avait quelque chose de furtif, lui semblait-il.

— Seigneur, attends-tu de nouveaux colons ? demanda T'lion, après s'être excusé d'interrompre le dîner.

— Non, répondit Jayge, se levant en fronçant les sourcils. Pourquoi ?

— Eh bien, il y a un bateau ancré dans une crique voisine, et la plage est couverte de bagages. J'ai cru bon de te prévenir.

— Je pense bien, T'lion, dit Jayge, ses yeux lançant des éclairs. Tu as vu le *Bon Vent* en venant ?

— Non ; je suis sorti de l'*Interstice* juste au-dessus de la jetée, et je n'ai vu aucun bateau.

— Je sais que les chevaliers-dragons ne sont pas censés intervenir dans les affaires des Fort, mais si Alemi était au courant de... cette intrusion, il pourrait nous aider.

Il fit signe à T'lion de le suivre sur la véranda, et regarda vers l'ouest où le soleil disparaissait dans la mer.

— Pourrais-tu estimer le nombre des arrivants ?

T'lion secoua la tête.

— Ils allaient et venaient sans arrêt. Ils déchargeaient deux canots.

— Ils t'ont vu ?

— Non. Je venais de l'ouest, avec le soleil dans le dos.

— Parfait ! approuva Jayge en lui serrant le bras. Deux canots, ça doit faire à peu près huit à dix hommes. Bon, si nous nous mettons en route maintenant, nous devrions arriver à cette baie au lever de la lune. Mais il me faudrait les renforts d'Alemi.

Il se tut, attendant la réponse de T'lion.

— Je n'arriverai jamais à trouver Alemi en mer, dit T'lion, partagé entre le désir d'aider Jayge et la crainte d'avoir d'autres problèmes avec T'gellan.

Ce qui ne manquerait pas d'arriver s'il intervenait si peu que ce fût. Il se trouverait toujours quelqu'un pour lui apprendre que T'lion avait prévenu Alemi.

Les dauphins trouveront Alemi plus vite, dit astucieusement Gadareth dans l'ombre où il attendait.

— Les dauphins ! Ils peuvent trouver Alemi et lui dire de venir ! s'écria T'lion.

— Bonne idée ! dit Jayge, en lui assenant une claque sur l'épaule. Ces créatures sont vraiment utiles.

T'lion savait que ce n'était pas le moment de parler des dernières capacités découvertes aux dragons, mais il trouva normal de demander l'aide des dauphins.

— Je vais sonner la cloche sur la jetée ! s'écria-t-il, courant vers son dragon.

— Merci, chevalier-dragon, lui cria Jayge.

Tandis que Gadareth s'envolait dans la nuit vers la pointe, T'lion entendit Jayge sonner le triangle d'alarme.

La jetée était assez longue pour le dragon, et Gadareth put donc déposer T'lion juste au pied de la cloche, qu'il sonna aussi vigoureusement que Jayge frappait son triangle. Le crépuscule était toujours un moment favorable pour obtenir une réponse rapide des dauphins, qui cherchaient à jouer. Mentalement, T'lion composa un message simple à transmettre à Alemi.

Kib, Temp et Afo répondirent à son appel..

— Kib, il faut trouver Alemi, déclara T'lion, tenant la tête du dauphin et tournant son œil vers lui.

— Facile. Pas loin.

— Dis-lui que Jayge a besoin de lui immédiatement, dans la baie voisine. Par là, ajouta T'lion, indiquant la direction de la main.

— Où est bateau ?
— Tu les as vus ?
— Bateau du Nord puant. Pas à sa place ?
— Non, dit T'lion. Ils vont envahir le Fort de la Rivière Paradis.
— Envahir pas bon ?
— Pas bon. Ces hommes pas bons pour Alemi, Jayge et Readis.

T'lion fut étonné de l'hostilité des « couics » et des « clicks », plus graves, et presque menaçants dans le ton et le rythme.

— Va. Trouve Alemi. Dis-lui qu'il y a des problèmes. Dis-lui de venir à la baie au lever de la lune pour aider Jayge et ses hommes.

Kib se dressa sur sa queue en agitant ses nageoires.

— Trouver Alemi. Lui dire problèmes. Lever de la lune ! Nous savons où ! Nous allons !

En l'une de leurs acrobaties spectaculaires, les trois dauphins sautèrent ensemble, exécutèrent une vrille et plongèrent. T'lion les vit émerger brièvement, se dirigeant vers le large à toute allure, comme s'ils savaient où ils allaient.

Ils savent sans doute exactement où ils vont, dit T'lion à Gadareth. *Bon, on ferait bien de rentrer, sinon quelqu'un va se demander pourquoi nous avons mis si longtemps à ramener Maître Fandarel à la maison.*

Il t'a invité à dîner en arrivant, remarqua Gadareth pendant que T'lion s'installait entre ses crêtes de cou.

T'lion tapota le cou de son dragon en riant.

— Bonne idée. Et le dîner était fameux. Je me suis resservi ! Bon, rentrons chez nous !

Plusieurs jours après, au dîner du Weyr, T'lion apprit qu'un groupe de Nordistes avait été expulsé par la force du Fort de la Rivière Paradis. Le capitaine du bateau qui les avait amenés avait été sévèrement puni par Maître Idarolan et avait perdu son commandement. L'air innocent, T'lion demanda des détails.

— J'y suis allé souvent, vous savez. Ce sont des gens sympathiques.

On lui raconta la façon astucieuse dont Jayge et sa petite troupe étaient sortis de la forêt, avaient surpris les intrus endormis dans leur camp de fortune, et les avaient ligotés. Le Maître Pêcheur Alemi avait investi leur bateau, qu'avec son propre équipage, il avait ramené au Port d'Ista, où le navire avait été saisi, et les passagers transportés à Igen, leur point de départ. Le Seigneur Laudey d'Igen fut très contrarié de cette escapade, et condamna les contrevenants à travailler dans les mines. L'incident fut largement diffusé par les harpistes, la morale étant que quiconque désirait s'installer sur le Continent Méridional devait d'abord en obtenir l'autorisation.

— Il y aura d'autres tentatives semblables, dit V'line. Il y en a déjà eu plusieurs au Fort de la Rivière Paradis.

— Tu veux parler de l'attaque de la soi-disant Dame Thella il y a quelques Révolutions ? demanda un Chef d'Escadrille.

— Ça, c'était la pire, répondit V'line.

— Les Weyrs n'interviennent pas dans les affaires des Forts, dit le chevalier brun M'sur en fronçant les sourcils. C'est déjà assez d'avoir à transporter tout le temps les gens à l'Atterrissage, ajouta-t-il, montrant T'lion de la tête. Sans parler d'avoir à survoler ce continent pouce par pouce, en prévision du jour où les Fils ne tomberont plus.

T'lion haussa les épaules en souriant quand plusieurs chevaliers regardèrent dans sa direction. Personne n'avait remarqué son retour tardif le soir en question. Et, après tout, il n'avait pas vraiment interféré. C'étaient les dauphins ! Et qui le saurait ?

Le Seigneur Toric sourit à la nouvelle de l'intrusion manquée. Pourvu que les intrus n'approchent pas de ses frontières jalousement gardées, ça l'amusait toujours que des Nordistes tentent illégalement de s'établir dans le Sud, ignorant l'édit des Chefs du Weyr de Benden qui n'autorisait l'immigration que sur des sites approuvés. Cela ne faisait que confirmer les soupçons de Toric, à savoir que les Chefs du Weyr voulaient réserver les meilleurs sites pour les chevaliers-dragons. Il espérait que certaines tentatives réussiraient, ne fût-ce que pour prouver que les gens pouvaient survivre n'importe où, pourvu qu'ils soient prêts à travailler assez dur. Peu lui importait que ces candidats colons puissent mourir empoisonnés par des fruits exotiques appétissants, dévorés par les bêtes sauvages ou épuisés par le fièvres. Pour Toric, les forts survivaient — et si les faibles mouraient, on n'avait pas à les leurrer. Ce qui l'exaspérait le plus, c'est le droit que les Chefs de Benden s'étaient adjugé de distribuer les terres du Sud à leur guise. Juste parce qu'ils avaient trouvé quelque antique document expliquant comment les Anciens procédaient à l'attribution des terres ? La terre appartenait à ceux qui étaient assez forts pour la garder et la mettre en valeur.

Et puis il y avait aussi cette maudite réunion des Seigneurs et des Chefs de Weyr, à laquelle il n'avait pas pu assister, occupé qu'il était à expulser le renégat Denol de l'Île de Ierne. C'est alors que ces vieux fous de Seigneurs avaient reconnu aux chevaliers-dragons le droit de contrôler le Continent Méridional. « Par respect et reconnaissance pour les services que les chevaliers-dragons ont rendus aux Forts et aux Ateliers, au cours des siècles de Chutes de Fils. » Comme si la dîme versée à ces paresseux ne suffisait pas pour que les dragons fassent ce qu'ils avaient été créés pour faire ! Sans parler des nombreux avantages dont jouissaient les chevaliers-dragons.

Quand Toric avait appris cette décision, il était entré en fureur, et d'autant plus qu'on l'avait prise dans son dos. S'il avait été là, il aurait tué l'idée dans l'œuf. La plus grande insulte qu'on lui avait faite, c'est que les Seigneurs du Nord n'avaient pas attendu qu'il puisse venir à une réunion qui, tous comptes — déplorablement — faits, l'affectait plus qu'aucun d'eux, vu qu'il était le seul Seigneur confirmé du Sud. Et seigneur d'un Fort tellement plus grand qu'aucun de ceux du Nord, sans excepter Telgar, qu'il était ridicule d'avoir tenu cette réunion sans lui. Bien sûr, les Chefs du Weyr avaient tout manigancé, sachant qu'il protesterait, et qu'il pourrait gagner à sa cause plusieurs de ces idiots indécis qui, ne gouvernant que par défaut, n'auraient pas été capables de survivre une seule saison dans le Sud. Il aurait exigé que le Continent Méridional soit grand ouvert à tous ceux ayant les tripes pour travailler — et qui demanderaient leur confirmation à un Conseil des Seigneurs *plénier*, sans aucun Chef de Weyr présent, car ce n'était pas aux Weyrs de décider qui gouvernerait et où ! Pas dans le dictionnaire de Toric.

Les murs de son bureau et de sa chambre étaient tapissés de grandes cartes et de photos du Continent Méridional, dont une, qui lui avait coûté un sac de marks : une vue aérienne du Sud dont les terres s'étendaient à perte de vue jusqu'à l'horizon. Cette image l'irritait à l'extrême, car elle prouvait qu'il avait été dupé. La Dame du Weyr ne lui avait montré qu'une petite partie du continent, quand elle et F'lar l'avaient convaincu de se contenter des terres entre les deux rivières. On l'avait trompé pour qu'il accepte un petit domaine, alors qu'il aurait pu avoir plus, beaucoup plus. Et les Chefs du Weyr le savaient. Pourtant, sa femme avait tenté de le convaincre qu'ils ne pouvaient pas connaître toute l'étendue du Sud ; pas avant que Maître Idarolan et Maître Rampesi, naviguant l'un vers l'est, l'autre vers l'ouest, n'aient découvert son immensité. Toric n'était pas convaincu. Il avait voulu plus de terres, et comme les Chefs du Weyr l'avaient berné grâce à cette funeste réunion, il en aurait davantage. Et d'autant plus que les chevaliers-dragons ne l'avaient pas aidé à arracher la grande île aux griffes de Denol, ce dont il était particulièrement amer.

Pour l'heure, bien sûr, avec tout le monde qui s'agitait pour exécuter les ordres de cette machine, Siaav, il lui fallait attendre le moment opportun. Il était aussi essentiel pour ses plans que pour tous les habitants de Pern que les Fils cessent à jamais de tomber. Il avait même permis à son frère Hamian, le Maître Forgeron du Fort, de consacrer tout son temps à la conception et à la fabrication des nouvelles machines nécessaires pour mettre fin à la menace aérienne. Il avait des indicateurs en place, de sorte que tout incident de quelque importance survenant à l'Atterrissage lui était rapporté. Il apparaissait toujours lors de la discussion d'une décision vitale. Et il notait les noms de ceux qui pourraient lui être utiles par la suite. *Si* — et Toric entretenait des doutes à ce sujet — Siaav parvenait à faire ce qu'il avait promis : débarrasser la planète des Fils.

Il avait déjà commencé à échafauder ses plans — aiguillonné par son hostilité envers les Chefs du Weyr de Benden. Il avait toujours les notes du jeune Piemur sur ses explorations du littoral. Il avait lui-même entrepris quelques voyages — toujours brefs pour ne pas éveiller les soupçons, et toujours en des lieux où il ne risquait pas d'être surpris par le survol importun d'un dragon. Il sélectionnerait personnellement les gens, pour placer qui il voudrait où il voudrait, en grand nombre et dans de nombreux sites, de sorte qu'à la fin des Fils, tous ces nouveaux Seigneurs lui étant redevables à lui, Toric, lui permettraient d'acquérir la majorité au Conseil et d'imposer sa volonté à ces idiots du Nord. Quand la situation serait mûre... De nouveau, il sourit. La domination des Weyrs sur le Continent Méridional se trouverait sérieusement réduite. Il ne doutait pas de trouver des appuis parmi les Seigneurs, et d'autant plus qu'il pourrait justifier ses actions par le document des Anciens. Oui, quand la situation serait mûre...

Le lendemain, c'était la septième aube et Boojie devait se présenter à Persellan. Au point du jour, chevalier et guérisseur arrivèrent sur la plage, et virent au loin les dauphins qui nageaient vers le rivage, sautant et cabriolant.

— J'espère que Boojie n'est pas parmi ces sauteurs, grommela Persellan, bourru. Ça ferait craquer ses sutures, et je n'ai pas envie de le recoudre.

T'lion tira deux ou trois fois sur la cloche, pour être sûr que leur présence avait été remarquée. Puis lui et Persellan — qui avait revêtu des pantalons courts et mis le matériel qu'il lui fallait dans une petite poche qu'il portait en bandoulière — s'avancèrent à la rencontre des créatures marines.

Celui qui s'arrêta devant eux roula immédiatement sur le dos. La longue cicatrice de son ventre était visible, juste sous la surface.

— Gaddie, nous aurons sans doute encore besoin de toi... commença T'lion.

— Non, je crois qu'on n'aura pas besoin de te déranger, Gadareth, continua Persellan.

Le dauphin se tenait immobile, sa blessure bien en vue.

— Là, tiens-moi ça, dit Persellan, tendant à T'lion des ciseaux à bout rond tirés de sa pochette.

Passant des doigts exercés le long de la cicatrice, Persellan, l'air approbateur et satisfait, émit l'un de ses « huuum » méditatifs.

— La plaie est bien refermée, et aucun point n'a sauté. Si j'avais su qu'il cicatriserait aussi vite, j'aurais pu lui enlever les fils plus tôt. C'est une guérison remarquable !

— Due à l'eau de mer ?

— Peut-être. Et à l'excellente santé de ces créatures. Bon, dis-lui de ne pas bouger. Je ne voudrais pas le blesser par inadvertance, à ce stade de sa convalescence..

T'lion se pencha sur Boojie, remarquant le brillant de son œil, et lui tapota la tête.

— Bouge le moins possible, Boojie. Pas mal !

Boojie ouvrit la bouche pour montrer qu'il comprenait, mais T'lion faillit tomber à la renverse quand un museau sortit de l'eau juste derrière la tête du patient. Il n'avait pas remarqué qu'un autre dauphin était si proche — Tana, sans doute.

— Pousse ta main, T'lion. Je dois être sûr d'avoir enlevé tous les points de suture.

T'lion déplaça sa main et Persellan coupa rapidement les fils. Puis il se pencha pour examiner la cicatrice.

— Hummm. Oui, remarquable. Je devrais encourager mes patients à nager, ou au moins à prendre des bains de mer pour leurs propriétés curatives. Brave Boojie. Tu as été un très bon malade. Où est-ce que je le gratte ?

— Pas là, dit vivement T'lion, déplaçant la main de Persellan, indécemment proche des parties intimes du dauphin. Là, sous le menton. Ils adorent ça.

Persellan caressa Boojie.

— Tu as été bien sage. Je voudrais que les humains soient comme toi. Mais je n'ai pas eu à te surveiller dans ton hôpital marin, toi ! Les chevaliers-dragons ont horreur de rester dans un lit, gloussa-t-il. Zut !

Le guérisseur recula de surprise, car Boojie se dressa hors de l'eau, son œil au niveau de celui de Persellan.

— Merci, Perrrsss-lan, dit Boojie, ajoutant un couic extatique pour souligner ses paroles.

— De rien, Boojie, de rien, répondit Persellan, exécutant de petites révérences devant le dauphin. Hummmm. Et mes patients humains ne me remercient pas souvent, non plus ! Tu sais, T'lion, je crois que je soignerai volontiers les dauphins, à l'avenir. Tu crois que je devrais demander à Siaav ce qu'il sait sur les maladies et les traitements des mammifères marins ?

T'lion rendit sa pochette à Persellan avec un grand sourire et ils remontèrent vers la plage.

— Pourquoi pas ? Plus nous en apprendrons de Siaav, mieux ça vaudra. Tu as reçu des nouvelles de Maître Oldive ?

— Oui, et des plus encourageantes. Curieusement, c'est l'Atelier des Harpistes — Maître Menolly en particulier — qui a soutenu ma suggestion.

Persellan regarda T'lion, l'air interrogatif.

— Elle a séjourné au Fort de la Rivière Paradis, et Alemi est son frère. Il a dû lui parler de ce qu'il fait avec les dauphins.

— Et c'est ?

— À peu près la même chose que moi. Il apprend à les connaître et il leur enseigne nos mots.

— Mais ils les connaissent...

— Non, ils connaissent les mots qu'utilisaient les Anciens, dit T'lion, réprimant un sourire devant la confusion de Persellan. Notre langue a subi de légères mutations par rapport à celle que les dauphins ont apprise.

— La langue a subi des mutations ? dit Persellan, indigné.

— C'est ce que Siaav m'a dit.

— Pour un chevalier qui n'a même pas encore calciné les Fils, tu sembles très bien introduit.

— Moi ? Pas du tout, Persellan. Seulement, je transporte des tas de gens ici et là, dit T'lion avec dérision.

Il ne voulait pas donner à Persellan l'impression qu'il se vantait et tout ça.

— C'est moi qui transportais Maître Alemi le jour où il a sonné pour la première fois la vieille cloche trouvée au fond de la Baie de Monaco, et où il a appelé les dauphins. C'est ainsi que ça a commencé.

— Mais tu as installé une cloche ici.

— C'est Siaav qui me l'a demandé. Je suis censé aider au recensement des dauphins actuels.

— Tu ne chômes, pas à ce que je vois. Et qu'en pense Gadareth ?

— Tu l'as vu toi-même, guérisseur. Il ne s'est pas fait prier pour aider Boojie.

— C'est vrai.

Ils étaient entrés dans la clairière entourant le Hall du Weyr.

— Eh bien, préviens-moi quand ils auront besoin d'être recousus ou autre chose. Comme les dragons, ils sont reconnaissants !

Pensant à ses patients humains, il renifla d'un air dédaigneux, puis il rentra chez lui.

Au Fort de Fort, Menolly, Sebell, Maître Oldive et deux Compagnons se dirigeaient vers le port.

— C'est quand même extraordinaire que personne — Maître Oldive fit une pause pour souligner sa pensée — ne se soit jamais demandé pourquoi cette cloche était connue sous le nom de « cloche des dauphins ».

Menolly éclata de rire. Elle était heureuse de cette excursion à l'Atelier des Guérisseurs, maintenant que le printemps commençait à réchauffer la terre. Ça lui semblait bon de se retrouver sur le dos d'un coureur, et surtout d'avoir trouvé un prétexte pour arracher Sebell à ses devoirs de plus en plus accaparants de Maître Harpiste de Pern. Ils se voyaient à peine ces temps-ci, avec toutes les activités dérivant du plan de Siaav pour éradiquer les Fils.

— Je suppose que tu as trouvé bien d'autres énigmes dans les archives de l'Atelier des Guérisseurs.

— Oh oui ! dit Oldive en riant. Même les entrées les plus lisibles contiennent des références inexpliquées à des procédés qui étaient familiers aux auteurs, mais que nous avons oubliés au cours des siècles. Grâce aux explications de Siaav, nous les comprenons de mieux en mieux.

Il soupira, l'air pensif. Puis il écarta les réflexions qui le troublaient et parla d'un ton plus résolu.

— Pourras-tu communiquer avec les dauphins ? S'il y en a qui répondent ?

— Ils ont assuré à mon frère que tous les dauphins ont conservé leurs traditions. Et nous savons qu'il y a des dauphins dans ces eaux. Nous allons donc sonner la cloche et voir ce qui se passe.

— Je voudrais tant qu'ils viennent, dit Oldive avec un profond soupir. Si, comme l'affirme le guérisseur Persellan, ils sont capables de détecter et de localiser des affections à l'intérieur du corps, je pourrai peut-être traiter trois cas déroutants qui m'inquiètent beaucoup.

Menolly baissa la voix pour ne pas être entendue des deux compagnons guérisseurs qui chevauchaient derrière eux.

— Tu as des problèmes pour convaincre ton Atelier de la valeur des traitements « chirurgicaux » que recommandent les anciennes archives ?

— Oh oui, répondit Oldive du fond du cœur. La césarienne est acceptée, et l'ablation des amygdales, mais pas les opérations longues et compliquées qui, d'après Siaav, étaient les recours de la dernière chance. Et nous n'avons plus les remèdes des Anciens, qui guérissaient d'autres maladies.

Ils arrivèrent sur la jetée, et furent accueillis par le Maître Pêcheur Curran, qui désigna des hommes pour aller mettre leurs coureurs à l'écurie. Menolly remarqua que les cinq bateaux de la petite flotte de pêche du Fort étaient à l'ancre. Elle grimaça. Elle ne s'attendait pas à avoir du public, mais ils avaient été obligés d'informer Curran du but de leur excursion.

Naturellement, Maître Idarolan lui avait parlé de l'intelligence des dauphins. Sebell, qui diffusait aussi la nouvelle, avait rencontré beaucoup de scepticisme, surtout dans l'intérieur où les gens n'avaient jamais vu des dauphins escorter les bateaux.

— Après une longue chevauchée dans le froid, vous avez besoin d'une bonne tasse de klah avant de sonner la cloche, dit jovialement Curran, leur montrant l'entrée de son fortin, sur la hauteur dominant la mer.

Menolly, qui n'aimait pas rester longtemps loin de ses enfants, aurait préféré ne pas s'attarder, mais la courtoisie exigeait qu'ils acceptent son hospitalité de bonne grâce. Et du klah chaud serait le bienvenu. Elle se sentait un peu raide après cette longue chevauchée, n'ayant pas eu beaucoup d'occasions de prendre de l'exercice ces derniers temps. Elle en voulut presque à Sebell, qui voyageait constamment à dos de coureur ou de dragon, de la facilité avec laquelle il sauta de sa monture.

On ne leur offrit pas que du klah, et cette attention de Curran et de sa femme Robina fit plaisir à tout le monde : soupe de poissons épicée, petits friands de poisson délicieusement assaisonnés, et canapés de laitance. Maîtres et compagnons, affamés comme le sont toujours les hommes, attaquèrent les plats avec appétit. Même Maître Oldive fit honneur au repas.

Finalement, ils se dirigèrent vers la longue jetée, suivis par une cohorte de pêcheurs curieux. Menolly aurait dû se douter que leur venue ferait sensation, après le long isolement de l'hiver. Chacun sautait sur le moindre divertissement qui se présentait. Et celui d'aujourd'hui serait intéressant. À peine était-elle sortie de chez Curran que Beauté, Rocky et Diver s'élancèrent du toit, Beauté se posant sur son épaule, tandis que les deux bronzes voletaient au-dessus de sa tête. D'autres lézards de feu les rejoignirent, pépiant joyeusement, et pourtant Menolly savait qu'ils ne comprenaient pas ce qui les amenait.

Un abri tout neuf avait été construit pour la cloche des dauphins, et l'odeur de la peinture prenait encore à la gorge malgré la légère brise. La cloche, bien astiquée, luisait comme un miroir.

— Nous avons ajouté un nouveau battant, déclara Curran avec fierté. Maître Fandarel a interrompu un autre travail pour qu'il soit prêt à temps.

— J'aimerais bien savoir comment tu as fait pour obtenir ça de Fandarel, fit Maître Oldive, ironique.

— La cloche était donc sans battant depuis longtemps ? demanda Sebell de son ton tranquille qui le servait si bien pour obtenir des informations de ses interlocuteurs.

Curran leva au ciel des bras musclés par la manœuvre des voiles et des filets.

— Je ne sais pas. Elle n'en avait pas quand je suis devenu Maître ici, en tout cas.

— *Ton* Maître ne l'avait pas remarqué ? demanda Sebell, le regard malicieux.

— Je suppose que si, mais il devait l'avoir trouvée comme ça, dit Curran avec embarras.

— La cloche de Monaco n'avait pas de battant non plus, précise Sebell pour le réconforter. Menolly, cependant, remarqua qu'il n'avait pas précisé que la cloche de Monaco avait passé des siècles au fond de la baie — Mais elle en a un maintenant, et a repris ses fonctions originelles. À toi l'honneur, Menolly.

— Avec plaisir, dit-elle, saisissant la corde. Cette cloche, Curran, servira aux dauphins, qui pourront eux aussi la sonner pour appeler les humains afin de leur faire leurs rapports.

— Pas possible ! dit Curran, stupéfait. Mais que dois-je faire s'ils la sonnent ?

Menolly lui adressa un sourire rassurant.

— Leur demander pourquoi ils ont sonné, bien sûr. Bon, ça c'est pour leur faire savoir qu'on a remis la cloche en service, dit-elle, tirant sur la corde.

Puis elle joua la séquence « Au Rapport » qu'Alemi lui avait apprise. Elle espérait ardemment qu'elle aurait un résultat, sinon Curran penserait qu'il avait perdu son temps et sa peine, et harcelé le Maître Forgeron pour rien. Aussi la joua-t-elle deux fois de suite.

— Alemi a fait de très bonnes pêches depuis qu'il écoute les rapports des dauphins. Et il a pu éviter ces terribles grains si communs dans le Sud.

— *Regardez!* cria un pêcheur qui les avait suivis sur la jetée.

Sur son épaule, Beauté poussa un cri perçant. Rocky et Diver s'envolèrent aux nouvelles.

Des longues-vues sortirent des poches.

— Des nageoires! s'écria le second de Curran. Une demi-douzaine — non, plus que ça. Venant de toutes les directions. Et se dirigeant vers nous!

Curran prit la longue-vue de son second et scruta la mer. Beauté déploya ses ailes, les accrochant dans le bonnet de Menolly, qui le rattrapa de justesse avant qu'il ne tombe à l'eau.

— Doucement, Beauté. Tu as déjà vu des dauphins.

Beauté pépia, mais replia docilement ses ailes et cligna ses yeux bleus.

— Quel spectacle! remarqua Curran, passant poliment sa longue-vue à Menolly.

Elle sourit et lui fit signe de la donner à Sebell qui n'avait pas encore eu l'occasion d'assister à l'arrivée d'une bande, répondant à l'appel ancestral.

Comment ces créatures avaient-elles pu conserver si longtemps leurs traditions? Les dauphins avaient peut-être les équivalents des harpistes? Les chefs de bandes?

Sebell regarda, retenant son souffle.

— Ils se déplacent à une vitesse incroyable, et ils sautent et... Ah, en voilà un qui fait un saut périlleux.

— Je crois qu'ils sont ravis d'entendre sonner la cloche après si longtemps, dit-elle avec un sourire nostalgique et un petit serrement de cœur.

Être ignoré, voir ses capacités négligées, cela avait dû être très dur, et pourtant les dauphins avaient continué à faire ce qu'ils pouvaient pour aider les humains pendant des siècles. Il faudrait qu'elle écrive une ballade en leur honneur. Qui parlerait de joie et de fidélité.

Les Guetteurs entendirent bientôt couiner.

— Comment parlent-ils? demanda Curran.

— Ils parlent, dit Menolly, si on les écoute.

Elle regarda Sebell, qui la dominait de sa haute taille, et eut un sourire malicieux.

— Malgré tous les efforts des harpistes, le langage a évolué, mais les dauphins s'adaptent aux nouvelles formes.

Devant cette taquinerie familière, Sebell la regarda de travers et gloussa, pensant à l'échec des harpistes, qui, en dépit de la peine qu'ils s'étaient donnée, n'étaient pas parvenus à conserver la « pureté de la langue ».

— Mais je croyais... commença Curran, puis il se tut et s'éclaircit la gorge.

L'avant-garde approchait, sautant et plongeant, les humains se révélant incapables de les compter.

— Il n'y a pas de bateau qui nous permette de nous rapprocher d'eux ? demanda Menolly.

Curran lui montra une échelle sur le côté, et, regardant par-dessus la jetée, Menolly vit une embarcation se balancer sur l'eau. Curran descendit le premier, et guida soigneusement les pieds de Menolly sur les échelons jusqu'au bateau, longue barque de pêche utilisée sur le littoral, et qui pouvait accueillir pas mal de spectateurs. Descendirent ensuite en bon ordre ceux que Curran avaient apparemment choisis pour assister à cet événement mémorable.

Ils étaient à peine en place quand le premier dauphin leva la tête hors de l'eau.

— Clochi sonni. Nuuus v'nir ! Clochi pas sonni l'gtemps !

La créature couina, puis d'autres têtes surgirent alentour, se bousculant pour voir ceux du bateau.

— Ton nom ? Moi, je suis Nolly, dit Menolly, se penchant pour lui gratter le menton.

Le dauphins reçut la caresse presque en extase, ouvrant la bouche de ravissement.

— Inka ! Inka ! Chef de bande. Inka !

— Par le Premier Œuf ! s'écria Curran, tandis que des murmures excités circulaient parmi les assistants.

— Et voici Curran, dit Menolly. Maître Pêcheur.

— Nuuus savoir, dit Inka.

— On-ra-bul nuum, dit un autre dauphin, se dressant hors de l'eau pour se mettre au niveau du Maître Pêcheur éberlué.

— On-ra-bul ? répéta Curran, perplexe.

— Il veut peut-être dire honorable ? suggéra Sebell, tendant la main pour attirer un dauphin.

L'un d'eux se dressa immédiatement, pointant vers lui ses nageoires.

— Ton nom ? demanda-t-il ?

— Ajay !Ajay ! Nuuum homm ?

L'intonation interrogative était indiscutable.

— Sebell. Sebell. Ajay !

— Sebell, Nolly, Curran ! répétèrent en chœur les dauphins de leurs drôles de voix haut perchées.

— Oldive, ajouta Menolly, entourant les épaules du Maître Guérisseur. Guérisseur. Docteur.

— Doc-teur ! Doc-teur !

Les dauphins se passèrent l'information, se pressant près du bateau, poussant des « couics » et des « clicks » excités, se bousculant pour voir le guérisseur tous en même temps.

— Toa gu'ris ? Gr'tte pois'sue ?

— C'est étonnant ! s'écria Oldive, surpris de l'attention concentrée de toutes ces têtes souriantes. Toa gu'ris ? Gr'tte pois'sue ? répéta-t-il, se tournant vers Menolly pour la traduction.

— Poisson-sangsue. C'est un parasite qu'il faut leur enlever, dit Menolly. Alemi l'a fait pour sa bande. C'est une chose qu'ils ne peuvent pas faire eux-mêmes.

— Bien sûr ! Ils ont des nageoires, non des doigts. Mais comment...

— Qui a pois'sue ? demanda Menolly.

Quatre dauphins se bousculèrent pour l'approcher. Elle avait étudié les films de Siaav sur les dauphins, et leur fit le signal de se coucher sur le flanc.

— Oh la la ! dit Oldive avec sympathie. Ce doit être très douloureux. Il faudra un couteau tranchant.

— Couti, couti, répétèrent les quatre candidats à l'opération, se roulant d'un flanc sur l'autre. Gr'tte pois'sue.

— Bon, je suppose qu'ils savent... dit Oldive.

Il tira son couteau de sa ceinture et en tâta la lame.

— J'espère qu'il coupe assez bien.

Il se pencha par-dessus bord. Avant que les marins aient eu le temps de les mettre en garde, harpistes et guérisseurs l'imitèrent pour regarder l'opération. Le bateau roula et précipita à l'eau Maître Oldive et Menolly.

— Non, laisse-moi, ça va, je nage assez bien, dit Oldive, écartant les mains qui se tendaient pour le repêcher.

— Oh, ce que c'est froid! fit Menolly, refusant aussi les mains tendues.

Mais elle ôta ses bottes qu'elle passa à Sebell, puis tira son couteau.

— Ah, c'est comme ça qu'on fait? demanda-t-elle observant Oldive qui entreprit de couper prestement la tête du poisson-sangsue, de le décoller du dauphin, avant d'extraire le long suçoir, ne laissant qu'un petit trou.

Juste comme Oldive en terminait avec son premier patient, un autre dauphin pointa le nez; clickant d'un ton si autoritaire que les autres s'écartèrent.

— Tu devrais attendre ton tour, le gronda gentiment Oldive.

Le dauphin sourit, tournant la tête de droite et de gauche, fixant alternativement un œil puis l'autre sur le guérisseur.

— Dos mauvais! dit clairement la créature.

Suivit un silence atterré.

— Sapristi! répondit Oldive, caressant le nez du dauphin, comme pour l'absoudre de mentionner l'infirmité sur laquelle tous faisaient silence. Comment peux-tu savoir? demanda-t-il.

Malgré son bain inattendu, sa bosse était invisible sous ses vêtements coupés de façon à la dissimuler, et la créature ne l'avait vu que de face.

— Moa voir. Voir. Moa, Bit. Ol-diiive doc-teur.

— Je n'en crois pas mes oreilles, murmura Curran à Menolly. Et il savait... Mais comment?

— C'est peut-être ce dont a parlé Persellan à propos de ces créatures, ce...

Il regarda Menolly, ne trouvant pas le mot.

— Sonar, dit-elle.

— Voilà la preuve que c'est vrai!

Et comme Oldive semblait tout content, les autres commencèrent à se détendre.

— Qu'est-ce que c'est que ce sonar?

Menolly chercha la formulation exacte qu'elle tenait d'Alemi.

— Les dauphins émettent des sons à haute fréquence, et enregistrent les vibrations qui reviennent à leurs oreilles. C'est ainsi qu'ils se dirigent dans les mers et envoient des messages aux autres dauphins. Et ils semblent l'utiliser aussi sur le corps humain.

— Si ce Bit a pu voir ma bosse à travers tous mes vêtements, je le crois sans peine. Bit, tu veux que je te gratte ton pois'sue?

— Écoute, Maître Oldive, commença un compagnon, choqué de voir son Maître dans l'eau, il en arrive de plus en plus. Tu ferais mieux de sortir de l'eau. Ils sont trop nombreux pour toi.

— J'en ai compté quarante jusqu'à présent, ajouta Sebell.

— S't'plaaaaît, Ol-diiiive. Beauc'p pois'sues.

— Gr'tte pois'sue, crièrent tous les dauphins en chœur.

— Je ne peux en soigner qu'un de plus, aujourd'hui, répondit Oldive. L'eau est très froide.

Il commençait à claquer des dents, et les autres le suppliaient de revenir se sécher dans le bateau.

Menolly aussi se mit à frissonner.

— Écoutez, nous sommes des humains, pas des dauphins. Mais il y a beaucoup d'hommes dans le bateau qui vont gratter vos parasites. Tous ceux qui ne pourront pas se faire soigner aujourd'hui reviendront demain. D'accord?

— D'ac, d'ac, fut la réponse enthousiaste.

Les humains furent moins enchantés par cette offre. Mais quand Menolly remonta dans le bateau avec Oldive et qu'on leur apporta des couvertures, elle trouva de nombreux volontaires pour effectuer les opérations.

Au cours des quelques heures qui suivirent, la plupart des humains furent trempés jusqu'aux os — mais ne purent pas opérer tous les dauphins qui se présentèrent. Puis, Sebell remarquant que Bit et Inka semblaient avoir quelque autorité sur la bande, lui, Menolly et Oldive parvinrent à leur expliquer qu'ils devraient revenir le lendemain.

— Lever du soleil, dit Menolly, faisant le signal « jour suivant ». Gratter autres pois'sues. Compris?

De joyeuses acrobaties accompagnées d'un concert de couinements lui répondirent, et la foule des dauphins s'éclaircit. Ils apprirent par la suite que Bit était l'un des plus vieux dauphins de leur mer. En tout cas, elle semblait mieux comprendre, et paraissait très respectée de sa bande. Bit dispensait l'enseignement aux jeunes, et envoyait les plus intelligents à la Tillek au-delà du Grand Tourbillon. D'abord, ce nom de Tillek déconcerta les deux harpistes. Puis ils réalisèrent peu à peu que ce terme désignait la dauphine la plus vieille et la plus sage, dépositaire de tout le savoir marin, comme les harpistes l'étaient de tout le savoir humain. Menolly et Sebell demandèrent s'ils pourraient rencontrer la Tillek, et Bit répondit qu'elle poserait la question. On savait que la Tillek était très contente de l'hom.

— La Tillek est fem-me, dit Bit, les fixant de ses yeux intelligents. Meilleure. Plus grande. Plus sage.

— J'en suis certaine, dit Menolly, posant ensuite à Bit des questions détaillées sur ce que les dauphins apprenaient de la Tillek.

— Tillek chante aussi, remarqua Bit, ouvrant la bouche en un sourire delphinique on ne peut plus expansif.

— Eh bien, voilà qui me pose, je crois, dit-elle, souriant à Sebell.

Elle remarqua alors que chaque marin avait engagé la conversation avec un dauphin.

Le froid du crépuscule, accru par un fort vent du sud, força finalement les humains à quitter le bateau — mais en promettant de reprendre les contacts le lendemain et tous les jours suivants.

— Toa sonni. Nuus v'nir. Nuus promettre. Nuuus r'ppeler ! Toa, r'ppeler ! Pr'chain soleil, gr'tter pois'sues.

À la tombée de la nuit, le nombre des dauphins, qui dépassait la centaine à l'appel de la cloche, s'était réduit à une vingtaine, mais ils n'avaient pas plus envie de partir que les humains.

Curran les invita tous à venir se réchauffer chez lui, et jamais vin chaud ne leur parut plus délicieux. Puis Texur, le second de Curran, et trois autres skippers emmenèrent leurs camarades se sécher dans leurs fortins respectifs, tandis que Robina s'agitait autour de Maître Oldive, l'accablant de couvertures et de reproches.

— Tu vas finir par avoir à te soigner toi-même, Maître, si tu ne fais pas plus attention à ta santé ! dit-elle, fronçant farouchement les sourcils. Et alors, que deviendrons-nous ?

— Sonner la cloche des dauphins, murmura Oldive, si bas que seuls Sebell et Menolly l'entendirent. Il y a tellement plus à savoir que nous ne l'imaginions, poursuivit-il, un peu plus haut mais toujours d'un ton pensif. Et nous *devons* apprendre tout ce que nous pouvons. Tout ce que nous pouvons, répéta-t-il, baissant de nouveau la voix.

Il faillit lâcher sa tasse, et Menolly la sauva de justesse — avec un sourire qu'il lui rendit.

— Ma parole, je n'ai pas pris tant d'exercice depuis des décennies !

— Nous aurions dû te faire venir à dos de dragon, dit anxieusement Menolly.

— Non, non, mon enfant, répondit Oldive, se redressant sur sa chaise. Je conseille toujours à mes patients de faire de l'exercice au grand air, mais je ne suis pas mes propres conseils. Cette journée a été absolument remarquable.

— Dès que tes vêtements seront secs, j'enverrai Beauté demander un dragon au Weyr de Fort, pour te ramener sain et sauf à la maison, déclara Menolly d'un ton qui excluait toute discussion.

— Non, non, pas ce soir. Je veux rester ici pour parler à Bit. Mais renvoyons Worlain et Fabry chercher une de mes patientes. Bit pourra peut-être me dire ce qu'elle a. Sinon, elle risque de mourir. Nous ignorons tellement de choses, ajouta-t-il, branlant du chef.

— Mais, Maître, dit Fabry qui, à l'évidence, avait laissé traîner une oreille en direction de son Maître, Mislue est la dernière personne à présenter à un dauphin. Pour commencer, elle sera terrifiée.

— La mort la terrifie également, répondit-il sèchement.

— Mais comment la transporter jusqu'ici ? Elle ne supportera pas les cahots d'un chariot...

— À dos de dragon.

Fabry émit un grognement dédaigneux.

— Elle aura encore plus peur d'un dragon — si on arrive à la faire monter dessus — que d'un dau-phin.

Dauphin, rectifia machinalement Sebell.

— Peu importe, déclara Fabry, regardant le Maître Harpiste avec cette arrogance que les guérisseurs manifestent souvent envers les autres Ateliers.

— Si cette femme a envie de connaître le petit-fils que porte sa belle-fille, elle obéira à mes ordres, dit Oldive, avec un soupçon d'impatience.

Il posa une main fine sur le bras du solide compagnon, qui prit une pose attentive.

— Prends toutes les mesures nécessaires à ton retour à l'Atelier, Fabry. Je sais que je peux compter sur toi. Mais ne lui dis rien à l'avance...

— Elle voudra des détails. Elle veut toujours des détails, fit Fabry, avec un soupir de martyr.

— Parle-lui de la mer, Fabry. Dis-lui qu'il est possible qu'une cure à la mer la soulage, ajouta Oldive, avec un de ses irrésistibles sourires, qui éclaira son bon visage et ses bons yeux.

— Une cure d'eau de mer ? demanda Fabry en riant.

— Une cure d'eau de mer, répéta Oldive, toujours souriant.

Menolly dépêcha donc Beauté au Weyr de Fort, avec un message pour N'ton, lui demandant de leur envoyer un dragon pour ceux qui rentraient le soir même. Robina l'invita chaleureusement à passer la nuit chez elle, mais, toujours impatiente de retrouver ses enfants, Menolly préféra rentrer. Sebell choisit de rester avec Oldive, pour revoir les dauphins le lendemain. Restait à régler le problème des coureurs avec lesquels ils étaient venus. Mais Curran proposa de les leur renvoyer dans quelques jours avec un de ses hommes, et chargés de poissons.

Sebell embrassa Menolly quand les dragons arrivèrent.

— Maintenant, ne va pas passer la nuit à composer, veux-tu ?

— J'aimerais bien, dit-elle, le serrant très fort dans ses bras, mais le grand air m'a épuisée. Enfin, je suis très heureuse que tout ait bien marché.

— Tu t'inquiétais? demanda-t-il, scrutant anxieusement son visage.

— Pas exactement, mais je ne m'attendais pas à une telle réussite! C'est Alemi qui sera content! Dommage, quand même, ajouta-t-elle, lissant machinalement les plis de sa veste à peine sèche après le bain prolongé de la journée.

— Qu'est-ce qui est dommage?

— Que tant de choses détournent l'attention des dauphins.

— Oui. Mais les dauphins resteront à jamais avec nous. Pour le moment, il est impératif de respecter les horaires de Siaav pour l'éradication des Fils.

— Tu as raison. Les dauphins seront avec nous comme ils l'ont toujours été depuis le commencement. J'espère que Lessa prendra bien la chose.

— Pourquoi la prendrait-elle mal?

— Elle a mal réagi aux lézards de feu...

— Pas aux tiens, ma chérie. Seulement aux lézards indisciplinés. Mais j'en parlerai à Maître Robinton pour qu'il lui annonce la nouvelle en douceur.

8

— Dau-phins ? demanda Lessa, ses sourcils noirs dessinant deux arcs étonnés.

Elle foudroya Alemi du regard, jusqu'au moment où Robinton éclata de rire.

— Dauphins, la corrigea-t-il adroitement. Ils sont mentionnés dans les archives. Ils sont arrivés avec les premiers colons, et depuis, ils sillonnent joyeusement les mers, sauvant des vies chaque fois qu'ils le peuvent, et attendant que les humains se souviennent de leur existence. Siaav aimerait beaucoup parvenir à rétablir notre association avec eux.

Elle considéra le Harpiste, battant des paupières.

— Oui, il me semble bien avoir vu quelque chose sur ces créatures marines, mais il se passe tant de choses ces temps-ci...

Elle lui reprochait, de toute évidence, d'aborder une question aussi secondaire.

— Ils ont précédé les dragons sur Pern, précisa-t-il d'un ton taquin. Et ils se révèlent plus utiles que, disons, les lézards de feu.

Il lui lança un regard malicieux, faisant allusion à son aversion bien connue pour ces petits animaux qui assiégeaient sans cesse sa reine, Ramoth.

Elle le regarda de travers, jusqu'au moment où elle aperçut Ramoth qui prenait son bain dans les eaux du Fort de la Baie, assistée d'une cohorte de lézards de feu, aussi bien sauvages qu'apprivoisés.

— Ils plaisent aux dragons qui les connaissent, dit

Alemi, réglant sa conduite sur celle de Robinton, et refusant de se laisser intimider par la Dame du Weyr, minuscule, mais très énergique.

— Lesquels ?

— Premièrement, Gadareth, le bronze du jeune T'lion du Weyr Oriental. Il me transportait le jour où j'ai involontairement appelé la bande de la Baie de Monaco.

Elle accepta le fait d'un claquement de doigts, et Alemi continua :

— Maître Oldive avait une patiente affligée d'un mal déconcertant ; les dauphins du Fort Maritime ont diagnostiqué une grosseur dans le ventre.

— Oui, et cela a causé assez de problèmes dans son Atelier, fit-elle avec ironie. Cette idée de tailler dans le corps humain ne me plaît pas du tout.

Elle frissonna.

— C'est la même chose que d'aider un enfant à naître, dit Alemi, sachant que Lessa avait subi une césarienne.

D'ailleurs, c'était sans doute pour ça qu'elle n'aimait pas les opérations.

— La femme a guéri et elle est très reconnaissante. De plus, poursuivit-il avec force, les dauphins rendent des services inappréciables à mon Atelier.

— J'ai entendu Maître Idarolan sur ce sujet, mais ce n'est pas le moment d'agir à la légère, dit-elle. Rien ne doit interférer avec le programme de Siaav.

— Les dauphins ne risquent pas d'interférer, dit Robinton d'un ton conciliant. J'en ai rencontré un ou deux, et ils sont charmants. C'est tellement agréable de voir des créatures qui sourient tout le temps.

Les yeux de Lessa flamboyèrent, puis elle éclata de rire.

— J'ai été ronchon, hein ?

— En effet, dit Robinton, aussi joyeusement qu'aurait pu le faire un dauphin. Tu devrais en rencontrer quelques-uns. Ils ont tous un nom.

— Ces créatures marines ont des noms ? s'exclama Lessa, se rembrunissant.

Les dragons connaissaient leur nom à la naissance, ce qui était une marque indiscutable de conscience et d'intelligence, et le fait que les dauphins eussent aussi des noms lui paraissait une hérésie.

— Chaque jeune reçoit son nom à sa naissance, paraît-il, intervint vivement Alemi. Siaav dit que ces noms sont des variantes des noms des dauphins originels. Ils ont des traditions eux aussi, tu comprends.

— Et je suppose qu'on ne va pas tarder à me demander la constitution d'un nouvel Atelier qui s'occupera des dauphins.

— Ils semblent se débrouiller très bien tout seuls, ma chère ! Ils ont si longtemps survécu sans nous, ajouta Robinton.

— Humm. C'est vrai. Mais rien ne doit nous détourner des priorités établies par Siaav.

— Bien sûr que non, répondit Alemi, avec tant de conviction qu'il arracha un sourire à Lessa.

Elle se leva.

— Ce sera tout pour aujourd'hui ? demanda-t-elle à Maître Robinton.

Il se leva avec raideur, et le cœur de Lessa se serra d'inquiétude. Il n'était plus le même — malgré ses bruyantes protestations du contraire — depuis la crise cardiaque qui l'avait frappé au Weyr d'Ista. Et toute cette agitation autour de Siaav et des découvertes de l'Atterrissage ne lui valait rien. Et pourtant...

— Il y en a plusieurs dans la baie en ce moment, dit Robinton, montrant d'un geste engageant les eaux bleues de son Fort.

Elle refusa d'un grognement.

— J'ai déjà trop à faire comme ça. Et plus de « visiteurs » que je n'en peux recevoir.

Devant le visage déçu du Maître Harpiste, elle posa doucement la main sur son bras.

— Quand nous en aurons terminé avec le grand dessein de Siaav, je te promets de prendre le temps de rencontrer tes dau... dauphins.

— Épatant ! Leurs jeux te plairont, tu verras.

— Leurs jeux ? demanda Lessa, se renfrognant une fois de plus.

— Le jeu est aussi nécessaire que le travail, Lessa,

répondit doucement Robinton. Tu ne te réserves pas assez de temps pour te détendre.

— Je n'ai pas assez de temps pour tout ce que j'ai à faire, alors j'en encore moins pour moi, dit-elle.

Mais elle le gratifia d'un sourire avant de quitter la fraîcheur de la maison pour la chaleur étouffante du dehors.

Ramoth pataugea vers la plage pour la rejoindre. *Les créatures marines savent me gratter le ventre exactement où ça démange,* dit-elle à sa maîtresse.

— Vraiment ?

Lessa regarda vers la mer, où les dauphins sautaient et plongeaient autour de son dragon comme des acrobates à une Fête. Et, effectivement, ils souriaient.

— Ils sont nés ainsi, se dit-elle. Viens, Ramoth. Nous allons voir s'il est possible d'installer d'autres Forts sur la Rivière Jourdain, fit-elle, grimpant sur le cou de Ramoth.

La reine ne s'était pas complètement immergée, sachant qu'elles devraient passer par *l'Interstice* et que Lessa n'apprécierait pas un siège mouillé.

Voilà plusieurs semaines qu'elle tâchait de trouver le temps de cette inspection, mais elle était toujours retardée par quelque chose d'urgent. Non que l'établissement dans le Sud de colons des Forts surpeuplés du Nord ne fût pas tout aussi urgent. Tout était question de priorités. Le Jourdain — flanqué par les constructions fascinantes des Anciens — étant assez proche de l'Atterrissage, ils avaient pu explorer suffisamment les alentours pour allouer des Forts à de nouveaux candidats — pas aussi vastes que le premier, mais quand même de tailles respectables. Quand même, il fallait parfois attendre qu'il se présente assez de volontaires de tous les Ateliers pour que les nouveaux établissements puissent être autonomes, avec au moins un compagnon guérisseur pour plusieurs Forts. Jetant un dernier regard sur la baie magnifique, Lessa se rappela combien la beauté luxuriante du Sud pouvait être trompeuse. Mieux valait ne pas précipiter les nouvelles installations. Il fallait préparer les gens aux dangers de ces terres sauvages.

Lessa partie, Alemi regretta d'avoir oublié de lui parler

des nouvelles fonctions que Jayge avait trouvées pour les dauphins. La récente invasion de son Fort l'avait mis en fureur. Et cela ne le consolait pas de savoir qu'une douzaine de Seigneurs confirmés de la côte avaient souffert les mêmes indignités. Il voulait que ça cesse ! Il avait donc demandé à Alemi si les dauphins accepteraient de patrouiller dans ses eaux et de lui signaler tout autre accostage clandestin.

— Pour un seau de poissons, ils ne demandent pas mieux, lui avait-il dit, après avoir expliqué aux dauphins ce qu'on attendait d'eux.

— Bons bateaux et mauvais bateaux, avait dit Afo.

— Les mauvais n'ont jamais de poissons pour les dauphins ? demanda Alemi avec un grand sourire.

— Toi raison ! Mauvais bateaux puants, avec fuites qui laissent saletés dans eau. Pas bon.

Elle expulsa un jet d'eau pour souligner son dégoût.

Alemi décida que c'était une méthode d'identification suffisante, vu que les marins acceptant de transporter des clandestins étaient invariablement des marginaux. Ces hommes étaient capables de n'importe quoi pour quelques marks — enfin, pour un bon sac de marks bien lourd, rectifia-t-il mentalement. Les intrus de la Rivière Paradis avaient payé une somme substantielle au capitaine pour leur passage dans le Sud. Le bateau n'était pas en très bon état, avec ses cales qui prenaient l'eau, sa coque et ses voiles rapiécées, ses sentines qui fuyaient dans la mer.

— Aussi moche que les Grottes d'Igen, lui avait dit un clandestin, écœuré. Avec toutes les terres qu'il y a ici, pourquoi on ne peut pas en avoir ? avait-il ajouté avec amertume.

— Tu le peux, si tu en fais la demande légalement, lui avait dit Jayge.

— Ha ! Avec les chevaliers-dragons qui se réservent les meilleures terres !

Mais c'est d'un œil envieux qu'il regardait la situation exceptionnelle de la Rivière Paradis.

— Je ne suis pas chevalier-dragon, et je suis Seigneur confirmé, avec des voisins en aval qui ont fait les choses dans les règles.

— Et payé un gros sac de marks pour arriver à leurs fins, je parie.

— Pas du tout, fit Jayge d'un ton tranchant. Ils ont présenté leur demande, avec le nombre requis de représentants de tous les Ateliers, et si tu vivais ici, tu comprendrais pourquoi. Il ne faut pas croire que la vie est si facile dans le Sud. La chaleur n'est pas tout !

Sur quoi, Jayge les avait quittés, Alemi sur ses talons. Alemi savait que Jayge et Aramina s'étaient échoués à la Rivière Paradis à la suite d'un naufrage, mais ils avaient mis leurs terres en valeur bien avant d'être découverts par Piemur. Il savait aussi qu'il avait eu beaucoup de chance d'être pressenti pour fonder un Atelier de Pêcheurs à la Rivière Paradis. Il connaissait également la vie misérable des sans-fort, entassé dans les Cavernes d'Igen, ou dans d'autres grottes encore plus insalubres du Nord. De plus, il s'était rendu compte qu'on créait de nouveaux établissements aux endroits où les ruines des Anciens attestaient d'une occupation antérieure.

Le Seigneur Toric avait accueilli un grand nombre d'émigrés — avant même que le Conseil des Seigneurs et les Chefs du Weyr de Benden n'aient établi les règles à suivre. Toric s'était montré très sélectif, choisissant des colons, hommes et femmes, durs au travail, et jouissant de préférence du grade de compagnon dans leur Atelier. Le Seigneur à la main de fer ne tolérait pas les amateurs, et il avait déjà eu maille à partir avec des renégats, établis sur la grande île qui faisait partie de ses possessions. Il avait tenté d'obtenir l'aide des chevaliers-dragons pour les chasser, mais sans succès. Les Chefs du Weyr de Benden avaient renforcé la règle de non-interférence quelques Révolutions plus tôt. Alemi avait approuvé cette décision. Les chevaliers-dragons devaient rester au-dessus des querelles partisanes, quel que fût leur Fort ou leur Atelier d'origine. Mais, alors même qu'il aidait Jayge à chasser ses intrus, il avait pensé que ce serait beaucoup plus commode, avec des dragons dans le ciel pour « encourager » les émigrés à se rendre sans effusions de sang.

Alemi était des rares à savoir avec certitude que les chevaliers-dragons entendaient bien se réserver les meilleures terres du Sud. C'était une remarque faite en passant par Maître Idarolan qui avait aiguillé ses pensées dans cette direction, et aucun fait n'était venu le détromper. Après la disparition des Fils, il semblait normal que les chevaliers-dragons reçoivent la récompense de leur long service auprès des Forts et des Ateliers — et quelle plus belle récompense que d'avoir leurs Forts à eux ?

En sa qualité de Maître Artisan, Alemi entretenait sur ce point des idées différentes de celles des Seigneurs, qui auraient voulu disposer de toutes les terres, où qu'elles fussent. Maître Idarolan avait remarqué qu'il y avait bien trop de terres inoccupées pour que l'on pinaille sur les attributions et leur taille. Et comme il avait fait tout le tour du Continent Méridional, il devait connaître leur étendue mieux que personne.

Par ailleurs, les pêcheurs n'avaient besoin que d'un terrain limité, pour amarrer leurs bateaux et vendre leur pêche. En demander davantage aurait été cupide. Et Alemi désapprouvait la cupidité.

— Eh bien, murmura le Maître Harpiste, ramenant Alemi au présent, ça s'est passé mieux que je ne l'espérais. J'adore Lessa, mais elle a tendance... disons... à être un peu trop obsédée par le prestige des dragons.

— N'est-ce pas normal ? demanda Alemi, étonné.

— Oui, bien sûr, répondit vivement Robinton. Et elle se comporte comme le doit une Dame du Weyr. Mais, de temps en temps, elle ne considère pas les problèmes du même œil que toi ou moi. Bon, parle-moi maintenant de ce guet de dauphins que tu veux organiser pour prévenir de nouvelles intrusions.

— J'aurais dû en parler à la Dame du Weyr...

— Oh non, je ne crois pas que c'était nécessaire ni même souhaitable ; assura Robinton avec un sourire matois. Laissons-la d'abord s'habituer à l'idée que les dauphins sont intelligents. Puis nous la surprendrons avec cette nouvelle preuve de leur intelligence. Ça vaut mieux, tu ne crois pas ?

— Si tu le dis, répondit Alemi, pas totalement convaincu.

— La bande de la Rivière Paradis est maintenant organisée pour repousser des clandestins ?

— Oui, et je crois que T'gellan du Weyr Oriental a demandé à T'lion d'en faire autant sur son littoral. Bien qu'à mon avis, ajouta-t-il en souriant, le guérisseur du Weyr travaille autant que T'lion avec les dauphins.

— Oui, parle-moi de ça, dit Robinton, leur servant du vin et faisant signe à Alemi de venir s'asseoir près de lui dans l'ombre de la véranda qui entourait la maison. Ils viennent vraiment se faire soigner par un humain ?

À l'intérieur, d'autres résidents préparaient un repas léger. Le Fort de la Baie avait une population changeante, composée de harpistes et d'archivistes qui organisaient et classaient les innombrables informations que Siaav leur donnait sans discontinuer. Il était bien rare que si peu de gens réclament les conseils de Maître Robinton. D'ram et Lytol, qui vivaient avec lui en permanence, étaient occupés à l'Atterrissage.

— Oui, c'est vrai, dit Alemi. La cloche peut appeler les humains aussi bien que les dauphins.

À la Pointe de Paradis, il avait pourvu la sienne d'une longue corde qui trempait dans l'eau près du radeau, et que les dauphins pouvaient tirer facilement pour l'appeler. Mais c'était généralement un enfant qui accourait. Et les membres de « sa » bande l'approchaient souvent quand il était en mer.

— Et ils sonnent selon cette séquence « Au Rapport » dont tu m'as parlé ? demanda Robinton, fasciné.

— Oui, et ils continuent à sonner jusqu'à ce que quelqu'un vienne, répondit-il avec un sourire ironique.

Il avait été tiré du lit plusieurs fois, mais c'étaient toujours des cas d'urgence. Une fois, quand des candidats aux colonies du Nord avaient chaviré dans une embarcation de fortune, une autre fois pour un dauphin blessé. Temma l'avait recousu aussi bien qu'un guérisseur, et les dauphins lui en avaient été très reconnaissants.

— Siaav a aimablement imprimé des informations médicales à l'intention de tous les guérisseurs qui ont affaire avec les dauphins, poursuivit Alemi. Je me rappelle avoir trouvé un jour six dauphins morts dans une baie au nord de Nerat. Nous n'avons jamais su ce qui les avait tués, car ils n'avaient aucune blessure visible. Mais les dauphins sont sujets à toutes sortes de maladies, comme les humains, et souffrent des mêmes problèmes digestifs, respiratoires, cardiaques ou rénaux.

— Vraiment? s'écria le harpiste, étonné. On n'irait jamais penser que des poissons — excuse-moi, rectifia-t-il de lui-même avant qu'Alemi trouve l'audace de le corriger, que des mammifères... puissent être sujets aux mêmes faiblesses que les humains. Mais, que diable, qu'est-ce qui peut provoquer une attaque cardiaque chez un dauphin?

Alemi haussa les épaules.

— Le stress, le surmenage, et même des défauts congénitaux, selon Siaav.

Puis il se rappela que le stress et le surmenage avaient obligé Maître Robinton à prendre sa retraite avant l'âge. Il regarda nerveusement le harpiste qui, apparemment, réfléchissait à ce qu'il venait de lui dire.

— Six crises cardiaques en même temps?

— Non, dit Alemi. Cet accident avait d'autres causes. Le rapport de Siaav parle d'« échouages », assez fréquents sur la vieille Terre, et qu'on croyait provoqués par les eaux polluées qui empoisonnaient les dauphins. Mais nos eaux sont propres et claires.

— Et elles le resteront! déclara Maître Robinton avec une vigueur inattendue. Avec Siaav pour nous guider, nous ne répéterons pas les erreurs que nos ancêtres ont faites sur leur monde.

Il s'interrompit un instant, puis reprit avec un sourire narquois :

— Du moins, pas les mêmes erreurs, et pas pour les mêmes raisons. C'est peut-être une bonne chose que les ressources de Pern ne nous fournissent pas tout ce dont les Anciens disposaient. Ce sera peut-être notre salut.

— Oh? fit Alemi, qui ne reculait pas devant une discrète incitation à continuer.

Le visage mobile de Maître Robinton s'éclaira d'un sourire entendu.

— Malgré tout ce que nous avons enduré depuis que les Sœurs de l'Aube se sont mises en orbite au-dessus de nous, ce monde a remarquablement respecté les paramètres établis par nos Pères fondateurs. Bien sûr, nous ne savions pas que nous obéissions à ces préceptes, ajouta-t-il avec un sourire malicieux, mais le fait est que nous n'avons conservé que la technologie indispensable à notre survie. Une fois la menace des Fils disparue, nous pourrons améliorer notre qualité de vie, tout en continuant à observer ces préceptes, et rester un monde sans pour autant adopter la technologie sophistiquée qui obsédait tant nos ancêtres. Nous n'en serons que plus heureux.

— Et les Weyrs ? demanda Alemi, qui brûlait depuis longtemps de poser la question.

Le sourire de Robinton s'estompa, mais son visage se fit plus pensif qu'anxieux.

— Ils trouveront, bien sûr, de nouvelles fonctions, mais je doute sincèrement que les dragons disparaissent avec les Fils.

Son sourire lui revint, légèrement mystérieux, comme s'il disposait d'informations qu'il ne voulait pas communiquer à Alemi — ce qui était normal, pensa le Maître Pêcheur. Il était déjà assez réconfortant d'être rassuré par le Maître Harpiste en personne, fût-ce incomplètement.

Alemi répugnait à quitter la véranda et l'agréable compagnie de Maître Robinton, mais il avait conscience de ne pouvoir décemment le monopoliser plus longtemps. Tant d'autres choses requéraient le temps et l'énergie du harpiste ! Alemi était très fier d'avoir obtenu une si longue entrevue.

T'lion était peut-être un peu indigné que H'mar, le Maître des Apprentis, lui répète tout le temps de ne pas négliger son dragon en faveur de sa nouvelle passion pour les dauphins, mais il tenait sa langue, surtout quand Gadareth lui assurait avec véhémence — et, plus important, l'assurait au bronze Janereth — qu'il n'était *absolument pas* négligé, et que, même, les dauphins contribuaient à le « garder propre ».

Presque tous les soirs, T'lion allait chercher Boskoney, le harpiste de la Rivière Paradis, pour l'amener à l'Admin. Il aimait bien Boskoney, de sorte que ce n'était pas une corvée. De plus, en arrivant un peu en avance, il pouvait passer un moment à faire connaissance avec la bande de la Rivière Paradis, Kib, Afo, et leur transmettre les salutations de Tana, Natua et Boojie. Parfois, il rencontrait Alemi en train de remercier les dauphins d'une bonne pêche ou d'un avis de tempête.

— La bande patrouille aussi le long de nos côtes pour prévenir d'autres intrusions. Comme ça, nous ne risquons plus de te compromettre, T'lion. Mais nous te sommes toujours reconnaissants de l'aide que tu nous as apportée il y a deux mois.

T'lion haussa les épaules en souriant.

— Pourvu que mes Chefs du Weyr n'en entendent pas parler !

— Bien sûr que non.

Puis, T'lion fronça les sourcils.

— Mais cela ne protège que vous. Il y a d'immenses étendues de côtes sauvages entre ici et le Fort Méridional.

Ce fut au tour d'Alemi de hausser les épaules.

— Ce n'est pas mon problème. Non que je ne signale pas — à qui de droit — les incursions que je peux surprendre quand je suis en mer.

— C'est qu'il y a des étendues immenses, fit T'lion, branlant du chef.

— Tu ne peux pas te faire du mauvais sang à propos de tout, mon garçon, même si c'est tout à ton honneur de prendre des responsabilités supplémentaires. Bon, aide-moi maintenant à nourrir ces poissons gourmands.

— Tst... fit T'lion, exagérant sa contrariété au mot « poisson ». Ils n'aiment pas qu'on les traite de...

Il articula en silence le mot défendu.

Alemi éclata de rire.

— Moi, j'ai une dispense. Je suis pêcheur.

Sur quoi, il présenta officiellement T'lion.

— Pas besoin, dit Kib, sortant la tête de l'eau. Tana et Natua raconter. Chevalier-dragon bon.

— Merci, fit T'lion, heureux d'être reçu si chaleureusement.

— Coudre Boojie.

Kib plongea le nez dans l'eau et aspergea T'lion.

— Je mourrai d'un rhume attrapé en parlant aux dauphins, dit T'lion, essorant le devant de sa chemise. Enfin, j'ai pris l'habitude d'en emporter une de rechange, et il n'a pas mouillé ma veste.

— Moi, j'ai pris l'habitude de ne rien porter du tout, remarqua Alemi en souriant, son corps bronzé vêtu du simple pagne que beaucoup portaient dans le Sud lors de la saison chaude. Alors, où sera le poisson demain, Afo ?

Afo donna l'information, qui consistait en une « mesure » sonar.

— Ils savent où se trouve le banc, mais leur seul moyen de l'exprimer, c'est en me donnant le temps que met la vibration à leur revenir, dit Alemi. Je commence à bien me débrouiller pour interpréter les distances.

— C'est... c'est stupéfiant, dit T'lion, impressionné.

— Pas plus que ton opération de Boojie, dit Alemi, souriant de la surprise de T'lion. Oh, on est au courant ! C'est qu'ils diffusent rapidement les nouvelles — quand ils sont bien lunés.

— Les dragons restent quand même les plus responsables, dit T'lion, regardant fièrement son splendide bronze.

— Je n'ai jamais pensé le nier une seconde, mon garçon. À chacun son utilité, sur Pern.

— Ce qui me rappelle que je vais être en retard pour aller chercher Boskoney.

T'lion remonta l'échelle, enlevant sa chemise mouillée en rejoignant son dragon. Il finit d'enfiler la chemise propre pendant le court vol jusqu'au fortin de Boskoney.

Quand ils atterrirent devant chez lui, le harpiste passa la tête par la porte.

— Une minute, cria-t-il.

Connaissant les « minutes de harpistes », T'lion mit sa chemise à sécher sur un buisson, puis s'appuya contre son dragon pour attendre.

Parut alors un enfant très bronzé, qui, souriant à la vue du dragon, s'approcha avec assurance.

— Tu dois être T'lion, et voilà Gadareth, dit l'enfant, tendant la main vers le nez du dragon, qui la toucha poliment. Boskoney a dit que tu venais le chercher et que je pouvais me sauver, maintenant.

— Et toi, qui es-tu? demanda T'lion, amusé par son aplomb.

— Je suis Readis, fils du Seigneur Jayge et de Dame Aramina. Je lave Ruth, le dragon du Seigneur Jaxom, chaque fois qu'il vient en visite. Je pourrai laver Gadareth aussi?

Puis il lorgna la masse imposante du bronze, qui n'avait pourtant pas encore terminé sa croissance.

— Il est beaucoup plus grand que Ruth. Mais je pourrai *aider*?

— Oui, si nous avons jamais l'occasion de rester assez longtemps, répondit T'lion en riant. Mais, en général, ce sont les dauphins qui m'aident à laver Gadareth.

Les yeux de l'enfant lui sortirent de la tête, ce qui fit rire T'lion.

— Tu parles aux dauphins?

Ce fut au tour de T'lion d'être étonné. Non seulement l'enfant savait que les dauphins parlaient, mais il prononçait leur nom correctement.

— Tu as déjà parlé aux dauphins? demanda T'lion.

L'enfant répondait peut-être à la cloche pour Alemi. C'était une tâche qui convenait bien à un jeune garçon et à un fils de Seigneur.

— Seulement le jour où ils m'ont sauvé la vie. Mais Onclemi dit qu'ils demandent de mes nouvelles.

— Ils t'ont sauvé la vie? Raconte-moi comment.

Parfois, T'lion s'ennuyait de son plus jeune frère, Tikini, qui avait la même candeur que ce jeune Readis. Lui et Tikini étaient très proches.

À cet instant, Boskoney sortit, suant déjà sous sa lourde tenue de vol.

— Sauve-toi vite à la maison, Readis, ordonna-t-il à l'enfant. Et tâchons de voler au-dessus de la chaleur, d'accord, T'lion?

— À bientôt, Readis, cria T'lion, montant sur Gadareth puis tendant la main à Boskoney pour l'aider. S'élevant au-dessus du Fort assoupi dans la chaleur, il vit Readis qui les saluait de la main jusqu'à ce qu'ils disparaissent.

Au cours des semaines qui suivirent, Readis revit

T'lion quand il venait chercher Boskoney. Readis lui demandait invariablement des nouvelles de *sa* bande, qui était malade et qui était guéri, et T'lion n'était que trop heureux de s'adresser à un interlocuteur qui l'écoutait aussi avidement. Il n'avait pas réalisé à quel point il refoulait son intérêt pour les dauphins avant de commencer à en parler à Readis, qui réagissait avec enthousiasme, les yeux étincelants, tout le corps vibrant d'intérêt.

— Écoute, tu peux de nouveau parler aux dauphins si tu le veux, lui dit un jour T'lion.

— Je ne dois pas aller près de l'eau tout seul, fit Readis. J'ai promis.

— Si tu es avec moi et Gadareth, on ne peut pas dire que tu seras seul.

Readis réfléchit, pensif et plein d'espoir, creusant le sable d'un orteil nu.

— Oui, avec un chevalier-dragon et son dragon, je ne manquerai pas à ma promesse.

Il regarda T'lion avec un sourire radieux.

— Mais où ? ajouta-t-il, embrassant du geste l'embouchure de la rivière.

— Oh ça, c'est facile et sans danger, dit T'lion. Tu sais où Maître Alemi amarre son bateau ? Tu as la permission d'aller jusque-là ?

Readis hocha vigoureusement la tête, ses boucles brunes dansant sur sa tête, le regard solennel et l'air si impatient qu'il en était avide.

— Alors, tu m'y rejoindras demain après-midi, disons, à la quatrième heure, comme ça nous aurons une heure entière devant nous avant que j'aille chercher Boskoney.

— Oh, oui, oui, oui, j'y serai. Merci.

Commencés assez innocemment, ces ébats avec les dauphins devinrent pour tous deux une joyeuse routine quotidienne. Si Aramina demandait à Readis : « Où étais-tu ? » ou « Avec qui ? », il pouvait répondre sans mentir qu'il était avec T'lion et Gadareth. Il omettait simplement le fait qu'il nageait avec les dauphins près du radeau d'Alemi.

T'lion était ravi, non seulement de l'intrépidité de l'enfant dans l'eau et avec les dauphins, mais aussi de la rapidité avec laquelle il se faisait à leur curieux langage. Eux, de leur côté, aimaient sa jeune voix haut perchée, et, ayant été prévenus par T'lion qu'il était jeune et devait être traité avec ménagement, ils ne le submergeaient jamais en surface, et ne le bousculaient pas quand il plongeait avec eux.

— Tu dois avoir des poumons de dragon pour rester si longtemps sous l'eau, lui dit T'lion, un jour qu'après avoir craint que Readis ne soit allé trop profond, il le vit crever la surface avec Vina, la dernière-née d'Afo, à deux bonnes longueurs de dragon du radeau. Ne refais plus jamais ça, Readis, cria-t-il. Reviens maintenant. Repose-toi.

Rieur, Readis se laissa remorquer par Vina jusqu'au radeau où il prit pied avec un grand sourire, très content de lui.

— On est allés très profond, mais pas jusqu'au fond. Vina a clické que c'était trop loin pour nous, alors, on est remontés. C'est super de nager avec elle.

— Je comprends que tes parents ne te laissent pas aller nager tout seul, dit T'lion, se remettant lentement de sa frayeur. Tu vas me promettre de ne plus jamais rester si longtemps en plongée.

— D'accord. C'est promis. Mais c'était génial. Tu devrais essayer. On va tellement plus profond avec un dauphin !

— Je n'en doute pas, mais, la prochaine fois, on le fera ensemble. C'est promis ?

Puis Readis lança un regard irrité à Afo, qui lui poussait le pied de son museau.

— Epine. Mauvaise épine, couina-t-elle à T'lion d'un ton pressant.

— Ton pied te fait mal ?

Readis, le visage fermé, regarda son ami, puis son pied.

— Oh, de temps en temps. J'ai dû marcher sur quelque chose, mais ça ne me fait pas mal quand je nage.

— Fais voir.

Readis pivota sur le radeau pour s'exécuter. T'lion palpa et tritura le pied calleux, sans trouver de point douloureux.

— Mauvaise épine, insista Afo.

— Il n'y a rien, s'entêta Readis, mettant son visage au niveau d'Afo, et lui grattant le menton juste à l'endroit qui lui plaisait. Ça ne fait pas mal.

Afo baissa la tête et les aspergea abondamment.

— Quand même, Readis, tu ferais peut-être bien de montrer ton pied à ta mère ou à ta tante Temma. C'est bien la guérisseuse du Fort, non ?

— Ah, ce n'est rien. Retournons nager...

— Non, déclara T'lion, si fermement que Readis n'osa pas insister. Il faut que j'aille chercher Boskoney.

— Il est toujours en retard, rétorqua Readis, avec un dédain bon enfant.

— Ce n'est pas une raison pour ne pas être à l'heure. Allez, viens.

Il se trouva ou bien qu'ils étaient en retard, ou bien que Boskoney était à l'heure. T'lion déposa Readis et aida Boskoney à monter, de sorte qu'il n'eut pas le temps de rappeler à l'enfant de faire soigner son pied.

Le lendemain, il dut participer à une Chute, apportant aux combattants des sacs de pierres de feu. Puis on l'envoya chercher les Maîtres Forgerons qui assistaient à l'une de ces interminables discussions quotidiennes maintenant à l'Admin, de sorte que trois jours passèrent avant qu'il ne revienne chercher Boskoney. Il se rendit au radeau d'Alemi, impatient de retrouver l'enfant, mais Readis ne vint pas. Et, lorsqu'il chargea Boskoney, il lui demanda s'il avait vu le jeune garçon.

— Non, il est malade. Assez gravement, je crois.

Le cœur de T'lion se serra d'angoisse. Sapristi ! Readis avait promis de montrer son pied à sa tante.

— Il a un de ces brusques accès de fièvre courants à son âge, ajouta Boskoney, s'installant entre les crêtes de cou du dragon. Il sera guéri dans un ou deux jours. C'est un enfant brillant.

— Très brillant, répondit T'lion, pas tout à fait rassuré.

L'une de ses sœurs était morte d'un de ces brusques accès de fièvre, mais elle était plus jeune que Readis et beaucoup moins vigoureuse.

— Peut-être qu'on devrait le montrer à un dauphin. Ils sont très forts en diagnostic.

Boskoney éclata de rire, avec une bourrade amicale au jeune chevalier-dragon.

— Oh, je ne crois pas que ce soit assez grave pour *tes* amis, T'lion, mais c'est gentil d'y avoir pensé.

— Je m'inquiète. C'est comme un frère pour moi.

— Je lui dirai que tu as demandé de ses nouvelles.

— Oui, je t'en prie.

Le lendemain, T'lion alla au radeau, sonna la cloche et demanda Afo au premier dauphin qui se présenta.

— Quel genre d'épine y avait-il dans le pied de Readis, Afo ? demanda-t-il d'un ton pressant.

— Nage avec nous, couina Afo, clickant d'excitation. Pas sonner la cloche de trois soleils.

— Non, Readis est malade.

— Mauvaise épine. L'ai dit.

— Une épine pourrait provoquer sa fièvre ?

— Mauvaise épine. Épine de mer. Pire.

— Alors, il vaut mieux que je voie sa mère, dit T'lion qui, remontant sur Gadareth, vola prestement jusqu'au Fort.

Il y trouva, non seulement les parents de l'enfant et sa Tante Temma, mais aussi le Maître Guérisseur de l'Atterrissage, tous l'air anxieux, la mère le visage tiré et hagard par manque de sommeil. Même Jayge accusait une profonde anxiété.

— J'ai appris que Readis était malade, commença T'lion, serrant nerveusement son casque de vol. Je peux faire quelque chose ? Les dauphins sont très forts pour diagnostiquer les maladies, vous savez.

— Les dauphins ! cracha Aramina. Il n'arrête pas de délirer sur les dauphins. Crois-tu qu'il pourrait revivre son sauvetage ? ajouta-t-elle, levant les yeux sur Jayge.

Elle a peur des dauphins, T'lion, dit Gadareth.

Pourquoi ?

Elle les craint pour Readis.

C'est alors que T'lion entrevit pour la première fois qu'il avait peut-être commis une faute en emmenant Readis au radeau d'Alemi. Mais il l'avait surveillé très étroitement, et Readis n'avait pas violé la promesse faite à sa mère.

Le Maître Guérisseur fixa sur T'lion un regard incisif.

— C'est toi, le chevalier-bronze qui as aidé Persellan au Weyr Oriental ?

— Oui, T'lion, Maître de Gadareth.

— Merci de ta proposition, chevalier bronze, mais il s'agit d'une fièvre infantile. Plus tenace que d'ordinaire, c'est vrai, mais rien qui ressortisse à la compétence des dauphins.

T'lion hésita.

— Est-ce qu'il ne court pas souvent pieds nus ? Ce n'est pas une critique, Dame Aramina, ajouta-t-il vivement, la voyant se hérisser à ses paroles. Je voudrais pouvoir en faire autant, dit-il, montrant les lourdes bottes dans lesquelles il transpirait. Mais je sais que les épines sont dangereuses, et il est très facile...

— Ses jambes sont enflées, dit lentement le guérisseur.

— Ses deux jambes, dit Aramina, avec un regard si irrité à T'lion qu'il regretta sa suggestion.

— Mais l'enflure du pied droit est inhabituelle... dit le guérisseur, enfilant le couloir qui menait à la chambre du malade, Aramina et Temma se hâtant derrière lui.

— Il faut que je m'en aille, dit T'lion, maintenant qu'il avait fait ce qu'il pouvait. Je reviendrai. Je viens chercher Boskoney tous les jours.

Il regarda anxieusement Jayge.

— J'apprécie ta sollicitude, chevalier-dragon, dit Jayge avec bonté, même si, à l'évidence, il tendait l'oreille vers la chambre de l'enfant.

— C'est normal, c'est normal. C'est un enfant si gentil ; il est comme un frère pour moi...

T'lion prit congé hâtivement, plus inquiet que jamais. *Nous n'avons rien fait de* mal, *hein, Gadareth ? Il* voulait *parler avec les dauphins. Il leur* avait *déjà parlé. Mais sa mère était bouleversée.*

Elle a trop entendu les dragons. Nous faisons attention à ne pas parler trop fort dans son voisinage. Ça la bouleverse. Peut-être que les dauphins la bouleversent aussi.

T'lion se rendit vivement au fortin de Boskoney. S'il posait les bonnes questions, peut-être découvrirait-il ce qu'il avait besoin de savoir. Mais s'il *avait* fait quelque chose de mal, alors il lui fallait l'avouer. Sinon il aurait de sérieux problèmes avec T'gellan. Être chevalier-dragon ne l'empêchait pas de commettre des fautes stupides, parfois. Mais comment aurait-il pu savoir ?

— Oui, tu ne pouvais absolument pas savoir, soupira Boskoney quand T'lion lui eut tout raconté. Et je crois que tu n'as rien fait de *mal*, à proprement parler. Ce n'est vraiment pas de chance que tout ait si mal tourné. Tu dis qu'un dauphin a « vu » une épine de mer dans son pied il y a quatre jours ?

Il soupira. Elevés tous les deux sous les tropiques, ils savaient à quel point les épines pouvaient être dangereuses. Le harpiste posa une main rassurante sur l'épaule du jeune chevalier-dragon.

— Je ferai ce que je pourrai, mon vieux. J'ai annulé ma réunion de ce soir. On a besoin de moi ici. Toi, va parler à ton Chef de Weyr. Moi, je dirai à Alemi tout ce que tu m'as raconté.

À la suite de quoi, T'lion et Gadareth se virent assigner d'autres missions, et un dragonnet bleu et son maître transportèrent désormais le harpiste Boskoney. Une septaine plus tard, Boskoney, en route pour l'Atterrissage, s'arrêta au Weyr Oriental pour apprendre au jeune chevalier bronze bourrelé de remords que la fièvre de Readis était tombée. Par respect pour les sentiments de T'lion, il ne mentionna pas que le poison avait affecté la jambe droite de Readis, lui nouant les tendons de telle sorte qu'il ne remarcherait jamais plus comme avant.

— Alemi a insisté pour qu'on montre Readis aux dauphins. Afo a localisé l'épine avec précision, et le poison qui était déjà monté jusqu'à son genou droit. Il aurait pu monter jusqu'à son cœur, paraît-il, ce qui l'aurait tué.

T'lion s'effondra dans le hamac de sa véranda, la tête enfouie dans ses mains.

— J'aurais dû tout leur dire, alors !

— Allons, mon vieux, ne prends pas ça tellement à cœur. Tu m'as tout dit, et moi, je le leur ai dit à mon tour.

— Est-ce que... je pourrais le voir ?

Le harpiste secoua doucement la tête.

— Il est trop faible pour voir personne, mais il a demandé à Alemi de te dire pourquoi il ne venait plus.

T'lion gémit.

— Je... j'aurais dû l'amener immédiatement au guérisseur du Fort, quand Afo nous a dit qu'il avait une mauvaise épine dans le pied, mais j'étais en retard pour aller te chercher...

— Et j'en étais contrarié et je t'ai bousculé, ce jour-là. Tout n'est pas de ta faute, T'lion, et tu ne dois pas prendre la chose tellement à cœur. De plus — le ton du harpiste se fit plus léger, et T'lion lui vit un sourire malicieux — tous les guérisseurs prescrivent que Readis doit nager tous les jours pour retrouver l'usage de sa jambe.

— Vraiment ?

Le poids qui oppressait T'lion s'allégea un peu.

— C'est sa meilleure chance de récupérer.

— Et qu'en dit sa mère ?

Le sourire de Boskoney se fit plus ironique.

— Elle a été obligée d'accepter ce traitement. C'est la seule solution pour qu'il puisse remarcher.

— Ohhh ! gémit T'lion, la tête dans ses mains. Il était pour moi comme un frère...

— Cesse de culpabiliser, T'lion. C'est un malheureux concours de circonstances. Mais je peux t'affirmer que Readis est ravi. Il ne trouve pas que c'est une corvée de nager tous les jours avec les dauphins. Et je l'ai entendu dire à sa mère qu'il marche mieux dans l'eau que sur terre !

T'lion eut un rire de regret.

— C'est bien de lui. Il est si brave.

— Il s'en remettra, va. Et toi aussi.

9

Au cours des quatre Révolutions suivantes, tandis que Readis exerçait consciencieusement ses jambes dans les eaux tièdes de la Pointe de Paradis, des événements mémorables se déroulaient à l'Atterrissage, au Weyr de Benden et aux Forts de Fort et de la Baie. Selon les conseils de Siaav et grâce à la technologie qu'il mit à leur disposition, Weyrs, Forts et Ateliers unirent leurs efforts pour modifier l'orbite de l'Étoile Rouge, de sorte qu'elle ne passerait plus jamais assez près de Pern pour l'arroser de Fils. Le jour où l'on assista, au télescope, à l'explosion des trois moteurs à antimatière de la colonie, tout le monde fêta la fin de la tyrannie des Chutes. Pourtant, les Fils continuèrent à pleuvoir, fait démontré qui sema la confusion dans bien des esprits, y compris celui de Readis.

— Pourquoi avez-vous fait la fête ? demanda-t-il à son père quatre jours plus tard, quand les Fils se remirent à tomber sur le Fort de la Rivière Paradis.

— Parce que les Chutes *cesseront* définitivement — nous vivons le dernier Passage.

— Tu crois ? Le harpiste dit qu'il y a des Chutes depuis des siècles, et que, chaque fois qu'on croit qu'elles vont s'arrêter — après un long Intervalle —, elles recommencent.

Jayge sourit à son fils, grand pour ses onze Révolutions, s'efforçant de ne pas regarder sa jambe droite estropiée, et le pied droit posé sur la pointe à côté du pied gauche indemne. Il ébouriffa la tête bouclée de Readis, se disant qu'il n'était pas juste que le garçon eût toutes ces boucles alors que les deux filles de la famille avaient les cheveux raides.

— Les chevaliers-dragons sont allés sur l'Étoile Rouge et l'ont déplacée, afin qu'elle soit désormais trop loin de Pern pour y faire pleuvoir les Fils.

— Comment ont-ils pu déplacer une étoile ? demanda Readis. C'est trop gros, même pour des dragons.

— Ils ont utilisé les moteurs des Trois Sœurs de l'Aube. Ils ont modifié son orbite qui était trop proche de Pern. Tu comprends ce que ça veut dire ?

— Bien sûr. Le harpiste nous a tout expliqué sur notre système solaire. Il a posé une noix de coco pour représenter le soleil, et puis il est allé au bord de la rivière déposer un tout petit caillou pour représenter Pern, pouffa Readis. Il a dit que la distance était proportionnelle.

À l'évidence, Readis ne faisait que répéter des explications dont il n'avait pas compris toutes les subtilités.

— Pern n'est pas aussi petit que ce caillou, ça, je le sais !

— Tu comprendras mieux quand tu seras grand.

— Tout le monde dit toujours ça, dit-il, écœuré.

— Tu comprendras plus tard que c'est vrai, dit Jayge, reconnaissant un écho de sa voix juvénile dans celle de son fils. En tout cas, Boskoney nous a conseillé de t'inscrire à l'école de l'Atterrissage.

— Hein ? Quitter Paradis ? s'écria Readis, atterré à cette idée.

— Seulement pendant le jour, six jours par semaine, avec des vacances pendant la saison chaude.

— Papaaaa !

— Vous êtes inscrits, toi, Kami et Pardure. La Rivière Paradis a beaucoup de chance d'avoir obtenu trois places sur les vingt-cinq réservées pour un enseignement spécial.

— Tu veux dire que c'est à cause de ma jambe que je suis obligé de partir ?

— Kami et Pardure n'ont absolument aucune infirmité, mon garçon, dit son père d'un ton sévère.

Readis ne fut pas totalement convaincu. Il détestait

qu'on ait pour lui des prévenances particulières. Il montait le petit coureur que le Seigneur Jaxom avait dressé tout spécialement pour lui, uniquement parce que Ruth lui avait dit qu'il l'avait personnellement sélectionné pour lui, en remerciement de toutes les frictions qu'il lui avait faites pendant son bain. Grâce à lui, Readis pouvait se rendre partout où allaient les autres enfants du Fort : il était aussi bon cavalier qu'il était bon nageur. Et Aramina l'y encourageait — tout lui semblait bon pour l'éloigner de l'eau et des dauphins. Impossible de la convaincre que les dauphins n'étaient pour rien dans sa maladie et l'infirmité subséquente. C'est elle qui avait entendu parler des cours spéciaux dispensés dans le Bâtiment de l'Admin, grâce aux machines qui étaient un héritage de Siaav. Menolly en avait informé Alemi, qui y avait sollicité l'admission non seulement de sa fille aînée, mais aussi de Readis.

— Et comment je ferai pour y aller? demanda Readis, avançant un menton presque impertinent.

— À dos de dragon. Je suppose que tu n'as rien contre, dit Jayge, sachant que ce serait l'argument décisif.

— Tous les jours?

Readis s'éclaira considérablement.

— On voyagera à dos de dragon tous les matins et tous les soirs?

Il espérait que T'lion et Gadareth seraient chargés du transport. Il n'avait jamais pu convaincre sa mère que T'lion n'était pour rien dans sa maladie. Il lui avait dit et répété que le chevalier-dragon lui avait deux fois conseillé d'aller voir sa Tante Temma, mais qu'il avait oublié. De sorte que T'lion *n'était pas* responsable de son infirmité; c'était lui. Il entendit alors ce que son père lui disait :

— C'est une dispense spéciale pour vous trois, jusqu'à ce qu'on ait construit un dortoir pour les élèves.

— À dos de dragon, deux fois par jour? demanda encore Readis, sans prêter attention à la réserve, les yeux brillants à l'idée de voyager ainsi régulièrement.

— Seulement si tu travailles assez bien pour mériter cet honneur, répondit sévèrement son père.

Boskoney classait Readis en tête de tous ses élèves, avant Kami et le studieux Pardure, fils du compagnon tisserand Parren. Alors que Pardure devait travailler avec acharnement pour apprendre, tout venait facilement à Readis, qu'une atmosphère plus concurrentielle stimulerait. La compétition avait été rude pour les rares places disponibles, mais Maître Robinton, qui avait eu l'idée de ces classes, avait exigé que les élèves soient recommandés par les harpistes, et qu'ils soient choisis dans les Weyrs, les Forts et les Ateliers selon de justes proportions.

Maître Robinton voulait s'assurer que la jeune génération serait entraînée dès l'enfance à comprendre et utiliser les vastes connaissances que Siaav avait mises à leur disposition. Il avait institué des classes spéciales, d'abord avec quelques enfants sélectionnés parmi les résidents de l'Atterrissage, puis il avait élargi les effectifs à chaque Révolution. Siaav avait accepté, remarquant qu'il serait plus facile de former des jeunes — dont l'esprit était vierge d'erreurs — que de recycler des hommes et des femmes devant modifier les habitudes de pensée de toute une vie. Maintenant que l'objectif de tous leurs efforts avait été atteint — le déplacement de l'Étoile Rouge — les Ateliers pourraient se consacrer à la propagation des nouveaux appareils qui élèveraient le niveau de vie sur toute la planète. Une fois que tous les Weyrs, Forts et Ateliers produiraient leur électricité, les équipements spéciaux que Siaav leur avait appris à utiliser pourraient être répartis sur toute la surface de Pern, au lieu de rester centralisés à l'Atterrissage.

Jayge et les résidents de son Fort étudiaient des générateurs actionnés par les vents et les marées, afin de déterminer lesquels convenaient le mieux à leurs besoins. Avec des métiers à moteurs, le compagnon Parren pourrait tisser en quantité les étoffes convoitées qu'il fabriquait avec les fibres locales. Une meilleure lumière serait très appréciée dans toutes les maisons, et des ventilateurs rendraient la vie plus supportable en été. D'autres applications de l'électricité étaient à l'étude, surtout la production de glace, qui permettrait de conserver plus longtemps le poisson. Ces recherches intéressaient tout spécialement Alemi.

Jayge trouvait certains concepts difficiles à comprendre, et il était enchanté que Readis ait l'occasion de les étudier à un âge où l'on apprend plus facilement. De plus, ces études le valoriseraient aux yeux du Conseil des Seigneurs, et, le moment venu, faciliteraient sa confirmation à la tête du Fort. En attendant, Jayge était déterminé à développer son Fort et ses ressources. Les connaissances de base, lire, écrire et compter, enseignées par les harpistes avec les ballades et chants traditionnels, suffisaient pour ceux qui deviendraient apprentis dans un Atelier, mais un Seigneur devait avoir des vues plus larges et profondes. Jayge avait appris à commander sur le tas quand un naufrage les avait jetés sur cette côte, lui et Aramina, mais il voulait que ses enfants soient mieux préparés.

Le lendemain matin, Readis était prêt à partir pour l'école — cartable sur le dos, jaquette et casque de vol pour le protéger dans l'*Interstice* — quand un lézard de feu atterrit en piaillant sur la véranda. Il entendit ses cris de détresse en même temps que sa famille, et sortit à l'instant où son père détachait le tube à message qu'apportait le petit animal. Dès qu'il la libéra, la petite créature, sans cesser ses cris déchirants, disparut, suivie de tous les lézards de feu du Fort, poussant les mêmes cris tourmentés.

— Non, non, noooon ! s'écria Jayge, secouant la tête en parcourant le message. Non, ce n'est pas possible !

— Qu'est-ce qu'il y a, Papa ? demanda Readis.

Il n'avait jamais vu une telle expression de désespoir sur le visage de son père.

Jayge s'affaissa contre le garde-corps, le menton sur la poitrine, une main sur les yeux, l'autre tenant toujours l'étroite bande de papier du message.

— Papa ? dit Readis, commençant à paniquer.

Un terrible événement était survenu. Il ressentait le besoin d'être rassuré.

— Readis, va dire à Boskoney de venir immédiatement. Prends Delky, ajouta-t-il, montrant le petit coureur qui passait à l'ombre.

Readis sauta en selle, jetant un regard en arrière sur son père, toujours immobile, comme anéanti. Il talonna sa monture qui partit au galop. Il aimait bien monter Delky pour les courses sur la terre ferme, mais ce n'était pas comparable au plaisir de nager avec Kib ou Afo. Delky était patient et docile, mais il ne pouvait pas lui parler comme les dauphins et les dragons, ce qui était un gros désavantage. Même les lézards de feu avaient des réactions. Delky faisait seulement ce qu'on lui demandait. Il se rassit sur sa croupe, et il s'arrêta pile, comme il était dressé à le faire, projetant une gerbe de sable dans l'entrée du harpiste.

— Du calme ! Qu'est-ce qui presse ? demanda Boskoney, le rejoignant à la porte.

— Papa veut te voir. C'est urgent. Un lézard de feu a apporté un message et il est tout retourné.

— Vraiment ?

Readis lui fit signe de monter en croupe, malgré ses grandes jambes qui traîneraient par terre. Docile, Delky pivota sur ses jambes de derrière, et repartit sans se plaindre avec son double fardeau, aussi fringant qu'à l'aller.

— Quel genre de message ? demanda Boskoney, entourant Readis de ses bras pour s'accrocher à la crinière.

— Il ne l'a pas dit. Il m'a juste demandé d'aller te chercher. Il n'a pas bougé un muscle depuis mon départ, murmura-t-il à Boskoney qui, déjà, sautait de sa monture, au bas du perron.

Readis était vraiment inquiet, maintenant. On recevait rarement de mauvaises nouvelles à la Rivière Paradis. Et quand il avait des problèmes, son père avait tendance à jurer et tempêter en faisant de grands gestes, mais il ne restait jamais muet et immobile comme ça.

Reconnaissant le pas du harpiste, Jayge lui tendit le message sans un mot. Boskoney le parcourut en marchant, et s'arrêta, le pied levé, puis s'effondra sur les marches, la tête dans les mains, les épaules secouées de sanglots. Lui enfonçant les genoux dans les flancs, Readis guida Delky jusqu'à la porte de la cuisine, où sa mère préparait le dîner.

— Maman, dit Readis, entrant et lui touchant le bras, tu ferais bien d'aller voir ce qui ne va pas chez Papa.

— Ce qui ne va pas? demanda-t-elle d'une voix qui parut soudain trop criarde à Readis.

— Il a reçu des mauvaises nouvelles, et il m'a envoyé chercher Boskoney, et maintenant, *lui aussi* est en train de pleurer — et qu'est-ce qui peut bien faire pleurer un harpiste, Maman?

Aramina lui lança un regard stupéfait, puis retira une poêle du feu et courut à la véranda. Readis la suivit, de cette démarche plante/pointe du pied qu'il avait adoptée et qui lui permettait de se déplacer presque aussi vite que les autres. Avant d'arriver sur le porche, il entendit sa mère pleurer, pas aussi bruyamment que lorsqu'elle avait appris la mort de grand-père, mais doucement, comme en proie à un chagrin insondable. Elle serrait Jayge dans ses bras et le consolait tout en pleurant.

C'en était trop pour Readis; il se remit en selle et galopa jusqu'au premier groupe de fortins construits le long de la rivière.

— Je crois que vous feriez bien de venir, Tante Temma et Oncle Nazer. Et toi aussi, Oncle Swacky, ajouta-t-il, quand parut le vieux soldat grisonnant. Je ne sais pas ce qui s'est passé, mais ça fait pleurer Papa, Maman *et* Boskoney.

Il n'attendit pas pour voir s'ils le suivaient, mais, faisant tourner sa monture, il repartit en sens inverse, et, passant devant la scène qui se déroulait devant sa maison, galopa jusqu'au fortin d'Alemi qu'il ramena en croupe, laissant Kitrin et les autres pêcheurs les rejoindre à pied.

À l'arrivée d'Alemi, Temma, Nazer, Swacky, Parren, sa femme et sa fille aînée étaient déjà là, et ils pleuraient aussi. On passa le message à Alemi, qui aspira bruyamment, comme étouffé, puis déglutit avec effort, le visage inondé de larmes. Profitant de l'occasion, Readis tourna vers lui la main d'Alemi pour lire l'épouvantable nouvelle.

« Maître Robinton et Zair sont morts. Siaav aussi. »

Il ne comprit pas toute de suite ces paroles brutales. Maître Robinton ne pouvait pas mourir. Tout le monde avait besoin de lui. Readis le savait. Et comment une machine pouvait-elle mourir ? Il savait que Siaav était une machine, une machine très intelligente qui savait des foules de choses — mais une machine quand même. Les machines ne mouraient pas, simplement, elles... tombaient en panne ? S'usaient ?

Soudain, le ciel s'emplit de lézards de feu poussant des lamentations stridentes, des sons tels que Readis n'en avait jamais entendus. Ils fonçaient en piqué vers le toit, puis remontaient, incapables de se poser, sans cesser de pousser leurs cris déchirants.

— Qu'est-ce qui se passe ? Mon lézard de feu est tout retourné, dit Lur, un fermier qui arrivait en courant.

Derrière lui, sur le sentier, arrivaient d'autres fermiers et artisans, attirés par le comportement inusité des lézards de feu. Alemi avait déjà rejoint ceux qui pleuraient sur la véranda, quand Readis poussa son cheval à la rencontre de Lur et lui montra le message. Il pâlit sous son hâle, s'affaissa contre un tronc, secoué de sanglots. Readis continua sur le sentier, montrant le message à chacun des arrivants. Bientôt, tout le monde fut rassemblé autour de la véranda, pleurant et se lamentant. Les enfants, ne comprenant pas très bien cette terrible perte, s'étaient regroupés à l'écart, désorientés par l'atmosphère et les larmes de leurs parents.

Pour Readis, ce fut la soirée la plus étrange de sa vie. Son père mit un bon moment à attraper Tork, son lézard de feu, pour lui confier un message. Quelques femmes rentrèrent dans la maison avec sa mère, et ressortirent avec du vin. D'autres repartirent chez elles et rapportèrent à manger, non que personne eût beaucoup d'appétit, à part les plus inconscients des petits.

Quand le soleil se coucha, personne n'avait envie de rentrer chez soi. Le harpiste était toujours assis sur les marches, faisant tourner dans sa main son verre à moitié plein — Aramina ou Jayge servaient, sans arrêt. Readis remarqua que les larmes coulaient de son menton sur sa tunique, sans qu'il fasse un geste pour les essuyer. C'est vrai qu'il était harpiste, et que Maître Robinton devait avoir été son professeur, il était donc bien normal qu'il le pleure. Readis trouva encore plus triste que le lézard de feu du Maître Harpiste fût mort avec lui. Il sentit sa gorge se serrer à l'idée de cette fidélité — d'autant que Delky, Kib ou Afo pourraient bien en faire autant s'il devait mourir bientôt. Il avait failli mourir lorsqu'il s'était enfoncé l'épine empoisonnée dans le pied. Il savait que les dragons mouraient en même temps que leurs cavaliers, mais, aucun propriétaire de lézards de feu n'étant mort à la Rivière Paradis, il n'était pas sûr de leurs réactions. Puis il remarqua que les adultes parlaient entre eux à voix basse sur la pelouse. Kami ayant proposé de sortir des paniers de brandons, Readis les conduisit, elle et Pardure qui avait offert son aide, à l'endroit où on les rangeait, et ils en installèrent suffisamment pour éclairer cette scène mémorable.

Bien des Révolutions plus tard, Readis se souvenait encore de cette soirée et des ombres projetées sur les visages familiers, tous attristés par ce deuil. Il se rappelait qu'on avait ouvert bien des outres et que tout le monde avait bu du vin, mais que celui-ci n'avait égayé personne. On n'avait pas chanté, chose sans exemple dans un groupe ayant un harpiste en son centre. À mesure que la soirée se prolongeait, Readis se demandait pourquoi on n'envoyait pas les enfants au lit. Les plus petits s'endormaient sur les genoux de leurs mères, ou par terre près de leurs parents. Il finit par rentrer, et revint avec des couvertures pour Aranya, Kami et ses sœurs, lui-même et Pardure, et aussi pour Anskono, son petit frère, qui dormait avec leur mère dans un hamac, sur la véranda.

Il essaya de rester éveillé pour voir l'effet que ça faisait de passer une nuit blanche, mais le murmure des voix attristées finit par l'endormir.

Le lendemain matin, il se réveilla dans son lit. Jetant un coup d'œil dehors, il constata que beaucoup avaient passé la nuit sur la pelouse. Boskoney était dans un hamac, couvert du précieux tapis d'Aramina. C'était le jour où Readis aurait dû commencer l'école, mais il savait que la rentrée serait retardée. L'école était l'idée de Maître Robinton. Peut-être qu'elle ne continuerait pas, maintenant qu'il était mort. Readis aurait regretté d'être privé de cette occasion de s'instruire, et d'autant plus qu'il serait allé en classe à dos de dragon.

Son estomac grogna, car il avait peu mangé la veille, par respect pour les circonstances. Il alla donc voir ce qu'il pouvait trouver dans le garde-manger. Sans doute attirée par les bruits familiers qu'il faisait, Aranya entra dans la cuisine, la petite Almie sur les talons.

— Miam-miam, dit Almie, faisant la moue.

Aranya avait une robe propre, mais Almie avait toujours sa barboteuse fripée de la veille.

— J'ai faim.

— Tais-toi, tu vas manger, dit Readis à voix basse.

Il se disait que ses parents n'auraient pas envie d'être réveillés. Son petit frère, encore bébé, dormirait jusqu'à ce que quelqu'un, ou un grand bruit, le réveille, et Readis ne tenait pas à ce que ce grand bruit fût la voix d'Almie.

Il sortit des bols, les remplit de la salade de fruits toujours prête dans la glacière, et fit griller du pain pour ses sœurs. Il tartina celui d'Almie de sa confiture préférée, parce qu'il savait que, dans le cas contraire, elle la réclamerait à grands cris. Aranya était beaucoup plus facile à contenter. Puis il donna du grain aux volailles, et à Delky, qui attendait patiemment derrière la maison sa poignée d'avoine matinale. Les canins commençaient à s'agiter quand il posa leur pâtée dans le chenil. C'est qu'ils pouvaient hurler à réveiller les morts, comme disait sa mère. De retour dans la cuisine, il fit chauffer de l'eau et moulut de l'écorce de klah car le pot était vide. Une chose, en effet, était certaine : il faudrait beaucoup de klah ce matin.

Il demanda à Aranya de laver et habiller Almie. Aranya adorait « jouer à la maman » avec leur petite sœur. Il s'asseyait enfin devant ses toasts quand Kami se glissa par la porte de derrière, l'air solennel et les yeux dilatés par l'importance du message qu'elle apportait.

— C'est affreux, hein ? chuchota-t-elle.

— Tout le monde dort encore, dit Readis à voix basse.

Il lui offrit un toast, qu'elle refusa de la tête. Mais elle jeta un regard d'envie sur le pichet de jus de fruits, et Readis lui en servit un grand verre.

— Papa a reçu des messages, ce matin, dit-elle. Nous devons tous aller à la Baie de Monaco pour escorter le Harpiste en mer.

La gorge de Readis se serra. Boskoney avait chanté une ballade très émouvante sur l'enterrement en mer d'un autre harpiste; le premier maître de Tante Menolly. Ce serait pareil.

— Tout le monde? demanda Readis, après avoir dégluti. Tout ceux de la Rivière Paradis?

Il voulait dire, les enfants comme les adultes.

Kami hocha la tête.

— Papa dit qu'on prendra les trois bateaux pour que tout le monde puisse rendre hommage au Maître Harpiste. Papa a dit qu'il ne faudra jamais oublier ce que nous devons à Maître Robinton.

— Alors, quand est-ce qu'on commencera l'école? demanda Readis.

— Oh, comment peux-tu penser à l'école quand le monde entier est en deuil? s'indigna Kami, élevant la voix devant cette question innocente.

— C'est une bonne question, dit Jayge, paraissant sur le seuil. Ah, du klah! Quelqu'un a eu une bonne idée, dit-il en regardant Readis. Très bien, mon garçon. Tes sœurs ont mangé? Merci.

Il remplit trois tasses, en sucra deux et les posa sur un plateau.

— Je reviens. Grille-moi du pain, s'il te plaît. Personne n'a mangé grand-chose, hier soir.

— Un instant, s'il te plaît, Seigneur Jayge, commença solennellement Kami, prenant une profonde inspiration. Mon père a reçu un message, décrétant que tout le Fort doit venir à la Baie de Monaco demain matin. Mon père assure qu'il faudra embarquer avec la marée de la nuit, pour arriver là-bas à l'heure.

— Les trois bateaux? Hum. Est-ce qu'il y aura de la place pour tout le monde?

Kami hocha la tête. La solennité incarnée.

— Oui, Seigneur. Tous ceux qui peuvent venir doivent être là. C'est ce que dit le message.

— Très bien. Tu peux aller prévenir tout le monde? Parfait. Merci, Kami.

Kami ressortit par-derrière et, par la fenêtre, Readis la vit partir en courant vers les fortins.

— Le pain, s'il te plaît, Readis. Et assez aussi pour ta mère et Boskoney.

Ce fut une journée bizarre. Les gens faisaient la même chose que d'habitude, mais tout le monde avait l'air solennel. Certains avaient les yeux rouges et reniflaient beaucoup. Surtout quand Readis arrivait avec les affectations sur les bateaux, qu'Unclemi l'avait prié de distribuer. Il se demanda si Unclemi avait prévenu les dauphins. Sans doute, car, lorsqu'ils embarquèrent au milieu de la nuit, il vit les nageoires dorsales grouiller dans l'eau et les corps argentés luire sous les étoiles.

Il aurait bien voulu rester éveillé durant tout le voyage, mais la nuit précédente avait été fatigante, et la journée aussi, malgré sa bizarrerie. Et les dauphins chantaient une mélopée très triste. Il se roula dans sa couverture à la proue du *Bon Vent* et s'endormit, bercé par le clapotis de l'eau, le chant des dauphins et le doux tangage du navire sur la mer calme.

Quand ils arrivèrent à la Baie de Monaco, il y avait un déploiement impressionnant de bateaux et de petites embarcations, et des centaines et des centaines de dauphins. Dans l'air, des bandes de lézards de feu, encore plus nombreuses que celles qui la veille avaient déferlé sur le Fort, volaient en tous sens, cachant par moments le soleil. Il était tellement absorbé par leurs acrobaties qu'il ne remarqua pas tout de suite le navire tout enguirlandé de noir amarré à la jetée. Le *Bon Vent* avait jeté l'ancre à quelque distance de la Baie, et son père dut attirer son attention sur la procession qui allait y embarquer. Pour la circonstance, on lui prêta la longue-vue d'Unclemi.

— Souviens-toi à jamais de ce jour, Readis, lui dit son père en lui passant le cylindre. C'est un grand homme qui vient de mourir !

Ils regardèrent donc le navire ouvrir ses voiles bordées de noir, que le vent léger gonfla lentement, puis appareiller majestueusement. Quand il passa près d'eux, Unclemi remit à la voile, et le *Bon Vent* suivit dans son sillage, Readis craignant tout le temps qu'un dauphin ne soit blessé, tant ils étaient nombreux à sauter autour du navire pour rendre hommage au harpiste.

Ce qui frappa le plus Readis ce jour-là, avec la terrible solennité de ce navire et du catafalque noir à sa proue, ce furent les dragons, déployés aile contre aile dans le ciel, immobiles pendant toute la cérémonie. Il n'oublierait jamais leur lamentation déchirante quand le corps du Maître Harpiste glissa lentement dans l'eau. Il en eut la chair de poule, et il sentit la vibration du son jusque dans ses talons. Ce fut encore pire que les cris des lézards de feu, auxquels s'ajoutaient les gémissements des dauphins. Les dauphins avaient-ils connu le Maître Harpiste, eux aussi ? Puis toutes les bandes sautèrent ensemble une dernière fois, et disparurent. Readis pouvait maintenant retenir longtemps sa respiration, et il la retint quand ils plongèrent. Mais comme ils ne remontaient pas, il dut finalement respirer, car il commençait à voir des étoiles. La main en visière sur les yeux, il regarda vers le large mais ne vit pas une seule nageoire dorsale.

Il réalisa alors qu'il ne restait plus qu'un seul dragon : Ruth, avec sa robe blanche si reconnaissable sur le bleu du ciel ! Il resta immobile si longtemps que Readis se demanda ce qu'il avait. Il prolongeait encore sa veillée d'armes quand Unclemi, lui-même à la barre, vira sur tribord pour amorcer le voyage de retour. La silhouette de Ruth finit par s'estomper dans la distance — ou peut-être le dragon blanc avait-il terminé son hommage. Readis trouva que c'était ce qu'il avait vu de plus triste de la journée.

Les dauphins ne reparurent pas de tout le trajet.

Trois jours après ces funérailles, T'lion se présenta, pour emmener les nouveaux élèves à l'Atterrissage. On ne les conduisit pas à l'Admin, comme Readis s'y attendait, mais à un autre bâtiment, trois maisons plus loin, où une importante foule de jeunes était rassemblée. À l'heure dite, un Maître parut à la grande porte, et, d'une voix claire qui portait loin, indiqua les salles qui étaient assignées aux différentes promotions. Quand tous les anciens furent entrés, il fit signe aux nouveaux d'approcher.

— Vous allez commencer vos études ce trimestre, dit-il, posant son regard sur chacun d'eux. Je suis Maître Samvel, directeur de cette école, et vous recevrez le nom de Promotion Vingt et Un, car nous sommes dans la vingt et unième année de ce Passage. Pas très original, j'en ai peur, mais ce nom vous identifiera à nos yeux et vous devrez être attentifs à tout message adressé à l'ensemble de votre classe. J'apprendrai à vous appeler par vos noms au cours des jours qui viennent. En attendant, je vous souhaite la bienvenue et vous prie d'aller dans la salle D, où nous commencerons l'orientation.

Ainsi commença pour Readis ce qu'on appela, comme il le découvrit plus tard, la Phase de Transition. Il en fit partie intégralement.

10

Trois Révolutions plus tard, quatre cents élèves vivaient dans les dortoirs de l'Atterrissage, et suivaient les cours, dont on offrait maintenant une grande variété. Quand des générateurs furent installés dans les principaux Forts, d'autres écoles furent créées, allant de l'enseignement primaire au recyclage. À l'Atelier des Harpistes, Maître Sebell inaugura un programme totalement nouveau pour l'enseignement des Apprentis, où la musique ne tenait plus la place principale. Il put appliquer le nouveau programme uniquement parce que Maître Robinton l'avait proposé aux Maîtres de l'Atelier avant sa mort. Ils l'avaient trouvé inacceptable quand Robinton le leur avait exposé, mais, après ses funérailles, Sebell et Menolly virent avec étonnement les vieux Maîtres conservateurs insister eux-mêmes pour l'adopter. Menolly ressentit de l'amertume en assistant à ce retournement tardif, mais Sebell en profita pour aller de l'avant, travaillant jour et nuit pour en mettre toutes les phases du programme en application.

Sur l'insistance de Fandarel et Oldive, les Ateliers des Forgerons et des Guérisseurs rendirent obligatoire l'assistance aux cours, qui amélioraient leurs connaissances et leur enseignaient des applications nouvelles des vastes connaissances de Siaav. Après le succès de la mission Étoile Rouge, Maître Fandarel eut moins de mal à faire accepter les nouvelles technologies par ses Maîtres. Il s'essayait aussi à produire un instrument appelé « radio » que Siaav avait suggéré comme moyen de communication fiable entre des lieux éloignés. Les matériaux nécessaires à la fabrication des transistors se trouvaient sur Pern en grandes quantités.

Maître Oldive eut moins de chance, et rencontra tant d'opposition de la part des vieux guérisseurs qu'il se résigna à n'enseigner les nouvelles méthodes et techniques de Siaav qu'aux Apprentis encore dépourvus de préjugés. Il pouvait prouver que les guérisseurs sauvaient maintenant beaucoup de malades incurables auparavant et amélioraient la qualité de vie de bien d'autres patients grâce à de discrètes interventions chirurgicales, mais les Maîtres de son Atelier refusaient d'appliquer ces méthodes, au détriment de la santé et de la longévité de leurs patients. Pour Oldive, c'était un échec et cette situation ne pouvait pas continuer. Chaque fois qu'il le pouvait, il introduisait de nouveaux procédés ; son enseignement était le mieux accueilli par ceux, bien qu'ayant le moins de formation, tentaient désespérément de soulager les souffrances de leurs malades. Dans l'ensemble, les progrès à l'Atelier des Guérisseurs étaient sporadiques.

Après son expérience initiale avec ces dauphins, Oldive demanda des volontaires pour travailler avec les intelligents mammifères, leur offrant en échange l'ablation des poissons-sangsues. Curran n'avait été que trop heureux d'autoriser la construction d'un fortin de guérisseurs au Fort Maritime. On attacha un radeau au bout de la jetée pour y descendre les malades que les dauphins devaient examiner au sonar. Il y avait des installations semblables en quatre autres points côtiers : Ista, Igen, Nerat, et à la Baie de Monaco, ou plutôt, au Weyr Oriental.

Siaav avait passé beaucoup de temps avec Maître Oldive et ses Maîtres et compagnons les plus réceptifs. Il n'avait pas caché que Pern ne possédait pas certains appareils indispensables pour hisser la médecine au niveau de celle des Anciens, mais beaucoup d'innovations pouvaient être appliquées. Le sonar des dauphins était un substitut efficace aux machines à radiographier et aux scanners des Anciens, et un outil d'exploration inappréciable pour les guérisseurs.

La capacité des dauphins à percevoir les anomalies du corps comportait toutefois un sérieux inconvénient — ils ne pouvaient pas dire exactement aux guérisseurs ce qu'étaient les grosseurs et tumeurs qu'ils détectaient, ni comment les soigner ; ils savaient seulement qu'il y avait quelque chose dans le corps qui n'aurait pas dû s'y trouver. Leurs indications étaient néanmoins précieuses pour les anomalies indétectables par la vue ou le toucher.

Maître Oldive avait l'impression qu'il existait bien d'autres appareils dont Siaav n'avait pas parlé, et il en soupirait de regret, tout en continuant, comme tous les guérisseurs l'avaient fait depuis des siècles, à se contenter d'appliquer ce qu'il savait et qui s'était révélé efficace.

Une fois que les machines à vent furent installées sur les crêtes de feu du Fort de Fort, on installa un terminal informatique chez Oldive à l'Atelier des Guérisseurs. Le Seigneur Groghe avait usé de son influence — non négligeable — pour tenter d'en obtenir un pour le Fort proprement dit, mais, tant que l'Atelier des Forgerons, ou le tout nouvel Atelier des Informaticiens, n'avaient pas fabriqué assez de composants, l'attribution en restait limitée aux enseignants.

Les élèves de l'Atterrissage n'étudiaient pas toute la journée, Maître Samvel sachant très bien que les jeunes ont autant besoin d'exercer leur corps que leur esprit. Les fichiers de Siaav contenaient les règles de beaucoup d'anciens jeux, et Samvel en avait ressuscité certains : le base-ball, le football et le polo, sport en lequel Readis excella bientôt — de même qu'aux sports aquatiques quand ils commencèrent à utiliser l'étang situé sous le terrain d'atterrissage. Readis soupçonnait Maître Samvel d'avoir remis les sports aquatiques à l'honneur par déférence pour son infirmité, tout en trouvant qu'il était logique d'apprendre à nager à ses élèves, puisque tant de longs voyages se faisaient par voie maritime.

Maître Samvel obtint aussi l'autorisation du Weyr de Benden pour qu'une demi-escadrille d'Apprentis chevaliers-dragons emmène la Promotion 21 à Honshu, voir les incroyables artefacts laissés par les Anciens dans ce nid d'aigle, et dont les moindres n'étaient pas les admirables fresques décorant les murs. Ils avaient tous vu les appareils en action sur les films de cette période de l'histoire pernaise, mais ils purent alors voir et toucher les machines que les Anciens avaient laissées derrière eux. Kami fut très impressionnée par les fresques, alors que Pardure trouva plus intéressant le vieux glisseur, les grands métiers à tisser et les outils. Readis jugea fascinante la vue qu'on avait de la grande salle — vaste panorama de montagnes et de vallées, qui donnait une idée de l'immensité de ce continent méridional encore à peine exploré.

F'lessan, maître du bronze Golanth et fils unique de F'lar et de Lessa, avait fait de cet endroit ce qu'il appelait son « weyr-fort ». Comme il l'expliqua aux enfants, ce lieu d'une valeur historique unique devait rester accessible à tous ceux qui désiraient le visiter — pour voir les magnifiques peintures murales du grand hall. Il s'en était fait le gardien, et passait là presque tout son temps libre. Le weyr-fort était occupé par quelques fermiers qui recommençaient à cultiver céréales et légumes sur l'emplacement des anciens champs, bien délimités par des murets construits des siècles plus tôt.

— C'est toi, Readis, non? demanda F'lessan, le rejoignant sur le banc de la terrasse supérieure, d'où l'on avait la meilleure vue.

Les autres enfants étaient encore sur la terrasse inférieure.

— J'ai demandé à Maître Samvel de me montrer qui était Readis. J'ai connu ta mère, ajouta-t-il, s'appuyant contre la paroi de la falaise. Elle a vécu au Weyr de Benden — jusqu'à ce qu'elle ne supporte plus d'entendre les dragons. K'van, qui est maintenant chef du Weyr Méridional, était Apprenti en même temps que moi, et ils étaient grands amis avant qu'Aramina ne parte au Fort de Benden.

Il contempla la vue quelques instants, puis reprit.

— Alors, tu as choisi ce que tu voulais étudier à l'Atterrissage?

— Oh, on ne fait que de l'enseignement général pour le moment, dit Readis. Ce que Maître Samvel appelle les « cours préparatoires ». Il y a tellement de choses à apprendre.

Parfois, le volume et la complexité des connaissances disponibles à l'Atterrissage l'accablaient. C'était intimidant de savoir tout ce qu'il ne savait pas.

— Maître Samvel dit qu'il continue à apprendre tout le temps lui-même.

— Samvel est du genre qui ne cesse jamais d'apprendre, dit-il en souriant.

— Des fois, ça me donne la migraine, avoua timidement Readis.

— Ça me ferait la même chose, acquiesça F'lessan. Moi, je n'ai jamais été bon élève. J'avais découragé jusqu'à Maître Robinton.

Readis le regarda, intimidé.

— Maître Robinton a été ton professeur ?

F'lessan grogna avec dérision.

— J'étais dans la salle, mais je n'écoutais guère.

Il ajouta avec un grand sourire :

— À l'époque, j'étais trop fier d'être le maître de Golanth. C'étaient Jaxom, Menolly et Benelek qui travaillaient dur.

— Maître Benelek de l'Atelier des Forgerons ? Celui qui entretient en état de marche la machinerie de Siaav ?

— Lui-même.

F'lessan regarda l'enfant, très impressionné.

— Qui sait jusqu'où iront certains de tes camarades de classe ? Qui sait jusqu'où tu iras, toi ?

— Oh, je sais comment je finirai, dit Readis. Je serai Seigneur du Fort de la Rivière Paradis. Je dois apprendre tellement de choses que même ça, ajouta-t-il, montrant sa jambe droite, ne m'empêchera pas d'être confirmé.

— Ton père est un homme solide et vigoureux. Tu devras sans doute attendre longtemps avant de lui succéder. Qu'est-ce que tu feras, en attendant ?

Readis y avait déjà réfléchi. Pendant ses premières Révolutions à l'Atterrissage, il avait réalisé que, sans s'en apercevoir, il avait appris des tas de choses sur la gestion d'un Fort rien qu'en regardant son père et en l'écoutant donner des ordres. Gouverner serait facile.

— J'aimerais être un dolphineur.

— Un quoi ? Ah oui, tu parles avec ces créatures, c'est bien ça ?

— Il n'y a plus de dolphineurs comme les Anciens en avaient, et les dauphins sont très utiles, tu sais. Pour les pêcheurs et pour les guérisseurs. Mais on les appelle juste quand on a besoin d'eux. Nous ne faisons pas grand-chose pour eux, sinon leur enlever les poissons-sangsues de temps à autre...

Readis fit une pause, pour ne pas avoir l'air de minimiser les exploits delphiniques.

— Je veux dire, rien de comparable au travail formidable qu'ils ont fait en explorant les mers et les littoraux.

— À ce qu'on dit, les côtes changent sans arrêt. Les cartes devront être remises à jour, non ? Tu étudies la cartographie ?

— Pas autant que je voudrais. Je suis bon en maths, mais il faut aussi des instruments spéciaux pour faire du bon travail.

— Il paraît que Maître Fandarel est en train de fabriquer ces instruments, vu que tout le monde semble vouloir un morceau du Continent Méridional, gloussa F'lessan.

— Vous ne choisirez pas les premiers, vous autres chevaliers-dragons ?

— Où as-tu entendu ça ? dit F'lessan, avec un regard scrutateur.

Readis haussa les épaules.

— Oh, on entend des tas de choses à l'Atterrissage.

— Je m'en doute, grogna F'lessan. Tu as regardé les films sur les dauphins à la Vidéothèque ?

— Oui, dès le premier trimestre, dit Readis avec un grand sourire.

Puis il fit quelques-uns des signaux manuels dont se servaient les anciens dolphineurs, et les yeux de F'lessan s'emplirent de respect.

— C'est comme ça que les dolphineurs donnaient leurs instructions aux dauphins, sous l'eau. Ils les connaissent toujours. Les dauphins, je veux dire.

— Et comme tu vis au bord de la mer, tu dois avoir l'occasion de les utiliser.

Readis émit quelques grognements non compromettants. Ce n'était pas le moment de parler de ses problèmes familiaux. Et F'lessan n'était pas non plus la personne à qui les confier.

Sans remarquer l'hésitation de l'enfant, celui-ci poursuivit :

— Tu pourrais même fonder ton propre Atelier. C'est ce qu'a fait Benelek, tu sais, en apprenant tout ce qu'il pouvait sur les terminals de Siaav.

— Il a fait ça?

— Eh oui ! Pour le moment, continua F'lessan avec un sourire malicieux, toi et les autres élèves de l'Atterrissage, vous avez l'occasion inespérée de faire en sorte que Pern *devienne* ce que voulaient les Anciens *avant* que les Fils n'interrompent leurs progrès.

Du geste, le chevalier-dragon montra les fresques derrière lui.

— Nous avons à notre disposition la somme totale de leurs connaissances et de leurs explorations de cette planète. C'est à nous et à toi, qui composons la nouvelle génération, de reprendre les choses là où ils les ont laissées, et de faire de Pern la planète qu'ils envisageaient. C'est ce qui doit être fait si Pern doit devenir ce qu'elle *pourrait* être. Tu comprends ? C'est ce que désirait Maître Robinton. C'est ce que mes parents désirent. Mais pas tous les Seigneurs ni les Maîtres d'Ateliers. Ils continuent à se cramponner à ce qui est familier et rassurant.

Il étrécit les yeux pour juger de l'impact de ses paroles sur son auditeur.

— Ce sera difficile, au cours des quelque vingt Révolutions qui viennent, de mettre en place ce que Pern deviendra dès que les Fils ne tomberont plus.

— Mais ils tombent encore, non ?

— Oui, mais ils ne tomberont pas toujours, sourit F'lessan.

— Tu as fait partie des chevaliers-dragons qui ont apporté les moteurs sur l'Étoile Rouge ?

F'lessan acquiesça de la tête.

— Oui, Golanth et moi.

La mâchoire de Readis s'affaissa.

— Une journée de travail pour un chevalier-dragon, ajouta F'lessan, minimisant l'exploit avec son insouciance coutumière.

En haut du weyr-fort, Golanth releva la tête et émit un claironnement de bienvenue.

— Ah, vos transports arrivent, dit F'lessan en se levant, bien que Readis ne vît rien dans le ciel. Réfléchis à ce que je t'ai dit, Readis, sur les dauphins et sur ce que Pern pourrait devenir.

Readis hocha la tête, les yeux fixés droit devant lui, en attente... et il fut récompensé par la vue exaltante qui lui faisait toujours battre le cœur — la brusque émergence d'une demi-escadrille de dragons. Ils étaient tellement beaux. Mais pas pour tout le monde. Les dauphins, par exemple, n'étaient pas d'un accès si limité. Tout le monde pouvait connaître un dauphin. Il pouvait, quant à lui, être à la fois dolphineur *et* Seigneur. Fonder un nouvel Atelier ? L'idée lui plaisait, et il réfléchit à cette possibilité. Bien sûr, sa mère aurait une attaque s'il mentionnait ne fût-ce qu'en passant son intérêt pour les dauphins en sa présence. Elle s'entêtait à croire que les dauphins avaient mis sa vie en danger, alors que c'était tout le contraire. Son père, lui, comprendrait peut-être, maintenant que les dauphins se révélaient si utiles, pour garder le littoral, prévenir des tempêtes et signaler les bancs de poissons. Et la fondation d'un nouvel Atelier montrerait aux Seigneurs que Readis, fils de Jayge et d'Aramina, était d'autant plus capable de gérer un Fort important comme celui de la Rivière Paradis.

— Merci, F'lessan, dit-il.

— De quoi ? demanda-t-il en souriant.

Soudain, Readis se sentit intimidé, et le dissimula en montrant le weyr-fort.

— Pour tout ce que tu m'as dit.

F'lessan eut un grand sourire et porta l'index à ses lèvres pour lui recommander le secret.

— Réfléchis-y, mon garçon. Comme nous autres, chevaliers-dragons.

Avant que Readis n'ait eu le temps de lui demander ce que signifiait cette remarque énigmatique, il avait rejoint Maître Samvel.

De retour à l'école, chaque fois qu'il avait le temps de se servir d'un clavier, Readis s'efforça de découvrir ce que les Anciens voulaient faire de Pern, avant que les Fils n'aient anéanti leurs plans. Il finit par trouver la Charte sous la rubrique DROIT, et cela lui donna beaucoup à réfléchir. Il aurait bien voulu revoir F'lessan. En questionnant habilement, il apprit que le fils de F'lar et Lessa était un chef d'escadrille compétent et fiable, mais qu'il n'avait pas manifesté beaucoup de sérieux, ni dans sa pensée ni dans son comportement, jusqu'à sa découverte de Honshu. Ce qui donna encore plus de poids à ce qu'il avait dit à Readis.

Bien sûr, la Charte ne mentionnait pas les dragons, vu qu'ils n'existaient pas quand elle avait été rédigée. On n'en parlait pas non plus dans les fichiers DROIT, GOUVERNEMENT, MÉDECINE VÉTÉRINAIRE, OU AGRICULTURE. Il les trouva à BIOGÉNÉTIQUE, bien qu'il ne comprît pas la moitié des mots, renonçant finalement à comprendre le jargon des notes de labo.

Néanmoins, d'ici une vingtaine de Révolutions, les Fils cesseraient de tomber et ne reviendraient plus jamais pleuvoir sur la planète. Que feraient alors les chevaliers-dragons ? Il y aurait sûrement quelque chose de *spécial*. Readis frissonna. Pern sans ses dragons serait impensable. Il était stupéfait de l'ingéniosité qui avait présidé à leur création. Il savait assez de biologie pour comprendre le concept de biogenèse, même si personne n'était plus capable de le mettre en pratique. Alors, que feraient les dragons quand il n'y aurait plus de Fils ? Cette question le tracassa pendant plusieurs semaines. Les dragons faisaient bien des choses qui n'avaient rien à voir avec la lutte contre les Fils. Ils transportaient les gens et, ces temps-ci, souvent les matériaux qu'il aurait fallu des jours pour expédier par chariots ou par bateaux. Enfin, les bleus et les verts, parfois les bruns, et les jeunes bronzes avant qu'il ne commencent à combattre les Fils. Pour les bronzes adultes, le transport des matériaux était quelque peu avilissant. Il n'imaginait pas une reine trimballant des fardeaux d'un Fort ou d'un Atelier à un autre.

Les dauphins pouvaient faire des choses dont eux seuls, créatures aquatiques, étaient capables. Les dragons étaient des créatures aériennes. Il *devait* bien y avoir quelque chose que seuls les dragons pouvaient faire.

Les distractions de Readis n'étaient pas passées inaperçues. Maître Samvel le trouva devant un écran montrant le premier vol des dragons — des dragons pas plus grands que des coureurs.

— J'aimerais qu'on discute un peu tous les deux, dit-il, s'asseyant près de Readis. Tu n'es pas aussi attentif que d'habitude en classe, ces temps-ci. As-tu des problèmes ?

Readis prit une profonde inspiration.

— Maître Samvel, que vont devenir les dragons ?

Samvel cligna des yeux de surprise, puis il sourit et, en un geste de rare familiarité, lui ébouriffa les cheveux.

— Tu n'es pas le seul à ruminer cette question, petit.

— Oui, mais qu'est-ce qu'ils pourront faire quand il n'y aura plus de Fils ?

— La planète est immense, et il y aura beaucoup de travail pour coloniser tout l'espace disponible. En ce moment, les chevaliers-dragons survolent ce vaste Continent Méridional, pour en établir une carte aussi détaillée que possible. Nous n'en connaissons qu'un petit coin, et la plus grande partie en reste inaccessible à pied et inhabitable jusqu'à la fin du Passage. Ne t'inquiète pas pour les dragons. Leurs maîtres continueront à en prendre soin comme ils l'ont toujours fait. Mais ton inquiétude te fait honneur. Sur Pern, nous ne devrons jamais oublier tout ce que les dragons ont fait pour nous pendant deux mille cinq cents Révolutions.

— Comment pourrions-nous oublier ? demanda Readis, atterré à l'idée d'une telle ingratitude.

Samvel sourit avec tristesse.

— Pourtant, nous l'avons souvent oublié au cours de longs Intervalles. Maintenant, concentre-toi sur tes études, mon garçon, et laisse les Weyrs s'inquiéter de leur avenir. Toi, tu as ton avenir à préparer.

Ce qui rappela à Readis le conseil de F'lessan : en apprendre plus sur les dauphins. Il rouvrit donc ce fichier, bien qu'il le sût presque par cœur et pût se servir couramment des signes sous-marins.

« Sous-marin » était le mot important. Readis avait appris à retenir son souffle pour suivre les dauphins dans les plongeons peu profonds, mais les Anciens avaient des équipements respiratoires spéciaux qui leur permettaient de rester sous l'eau plus longtemps. Les plongeurs portaient sur le dos des réservoirs, plus petits mais de forme similaire à ceux utilisés pour les lance-flammes. Des masques leur couvraient le nez et la bouche, et ils respiraient l'air apporté par un tuyau sortant du réservoir. L'appareil lui sembla assez simple, mais comment s'en procurer un, c'était là le hic. Il avait quelques économies, car, ces deux dernières saisons, son père l'avait payé pour aider pendant la moisson, mais il doutait que ce soit suffisant. Pourtant, comme les effort gigantesques de tous les Ateliers pour mettre à exécution le plan de Siaav n'étaient plus qu'une glorieuse page d'histoire, certains artisans accepteraient peut-être d'exécuter sa commande. Peut-être sauraient-ils même comment fabriquer l'appareil, vu qu'ils avaient accès à bien des fichiers plus spécialisés de Siaav.

Readis chercha donc Oncle Alemi la première fois qu'il retourna à la Rivière Paradis. Il avait apporté un plan de l'appareil. Le soir, il fit prendre à Delky le raccourci menant à la pointe, et, comme il l'avait prévu, il trouva Alemi et son fils Aleki en route pour leur conversation quotidienne avec les dauphins.

Readis expédia les salutations aussi vite que possible, puis il montra le dessin à Alemi.

— Si nous avions quelque chose comme cet équipement que les dolphineurs utilisaient autrefois, nous pourrions mieux évoluer dans l'environnement spécifique des dauphins.

Alemi le regarda, stupéfait, puis éclata de rire.

— Tu en as appris, des chose, à cette école, hein, Readis ? Kami ne vaut pas mieux, avec tous les termes qu'elle jette à ta tête de ses pauvres parents pour les intimider. Bon, voyons ce que tu as trouvé pour embarrasser un vieux loup de mer.

Il jeta un coup d'œil sur la feuille tout en marchant.

— Tu n'es pas vieux, Onclemi, et je ne crois pas que tu seras embarrassé par un aqua-poumon.

— C'est comme ça que ça s'appelle, ce machin ?

— C'est ce que j'ai lu.

Alemi n'était pas aussi condescendant que certains Maîtres, mais il était taquin et Readis n'était pas d'humeur réceptive. Il était mortellement sérieux vis-à-vis de son projet.

— J'ai regardé tous les films montrant les dauphins et les dolphineurs. Quand les partenaires devaient travailler sous l'eau ou nager sur de longues distances, ils portaient toujours cet appareil. Et des vêtements spéciaux appelés « combinaisons de plongée ».

— En effet, il faut un équipement spécial pour empêcher la peau de se ramollir pendant de longues immersions.

Alemi examina le dessin de plus près.

— Les Anciens avaient des équipements spéciaux pour chaque activité, non ?

— Plus qu'on n'en aura jamais, dit Readis. Plus qu'on n'en aura jamais besoin. Le Préambule de la Charte stipule qu'ils ont fondé la Colonie de Pern pour éviter l'intense spécialisation qui avait stratifié la culture de la Terre. Ils voulaient atteindre un bon niveau de vie avec la technologie la plus simple pour leur fournir les services essentiels et une vie agréable.

Alemi sourit jusqu'aux oreilles.

— Tu es encore bien pire que Kami. La Charte dit vraiment tout ça ?

Readis hocha la tête en lui rendant son sourire. Au moins, Alemi ne lui imposait pas le silence de façon péremptoire.

— Cet équipement ne dépasse pas nos capacités actuelles — oh oui, je vois les similitudes, et je sais que nous possédons cette technologie, ajouta Alemi, montrant du doigt le masque et le réservoir. Il suffit de recréer les éléments montrés ici. Et puisqu'une telle commande serait mieux accueillie venant d'un Maître Pêcheur, tu viens me demander de la passer à ta place.

Readis hocha la tête avec enthousiasme, très soulagé qu'Alemi ait saisi ce qu'il hésitait à formuler.

Mais Alemi lui rendit la feuille en soupirant.

— Tu sais ce que ta mère pense des dauphins. Ce ne serait pas bien de ma part de t'aider à t'associer avec eux davantage.

— Oh !

Readis se laissa retomber sur la croupe de Delky, qui, comme il était dressé à le faire, s'arrêta.

— Mais tu sais qu'elle a tort...

— C'est ta mère, Readis, et la Dame de mon Fort. Et je suis très conscient du respect que je lui dois. J'ai déjà des remords de te laisser nager avec eux comme tu le fais. Oui, je sais que tu le fais et, dans la mesure où je ne te vois pas dans l'eau avec eux, j'ai fait semblant de l'ignorer.

Alemi eut un sourire ironique.

— Les dauphins ne comprennent pas du tout l'attitude de ta mère, puisque Afo t'avait averti de la présence de l'épine.

Readis émit un grognement.

— Oui, c'est ma faute, pas celle des dauphins ou d'Afo.

— C'est vrai. Écoute, mon garçon, je suis de ton côté dans cette histoire, même si je ne peux m'aventurer en eaux dangereuses. Tu pourrais... voir ce qu'en dit ton père, ajouta-t-il après une courte pause.

— Il ne voudra pas contrarier Maman.

Alemi leva les bras en un geste d'impuissance.

— Essaye quand même, Readis. Il est très ouvert sur tout ce qui concerne l'amélioration du Fort. Et il n'a jamais accusé les dauphins.

Alemi lui lança un regard entendu.

— Il savait à qui il fallait incomber la faute, ajouta-t-il d'un ton plus doux. Afo et Kib demandent toujours après toi. Tu viens avec nous ?

Revoir la bande remonta singulièrement le moral de Readis, surtout quand Kib et Afo se dressèrent sur la queue après qu'il leur eut fait les signes manuels qu'il avait appris dans les vieux films.

— Rapp'l ! Rapp'l ! couina Kib, soufflant une gerbe d'eau de plaisir. Toi, bon. Très bon. Le meilleur. Tu viens plonger bientôt ?

— Pas aujourd'hui, Kib, mais je viendrai un jour, assura-t-il aux dauphins, ravis.

— Le bon vieux temps revient, dit Afo, sa mâchoire affaissée en un sourire.

Readis ne put s'empêcher de lancer un regard noir à Alemi, qui refusait de seconder son plan de respirateur.

Ils rentrèrent tous les trois à la nuit noire. Et quand sa mère lui demanda où il était resté si longtemps, il put répondre honnêtement qu'il était allé voir Alemi et qu'il avait joué avec le jeune Aleki.

Pendant la nuit, il pensa à une autre solution. Il s'était senti trahi quand Alemi avait refusé de l'aider à obtenir son respirateur. L'appareil ne pouvait que rendre plus sûre la nage avec les dauphins. Il avait cru qu'Alemi le comprendrait. Toutefois, il avait un allié inébranlable en la personne de T'lion. Outre sa participation à une escadrille de combat, ses devoirs l'amenaient souvent à l'Atterrissage. Ils ne s'étaient pas beaucoup vus, ces derniers temps, mais leur amitié était de celles qui peuvent se renouer n'importe quand sans aucune impression d'interruption.

T'lion vint le trouver une septaine plus tard.

— Désolé d'avoir tant tardé, Readis, mais, avec les Chutes et tout ça...

Le chevalier-bronze laissa sa phrase en suspens.

— Ça ne fait rien, dit Readis, fouillant dans les papiers jonchant son bureau, à la recherche du diagramme. Tiens, regarde ce que j'ai trouvé.

Il lui montra la feuille.

— Oh, c'est super ! dit T'lion, examinant le dessin. Aqua-poumon ? Dis donc, ça nous servirait bien. On n'aurait plus de problèmes. Tu vas en avoir un ?

— Je ne suis qu'un écolier, T'lion.

Puis il ajouta très vite :

— J'ai demandé à Alemi de m'aider, mais il a refusé sous prétexte que ma mère ne veut pas me voir avec les dauphins et tout ça.

— Elle leur en veut encore, dit T'lion.

— Ça, c'est sûr, déclara Readis avec amertume. Tu crois que ça coûterait cher ?

— Hum. Possible. Mais on n'est pas les seuls à nager avec les dauphins quand on en a l'occasion. Tu peux me confier le plan ?

Readis accepta avec enthousiasme, et T'lion plia soigneusement la feuille avant de la ranger dans sa poche intérieure.

— Tu as le temps de venir voir ma bande ?

— Ta bande ? fit Readis, haussant un sourcil interrogateur à l'emploi du possessif.

— Enfin, la bande qui répond à la cloche, dit T'lion en souriant. Viens.

Pour toute réponse, Readis attrapa une veste chaude et un pagne de bain. Il s'arrêta juste le temps de griffonner un mot sur le panneau d'affichage à l'entrée de son dortoir, pour prévenir qu'il était parti avec T'lion. Maintenant, il était assez grand pour ne plus avoir à demander de permission pour de courtes absences.

Une fois sur le rivage proche du Weyr Oriental, Readis aida T'lion à débarrasser Gadareth de son harnais de vol. Puis T'lion sonna la séquence « Venez », moins impérative que la séquence « Au Rapport », et qui permettait aux dauphins d'ignorer l'appel s'ils le voulaient. C'était rare, mais parfois seuls un ou deux y répondaient. Le temps qu'ils endossent leurs costumes de bain, une demi-douzaine de dauphins se dirigeaient vers la plage. Se dressant sur ses pattes postérieures, Gadareth ouvrit les ailes, rejeta la tête en arrière et émit un claironnement de bienvenue. L'air s'emplit instantanément de lézards de feu sauvages, car rien ne leur plaisait plus que de jouer dans l'eau avec leurs cousins géants. Repliant ses ailes, Gadareth entra dans la mer et nagea à la rencontre des dauphins, surmonté de son escorte volante.

L'un des jeux préférés des dauphins était de nettoyer les dragons, et ils se mirent donc en devoir d'« aider » les humains à laver Gadareth. Les deux garçons faillirent se noyer dix fois en essayant d'imiter les acrobaties des dauphins. Les lézards de feu les quittèrent au milieu du bain pour aller vaquer à leurs propres affaires.

— Il nous... faudrait vraiment... ce respirateur, haleta T'lion quand ils firent une pause, accrochés à l'aile que Gadareth avait déployée pour qu'ils la lavent. Mais toi, tu arrives à retenir ton souffle très longtemps quand tu le veux.

— Je ne peux pas... le faire... trop souvent. Ça me donne... le vertige, répondit Readis. Une autre chose... qu'il nous faudrait... c'est un bon ballon... pour jouer avec eux.

— Pour qu'ils le volent ? demanda T'lion. C'est ce qu'ils ont fait de tous ceux que je leur ai apportés.

— Nouveau Jeu ? Nouveau Jeu ? demanda Boojie, sortant une tête rieuse.

— Pas aujourd'hui, Booj, dit T'lion. Vous nous avez crevés. Viens, Gadareth, on retourne à terre.

Booj nagea à reculons, applaudissant de ses nageoires antérieures et couinant de plaisir :

— Crevés ! Crevés ! On joue plus mieux.

Ils laissèrent Gadareth les remorquer jusqu'à la plage, accrochés à sa queue jusqu'au moment où ils sentirent la pente du rivage sous leurs pieds.

Gadareth se trouva un coin confortable dans le sable, et plusieurs lézards de feu revinrent se poser sur lui avant de s'endormir sur leur perchoir vivant. T'lion sortit précautionneusement le diagramme de sa poche.

— Nous avons du verre, déclara-t-il, tapotant le masque, nous avons les matériaux pour les bretelles, et le réservoir ne devrait pas poser de problème, non plus que le tuyau. Les valves ressemblent à celles des lance-flammes. C'est le reste du masque qui sera peut-être difficile. Tu as des marks ?

Readis roula sur le ventre et se souleva sur les coudes. Il fit la grimace.

— Si j'avais su, je n'aurais pas tant dépensé à la dernière Fête de l'Atterrissage. Mais j'ai encore trois marks et un peu de monnaie. Maintenant que j'ai presque quinze ans, Papa me paye pour les moissons, dit-il avec fierté, car il avait sué pour les gagner.

— Hum. Bon, moi j'en ai aussi quelques-uns, gagnés grâce au négoce.

— Au négoce ?

Readis dressa l'oreille. Au cours des Révolutions, il avait entendu Temma, Nazer et son père parler assez souvent de négoce pour connaître les traditions familiales des Lilcamp.

— Quel genre ?

— Ohh...

T'lion haussa les épaules, hésitant à continuer. Puis il se décida et reprit :

— La plupart des chevaliers-dragons explorent plus ou moins le continent pour voir en quel endroit ils aimeraient vivre quand ce Passage sera terminé. Je veux dire, pendant le Passage, les Forts et les Ateliers versent la dîme aux Weyrs, de sorte que nous n'avons pas à nous occuper du quotidien. Mais, franchement, on aimerait mieux ne rien devoir à personne...

— Pourtant, les Forts et les Ateliers ont toujours versé la dîme aux Weyrs, dit Readis, très versé dans la Tradition.

— Mais ils ne le feront plus quand il n'y aura plus de Fils, dit T'lion.

— Oh !

— Alors, nous cherchons où nous installer.

— Comme F'lessan avec son weyr-fort ?

T'lion hocha la tête.

— Et tu as trouvé ? demanda Readis, très excité à l'idée que les chevaliers-dragons s'y prenaient si longtemps à l'avance.

— Oh, j'ai trouvé plusieurs sites qui me plairaient, mais il faut faire sa demande, et, le moment venu, les chefs de Weyrs décideront qui obtient quoi. Pour le moment, nous cartographions le pays pour faciliter la répartition. C'est pour ça que je viens si souvent à l'Atterrissage : pour faire enregistrer ce que j'ai survolé avec Gaddie.

— Tu as trouvé d'autres ruines? Comme F'lessan?

— Des ruines, j'en ai trouvé, grogna T'lion. Mais rien d'à moitié aussi bien conservé que Honshu. *Ça*, c'était extraordinaire. En fait, c'était le seul endroit correctement construit. Les autres se trouvent en plein milieu d'espaces découverts.

Readis éprouva la même consternation devant tant de stupidité. Les Anciens savaient tant de choses : comment avaient-ils eu la bêtise de construire à découvert?

— Bien sûr, poursuivit T'lion d'un ton légèrement condescendant, les premières années, ils n'avaient pas de Fils, alors ils construisaient n'importe comment.

— C'est vrai, acquiesça Readis. Alors, qu'est-ce que tu as trouvé?

— Gaddie veut un lac, et il y en a pas mal, et aussi de larges rivières qui sont presque mieux que les lacs. La grande mer intérieure, que les Anciens appelaient la Caspienne, a des îles très jolies. Elles seraient parfaites.

Il soupira.

— Mais je serai trop loin sur la liste pour un site de choix comme ça. Un autre endroit qui me plairait se trouve près des anciennes mines où Maître Hamian travaille en ce moment. Les Anciens l'appelaient Karachi. Joli nom, hein? Ils avaient des tas de noms originaux. Et il y a une falaise dans la Chaîne Méridionale où se trouve une assez belle grotte. La vue est fabuleuse, et la corniche assez large pour les siestes de Gaddie.

T'lion posa un regard affectueux sur son dragon endormi.

— Le problème serait d'y vivre avec une compagne et des enfants. Ils seraient dépendants de Gaddie pour entrer et sortir.

— Ça serait un inconvénient; mais tu ne pourrais pas tailler un escalier, comme à Honshu?

— Je suppose que si...

T'lion fit une pause, absorbé dans ses pensées.

— Mais c'est très haut, et il faudrait tailler beaucoup. Et puis, il faudrait que je trouve du travail quelque part. Aux mines, nous pourrions toujours transporter...

Voyant Readis bouche bée de surprise, il expliqua :

— Le transport n'est pas un mauvais moyen de gagner sa vie pour un dragon et son maître. Surtout pour un grand bronze vigoureux comme Gaddie. Et c'est beaucoup moins dangereux que les Chutes.

— Oui, je suppose. Mais si tu allais si loin dans l'intérieur, tu serais trop loin de la mer et des dauphins. Ils ne peuvent pas nager en eau douce, tu sais. Ils n'y flottent pas bien et ils attrapent des bobos.

— Hum.

Une fois de plus, T'lion se renferma dans ses pensées.

— Tu n'as pas trouvé un site qui te plairait sur la côte ?

— Oh, il y a des baies à revendre. Tu as raison ; dans l'intérieur, les dauphins me manqueraient. Mais je suppose qu'il faut se contenter de ce qu'on a. Il y a d'autres équipes qui cherchent à l'est d'ici. Je pourrais demander à y être affecté, mais les terres que j'ai survolées sont magnifiques. Tu n'imagines pas l'espace qu'il y a !

— Raconte ! l'encouragea Readis.

À la nuit tombante, Readis avait réalisé avec soulagement que le Fort de la Rivière Paradis présentait bien des avantages. Ses parents avaient eu beaucoup de chance de se le voir confirmer. Et il était vraiment agréable d'avoir des voisins plus bas sur la rivière. De plus, il en viendrait peut-être d'autres sur la côte, s'ils trouvaient assez de pierre pour construire leurs fortins.

— Pourquoi est-ce que c'est les Chefs de Weyrs qui décideront qui obtient quoi ? demanda-t-il en se rhabillant pour le retour à l'Atterrissage.

— Pas seulement les Chefs de Weyrs, Readis, répondit T'lion en souriant. Les Seigneurs et les Maîtres d'Ateliers auront aussi leur mot à dire. Mais les Weyrs choisiront les premiers.

— Ils le méritent, s'ils savent protéger leurs terres. La semaine dernière, les dauphins nous ont signalé un nouveau groupe qui cherchait à aborder à l'ouest de la rivière.

— Vraiment ?

— Papa y est allé en bateau avec Alemi, et ils sont partis. On était plus nombreux qu'eux, dit Readis avec fierté. Un jour, ce ne sera peut-être plus le cas.

— Il y a vraiment des tas de décisions à prendre en ce moment, tu ne trouves pas? soupira T'lion.

Gadareth et T'lion ramenèrent Readis à l'Atterrissage. Le voyant de cette altitude, avec tous les bâtiments allumés et les gens circulant dans les rues, le cœur de Readis se gonfla de fierté à l'idée de faire partie de ce lieu qui, avec un passé si glorieux, se préparait maintenant pour l'avenir : un avenir prévu depuis longtemps pour cette planète.

Au cours de la prochaine septaine, T'lion tâcherait de trouver le temps d'aller à l'Atelier des Forgerons de Telgar, et il informerait Readis du résultat de sa démarche.

— Tu n'aurais peut-être plus aucun mark à dépenser à aucune Fête pendant longtemps, dit T'lion. Mais moi non plus !

T'lion revint trois jours plus tard, et entra chez Readis, l'air très amusé.

— Nous ne sommes pas les seuls, annonça-t-il.

— Pas les seuls qui quoi? demanda Readis, la tête encore à ses maths.

— Pas les seuls qui ont trouvé l'aqua-poumon et demandent au Maître Forgeron de leur en fabriquer un. Et j'avais raison.

— À quel sujet?

— Pour le masque. Nous n'avons encore aucun matériau élastique pour le rendre étanche.

— Oh !

Ce détail ne semblait pas inquiéter T'lion.

— On dirait qu'il fallait des matériaux flexibles pour des tas de trucs qu'utilisaient les Anciens. Alors Maître Hamian et d'autres de son Atelier font des expériences.

— Qui d'autre voudrait des aqua-poumons?

— Maître Idarolan, pour commencer. Il s'est fait l'avocat des dauphins. Maître Fandarel m'a dit...

— Tu as vu Maître Fandarel en personne?

T'lion eut un grand sourire.

— Je crois que les privilèges des chevaliers-dragons me manqueront, soupira-t-il. Je l'ai vu, mais seulement après avoir parlé avec une demi-douzaine de compagnons et de maîtres. À l'évidence, Maître Idarolan est très contrarié parce qu'il est trop vieux pour faire grand-chose avec les dauphins — et trop occupé par sa charge de Maître de l'Atelier des Pêcheurs.

Readis fut assailli d'émotions conflictuelles : crainte que quelqu'un d'aussi prestigieux qu'un Maître d'Atelier ne s'intéressât aux dauphins et n'eût plus d'autorité que lui, Readis, n'en pourrait jamais avoir; peur qu'un autre puisse usurper ses rapports, quelque ténus qu'ils fussent, avec une bande; et fureur à l'égard des préjugés de sa mère, qui l'empêchaient de frayer ouvertement avec ces merveilleuses créatures.

— N'aie pas l'air si catastrophé, Readis, dit T'lion. Ce n'est pas la fin du monde. Regarde le nombre de bandes que nous avons déjà contactées — et toutes celles que nous ne connaissons pas encore. Tu finiras par en avoir une à toi. Et tu en partages déjà une avec Alemi, non? En outre, tu seras un jour le Seigneur de ton Fort.

— Qui est un Fort Maritime, de sorte que les dauphins sont importants pour nous. Mais qui sait quand je le serai, ou même *si* je le serai jamais, ajouta-t-il en montrant sa jambe infirme. Mon père est jeune et vigoureux...

Les paroles de F'lessan lui revinrent : « Qu'est-ce que tu feras en attendant? » Et puis il y avait son jeune frère, Anskono, qui avait deux bonnes jambes et qui grandissait à vue d'œil. Readis pouvait très bien être privé de la succession en faveur de ce jeune frère indemne.

— Le Fort de la Rivière Paradis est immense, Readis, poursuivit T'lion. Assez grand pour que tu puisses gérer un fort indépendamment de tes parents. Ton père en a à peine commencé l'exploitation, malgré tous les colons qu'il a fait venir lors de ces dernières Révolutions. Et il y a beaucoup de côtes.

Readis n'y avait jamais pensé, quoique ce fût pratique courante, chez les Seigneurs du Nord, de fonder des forts plus petits pour leurs fils. C'était une autre raison pour laquelle tant de gens du Nord lorgnaient avec envie les immenses espaces libres du Continent Méridional : tous les sites accessibles et habitables des grands Forts du Nord étaient déjà exploités depuis longtemps. Readis savait, par des conversations entendues aux Fêtes, que le Seigneur Toric laissait certains de ses fils exploiter leur fort, mais tous les candidats ne satisfaisaient pas aux hautes exigences de Toric, ou ne désiraient pas travailler sous son autorité absolue.

— Tu pourrais fonder une base de dauphins à toi, et être dolphineur. Ce serait bien.

— Oui, acquiesça distraitement Readis, pensant à sa mère et regrettant de les tromper, elle et son père.

Ses parents n'avaient aucune idée du temps qu'il passait avec les dauphins, sauf si Alemi les avait prévenus.

— Et le Seigneur Toric est aussi de ceux qui veulent des respirateurs, dit T'lion. Ah, cet homme ! ajouta-t-il, branlant du chef. Il ne laisse pas passer une occasion. Il en a commandé dix !

— Il va fonder un Atelier des Dolphineurs ?

— Non, dit T'lion avec ironie, car dans ce cas, il serait obligé d'admettre des étrangers à son Fort. D'ailleurs, il n'aurait aucune chance avec Maître Idarolan qui s'est rangé du côté des dauphins.

Readis soupira de soulagement.

— Ne t'en fais pas, Readis, reprit T'lion. J'ai déjà placé un mot pour toi.

— Vraiment ?

Readis fut partagé entre le soulagement et la crainte que sa mère n'apprenne maintenant sa désobéissance.

— Ne crains rien. Maître Idarolan m'a seulement demandé combien de personnes s'intéressaient vraiment aux dauphins. J'ai parlé de toi, et dit que tu leur étais reconnaissant de t'avoir sauvé en mer, et que tu as appris toutes les sonneries et les signes manuels par reconnaissance.

Readis n'était pas certain que ce fût assez subtil.

— Allons, arrête de te ronger, Readis. Tout finira par s'arranger, tu verras.

Pour toute réponse, Readis émit un grognement inarticulé.

— Merci quand même, ajouta-t-il. Est-ce que Maître Fandarel sait à peu près quand il pourra fabriquer un aqua-poumon ?

— Il espère y parvenir bientôt, mais il n'a pas pu fixer de date. Tout son Atelier est occupé à assembler des terminaux. Tes parents en ont un ? Non ? Eh bien, ils devraient. Fandarel dit que ses forgerons doivent inventer un matériau étanche. Sans ça, l'eau rentrera dans le masque, et l'appareil ne servira à rien. Et encore, on a de la chance d'avoir des eaux claires, ici. Dans le Nord, elles sont bien plus troubles. Bon, je te tiens au courant, Readis.

— Ça me fera plaisir, T'lion. Et merci.

— De rien.

T'lion lui fit joyeusement au revoir et partit.

11

Maître Fandarel arrive avec Maître Nicat, dit Mnementh à F'lar et Lessa.

— Je me demande ce que veut le Maître Forgeron, dit Lessa, informant de cette visite R'mart du Weyr de Telgar, G'dened d'Ista, et le compagnon harpiste Talmor, qui était leur principal assistant pour les relocations.

Talmor montra la table du conseil, couverte de cartes et de rapports qu'ils étaient en train de discuter.

— Laisse-les là, dit F'lar, haussant les épaules. Après tout, ce ne serait pas efficace de tout plier.

Tous sourirent à cette allusion au critère si souvent répété du Maître Forgeron. Lui et Siaav avaient beaucoup en commun en ce qui concernait l'efficacité. D'eux tous, c'était peut-être à Maître Fandarel que Siaav manquait le plus.

— Il a peut-être enfin réalisé cette « radio » qu'il était si impatient de fabriquer, déclara Lessa, souriant à l'idée des nombreuses tentatives du forgeron géant pour fournir un système de communication instantané à ceux qui n'avaient ni dragons ni lézards de feu.

Il y travaillait depuis sa tentative à demi avortée du début du Passage.

— Cela expliquerait la présence de Maître Nicat, dit F'lar.

Le Maître Mineur avait collaboré avec le Maître Forgeron pour l'obtention des matériaux, tels que métaux, cristal et certains plastiques que Siaav avait déclarés indispensables à la fabrication des appareils « électroniques ».

Malgré les vastes dimensions de la Salle du Conseil de Benden, Maître Fandarel sembla la rapetisser, même si les autres assistants, étaient tous eux aussi de taille imposante. Même le harpiste qui était grand, et R'mart, qui avait un peu grossi ces dernières Révolutions, ne faisaient pas le poids à côté du gigantesque Forgeron.

Debout sur le seuil, Fandarel avisa la table couverte de papiers, les autres visiteurs, et fronça les sourcils.

— À mon grand regret, je me vois obligé de vous dire qu'il va falloir procéder plus lentement pour installer des colons dans le Sud, dit-il.

— Quoi ? s'écria Lessa, stupéfaite.

C'était bien la dernière chose qu'elle attendait de sa part, car il n'avait jamais été opposé aux relocations. Tous les autres eurent la même réaction. Talmor laissa sa main en suspens au-dessus du dernier rapport de l'Atelier des Forgerons — reçu récemment.

— C'est la première fois qu'on me demande de ralentir, dit F'lar. Mais bonjour, Maître Fandarel. Sais-tu combien de gens se plaignent que nous n'allions pas assez vite ?

— Je sais, je sais, répondit Fandarel, hochant la tête, plus solennel que jamais.

Il avait vieilli depuis l'époque où il avait présidé au démontage des moteurs des trois astronefs de la colonie, et Lessa avait réalisé que la lenteur de ses mouvements venait de l'âge plus que d'une volonté délibérée.

— Mais je sais aussi que ce n'est pas vrai et je le dis à qui veut m'entendre. On dit également, et je sais que c'est vrai, que des compagnons, des femmes, mais aussi des Maîtres, se voient offrir des bourses bien remplies pour aller dans le Sud.

— Je croyais que Maître Nicat t'accompagnait, dit Lessa, cherchant du regard la silhouette rebondie du Maître Mineur derrière celle de l'immense forgeron.

— Ah !

Fandarel fronça les sourcils et montra un objet presque perdu dans son énorme main.

— Maître Nicat, tu m'entends ?

— Bien sûr, je ne suis qu'au pied de l'escalier.

La voix bien connue du mineur sortit de l'instrument, très nette bien qu'un peu assourdie par la distance.

— Ah, tu as fabriqué ta radio ! dit Lessa.

— J'ai fabriqué un appareil électronique, rectifia Fandarel. C'est un progrès par rapport aux radios mentionnées dans les fichiers historiques, et ça se rapproche davantage des moyens de communication qu'utilisaient les Anciens lors de leur arrivée. Le vieux satellite météo qui nous donne des prédictions exactes peut aussi nous renvoyer nos signaux, de même que le Yokohama. Avec des unités individuelles comme celle-ci, nous pourrons communiquer sur de longues distances — quand nous les aurons rendues plus efficaces.

— Je peux essayer ? demanda Lessa, s'approchant de Fandarel, la main tendue. Mais c'est très léger !

Elle tourna et retourna l'objet oblong pour le montrer aux autres.

— Presse le bouton rouge, et maintiens-le enfoncé pour parler. Plus tard, il faudra taper le numéro que tu voudras appeler, mais, comme Maître Nicat a la seule autre unité existant actuellement, ce n'est pas nécessaire pour le moment. Presse et parle ici.

— Maître Nicat ? hurla Lessa, pressant si fort que ses phalanges blanchirent.

— Inutile de hurler, répondit Maître Nicat, d'un ton légèrement acerbe.

— Un murmure suffirait, renchérit Fandarel avec une fierté bien légitime.

— Où es-tu en ce moment, Maître Nicat ? reprit Lessa d'une voix normale.

— À la même place qu'il y a deux minutes.

— Remarquable, dit F'lar, s'approchant de sa compagne et lui prenant l'appareil. Je peux ? demanda-t-il, enfonçant le bouton.

— Bien sûr, firent en chœur Lessa et Fandarel.

— J'ai aussi entendu ça, dit Maître Nicat.

— Alors, viens nous rejoindre ! s'écria F'lar, enfonçant le bouton rouge.

— Avec plaisir, car il pleut !

F'lar et Lessa échangèrent un regard amusé. Leur

conseil restreint durait depuis une heure, et ils ne savaient pas que la brume matinale s'était condensée en pluie.

— Maître Fandarel, un peu de klah ? demanda-t-elle, prenant la cafetière-thermos qui était l'une des améliorations les plus pratiques de l'équipement culinaire.

— Avec plaisir, répondit Fandarel, prenant le siège que F'lar lui indiquait.

Nicat arriva, essoufflé par la montée, et ôta sa cape trempée de pluie que Talmor mit à sécher sur une chaise. Tandis qu'il s'asseyait devant une tasse de klah bienvenue, les autres se passèrent les deux appareils à la ronde.

— Bon, maintenant, qu'est-ce que c'est que ces histoires de pots-de-vin versés à tes gens pour aller dans le Sud ? demanda F'lar, s'arrachant aux délices de ces nouveautés pour passer aux choses sérieuses.

— Cela nous désole, moi, mes Maîtres et mes compagnons, parce que ça mine la discipline de mon Atelier, de même que l'honneur et le loyalisme qui ont toujours réglé nos actions.

— Oui, oui, marmonna Nicat.

— Qui offre les pots-de-vin ? s'enquit R'mart. Toric ?

Le Chef du Weyr de Telgar ne faisait pas mystère de la méfiance que lui inspirait le Seigneur du Sud.

— Pas toujours.

— Ah ! Qui, alors ? fit R'mart, étonné.

Fandarel haussa les épaules.

— Ne citons pas de noms, Chef du Weyr. Les compagnons et les femmes m'ont tous prévenu. Mais, ce qui m'inquiète, ce sont les apprentis qui n'auront peut-être pas ces scrupules.

G'dened émit un grognement.

— J'ai entendu parler de pots-de-vin au Fort d'Ista. Le Seigneur Warbret est furieux. Il a perdu quelques jeunes hommes et femmes qui, assez versés dans les choses de la mer, n'étaient pas encore officiellement apprentis. Et Toric agit vraiment en sous-main par ses agents, qui promettent de grosses sommes parce que, d'après eux, les Istans « comprennent » les dangers du Sud, vu qu'ils vivent déjà dans une région tropicale.

— Ce n'est pourtant pas du tout la même chose, rétorqua F'lar. Ista est colonisé depuis très, très longtemps, et ne présente plus aucun des dangers si nombreux sur le Continent Méridional.

— Exactement, et de plus... commença G'dened.

— Nous n'avons plus beaucoup de sites disponibles pour le moment, l'interrompit Talmor, fouillant dans ses papiers. Et il ne s'agit pas seulement de les peupler d'artisans compétents. Il faut d'abord qu'ils soient accessibles. Jusqu'à présent, nous nous sommes concentrés sur les rivières et le littoral, afin que les colons aient au moins une possibilité de transport et de contact. D'autant que beaucoup de gens du Nord n'ont pas eu l'occasion de se procurer des lézards de feu. Naturellement, ce nouvel appareil sera d'une immense utilité à cet égard, dit-il, montrant les petites radios.

— Et ça, c'est la mauvaise nouvelle que j'ai à vous annoncer, soupira Fandarel. Il nous faut de la main-d'œuvre pour fabriquer les transistors requis et assembler les composants. Il faudra les former, avec au moins un spécialiste possédant le grade de compagnon pour les superviser. Maître Benelek a besoin de tous les jeunes qu'il peut former pour assembler ses terminaux, et il ne peut pas consacrer davantage de son temps à notre Atelier. Et j'ai une longue liste de personnes ayant commandé ce petit appareil efficace et efficient.

Lessa réprima un sourire en entendant ses mots favoris. Dans son discours, « efficace » était maintenant toujours accouplé avec « efficient ». Mais quelle ironie ! Maintenant qu'il avait enfin fabriqué un appareil conforme à ses hautes exigences, il n'avait pas le personnel pour le fabriquer !

— Et une liste tout aussi longue pour chacun des projets sur lesquels travaille notre Atelier, ajouta-t-il. J'ai dû assigner trois assistants à Maître Terry uniquement pour prendre les commandes, et nous avons renoncé à faire des livraisons efficaces et efficientes.

Fandarel soupira, plus de regret que de satisfaction, devant cette surabondance de commandes.

— Moi aussi, je suis surchargé, Chefs du Weyr, intervint Maître Nicat. Toutes les mines que nous connaissions, plus toutes celles des Anciens, sont exploitées, et j'ai dû demander aux vieux mineurs affectés à Siaav de revenir pour surveiller le travail. Je ne peux pas me permettre de perdre un homme ou une femme valide. Et maintenant, ajouta-t-il, levant les bras au ciel, voilà qu'on commence à me demander des tailleurs de pierre ! Ils n'étaient pas très recherchés jusqu'à présent, car la plupart des colons du Nord agrandissent eux-mêmes leurs fortins pendant les mois d'hiver. Et la maçonnerie n'est pas vraiment un travail de mineur. Mais personne d'autre ne forme des tailleurs de pierre. Et toutes les pierres taillées devront être expédiées dans le Sud ! Comment faire, je vous le demande ?

S'il remarqua l'air entendu de R'mart ou le regard qu'échangèrent F'lar et Lessa, il ne le montra pas.

— S'il y a une chose que Siaav ne semble pas avoir eue dans ses fichiers inépuisables, c'est la façon d'améliorer la taille de la pierre et la maçonnerie.

Inopinément, son visage poupin encadré de cheveux blancs s'éclaira d'un grand sourire.

— C'est presque un soulagement d'apprendre qu'il n'était pas infaillible, remarqua F'lar, pince-sans-rire. Tu as des hommes formés au travail de la pierre ?

— En fait, j'en forme en ce moment, soupira Nicat en faisant la grimace. Edwinrus, le sculpteur, a deux fils, et il instruit en plus quelques jeunes que ça intéresse. Il a mis de côté quelques commandes artistiques pour me donner un coup de main. Mais je pourrais avoir deux fois plus d'apprentis dans cette branche, et aussi pour la mine, avec Hamian qui n'arrête pas de me demander de plus en plus de mineurs pour Karachi. Il faudra qu'il prenne des apprentis et qu'il les forme lui-même. Je suis même allé voir dans les grottes de Laudey si je trouvais des candidats valides pour ce genre de travail.

— Il y a encore des gens dans les grottes de Laudey ? demanda Lessa, étonnée. Je croyais qu'on les avait tous mis au travail pendant les projets spéciaux.

— Certains de ces projets sont réalisés, remarqua Nicat. Il a pu récupérer certains sans-forts, mais ce sont surtout les vieux et les infirmes qui habitent ces grottes.

Quand même, Larad dit qu'il pourrait libérer certains détenus qui travailleraient plus utilement ailleurs. Au moins, ils ont l'habitude de casser des cailloux.

— En fait, c'est la pénurie de pierre de construction qui retarde la colonisation en plaine, déclara Talmor, remuant cartes et rapports.

— Ces régions devront attendre la fin du Passage, dit F'lar, écartant cette considération d'un geste... Parfois, je me demande pourquoi nous nous sommes laissé convaincre d'accepter la responsabilité du développement du Continent Méridional...

— Parce que les Chefs du Weyr sont les seuls à qui l'on pouvait confier cette responsabilité, tonna Fandarel tandis que Maître Nicat se levait pour dire la même chose.

Ils se regardèrent, chacun étonné de la véhémence de l'autre.

G'dened et R'mart sourirent.

— Avec l'Atelier des Harpistes pour conscience, ajouta doucement Talmor, et l'agrément fervent de tous les Seigneurs et Maîtres d'Ateliers...

— À l'exception notable de Toric, dit Lessa, haussant un sourcil sardonique.

— Quoi qu'il en soit, poursuivit F'lar, remerciant les deux Maîtres d'Ateliers d'un signe de tête, les chevaliers-dragons sont surmenés aussi, avec les Chutes à combattre sur toute la planète, la cartographie et le transport. Nous devrons bientôt fonder un nouveau Weyr dans la région de Honshu...

— Sûrement pas au Weyr-Fort de Honshu, dit Fandarel.

— Certainement pas, approuva F'lar en riant, avec un coup d'œil à Lessa pour prévenir un commentaire acerbe. Mais nous aurons besoin de pierre pour le hall, vu que nous n'avons localisé aucun cratère dans le Sud.

— Tu te rappelles ta promesse à T'bor, dit R'mart, se penchant vers F'lar avec un sourire en coin.

— Qu'il pourrait remettre son commandement des Hautes terres à un autre et retourner dans le Sud? demanda F'lar, hochant la tête. À la fin de ce Passage, il pourra faire ce qui lui plaît.

— À la fin de ce Passage... soupira Nicat.

Un silence respectueux s'ensuivit.

— Au fait, Maître Fandarel, dit R'mart, saisissant une carte sur la table et la poussant vers le forgeron, nous avons localisé cette mine pour toi, celle où les cartes spatiales des Anciens indiquaient du fer.

— Où ?

Instantanément en alerte, Fandarel tendit son long bras à travers la table et saisit le papier.

— Ici, dans ces contreforts. Nous l'avons entourée de drapeaux pour la repérer. C'est un bon site, avec une rivière toute proche. Tu pourrais y envisager la fondation d'un autre Atelier.

R'mart le taquinait un peu, sachant combien Maître Fandarel était attaché à l'Atelier principal de Telgar.

— Nous serons sans doute obligés de l'envisager en son temps, dit Fandarel, scrutant la carte et suivant de l'index le cours de la rivière. Ce ne serait pas juste d'avoir tous les Ateliers principaux dans le Nord. Et cela donnerait à certains de mes bons Maîtres l'occasion de montrer leurs capacités.

— Il serait plus facile d'extraire et de raffiner les minerais au même endroit, renchérit Nicat. Vous avez trouvé de la pierre noire ?

— On n'en a pas cherché, Maître Nicat, mais on peut, répondit R'mart. Il y a une jolie forêt tout près. Et une belle petite vallée où la culture serait possible.

— Ah, les possibilités sont infinies maintenant, non ? déclara Nicat avec satisfaction.

— Si seulement nous avions suffisamment de main d'œuvre compétente, continua Fandarel avec regret.

— Donc, dit F'lar, il est évident que nous ne pouvons pas procéder plus vite que nous le faisons à la colonisation du Sud, quelles que soient les accusations qui sont faites.

— Nous ferons de notre mieux pour les contrer, assura Fandarel, regardant Nicat qui acquiesça vigoureusement de la tête. Nous nous efforcerons aussi de faire comprendre que c'est le manque de personnel compétent qui retarde tout le processus. J'en informerai également tout mon Atelier, Maîtres, compagnons et apprentis.

Il regarda Maître Nicat qui se hâta d'ajouter qu'il ferait de même.

— Quand pourra-t-on disposer de ces appareils ? demanda F'lar, montrant les radios.

— Je m'interrogeais sur la façon la plus efficace de les fabriquer.

Fandarel se tourna vers Nicat.

— Ces vieux et ces infirmes d'Igen, ils ont encore leur tête et leurs dix doigts ?

Nicat fronça les sourcils sur ses mains, étalées sur la table de pierre.

— Oui, je crois.

— Alors c'est parfait. Il n'en faut pas plus : deux yeux et dix doigts. Nous avons déjà mis nos vieux au travail, et ils sont très contents des marks que ça leur rapporte, je vous le garantis.

— De plus, c'est une utilisation efficace du personnel disponible, non ? commenta Lessa, parvenant à garder son sérieux.

Cependant, Talmor fut pris d'une quinte de toux, et R'mart et G'dened évitèrent de la regarder pour ne pas éclater de rire.

— Je vous laisse ces deux-là, F'lar, Lessa, dit Fandarel, s'inclinant cérémonieusement pour leur offrir les radios. Elles porteront jusqu'à mon Atelier si vous avez besoin de me contacter.

— C'est très utile, vous verrez, dit Nicat. Je ne sais pas comment j'ai pu m'en passer jusqu'à maintenant.

F'lar raccompagna les deux Maîtres d'Ateliers, et Lessa se permit alors de donner libre cours à sa gaieté tandis que R'mart et G'neded souriaient jusqu'aux oreilles. Quand F'lar revint, il souriait aussi en se frottant les mains.

— On va ajourner notre réunion, non ?

— Plus grand-chose à ajouter, dit Talmor. Et quand on pense qu'on se trouvait surmenés quand on obéissait à Siaav !

— Je me demande s'il savait à quel point il transformait nos vies, fit Lessa, embrassant la salle du geste.

— Sans doute, poursuivit R'mart, sardonique. Et c'est

probablement pour ça qu'il nous a abandonnés avant qu'on le déconnecte.

— Il aurait quand même pu rester avec nous jusqu'à ce qu'on soit plus avancés dans la transition, dit Lessa d'un ton un peu contestataire.

— Et supporter tes reproches, ma chérie? demanda F'lar, une lueur malicieuse dans l'œil.

Lessa eut un grognement dédaigneux.

— Il savait qu'au moins une personne ferait un usage efficace de la Bibliothèque, ajouta Talmor en souriant.

— Il suffit, harpiste, dit Lessa, feignant la sévérité. Bon, R'mart, avez-vous trouvé, *où que ce soit*, un site qui conviendrait, ne serait-ce que de très loin, pour un nouveau Weyr?

— Pas un seul cratère et pas une seule grotte dans toutes ces montagnes, dit R'mart, écœuré.

— Mais plein de pierre pour Maître Nicat, dit G'dened.

Talmor continua à faire des annotations dans les marges de ses cartes, en soupirant de temps en temps.

— Ici, je n'ai pas de commentaire spécial, dit-il, tournant vers R'mart un bord de la carte.

— C'est parce qu'il n'y a rien de spécial à commenter. Encore des montagnes, des vallées, des rivières, des pierres.

— Ah, mais les pierres, ça peut être utile, dit Talmor, inscrivant la notation appropriée.

— À la fin du Passage...

Les visiteurs restèrent encore une heure à discuter des terres récemment cartographiées avant de prendre congé.

— Comme je serai contente quand tout le continent sera exploré, soupira Lessa.

— Je doute que nous apprenions tout ce qu'il nous faudrait savoir... avant d'avoir suffisamment de colons à y installer, dit F'lar la prenant par la taille et entrant avec elle dans le weyr de Ramoth.

La grande reine dorée dormait, ses narines frémissantes, ouvrant et refermant ses serres dans son sommeil.

— Elle a faim ?

— C'est peu probable, dit Lessa. Elle a chassé au début de la septaine en dessous de l'Atterrissage. Les bêtes du Sud sont plus savoureuses.

— Tous ces tracas ne sont pas vains, Lessa, remarqua F'lar, revenant à leurs préoccupations. Nous devons justifier la confiance qu'on nous témoigne et distribuer impartialement les terres. Et les chevaliers-dragons auront leurs propres concessions sur le Continent Méridional. Nous ne serons plus jamais redevables aux Forts et aux Ateliers.

Lessa savait qu'il n'avait jamais oublié la situation à la fin du Dernier Intervalle, où seuls trois Forts continuaient à verser la dîme à l'unique Weyr et où les chevaliers-dragons vivaient dans des conditions que n'aurait pas acceptées le moindre fermier. Quelle ironie : en trouvant la solution au problème récurrent des Fils, ils avaient en même temps supprimé la justification de leurs privilèges. Siaav les avait rassurés sur un point : les dragons ne cesseraient pas de s'accoupler du seul fait que l'orbite de l'Étoile Rouge avait été modifiée. Ils constituaient maintenant une espèce animale bien établie sur Pern, comme les dauphins, et continueraient à prospérer, quoique peut-être en moins grand nombre. Des vols nuptiaux de moindre altitude produiraient des pontes plus réduites. D'ailleurs, les reines s'accouplaient moins souvent pendant les Intervalles.

— Non, dit Lessa, les yeux brillants, ce sont eux qui nous seront redevables de la paix et de la tranquillité quand ce Passage sera fini !

Cette idée lui plaisait.

— Il faut quand même attendre le moment propice, mon cœur, dit-il, souriant par anticipation.

— Je te parie que c'est Toric qui fournira un prétexte. Il est cupide, et il ne nous a jamais pardonné de l'avoir trompé sur l'étendue véritable du Continent Méridional, dit-elle, avec un sourire malicieux au souvenir de cette victoire.

— Tu dis ça chaque fois qu'on parle de lui, et tu as sans doute raison, dit F'lar d'une voix égale. Quand même, il a fait plus que n'importe qui pour bien installer les colons.

— Surtout ce groupe qui a tenté de lui prendre son île, dit Lessa, pouffant comme une gamine. Il ne nous permettra jamais de l'oublier. Quand même, nous avons eu raison de ne pas nous en mêler.

— À l'époque, dit F'lar avec gravité.

Ils étaient revenus devant la table où ils prenaient un léger repas à l'arrivée de Talmor. Il souleva le pot de klah et en tâta la température.

— Froid. Allons voir ce qui se passe dans les Cavernes Inférieures. Et comme ça, nous serons plus difficiles à trouver.

Ils se sourirent d'un air conspirateur, et, main dans la main, descendirent l'escalier et traversèrent le Bassin pour se rendre aux cuisines.

Les dauphins donnèrent l'avis de tempête, sonnant les cloches maintenant installées en dix points des côtes. Le matin de bonne heure, ils sonnèrent la grosse cloche du Fort Maritime de Tillek, quoique Tillek ne fût pas sur le trajet de la tempête. Mais la bande qui nageait dans la grande baie savait aussi que le Maître Pêcheur Idarolan était chef de bande de tous les bateaux de pêche, et qu'il devait savoir tout ce qui affectait son Atelier. En remerciement de l'aide des dauphins à tous les marins, Maître Idarolan avait fait construire pour eux une belle marina, où ils pouvaient amener tous les animaux malades ou blessés de la Mer Occidentale.

Maître Idarolan répondit lui-même à la sonnerie, bien emmitouflé contre le froid matinal.

— Mauvais grain. Mauvais, mauvais, mauvais, lui annonça le chef de bande, tandis que tous les autres opinaient vigoureusement.

Les dauphins ne savaient pas mesurer la vitesse des vents de façon compréhensible aux humains. Ils n'avaient pas à se soucier des vents, seulement des océans, et alors ou bien ils regagnaient des eaux calmes, ou bien ils traversaient les lames. En fait, ils adoraient les mers agitées, qui leur permettaient de tester leur habileté. Mais ils comprenaient les dangers que ces tempêtes faisaient courir aux humains.

— Grain mauvais, mauvais, mauvais peut faire sombrer les bateaux. Les jeter sur les rochers.

Lesquels ne manquaient pas sur la côte occidentale, moins hospitalière.

— Où la tempête va-t-elle éclater, exactement ? demanda Idarolan.

Un harpiste dessinateur lui avait fait une immense carte de Pern, les eaux en bleu vif que les dauphins reconnaissaient comme « mers », et les terres en couleurs sombres. C'est elle qu'il déplia, l'approchant assez pour qu'Iggy puisse lui montrer du nez le trajet de la tempête.

Elle indiqua la vaste étendue d'eau juste au-dessous du Courant Oriental, fit glisser son nez jusque sous Boll Sud, puis sur le Weyr et le Fort Méridionaux.

— Là, souffler beaucoup. D'abord sur la terre. Souffler tout le jour, toute la nuit, tout le jour, toute la nuit. Souffler looooongtemps. Eau chaude, air froid.

Iggy branla du chef devant cette combinaison défavorable.

— Souffler, souffler, souffler, fort, fort, fort.

Ses compagnons soulignèrent le danger de couinements bruyants.

— Nous avons quelques bateaux en mer, dit Idarolan, parcourant rapidement sa liste.

— Nous nager, nous les voir, nous les prévenir, dit Iggy. Nous prévenir le chef de bande Iddie.

Iggy adorait prononcer le nom du Maître Pêcheur qui ressemblait beaucoup au sien.

— Je te remercie beaucoup, Iggy.

Il lui tendit le premier poisson du seau qu'il tenait toujours plein près de la cloche, et elle se dressa pour accepter son offrande. Puis il jeta un poisson dans les autres bouches en attente. Il visait bien, et aucun de ceux qui avaient accompagné Iggy ne fut lésé.

Maître Idarolan rentra dans la chaleur de son fortin, et se mit à rédiger des messages que transporteraient les lézards de feu. Ce faisant, il soupira, car il était fort probable que leurs amis des profondeurs transmettraient l'avertissement encore plus vite que ne le pourraient les lézards de feu. Son premier message fut pour le Seigneur

Toric, car il était capable de submerger son Atelier de réclamations s'il n'était pas prévenu le premier.

Il y avait eu beaucoup de tempêtes ces deux dernières Révolutions, et Maître Idarolan avait entendu chuchoter que cela provenait de l'altération de l'orbite de l'Étoile Rouge. Maître Wansor de l'Atelier des Forgerons, qui étudiait les étoiles, et l'un de ses propres Maîtres Pêcheurs qui avait étudié la météorologie sous la direction de Siaav, avaient déclaré cette idée ridicule, mais ça ne l'empêchait pas d'être répétée et crue par ceux qui n'avaient pas les connaissances nécessaires pour en reconnaître la fausseté. Siaav avait fait d'innombrables conférences sur la météorologie, les vents et les courants, et Maître Idarolan y avait assisté chaque fois qu'il en avait trouvé le temps. Il y avait toujours des explications au calme plat ou aux tempêtes. Les satellites météo établis par les Anciens transmettaient encore leurs informations, mais elles n'étaient pas toujours exactes. Les dauphins étaient plus fiables que les instruments installés à l'Atterrissage, parfois trop loin du centre de la dépression. Maître Idarolan se demanda, et pas pour la première fois, comment ils avaient fait pour se passer si longtemps des dauphins.

Le Seigneur Toric fut réveillé par les pépiements d'un lézard de feu, et ceux que firent les siens en réponse au nouvel arrivant. Il en fut assez contrarié. Il avait travaillé très tard, la veille, examinant les cartes récentes faites par ses éclaireurs, vérifiant et revérifiant son prochain mouvement. Il avait pris contact avec tous ceux dont il croyait qu'ils voudraient bien l'assister dans cette initiative spectaculaire. Il avait discrètement sondé les Seigneurs pour savoir lesquels seraient susceptibles de contester au Weyr de Benden le droit de distribuer les terres du Sud. Même la fidélité du Seigneur Groghe aux Chefs du Weyr avait vacillé. Après tout, il avait dix fils à établir. À chaque Fête de Fort depuis trois Révolutions, Toric ne manquait jamais de semer ses idées chez ses fils, insinuant qu'ils devraient avoir les mêmes chances que Benelek ou

Horon. Il avait mis la puce à l'oreille du jeune Kern de Crom, troisième fils du Seigneur Nessel, et à celle du second fils de Nabol. Il avait sélectionné de vieux compagnons, compétents dans leur métier, et jaloux que de plus jeunes aient été promus maîtres avant eux.

Il jura à la lecture de l'avis de tempête d'Idarolan — signifiant qu'il devrait retarder l'application de son plan. Cela signifiait aussi qu'il y avait plus de chances que quelqu'un — et son « quelqu'un » pouvait se traduire par « chevalier-dragon » — ne découvre ses sites soigneusement cachés. Ou ne pose des questions sur les approvisionnements transportés par sa petite flotte de pêche. Jusqu'à présent, K'van, le jeune Chef du Weyr, avait accepté ses affirmations sans discuter, à savoir qu'il réapprovisionnait ses mines les plus méridionales avant la saison chaude. Les sites de l'autre côté de la rivière n'avaient pas été détectés, cachés qu'ils étaient sous d'épaisses frondaisons. Les chevaliers-dragons avaient depuis longtemps survolé la côte. Toutes ces terres... et son Fort qui grouillait de nouveaux colons triés sur le volet, travailleurs et bien déterminés à acquérir et exploiter leur propre concession, et qui le regardaient d'un œil favorable parce qu'il avait réalisé leur plus cher désir.

Il avait dû avaler bien des affronts et insultes de la part des Chefs du Weyr de Benden, qui *croyaient* pouvoir dépecer ce continent selon leurs propres spécifications. Eh bien, ils allaient découvrir qu'ils avaient maintenant l'opinion contre eux. Trop de gens avaient pris conscience de l'étendue du Continent Méridional et s'offusquaient de la prétention des chevaliers-dragons à choisir les premiers. Pendant des Révolutions, ils avaient profité du meilleur de ce que Pern avait à offrir. Mais quand le Passage serait terminé et qu'on n'aurait plus besoin de leurs services, ils danseraient sur une tout autre musique. Toric y veillerait personnellement !

Il entendit la cloche installée dans le port sur l'insistance de ses pêcheurs. Les poissons-bateaux s'étaient révélés utiles pour la localisation des bancs de poissons, mais il ne se faisait pas leur avocat pour autant. Il se méfiait des animaux parlants : la parole était un attribut humain. Mammifères ou non, ces créatures n'étaient pas les égales des humains, et il n'était pas question qu'il change d'avis sur ce point. Les humains prévoyaient, anticipaient ; les dauphins ne faisaient que coopérer avec les humains parce que les humains les amusaient, inventaient des « jeux » pour eux. Mais la vie n'était pas un jeu ! La seule idée d'inventer un jeu pour un animal irritait Toric au plus haut point. Et il n'aimait pas leur dernier « jeu » : patrouiller le long de la côte. Il avait ses propres plans pour le littoral. Il eut une moue pensive.

Ils rechercheraient la sécurité des Courants pendant la tempête, et ce serait peut-être le meilleur moment pour passer à l'action : avant que la tempête ne soit tout à fait calmée et qu'ils n'aient regagné leurs eaux familières.

Il se leva et s'habilla, ignorant les murmures ensommeillés de sa femme. S'il voulait que son plan démarre vers la fin de la tempête, il avait encore du travail.

Quand l'ouragan balaya les péninsules des mers du Sud, les vents furent d'une violence inconnue jusque-là. Même les vieux pêcheurs s'en étonnèrent. L'œil du cyclone resta largement au sud d'Ista et de Boll Sud, mais les fortins côtiers furent très endommagés et les basses terres inondées. Survenant à l'équinoxe, sa fureur fut le double d'une tempête normale. Le long de la côte, elle déracina les arbres qui d'ordinaire pliaient sous le vent. Elle projeta de gigantesques déferlantes sur la falaise du Weyr, jusqu'au niveau du Grand Hall, et démolit bien des petites bâtisses abritant les chevaliers-dragons. Rien ne lui résista. Et surtout pas les plans de Toric. Les eaux du port, généralement sûres, étaient aussi houleuses que la haute mer et les marins eurent bien du mal à sauver leurs navires, dont la plupart étaient chargés pour leur livraisons sur la rivière. Certains, déjà en mer, subirent de sérieuses avaries et durent rester au large, maintenus à flot tant bien que mal par leurs équipages, jusqu'à ce que la tempête s'éloigne du Fort Méridional.

Ce qu'elle fit en direction sud-sud-ouest, prenant encore de la vitesse aux abords des Forts de la Baie et de la Rivière Paradis.

L'avertissement des dauphins fut immédiatement écouté, mais la signification exacte de « mauvais, mauvais, mauvais » n'apparut clairement qu'avec la fureur des vents qui martelaient la côte. Personne n'avait prévu une tempête aussi longue et aussi violente.

La Rivière Paradis déborda, inondant les fortins, et forçant Jayge et sa famille à chercher refuge sur les hauteurs, également menacées. Les champs bordant la rivière furent également inondés. Les moissons étant déjà rentrées, personne ne s'en inquiéta tout d'abord. Mais, les hangars n'étant guère plus que des toits sur poteaux pour assurer un abri contre le soleil, la plupart perdirent leur couverture et leur contenu fut emporté par les vents. Il était trop tard pour tenter d'attacher les balles et les gerbes, que le vent charriait comme de mortels projectiles. Le bétail et les coureurs qui pâturaient dans les prairies furent retrouvés plus tard dans les branches effeuillées des cotonniers, fruits étranges et inanimés. Il fallut des jours de battues pour rassembler ceux qui avaient fui la fureur de la tempête. Certains durent être abattus, car ils avaient les jambes brisées ou des blessures qui s'étaient infectées pendant les trois jours de recherches.

À l'Atterrissage, le drapeau de tempête avait été hissé en haut du mât où flottaient autrefois les couleurs d'un monde natal oublié. Quelque peu protégé par les trois immenses volcans et par le fait que la tempête se dirigeait vers l'intérieur, l'Atterrissage souffrit relativement peu de dommages. La Baie de Monaco connut des vagues fantastiques et perdit le radeau des dauphins, mais pas la cloche qui sonna pendant des heures dans l'ouragan. Le Weyr Oriental connut des pluies diluviennes et des vents violents, mais rien de comparable au cyclone qui avait ravagé la côte.

Dès qu'il le put, Readis se rendit dans la baie pour demander à Alta et Dar s'ils pouvaient lui donner des nouvelles de sa famille. Kami insista pour l'accompagner, à cause d'un message affolé du Fort de la Baie, disant que la maison de Maître Robinton était inondée et que beaucoup de choses chères au harpiste avaient été détruites. Elle avait terriblement peur que le Fort de la

Rivière Paradis ait également beaucoup souffert. Il fallut longtemps aux dauphins pour répondre à la séquence « Au Rapport », tant et si bien que Readis et Kami se relayèrent pour sonner.

Quand Alta répondit finalement à leur appel, elle leur dit qu'une partie de la bande était restée, au cas où un navire aurait été en perdition, mais que la plupart étaient remontés vers les eaux plus calmes du Nord. Elle dit qu'elle transmettrait un message à la bande de la Rivière Paradis. Readis et Kami attendirent presque jusqu'à la nuit avant de recevoir la réponse. L'ouragan avait été mauvais, mauvais, mauvais, mais les humains étaient bien, bien, et fatigués.

— Dauphins blessés. Tu aides ?

— C'est grave ?

Alta enfonça la tête sous l'eau, puis la releva.

— Sais pas. Toi, pars.

Encore un peu plus désolé de cette nouvelle inattendue, Readis remercia Alta et s'excusa de ne pas avoir de poisson à lui donner.

— Ah, poissons bons en profondeur, lui dit-elle, nageant à reculons.

— Qui a été blessé ? Et je me demande si c'est grave, dit Readis à Kami en amorçant la longue marche de retour. Je regrette qu'ils ne soient pas plus précis. Zut ! On ne le saura pas avant une éternité !

— Je suis sûre que Maître Alemi est déjà en train de les soigner, Readis, dit Kami d'un ton apaisant.

Ils sursautèrent tous les deux, puis Readis poussa un cri de soulagement quand ils entendirent un dragon claironner au-dessus d'eux, le son presque emporté par le vent encore violent. C'étaient Gadareth et T'lion.

— T'lion, tu pourrais nous emmener à la Rivière Paradis ? le supplia Readis. Il y a des dauphins blessés, mais Alta n'a pas pu nous dire qui, ni si c'est grave.

T'lion, sans prendre la peine de descendre de sa monture, leur tendit la main pour les aider à enfourcher Gadareth.

— C'est une mauvaise nouvelle, dit T'lion d'un ton soucieux, et Gadareth tourna vers eux des yeux où tournoyait l'orange de l'inquiétude. Je venais d'arriver à l'Atterrissage, et on m'a dit que vous étiez venus ici. Je suis censé me présenter au Fort de la Baie, qui a été inondé, mais je peux vous amener chez vous auparavant. Le vent vient juste de tomber, assez en tout cas pour que les dragons se risquent à voler. Gaddie ne pouvait pas prendre assez d'altitude pour plonger dans l'*Interstice*. C'était incroyable, cette tempête !

Dès que Gadareth s'envola, ils furent ballottés par le vent — Readis cramponné à T'lion, solidement attaché par son harnais de vol, et Kami étreignant Readis si fort qu'elle lui faisait mal aux côtes. En général, les vols à dos de dragon étaient calmes, mais, ce matin-là, même Gadareth tomba plusieurs fois dans des trous d'air pendant les quelques instants qu'il lui fallut pour atteindre l'altitude de transfert.

Les vents n'étaient guère plus calmes à la Rivière Paradis, et quand Gadareth sortit de l'*Interstice*, ils virent à quel point le Fort avait souffert. Larges trouées d'arbres fauchés par les vents, feuillages déchiquetés, berges inondées de boue, et toits posés partout sauf où ils auraient dû l'être. Readis gémit. Partout les gens travaillaient à réparer les dégâts.

Saisissant T'lion par l'épaule, Readis lui hurla à l'oreille :

— Emmène-moi au port. Je serai plus utile aux dauphins.

— Oh, Readis, il *faut* que je rentre à la maison. Regarde tout ça !

En larmes, Kami lui montra son fortin autrefois coquet. Le toit de la véranda était de travers, tout était couvert de boue et de détritus, et la cheminée était tombée. Les râteliers des filets étaient par terre, en miettes, et ils virent plusieurs filets drapés en haut des arbres.

— Les dauphins d'abord. Et là-bas, tu ne seras pas loin de chez toi.

Readis pensait aussi aux bateaux. Alemi avait dû s'en occuper dès qu'il l'avait pu, et peut-être que les blessures des dauphins avaient été soignées. Dans ce cas, il pourrait rentrer chez lui pour aider, et sa mère ne réaliserait peut-être même pas qu'il avait vu les dauphins en premier lieu.

Gadareth eut du mal à trouver la place d'atterrir, car la jetée était à moitié démolie, tandis que la cloche et le radeau des dauphins avaient disparu. Le cœur gros, Readis vit deux petites embarcations échouées sur le flanc, mâts et cordages abattus, coques éventrées. Le *Bon Vent* ne valait guère mieux, mais Readis voyait des matelots s'affairer sur le pont, coupant les voiles et le mât principal cassé ; l'autre mât était encore debout, mais avec ses filins arrachés. Le schooner lui parut très bas sur l'eau : voie d'eau ou trop de paquets de mer embarqués ?

Readis n'avait vu aucune nageoire dorsale, et cela l'inquiétait encore plus. Combien de blessés y avait-il chez les dauphins ? Et sans cloche, comment les appeler ?

Gadareth se coucha précautionneusement sur la plage, après avoir écarté plusieurs troncs abattus, et T'lion se tourna vers Readis.

— Pas de cloche. Gaddie peut les appeler sous l'eau. Tu l'as déjà fait, hein, mon ami ? dit T'lion, lui tapotant affectueusement le cou.

J'appelle. Ils viennent. Mon clairon vaut bien leur cloche.

Quand ils eurent sauté à bas de leur monture, Readis contempla les dévastations, branlant du chef. Quel travail en perspective ! Kami reniflait ; Readis n'aimait pas qu'elle affiche son indécision ou ses émotions, elle le savait, mais l'état des bateaux lui donnait envie de pleurer. Papa devait être tellement abattu !

Gadareth s'avança dans la mer, les ailes déployées jusqu'à ce que l'eau le soutienne, puis il y plongea la tête. Les assistants n'entendirent rien, mais ils virent des bulles monter à la surface. Puis il sortit la tête et regarda vers le large, attendant le résultat de son appel. T'lion et Readis virent alors quelqu'un qui leur faisait signe du *Bon Vent*. Le bateau était trop loin pour qu'ils l'entendent. Gadareth allait répéter son claironnement, quand une seule et unique dorsale parut sur l'eau, nageant vers eux à toute vitesse. Gadareth tendit le cou vers l'arrivant, mais le dauphin continua aussi loin qu'il le put vers le rivage avant de sortir la tête. C'était Kib, des écorchures toutes fraîches sur le crâne.

— Vent mauvais, mauvais, mauvais, mauvais. Pire! Deux bébés blessés. Tu peux soigner?

— On va essayer, répondit Readis. Comment est le bateau?

— Cale pleine d'eau. Nous aider 'Lemi.

— C'est gentil, avec deux bébés blessés.

Kib souffla de l'eau par son évent.

— Nous aider. Notre devoir.

— Alors, nous vous aiderons aussi. Notre devoir, répondit T'lion. Amène les blessés. Gaddie sait très bien les tenir.

Quand on leur amena les bébés, Readis et T'lion se regardèrent avec désespoir. Il fallait suturer pour refermer les plaies béantes.

— Tu crois que ta Tante Temma viendrait? demanda T'lion. Je crois que T'gellan comprendra que je sois ici plutôt qu'au Fort de la Baie. Là-bas, ils ont des tas de gens pour les aider.

À son ton, Readis comprit que T'lion n'était pas du tout sûr de la compréhension du Chef du Weyr. Mais ils avaient besoin de Gadareth pour tenir les blessés dans ses serres pendant qu'ils recoudraient. Les mères tantôt couinaient à l'adresse des humains pour réclamer leurs soins, tantôt apaisaient leur progéniture. Les deux femelles avaient des blessures superficielles, rien de comparable à ce qu'avaient souffert les deux jeunes, plus légers et moins expérimentés.

— Si tu crois que tu ne peux pas rester, je comprendrai, dit Readis.

— Ne t'en fais pas pour moi et T'gellan, déclara T'lion, prenant soudain sa décision. Il y a plein d'humains pour aider les humains, mais très peu pour aider les dauphins.

— Je croyais que les dauphins savaient éviter la tempête, dit timidement Kami, sa jolie frimousse grimaçant d'émotions conflictuelles.

— Oui, en général, dit Readis.

T'lion secoua la tête.

— Mais ce n'était pas une tempête habituelle! Je t'emmène au Fort?

— Vas-y, *toi*, T'lion, et demande à Temma de venir. Elle sait bien suturer. Elle en a assez eu l'occasion, dit Oncle Nazer. Et toi, va avec lui, Kami, dit Readis, décidant qu'elle était trop nerveuse pour leur servir à grand-chose. Je resterai avec nos patients.

— Tu y arriveras tout seul ? demanda Kami, de nouveau partagée entre le désir de montrer à Readis qu'elle pouvait être utile, et son inquiétude de ne pas être avec sa famille en des moments pareils.

— Sûr, répondit Readis avec assurance, debout dans l'eau jusqu'à la taille, un dauphin blessé de chaque côté, et entouré des mères et des dauphins soigneurs.

Temma avait trop à faire avec les humains pour venir soigner les dauphins. Elle dit qu'elle viendrait quand elle le pourrait. T'lion la remercia et demanda à Gadareth de le ramener au Weyr Oriental qui avait moins souffert de la tempête que les autres. Il demanderait à Persellan de venir.

Mais on était déjà venu chercher Persellan, qui était maintenant au Fort de la Baie.

— A-t-il besoin d'autres fournitures ? Quelle est la situation là-bas ? demanda Mirrim, le front plissé d'inquiétude.

— La situation est mauvaise sur toute la côte, Mirrim, répondit T'lion. Je vais juste emporter ce qu'il faut.

Et comme Mirrim ne s'y opposait pas, il entra chez le guérisseur et prit tout ce dont ils auraient besoin, Readis et lui. Il se servit largement ; il expliquerait plus tard à Persellan. Il prit aussi le trésor du guérisseur : le livre où étaient rassemblés les fichiers médicaux de Siaav. T'lion avait souvent regardé Persellan soigner les dauphins, et il savait assez bien comment s'y prendre, mais ce serait rassurant de pouvoir se référer à des instructions imprimées.

Il n'avait pas l'impression de s'être absenté très longtemps, mais l'attente avait dû paraître longue à Readis qui était presque hystérique à son retour.

— Qu'est-ce qui t'a pris si longtemps ? J'ai toutes les peines du monde pour empêcher les poissons-sangsues de s'attacher aux blessés. Temma n'est pas avec toi ?

Il devint livide, l'air paniqué.

— J'ai pris tout ce qu'il nous faut chez Persellan, plus son livre, expliqua T'lion, ôtant sa tenue de vol et ne gardant que son pagne.

Frissonnant, car le vent était encore frisquet, il entra dans l'eau, tenant au-dessus de la surface ses fournitures et le livre.

— Viens, Gaddie, on a besoin de toi.

Gadareth les suivit précautionneusement, un œil sur les dorsales et les têtes sortant de l'eau.

— Qu'est-ce qu'elle a, Temma ? demanda Readis, très agité. Moi, je n'ai jamais suturé. Et toi ? Et j'ai été forcé de remettre à Angie ses intestins dans le ventre.

Angie était la plus âgée des deux blessées, l'autre, Cori, étant née au printemps.

— Ooooh, je me demande si tu as bien fait...

— J'étais bien obligé, T'lion, glapit Readis d'une voix stridente d'anxiété. Je ne pouvais pas laisser les poissons-sangsues s'attacher à ses entrailles. Ils l'auraient mangée de l'intérieur.

— Attends une minute. Je cherche...

T'lion feuilleta le livre, le tenant bien au-dessus de l'eau pour éviter les éclaboussures.

— Oooo ! Beurk !

Il s'arrêta, abaissant un peu le livre pour regarder quelque chose.

— Ah, voilà ! Intestins humains.

Il se pencha pour inspecter la blessure d'Angie.

— Gaddie, tiens-la-moi, veux-tu ? Allons, Angie, Gaddie ne te fera pas mal.

La jeune dauphine poussait des couinements déchirants, mais, avec sa mère et Afo qui la poussaient du museau, elle n'avait pas le choix. Les serres de Gaddie la soulevèrent comme dans un berceau.

— Penche-la un peu, Gaddie.

Et le dragon bronze, penchant lui-même la tête pour bien voir, inclina le petit corps de côté.

— Oooo ! fit T'lion, frissonnant à la vue des intestins qui sortaient de la blessure.

T'lion posa son sac de fournitures sur l'avant-bras du dragon, replié de telle sorte que le sac ne pouvait pas tomber tout en restant à portée de la main, puis il toucha les boyaux d'une main hésitante. Se référant de nouveau au livre, il lut en remuant les lèvres, détachant par syllabes les mots techniques. Puis il regarda Readis en haussant les épaules.

— Le livre dit seulement : « Réinsérer le côlon en ordre inverse de l'extraction. » Hum. Tu parles !

— Moi, j'ai juste repoussé les boyaux à l'intérieur, dit Readis. J'ai souvent vu des coureurs avec le ventre ouvert. Papa leur remet les intestins dans le ventre, il recoud par-dessus en touchant du bois. En général, ça marche.

— Eh bien, on va toucher du bois en espérant que les dauphins, étant des mammifères comme nous et les coureurs, survivront aussi, répliqua T'lion en retroussant ses manches. Tiens, tartine ça sur la blessure, dit-il, tendant à Readis un gros pot de pommade analgésique. Ça a fait du bien à Boojie et il n'a pas couiné quand Persellan l'a recousu.

Readis tartina abondamment.

— J'ai souvent regardé Persellan recoudre les dragons, et je l'ai aidé aussi quand il a suturé Boojie, commença T'lion, enfilant une aiguille à l'aide du fil fin et souple que Siaav avait recommandé à l'Atelier des Guérisseurs. J'ai même attrapé le coup de main pour faire les nœuds comme lui.

— Alors vas-y, dit Readis avec impatience, avant qu'elle perde tout son sang. C'est mauvais pour elle.

Expulsant l'air de ses poumons, T'lion leva son aiguille. La pommade avait agi rapidement, engourdissant toutes les chairs, des humains, du dragon et, espérait-il, de la dauphine.

Exécuter, découvrit-il, n'était pas la même chose que regarder. Et enfoncer l'aiguille dans la chair dure et glissante du dauphin était beaucoup plus difficile que l'enfoncer dans l'étoffe de ses vêtements ou de son harnais de vol quand il les raccommodait. Les flancs d'Angie ondulaient, car il devait enfoncer l'aiguille en force. Mais elle ne se débattait pas, ce qui aurait rendu sa tâche impossible. Les autres dauphins émettaient des bruits apaisants qui, mystérieusement, semblaient vibrer dans l'eau autour de ses jambes. Gaddie, tout en veillant à maintenir le reste du corps sous l'eau, la stabilisait suffisamment pour que l'aiguille ne pique pas au mauvais endroit.

— Elle sait que tu la soignes, dit Readis, avec des caresses rassurantes et rythmées qui calmaient les nerfs de l'adolescent tout en engourdissant la patiente.

Il vérifiait souvent le cœur, qui battait puissamment dans la poitrine. Il trouvait significatif que les dauphins eussent le cœur à gauche, comme les humains.

Cori, l'autre blessée, n'avait que quelques mois, et la blessure était grave pour un bébé si jeune. Quand T'lion eut fini de recoudre Angie, il demanda à Gaddie de soulever Cori pour que Readis puisse l'enduire de pommade. Elle émit des bruits bizarres en remuant la queue, mais Afo leur dit qu'elle était seulement soulagée de ne plus sentir la douleur.

— Homme bon, dit-elle clairement. Pmm' de 'nelg' sique ?

Readis éclata de rire, autant de soulagement que de satisfaction en constatant que le vocabulaire des bandes s'enrichissait.

— Oui, pommade analgésique, dit-il. Tu leur as appris beaucoup de choses, T'lion, déclara-t-il, essayant de cacher son envie.

— Ça, ils ne l'ont pas appris de moi — je ne crois pas, dit T'lion, fronçant les sourcils de concentration en faisant son dernier nœud. Persellan s'est peut-être servi du mot quand il a soigné Boojie. Mais Afo n'était pas au Weyr Oriental ce jour-là. Voilà ! C'est fermé. Ouf !

T'lion s'essuya le front de son bras, nettoya son aiguille et la remit dans l'étui de Persellan avec les autres.

— Homme bon... deux hommes bons, dit Afo, se frottant contre leurs jambes, et leur poussant les génitoires du museau en marque d'affection supplémentaire.

— Hé, Afo, arrête ! s'écria Readis.

T'lion éclata de rire devant cette réaction.

— N'oublie pas de remercier Gaddie aussi, Afo, dit-il, et Afo souffla une gerbe d'eau sur la poitrine du grand bronze.

Gadareth se redressa, et une vague inonda les deux garçons.

— Attention ! Je suis trempé, et l'eau n'est pas très chaude aujourd'hui, protesta Readis. Et me voilà plein de rides, ajouta-t-il, montrant la peau plissée de ses doigts. Il y a d'autres blessés, Afo ?

— Non, merci. On s'en va. On bouche trous des bateaux. 'Lemi content. Afo contente, Cori, Angie, Mel, contentes.

— Ramène les bébés dans trois jours, trois soleils. Pour enlever les fils.

— Entendu, dit Afo, s'éloignant à la tête du petit groupe en direction de l'ouest.

Les deux amis remontèrent sur la plage, épuisés par la tension physique et mentale.

— J'espère qu'on n'a pas fait de bêtise, dit T'lion, branlant du chef. Ce qu'il nous faut, c'est un manuel sur le traitement des animaux. Il paraît que le Maître Fermier Andemon a finalement demandé... Par la Coquille !

Il s'interrompit brusquement et fouilla dans le sac.

— Où est passé le livre ?

Il sortit sa main vide du sac, et regarda autour de lui, affolé, espérant voir le livre flotter à la surface. Il ne se rappelait même plus quand il l'avait vu pour la dernière fois, mais seulement qu'il l'avait posé sur l'avant-bras de Gaddie.

— Gaddie, où est le livre ? Readis, rappelle Afo. Est-ce qu'on est sortis en ligne droite ? On était à quelle distance du rivage ?

— Pas de panique, T'lion, fit Readis, revenant sur ses pas. J'avais de l'eau jusqu'à ma ceinture — qui sera sans doute gâchée avec le sel...

— Tu t'inquiètes de ta ceinture ? rugit T'lion. Alors que j'ai peut-être perdu le livre de Persellan...

— On était à peu près ici, je crois, dit Readis, avant de plonger.

— Gaddie, mets la tête sous l'eau. Tu le vois ?

Les eaux étaient encore troubles après la tempête qui avait remué les fonds.

Je ne vois pas grand-chose, répondit Gadareth, bien

qu'on pût constater, aux mouvements de son cou, qu'il regardait tout autour de lui. *Qu'est-ce que je cherche ?*

— Le livre ! Le livre que j'ai utilisé. Je l'ai posé sur ton bras. Tu sais à quoi ressemble un livre.

Vraiment bouleversé, T'lion mima de ses mains la taille du livre, bien que son dragon, qui avait toujours la tête dans l'eau, ne pût pas le voir.

Readis refit surface.

— Tout est remué, il y a du sable partout ? Je ne vois rien. Et Gaddie a pas mal piétiné. Il l'a peut-être enterré.

— Enterré ? glapit T'lion avec désespoir.

— Du calme, T'lion, du calme, dit Readis, qui prit trois profondes inspirations et replongea.

T'lion le voyait à peine, tant l'eau était trouble. Il se mit à arpenter l'aire où ils s'étaient tenus, espérant le cogner du pied. Mais Gaddie n'avait pas pu l'enterrer ? Il tenait les dauphins, et ses pattes postérieures se trouvaient plus loin.

— Gaddie, rappelle Afo. Dis-lui qu'on a besoin d'elle.

Gadareth claironna obligeamment. On l'entendit de loin, car deux matelots du *Bon Vent* leur répondirent par de grands gestes. Mais pas une dorsale ne revint vers eux.

— Essaye sous l'eau, Gaddie. Afo *doit* nous entendre. Nous avons besoin de son aide.

Gadareth appela Afo, dans l'air et sous l'eau, chaque fois que T'lion le lui demanda, mais elle ne revint pas.

Et Readis, qui plongeait sans discontinuer, décrivant des cercles de plus en plus grands autour de l'endroit où ils pensaient retrouver le précieux livre, commença à haleter et pâlir sous son hâle, de sorte que même T'lion sut qu'il fallait l'arrêter.

— Plus qu'un autre plongeon, dit le chevalier-dragon à son jeune ami. Tu as une mine terrible.

— Si seulement on avait le masque... répondit Readis, l'air accusateur.

— Je fais ce que je peux, expliqua T'lion d'une voix tendue, l'esprit en ébullition à la pensée de la façon dont Persellan allait réagir à la perte de son livre inestimable.

Puis, après ses inspirations habituelle, Readis replongea, ressemblant un instant plus à un dauphin qu'à un jeune garçon.

— Enfin la chance! cria Readis, explosant à la surface, levant le livre au-dessus de sa tête.

— Ne le mouille pas plus qu'il n'est! s'exclama T'lion, tendant une main reconnaissante vers le trésor retrouvé.

Mais quand Readis lui mit le livre trempé dans les mains, des rigoles noires dégoulinant sur leurs mains leur apprirent que le contenu avait subi des dommages considérables. Les doigts tremblants, T'lion ouvrit la couverture et gémit.

— Il est perdu! Perdu! Persellan va me tuer!

— Il vient des fichiers de Siaav, non? Alors, il faut seulement le réimprimer, dit Readis, s'efforçant de calmer la détresse de son ami.

— Seulement? répéta T'lion. Tu sais le temps qu'il faut attendre pour faire *seulement* réimprimer quelque chose?

Readis secoua la tête, bien déterminé à trouver un remède.

— Je suis là-bas tout le temps, T'lion. Je peux recopier ce qu'il faut directement sur les disquettes.

Puis il ajouta, en guise de réparation :

— Je pourrai même en profiter pour ajouter des trucs sur le traitement des animaux.

— Oh, je ne sais pas, dit T'lion, épouvanté des dégâts causés par un instant d'inattention.

— Heureusement qu'on l'avait pour savoir comment lui remettre les intestins en place.

— On ne sait pas si on a bien fait, tant qu'on ne l'a pas revue, répliqua T'lion, secouant la tête et fixant le livre dont tombaient toujours des gouttes noires.

— Sortons de l'eau et voyons si on peut sécher quelques pages au soleil, fit Readis, repartant vers la plage. Je veux dire, nous avons aussi des devoirs envers les dauphins, tu comprends.

— Tu crois?

Readis lança un regard stupéfait à son ami.

— Bien sûr. Ils sont venus sur Pern avec nous, non? Ils n'étaient pas obligés, mais ils nous ont accompagnés pour nous aider dans l'exploration sous-marine. Ils l'ont fait, mais notre responsabilité ne s'arrête pas là. Pas plus que notre responsabilité envers les dragons ne s'arrêtera quand les Chutes cesseront.

T'lion, se tournant vers lui, le regarda bizarrement, bouche bée de surprise devant tant de véhémence, et Readis en fut un peu embarrassé.

— Enfin, quand elles s'arrêteront, reprit Readis. Je veux dire, c'est nous — les humains — qui avons créé les dragons. Nous leur sommes redevables.

Le visage de T'lion s'éclaira d'un grand sourire.

— Je voudrais qu'il y ait davantage d'humains qui pensent comme toi.

Readis baissa la tête, gêné.

— J'ai connu les dragons toute ma vie, bien mieux que les enfants des Forts. Et je les ai lavés plus souvent.

Puis il leva la tête vers le ciel en clignant des yeux.

— Tiens, mettons le livre là, au soleil. Et je ferais bien de me sécher aussi, ajouta-t-il, regardant les taches d'encre de ses mains. Sinon, Papa va deviner où j'ai passé mon temps au lieu de rentrer aider ma mère.

— Tu crois que le livre va sécher assez ? demanda T'lion d'un ton anxieux, étalant le livre sur une grande feuille pour que le sable ne l'abîme pas davantage.

Les pages intérieures avaient été tassées, et seuls les bords avaient souffert de l'immersion, mais l'encre s'était diluée par places, brouillant les lettres et parfois les illustrations.

T'lion gémit en considérant les ravages.

— Ça ne va pas plaire à Persellan.

— Je t'ai dit que j'arrangerais ça.

— Ce n'est pas juste. C'est moi qui ai emprunté le livre sans permission. Pas toi.

— Tu ne l'aurais pas emprunté si je n'avais pas insisté pour qu'on soigne les dauphins, assura Readis, avançant un menton batailleur. Nous sommes solidaires.

— Sans aucun doute, dit une voix derrière eux.

Les deux garçons pivotèrent tout d'une pièce, et virent Jayge et Temma sortir de la jungle bordant la baie.

— Qu'est-ce que cette histoire de dauphins ayant besoin d'un guérisseur ? Qu'avez-vous fait ? Voilà des heures que Kami est rentrée chez elle, et elle dit qu'elle est revenue avec vous.

Readis se planta devant le livre, jambes écartées, espérant le cacher à son père.

— Ah... enfin... euh... bredouilla-t-il.

— J'ai dit à T'lion que je viendrais quand je pourrais, dit Temma, les regardant alternativement, la tête penchée.

Puis, reportant son regard sur la mer, elle ajouta :

— Pourtant, je ne vois pas de dauphins.

— On l'a fait, dit Readis. Je veux dire, T'lion a souvent regardé faire Persellan, et il y avait des poissons-sangsues qui essayaient... et c'étaient des bébés, et ils avaient le ventre ouvert, avec les intestins qui sortaient...

— Tu as donc décidé que tes mammifères devaient être soignés avant les humains ?

Jayge avait croisé les bras, dans son attitude la plus intimidante.

Readis déglutit avec effort. Il n'avait pas souvent eu l'occasion d'être grondé ou puni par son père, mais il l'avait bien souvent vu prendre cette pose devant des fermiers récalcitrants ou des artisans dont le travail ne lui donnait pas satisfaction. Readis releva la tête.

— Oui, Père. Ils saignent et souffrent tout comme nous, et personne ne se souciait d'eux, alors qu'il y avait des tas de gens, y compris Tante Temma, pour soigner les humains. Il n'y a pas eu de blessés graves, non ?

— Non, répondit Jayge. Mais tu aurais dû te renseigner avant de penser seulement à venir ici.

Il fronça les sourcils et reprit :

— Tu es mon fils et tu seras Seigneur de ce Fort. Tu donnes le mauvais exemple en venant ici, dit-il, montrant la mer et ses habitants, avant même de savoir si les humains ont besoin de toi.

— Quand nous avons survolé le Fort, tu avais l'air d'avoir la situation bien en main. Mais personne ne s'occupait de nos dauphins...

— Nos dauphins ? dit Jayge, l'air encore plus sévère. Et depuis quand est-ce que « nous » possédons les dauphins ?

— C'est une façon de parler — les dauphins qui nagent dans nos eaux, ce sont les nôtres, si l'on veut.

— Seigneur, tout est de ma faute, intervint T'lion, mais Jayge le fit taire du geste.

— Comment es-tu impliqué là-dedans, T'lion ?

— Il a... commença Readis.

— Les chevaliers-dragons sont capables de répondre eux-mêmes, Readis.

— Mais il...

— Je suis officier de liaison pour les dauphins du Weyr Oriental, Seigneur Jayge, dit T'lion, se redressant comme à la parade. À l'Atterrissage, nous avons entendu dire qu'il y avait des dauphins blessés dans cette bande et qu'on demandait des secours. Alors je...

Jayge plissa le front.

— Comment le savaient-ils, à l'Atterrissage ?

Avant que Readis ait pu mettre à profit le malentendu de son père pour absoudre sa défection apparente en insinuant qu'il était venu sur l'ordre de l'Atterrissage, T'lion poursuivit :

— En fait, nous l'avons appris à la Baie de Monaco, pas à l'Atterrissage. Readis était là-bas avec Kami, espérant avoir des nouvelles de la Rivière Paradis.

— Vous avez donc appris à la Baie de Monaco que les dauphins de la Rivière Paradis étaient blessés ?

— Oui, Seigneur, répondit T'lion.

Les rides de Jayge s'accusèrent.

— Ainsi, Maître Samvel ne t'a pas autorisé à t'absenter, Readis ?

— Maître Samvel m'a dit que Readis était à la Baie de Monaco, dit T'lion, temporisant car il venait de comprendre où Readis voulait en venir.

Jayge branla du chef.

— Vous allez arrêter de répondre l'un pour l'autre ? Ainsi, non seulement tu manques à tes devoirs envers ton Fort, mais en plus tu sèches l'école, Readis. Et toi, T'lion, où t'avait-on commandé d'aller avant de te mêler de soigner les dauphins ?

— Je suis allé à la Baie de Monaco quand j'ai appris que Readis et Kami s'y trouvaient.

— Je répète : où avais-tu ordre de te rendre ?

— Au Fort de la Baie, dit T'lion. Mais ils avaient des tas de gens pour les aider, et ici, personne...

— Pour aider les dauphins, termina Jayge. Il faudra mettre de l'ordre dans vos priorités, mes garçons. Je te conseille d'informer T'gellan de tes activités de l'après-midi, T'lion. Et tu serais bien inspiré de te présenter au Fort de la Baie avant la fin de la journée.

Un Seigneur ne pouvait pas donner des ordres directs ne concernant pas les Chutes à un chevalier-dragon, même jeune, mais Jayge n'en était pas loin.

— Euh, oui, Seigneur.

T'lion hésita. Il lui fallait remporter le livre, même trempé, mais il aurait préféré que les autres ne le voient pas.

— Eh bien... bon...

T'lion grimaça. Il était forcé de partir, et de laisser Readis affronter seul un père en fureur. Avec un soupir à fendre l'âme, il tendit la main vers le livre.

— Et qu'est-ce que cet objet informe? demanda Jayge, tendant le bras.

T'lion lui donna le livre à contrecœur et Jayge siffla entre ses dents quand il le vit dans cet état. Il tourna les premières pages, et, réalisant sa valeur, foudroya du regard son fils et le chevalier bronze.

— On sait qu'il est abîmé; il est tombé du bras de Gaddie, expliqua T'lion. J'en avais besoin pour savoir comment remettre les intestins en place...

— En te servant du bien le plus précieux de ton guérisseur? demanda Temma, hors d'elle quand elle eut réalisé ce que c'était. Il ne va pas te porter dans son cœur après ça.

— Je peux recopier les pages endommagées, dit vivement Readis. J'ai accès aux fichiers. Je pourrai même ajouter certains traitements des fichiers vétérinaires...

— Avais-tu au moins la permission d'utiliser ce manuel? demanda Jayge. Ah, je vois que non, ajouta-t-il, voyant rougir le jeune chevalier bronze.

— Comme Persellan n'était pas là, je n'ai pas pu la lui demander, dit T'lion. Mais Mirrim a dit qu'elle était d'accord.

— Pour que tu prennes des fournitures, c'est possible, intervint Temma, mais sûrement pas un livre si précieux.

— Je peux tout réparer, insista Readis.

— Toi, en voilà assez, dit Jayge à son fils. Tu ferais mieux de partir, T'lion.

Temma lui saisit le bras quand il passa près d'elle.

— Et les dauphins ?

— On les a recousus et ils sont partis avec leurs mères, marmonna T'lion.

— Recousus, vraiment ? dit Temma incrédule.

— J'ai souvent aidé Persellan et je sais faire les nœuds pour que les sutures ne lâchent pas. C'était l'intervention critique pour que les poissons-sangsues ne puissent pas leur entrer dans le ventre.

— L'intervention critique ?

T'lion se raidit et la regarda, le visage vide de toute expression.

Temma se radoucit un peu.

— On dirait que tu as fait ce qu'il fallait. J'aimerais voir le résultat.

Sans jeter un regard en arrière, le jeune chevalier-dragon s'approcha de son petit tas de vêtements, se rhabilla, fourra le livre de Persellan dans sa tunique de vol, et grimpa sur Gadareth. Le bronze s'envola vers l'ouest, tandis que les autres le suivaient des yeux en silence.

Readis n'osait pas regarder son père, mais il sentit sa colère quand il l'empoigna par le bras et le poussa vers ses vêtements.

— Enfile tes chaussures ! dit Jayge. Ce n'est pas le moment de t'enfoncer une autre épine dans le pied.

Le cœur de Readis se serra à ces dures paroles. Son père ne faisait jamais allusion à son infirmité, ne lui parlait jamais de sa blessure ni des circonstances dans lesquelles il se l'était faite. Mais son père ne savait pas qu'il se sentait beaucoup plus à l'aise dans l'eau, où sa jambe infirme n'était pas un handicap. Le trajet jusqu'à la maison fut trop court pour que Readis ait le temps de se préparer à affronter les anathèmes de sa mère. Elle allait veiller à ce qu'il ne retourne jamais à la baie. Sans doute exigerait-elle de lui la promesse de ne plus jamais frayer avec les dauphins. Et c'était une promesse que Readis ne pourrait pas faire en conscience. Impossible maintenant de renoncer à ce contact. Les événements de la journée lui avaient prouvé que les dauphins avaient besoin d'un défenseur inébranlable dans chaque village, d'un dolphineur tout dévoué à leur cause. Le mot hantait son esprit depuis longtemps, et, en cet instant, il comprit ce qu'il devait être : un dolphineur.

Readis avait craint les réactions de sa mère, mais ce n'était rien comparé à la colère démentielle qui s'empara d'elle au récit que fit Jayge des divers manquements de son fils envers son Fort et envers l'enseignement et l'indulgence de ses parents, de son association avec les dauphins et de son absence de l'école, à telle enseigne qu'il en resta muet, incapable de se justifier. Jusqu'au moment où elle fulmina qu'il avait perdu toute conscience, tout loyalisme et tout honneur dans son association clandestine avec les poissons-bateaux.

— Les dauphins, Maman, les dauphins, dit-il. Et je n'ai jamais violé la promesse que je t'ai faite.

Elle interrompit ses accusations, livide, les yeux dilatés ; si ses larmes avaient ému Readis, son injustice lui avait rendu la parole.

— Si, tu l'as violée !

— Non, jamais. Je n'ai jamais été *seul* avec les dauphins ou dans la mer. Il y a toujours eu quelqu'un d'autre avec moi.

— Ce n'est pas le problème...

— Si. Le lendemain du jour où j'ai été sauvé par les dauphins avec Unclemi, je t'ai promis de ne jamais aller nager tout seul, et je ne l'ai jamais fait. Pas une seule fois en dix Révolutions !

— Mais tu étais un enfant ! Comment peux-tu te rappeler ?

— Je me suis rappelé, Maman, et j'ai obéi. Les dauphins ne m'ont jamais fait de mal...

— Mais tu as négligé ta famille et tes devoirs envers ton Fort en un moment où nous avions besoin de tous les bras...

— Les dauphins font aussi partie du Fort de la Rivière Paradis, commença Readis.

Mais sa mère le gifla alors de toutes ses forces, avec

tant de violence qu'il tituba en arrière, détruisant le fragile équilibre de sa jambe infirme.

Un silence de mort tomba sur la pièce. Aramina frappait rarement ses enfants, et les claques qu'elle leur donnait parfois étaient plus préventives que punitives. Elle ne lui avait même pas donné une petite tape sur la main depuis qu'il allait à l'école de l'Atterrissage.

— Les dauphins... ne font pas... partie... de notre Fort ! dit-elle avec fureur, détachant les mots pour accentuer son démenti. Je suis sûre que ton père a du travail à te donner. Tu le feras, et tu ne parleras plus jamais de ces misérables créatures en ma présence ! Tu as compris ?

— Oui, parvint-il à articuler. J'ai compris.

À ce moment, il ne put se résoudre à ajouter « Maman ». Il tourna la tête vers son père, attendant ses ordres.

Jayge, dont le visage impassible ne lui apprit rien, lui fit signe de le suivre.

Heureusement, les Anciens avaient construit tous les fortins du bord de l'eau sur des piliers de pierre, qui élevaient les planchers à quatre ou cinq pieds au-dessus du sol. Cela créait des espaces frais lors de la la saison chaude, et constituait également une protection contre les inondations. Fermiers et pêcheurs avaient béni cette précaution quand les marées poussées par l'ouragan étaient montées jusqu'en haut des perrons, inondant les vérandas mais s'arrêtant sur les seuils. Les entrepôts avaient perdu leurs toits légers ; il y avait des détritus à enlever partout, et l'on avait besoin de bras pour protéger les provisions, inspecter les dommages soufferts par les caisses et les conteneurs, mettre les vêtements à sécher, dépecer le bétail mort. Les blessés, humains et animaux, avaient été soignés. Readis fit partie de l'équipe de dépeçage, qui devait avoir terminé son travail avant la nuit pour que la viande soit mise à congeler.

Nazer avait remis le générateur en marche, de sorte qu'il y avait du courant pour l'éclairage et la réfrigération. Readis travaillait au côté des autres, content que personne ne soit au courant de ses fautes. À l'évidence, Kami n'avait prévenu que ses parents de son retour. Readis ne pensait pas pouvoir supporter d'autres reproches. Bien qu'ayant appris à compenser pour ses muscles atrophiés — il s'asseyait ou s'appuyait contre un support chaque fois que c'était possible —, il devait travailler sans repos pour dépecer au même rythme que les autres, et, vers minuit, il avait des crampes de fatigue dans les deux jambes et se sentait épuisé. Mais rien ne l'aurait fait arrêter avant les autres. Il avait mangé un friand au poisson et bu du klah quand on avait passé des plateaux à la ronde, ce qui avait un peu calmé sa faim, car il n'avait rien pris depuis le déjeuner du matin à l'école.

Quand la dernière carcasse fut prête pour le congélateur, Nazer envoya tout le monde se coucher. Readis partit vers sa maison, mais s'arrêta à mi-chemin. Il vit de loin qu'on lui avait laissé une lumière allumée sur la véranda, mais il ne pouvait pas — non, c'était plus fort que lui — retourner cette nuit sous ce toit. Il vira vers l'écurie. Il aurait assez chaud sous le toit provisoire, malgré la fraîcheur de la brise nocturne. Il pouvait dormir n'importe où. Et il dormit.

Il ne s'attendait pas à être rudement secoué au réveil.

— Ah, te voilà ! s'écria sa sœur Aranya, l'air accusateur. Papa t'a cherché partout, mais Oncle Alemi a juré qu'il ne t'avait pas vu. Maman est hors d'elle après ton honteux...

— Ça, je suis obligé de l'accepter de... ma mère, mais pas de toi, Rannie, dit-il, lui expédiant son poing dans la figure, avec la satisfaction de la voir tituber en arrière, effrayée.

Il décida alors de se venger en inspirant des remords à la tendre Aranya.

— J'avais tellement mal à la jambe que je n'ai pas pu faire un pas de plus, assura-t-il, frictionnant des deux mains ses muscles atrophiés.

— Oh, Readis, Nazer a dit à Papa que tu es resté jusqu'à la fin, hier soir. C'est là qu'on t'a cherché d'abord. Après, Maman a dit qu'elle était certaine que tu étais retourné auprès de ces misérables créatures qui ont causé tous nos problèmes.

— Les dauphins, dit-il, ne m'ont causé aucun problème, à moi. C'est une misérable épine qui m'a estropié.

— Enfin, Maman dit que tu n'aurais pas attrapé d'épine si tu...

Elle se tut en le voyant brandir le poing dans sa direction.

— Bon, tu ferais bien de rentrer à la maison. Je leur dirai où je t'ai trouvé, et on n'en parlera plus.

Mais elle se trompait. De nouveau, sa mère était au bord de l'hystérie, et son père, après avoir évalué les pertes du Fort, était de fort mauvaise humeur. Plus tard, Readis réalisa à quel point tout le monde était tendu alors, les nerfs à vif et la patience trop éprouvée pour faire preuve de compréhension; aussi, quand sa mère insista pour qu'il lui donne sa parole de ne plus jamais avoir affaire avec les poissons-bateaux — et l'usage de ce terme aussi bien que le ton de la voix le mit en fureur —, il fut incapable de se dominer.

— C'est une promesse que je ne peux pas faire!

— Tu la feras et tu la respecteras, lui dit sa mère, les yeux flamboyants de colère, ou tu ne vivras pas dans ce Fort!

— Comme tu voudras, répondit-il avec froideur, malgré le froid qui lui noua les entrailles.

Il enfila le couloir jusqu'à sa chambre, où il remplit un sac de voyage de tout ce qui lui tomba sous la main.

— Tu vas me jurer, Readis, hurla sa mère dans le couloir, tu vas me jurer...

Elle se pétrifia à la porte.

— Qu'est-ce que tu fais?

— Je m'en vais, Maman, car je ne peux pas te faire cette promesse.

— Tu vas rejoindre ces affreuses créatures?

— Alors ça, c'est une idée ridicule, fit-il avec dédain.

Il ne le savait pas, mais, en cet instant, sa voix ressemblait tant à celle de son père qu'Aramina en resta frappée de stupeur; il eut le temps de passer devant elle avant qu'elle se soit suffisamment ressaisie pour l'arrêter.

Claudiquant aussi vite qu'il le put, il alla à la cuisine, tout en sifflant Delky. Il l'avait vu paître près de la maison, comme d'habitude, quand il était sorti de l'écurie avec Aranya. Ses sœurs et son petit frère étaient à table, les yeux dilatés, et leur déjeuner intact attestait qu'ils avaient suivi l'algarade. À la porte de la cuisine, Delky hennit en signe de bienvenue. Sa jambe infirme faillit se dérober sous lui, mais il parvint quand même à se mettre en selle, balançant son sac devant lui. Il entendit encore sa mère lui hurler de rentrer *immédiatement* au moment où il partait au galop, pour mettre autant de distance que possible entre lui et ses inflexibles parents. Delky dut sauter par-dessus des arbres tombés et des tas de détritus, manquant le désarçonner plusieurs fois, mais il continua vers la rivière. Le pont avait été partiellement restauré, de sorte que les deux rives étaient accessibles. On avait remis en place suffisamment de planches pour que Delky, surpris et prudent, mais obéissant, puisse traverser sans mettre un pied dans un trou. Puis Readis le fit partir au grand galop dans le sable et le maquis, ne le mettant au pas que lorsqu'il aurait pu se blesser sur le terrain accidenté; et il ne s'arrêta que lorsqu'il eut atteint la jungle, où il serait invisible à quiconque le chercherait à dos de dragon. Alors, il sauta de sa monture, s'assit sur son sac et pleura de chagrin, de colère et de frustration..

12

K'van entra chez la Dame du Weyr, après un bref salut de la tête à Ramoth endormie.

— C'est encore le Seigneur Toric, Lessa, F'lar, dit le Chef du Weyr Méridional, claquant avec colère ses gants de vol sur sa cuisse en s'arrêtant devant la table où ils prenaient un verre de vin après le dîner, tout en examinant les rapports sur les dommages subis par le Continent Méridional.

Bien qu'actuellement le plus jeune Chef de Weyr, K'van avait l'âge de F'lar quand Mnementh avait couvert Ramoth pour la première fois, faisant de lui le chef de Benden. Il était plus grand que son adolescence ne l'avait laissé prévoir, ses épaules s'étaient élargies, ses jambes allongées, et, debout, ses yeux étaient maintenant au niveau de ceux de F'lar. F'lar lui fit signe de s'asseoir et lui versa un verre.

— Tu as l'air d'en avoir besoin.

— En effet, soupira K'van, se laissant tomber sur une chaise près de Lessa. Et vous en aurez besoin aussi.

— Qu'est-ce qu'il a encore fait, cette fois? demanda Lessa, l'air amusé.

— Ce n'est pas encore fait, mais ça ne va pas tarder. Il va traverser la rivière et installer *ses* propres colons dans les habitations qu'il leur a préparées. Il n'a jamais été très altruiste, alors je sais qu'il mijote quelque chose, et je crois deviner ce que c'est.

K'van eut la satisfaction de voir avec quelle colère les Chefs de Benden réagirent à cette dernière manifestation d'arrogance de Toric.

— Nous avons trouvé des preuves indiscutables de constructions en huit endroits différents — sur la côte, au bord de différentes rivières, et dans l'intérieur. Son commissaire du port prétend que ses bateaux vont ravitailler les mines, mais j'en ai toujours douté, alors même qu'il croyait m'entortiller avec ses mensonges.

Les yeux flamboyants, Lessa eut une moue coléreuse.

— Toric n'a jamais été satisfait de ce qu'il a ! Cupide, voilà ce qu'il est, dit-elle, abattant son poing sur la table. Pourtant, il a un Fort beaucoup plus grand qu'aucun de ceux des Anciens. Nous ne pouvons pas le laisser faire, F'lar, ajouta-t-elle en se penchant vers lui. Nous ne le pouvons pas !

— Nous ne pouvons pas l'arrêter non plus, Lessa.

— Pourquoi ? demanda-t-elle.

— Nous ne pouvons pas interférer dans les affaires d'un Seigneur.

Le Chef du Weyr fronça les sourcils, contrarié d'être, pour une fois, ligoté par la Tradition.

— Mais Toric n'est plus dans les limites de son Fort s'il traverse la Rivière, non ? demanda K'van, avec un sourire matois. Oh, je sais, il avait demandé notre aide pour chasser Denol et son groupe qui voulaient s'emparer de l'Île de Ierne, mais cette île faisait partie des terres qui lui ont été allouées. Les terres dont je parle sont situées au-delà de ses frontières.

— Tu en es sûr, K'van ? demanda F'lar.

— Que c'est hors de son Fort ? Oui. Même la rive orientale de la rivière n'est pas à lui. Pas selon ma carte qui délimite les contours du Fort Méridional, de la rivière à la mer, englobant l'Île de Ierne...

— Qu'il a insisté pour avoir, à l'époque, dit Lessa, le rouge de la colère perçant sous son hâle, et serrant les poings. Et nous avions accédé à cette exigence uniquement pour que Jaxom puisse épouser Sharra.

F'lar repoussa la mèche qui lui tombait toujours sur les yeux en des moments pareils.

— Tu as raison, il mijote quelque chose. Il me vient une idée absolument tortueuse...

Puis F'lar secoua la tête, écartant cette pensée inexprimée d'un geste désinvolte.

— Je crois qu'il vaut mieux attendre qu'il justifie des soupçons aussi vils.

Il adressa un grand sourire à Lessa et à K'van, dont l'expression donnait à penser qu'il entretenait les mêmes soupçons.

— Quels soupçons ? Il doit, certes, s'agir de quelque chose de vil, venant de Toric. Mais quoi ? demanda Lessa.

— Plus tard, ma chérie. Dis-moi, K'van, a-t-il des colons tout prêts à s'installer ?

K'van acquiesça de la tête.

— Je n'avais rien de spécifique à vous communiquer jusqu'à maintenant, mais nous avons ouvert l'œil sur les agissements de Toric. Discrètement, bien sûr. Pendant ces derniers mois, un nombre anormal de vaisseaux lourdement chargés a jeté l'ancre dans son port. Chacun transportant de dix à vingt passagers, parfois des célibataires, parfois des familles entières. Saviez-vous qu'il a fait construire quatre caboteurs ? Ils sont lourds, mais ils ont un faible tirant d'eau et de grandes cales. Bref, il y a beaucoup de gens dans et autour du Fort, qui ne sont pas partis dans l'intérieur comme je le croyais — s'il s'agissait de ses nouveaux colons. Il n'a jamais caché qu'il recrutait des artisans. Ce qui est parfaitement légal, vu qu'il n'exploite pas encore toutes les terres qu'il possède légalement. Aucune raison pour un Chef de Weyr d'aller fourrer son nez là où il n'y a rien à sentir.

K'van sourit, une lueur cynique dans l'œil. Le jeune Chef de Weyr s'en tenait strictement aux Traditions gouvernant les Weyrs et les Forts, car il savait que Toric protesterait comme un fou devant toute violation de ses prérogatives.

— Mais comme personne ne partait, par terre ou par mer, je n'ai pu qu'attendre d'avoir quelque chose à soumettre à votre attention. Lors de la dernière Fête, beaucoup de marks, venant des Seigneurs du Nord, ont circulé, en même temps qu'une rumeur selon laquelle Toric vendait des sites. Il en a le droit dans son propre Fort, mais pas de l'autre côté de la Rivière !

— Il n'oserait pas !

L'affront et l'indignation accroissaient la colère de Lessa.

— Il a l'audace de faire payer ce que les colons devraient avoir de droit pour leur travail ?

— C'est un plan astucieux, dit F'lar, sardonique. Et je ne doute pas que le paiement en marks ne soit suivi plus tard d'un paiement différent.

K'van approuva de la tête, et F'lar poursuivit :

— Quand le Conseil des Seigneurs aura besoin de voter sur d'autres affaires.

Lessa ouvrit la bouche, dilatant ses yeux noirs comme si elle commençait seulement à comprendre l'ampleur du plan de Toric.

— Vil n'est pas un mot assez fort pour ce qu'il projette ! Je savais que nous avions tort d'interrompre tout à fait la fondation de nouvelles colonies, malgré ce que disent Fandarel et Nicat, et malgré le manque de sites exploitables. Ils n'auraient pas été si pressés d'accepter les offres de Toric s'ils avaient pu venir nous trouver.

— Ainsi, tu as des preuves des empiétements de Toric sur des terres non attribuées ? demanda F'lar.

— Effectivement. La tempête a fait des trouées dans les forêts, aussi larges que celles des Chutes, et devinez ? Mes chevaliers ont repéré cinq sites construits bien visibles. Alors, nous avons cherché pour voir si nous pouvions en découvrir d'autres, et nous en avons trouvé trois de plus. Tous terminés et prêts à être occupés. Et, en outre, Toric a un port plein de bateaux chargés à ras bord...

K'van haussa les épaules et se tut ; il était inutile d'en dire davantage.

— Il n'a perdu aucun bateau dans la tempête ? demanda F'lar d'un ton contrarié, montrant les rapports des pertes étalés sur la table.

— Je sais que Maître Idarolan l'a fait prévenir par les dauphins en même temps que le Weyr, déclara K'van en souriant. Alors il a eu le temps, et le bon sens, de faire carguer les voiles et fermer les écoutilles. Toric ne laisse pas grand-chose au hasard.

— Sait-il que vous avez survolé ses sites totalement

illégaux ? demanda Lessa, d'une voix que la colère réprimée durcissait.

— J'en doute, répondit K'van. Après avoir réalisé ce qu'ils avaient vu, mes chevaliers ont évité le Fort Méridional au retour.

— Nous pouvons nous attaquer à ces empiétements de plusieurs façons, dit F'lar, se renversant dans son fauteuil et faisant tourner distraitement le pied de son verre, un sourire malicieux aux lèvres.

— Il n'y a qu'une seule façon... commença Lessa, mais il l'interrompit de la main.

— Écoute-moi, d'abord. Nous pourrions démanteler ces constructions, de sorte qu'il n'y aurait pas de... d'habitations prêtes pour les colons à leur arrivée. Ils seraient forcés de retourner au Fort. Mais je voudrais montrer aux autres Seigneurs, qui ont eu la courtoisie de patienter, de quoi Toric est capable. Faire payer les gens pour des terres auxquelles ils ont droit gratuitement !

— Il est tellement sûr que nous gardons pour nous les meilleurs sites ! fit Lessa, donnant libre cours à son indignation. Et parce qu'il n'assistait pas au Conseil où les Seigneurs ont demandé aux Chefs du Weyr de se charger du partage, il refuse de croire que nous avons refusé cette responsabilité, et que nous avons protesté quand on nous l'a imposée !

F'lar regarda sa minuscule compagne avec plus d'amusement que de colère.

— Mais protesté mollement, non, ma chérie ?

— Seulement par crainte de ce qui se passerait si quelqu'un n'ayant pas notre impartialité dirigeait les opérations. Et c'est nous qui avons insisté pour que tous les Chefs de Weyr participent, et pas seulement Benden, comme le proposaient Larad et Asgenar. Et qui avons aussi insisté pour que l'Atelier des Harpistes enregistre toutes les transactions.

— Toric est certain que les chevaliers-dragons auront la priorité, je le sais, dit K'van.

— Et ne serait-ce pas normal ? demanda Lessa.

— Bien sûr, répondit K'van d'une voix ferme, très conscient de la colère de la Dame du Weyr et veillant à ne pas l'alimenter. Ce sera la dernière concession que nous demanderons à Pern. Adrea et moi, nous avons trouvé un site où nous serons sans doute très heureux. Je l'ai découvert lors de mon tout premier survol cartographique.

— Un site qui plaît à Adrea ? demanda Lessa, oubliant momentanément sa colère.

— Oui, nous y sommes retournés une demi-douzaine de fois... pour être sûrs, et, termina K'van avec un grand sourire, ça nous plaît de plus en plus chaque fois. C'est exactement ce qu'il nous faut, mais je doute que ça plairait à tout le monde.

— C'est exactement ce que je veux dire, reprit Lessa, balayant de la main les objections de Toric. Nos goûts et nos besoins sont très personnels, et il y a tant de terres dans le Sud... Et il a l'audace incroyable de prendre des marks...

Elle resta sans voix à l'idée d'une telle arrogance.

— C'est la dernière fois que cet homme met ma patience à l'épreuve.

— Tu as absolument raison, ma chérie, dit F'lar, souriant toujours, et comme il ne sera pas sur ses terres, je crois que nous l'avons amené où nous le voulions. Et nous allons ainsi pouvoir lui donner une leçon qui servira aussi à ceux qui pourraient être tentés de l'imiter. Une leçon qui durera jusqu'à la fin du Passage.

— Je te soutiens sur toute la ligne, F'lar, dit K'van, levant son verre. Mais comment vas-tu lui donner cette leçon, exactement ? demanda-t-il. Bien entendu, tu auras la totale coopération du Weyr Méridional. Il y a des moments où j'ai eu du mal à rester poli devant le grand et cupide Seigneur Toric. Et, au Weyr, je ne suis pas le seul à le trouver trop désinvolte et arrogant.

Les yeux ambrés de F'lar brillaient de reflets orange, et K'van se demanda un instant si certaines caractéristiques combatives de Mnementh n'avaient pas déteint sur son maître. Son sourire s'élargit lentement, à la fois sinistre et amusé.

— Je crois que je vais l'emprunter au passé de Pern. À ton avis, combien de temps faudra-t-il à Toric pour réparer les dommages que la tempête a causés à sa flotte et pour qu'elle soit prête à appareiller?

— C'est difficile à dire, F'lar, mais je peux me renseigner. Il te faut combien de temps pour... préparer ta leçon?

F'lar se leva en riant.

— Pas plus que la première fois.

Prenant un rouleau de carte dans le conteneur, et faisant signe à K'van et Lessa de déblayer la table, il l'étala d'une main experte.

— Peux-tu me montrer exactement chaque site?

— Oui, répondit K'van, tirant des notes de sa poche. Je les ai reportés moi-même sur notre carte de la région.

Consultant ses notes de temps en temps, il prit le style de F'lar et traça des « X », tous à l'est de la rivière que les cartes des Anciens appelaient la Rivière de l'Île. L'un des sites se trouvait à un endroit où un affluent partait vers l'ancienne concession de Thessalie, un second à l'est du Lac de Drake. Il y en avait trois autres dans des baies sur la côte, et trois dans l'intérieur.

— Ce Toric! s'écria Lessa, exaspérée. Il est cupide, avare, avide—, et incurablement rapace! Il est comme... comme Fax!

— Y a-t-il des gens sur ces sites, actuellement?

— Une demi-douzaine au plus — des maçons.

— Ont-ils préparé des champs?

K'van secoua la tête.

— Nous aurions remarqué ses agissements beaucoup plus tôt.

— Oui, je suppose. Est-ce qu'il fait quelque chose dans son propre Fort?

K'van secoua la tête avec un grand sourire.

— Toute sa main-d'œuvre se trouve là où elle n'a pas le droit d'être, dit-il, tapotant les sites sur la table.

Tout en remplissant leurs verres, Lessa regarda F'lar et éclata de rire. Du vin se renversa sur la table.

— Tu as compris, hein? dit-il.

Il prit l'outre de ses mains secouées par son rire.

— Allons, ma chérie, c'est du bon vin de Benden que tu renverses. En souvenir de notre bon Robinton, tu devrais le respecter davantage.

— S'il était là, Robinton hurlerait de rire, et tu le sais, dit-elle.

— Franchement, F'lar, je ne dirai rien. Tu sais combien je suis discret, fit K'van, n'osant trop insister.

F'lar lui donna une tape affectueuse sur le bras.

— Tu sauras quand le moment sera venu. Mais ne manque pas de nous prévenir quand Toric sera prêt à passer à l'action. D'accord ?

— D'accord. Il assigne toujours plusieurs lézards de feu à la surveillance du Weyr, et ne réalise même pas qu'on peut être deux à jouer à cache-cache.

Réalisant qu'il n'en tirerait pas plus des Chefs de Benden, K'van se leva à contrecœur. Mais, étant donné la contrariété dont ils avaient fait montre en apprenant les transgressions territoriales de Toric, ils étaient maintenant d'une bonne humeur remarquable.

— Faites-moi savoir quand et comment le Weyr Méridional pourra vous assister.

— Oh, tu seras prévenu, dit F'lar, posant une main amicale sur son épaule en raccompagnant le jeune homme. En fait, tu seras même le premier prévenu, ajouta-t-il, gloussant à l'idée du plan qu'il tournait et retournait dans sa tête.

Trois jours après que Readis et T'lion eurent soigné les dauphins, Jayge, Temma et Alemi se présentèrent dans la baie. Alemi avait laissé un dinghy dans l'eau, car il n'avait pas eu le temps de remplacer le radeau précédemment utilisé pour les conférences entre humains et dauphins. Jayge était certain que son fils reparaîtrait, ne fût-ce que pour s'assurer que les bébés cicatrisaient normalement. Depuis trois jours, il vivait dans une inquiétude continuelle. Il regrettait la maladresse d'Aramina et l'ultimatum qu'elle avait lancé à Readis. D'une part, il comprenait sa panique et pensait avec elle que la conduite de Readis était indigne d'un fils de seigneur, mais d'autre part il connaissait assez son fils pour savoir que, en le forçant à faire une promesse contre sa conscience, on le poussait à la rébellion. Il était à l'âge où l'on supporte mal les interdits maternels. Jayge espérait du fond du cœur que trois jours d'angoisse paraîtraient suffisants à Readis pour sauver la face et faire un retour honorable. Aramina était bourrelée de remords à l'idée d'avoir poussé son aîné à s'en aller. Jayge doutait qu'elle interdît de nouveau à Readis de voir les dauphins, mais il était certain qu'elle ne cesserait jamais de blâmer ces créatures pour tous les problèmes qu'elles lui avaient causés.

Dans un message transmis par un lézard de feu, T'gellan lui avait demandé confirmation de la présence de T'lion à la Rivière Paradis pour soigner les dauphins. Jayge avait confirmé succinctement.

Il ne fut donc pas surpris de voir un dragon dans le ciel, mais il le fut davantage quand un second bronze apparut. L'un était Gadareth avec T'lion, l'autre Monarth avec T'gellan et un passager. Quand ils furent descendus de monture, on lui présenta l'étranger : Persellan, guérisseur du Weyr Oriental. Le guérisseur ne regarda pas T'lion, et adressa toutes ses questions sur les dauphins à la cantonade, bien qu'elles fussent destinées à T'lion, qui y répondit humblement à voix basse. Non que Jayge blâmât la froideur de Persellan à l'égard du jeune chevalier bronze. T'lion avait de la chance de s'en tirer si bien, alors qu'il avait emprunté sans permission le précieux manuel, et l'avait abîmé en prime. Enfin, la restauration des pages endommagées ferait partie de la punition de Readis.

— On leur avait dit clairement, n'est-ce pas, qu'ils devaient revenir dans trois soleils ? demanda Persellan, de ce ton pincé qu'il avait adopté pour « ne pas » s'adresser à T'lion.

— Oui. Afo a compris.

Sa main en visière sur les yeux, Persellan regarda du côté où le *Bon Vent* se balançait sur son ancre. Une partie de ses cordages était remplacée, et le trou dans la ligne de flottaison avait été réparé avec l'aide des dauphins. On voyait encore quelques-uns d'entre eux travaillant avec des marins dans la mer.

— Et ils savent qu'ils doivent venir à la plage ?

— Oui.

Soudain, Alemi tendit le bras vers l'ouest.

— Voilà des dorsales en train de doubler la pointe. Je dirais qu'ils sont juste à l'heure, n'est-ce pas, T'lion? C'est à peu près à cette heure-là que tu es arrivé avec Readis. Je me rappelle vous avoir vus sur le rivage.

Le Maître Pêcheur n'était pas seulement sensible aux mouvements de son cher schooner sur la houle, et il faisait de son mieux pour détendre l'atmosphère. Maintenant, il regardait dans la direction opposée, la langue de sable fermant la baie à l'est, puis derrière lui en direction de la jungle.

— J'aurais cru que Readis serait déjà là, dit T'gellan, avec un regard interrogateur à Jayge.

— Je pense qu'il va venir, répondit-il sèchement, réalisant alors qu'il comptait désespérément sur sa présence.

Trois jours, c'était plus qu'assez pour faire entendre son point de vue. En tout cas, c'était suffisant pour Aramina, hystérique à l'idée que Readis s'était blessé, avait été désarçonné par Delky, ou avait subi tous les accidents imaginables. Pourtant, son angoisse le disputait à sa colère croissante à la pensée que Readis, qu'ils avaient toujours traité avec respect, les remerciait de cette façon.

Les mères et les deux bébés se trouvaient maintenant devant eux, et T'lion, qui s'était déshabillé, ne gardant que son pagne, s'avança dans la baie, suivi de Gadareth.

Grommelant entre ses dents, Persellan se déshabilla aussi, tandis que T'gellan se contentait d'ôter ses bottes et de rouler son pantalon. Jayge, Temma et Alemi, qui étaient déjà dans le plus simple appareil, n'eurent qu'à jeter leurs sandales, et entrèrent dans l'eau.

— Nous venir trois soleils, couina Afo, soufflant une gerbe d'eau et caressant Persellan de la tête. Toi guérisseur. Je toi connaître. Toi bon. Merci.

— De rien, dit Persellan. Bon, lequel... Ah...

Angie était venue se placer dans les serres que Gadareth ouvrait juste sous la surface.

Jayge s'étonna un instant de cette initiative, puis réalisa que T'lion avait dû lui demander mentalement sa coopération. De temps en temps, les dragons pouvaient surprendre leurs maîtres, mais il n'y avait aucune expression sur le visage de T'lion, debout sur le côté pour ne pas gêner l'examen de Persellan.

Angie inclinait son petit corps lisse pour découvrir sa cicatrice. Persellan tâta doucement les muscles des deux côtés de la couture.

Maintenant que Jayge voyait la blessure, il réalisa que Readis avait bien fait. Personne au Fort n'avait été blessé aussi grièvement : quelques fractures, pas mal d'entailles faites par les détritus charriés dans le vent, des déchirures musculaires immédiatement soulagées par la pommade analgésique. Bien sûr, Temma avait dû décider aussi quelles bêtes devaient être abattues, mais cela s'était fait avec un minimum d'embarras et sans souffrances prolongées. Jayge frissonna involontairement devant la terrible blessure.

— Un peu serré ici, dit Persellan d'un ton acide. Je vais enlever ce point de suture. La cicatrisation se fait bien, et cela pourrait déchirer la peau.

Il fouilla dans son sac, sortit ses ciseaux, et coupa le fil qu'il tira doucement. Il ne fut pas le seul à retenir son souffle pour voir si les chairs ne se rouvraient pas. Les muscles se détendirent, mais la cicatrice tint bon.

— Um, il y a beaucoup à dire en faveur de la cicatrisation par l'eau de mer.

Puis il se tourna vers Afo, qui fixait sur lui son œil noir.

— Ça lui fait mal quand je la touche ici ?

— Demande-lui, couina doucement Afo. Elle s'appelle Angie.

— Angie, peux-tu me dire si mes doigts te font mal ? demanda Persellan, élevant la voix.

Angie, qui avait relevé la tête hors de l'eau pour garder un œil sur Persellan, souffla de l'eau par son évent.

— Exactement comme un gosse qui n'est pas sûr de croire son guérisseur, murmura Temma à Jayge et Alemi, debout près d'elle.

Persellan tâta doucement, tout le long de la blessure.

— Bon, comment formuler ma question ? Angie, es-tu... régulière ?

Temma s'éclaircit la gorge pour dissimuler un éclat de

rire. Puis Angie couina, d'un ton qui signifiait si clairement : « Répète ça, je n'ai rien compris », que Temma ne put retenir un grognement amusé.

— Tu manges comme il faut ?

— Moi faim. Moi mange.

Persellan se retourna, maintenant si perplexe qu'il voulut bien s'adresser à T'lion.

— Comment lui faire comprendre qu'elle doit évacuer ce qu'elle consomme ?

— Intestins fonctionnent, dit Afo, écœurée de ces périphrases. Si pas marcher, nous revenir plus tôt.

— Parfait, murmura Persellan. Bon, je vais encore couper quelques points de sutures pour que les chairs se remettent en place, mais elle cicatrise bien.

Ce compliment récalcitrant sembla détendre le jeune chevalier bronze.

— Angie, reviens dans trois jours, et Temma t'enlèvera les autres fils, dit-il, se tournant vers Temma qui accepta de la tête.

Angie se trémoussa pour sortir des serres de Gadareth, et Cori vint docilement la remplacer.

— Ici, je crois qu'on peut enlever tous les fils, dit Persellan, d'un ton beaucoup moins accusateur. La couture est en zigzag, mais la blessure l'était aussi. Comment s'appelle-t-elle ?

— Cori, dit T'lion, pâle de soulagement.

— Cori. Eh bien, tu as beaucoup de chance, jeune... dauphine, dit Persellan, se rattrapant à temps pour ne pas dire « jeune fille ». Il s'était maintenant assez détendu pour sourire — presque — en sectionnant puis en tirant doucement le fil de chaque point de suture. Il caressa Cori sur le flanc, avant de la gratter sous le menton en signe d'adieu. Elle clicka et couina en s'éloignant, mais se retourna bientôt, leva la tête vers lui, et dit très nettement :

— Persellan, homme bon. Merci, merci, merci.

À ce moment, Mel, sa mère, poussa T'lion du museau.

— T'lion, main, dit-elle.

— Main ? fit T'lion, perplexe, levant les deux mains.

— Mets ta main ouverte sous l'eau, dit Alemi, pressentant ce qui allait se passer.

— Ma main?

Mais le chevalier-dragon s'était déjà exécuté, et Mel lâcha dans sa main quelque chose qu'elle tenait dans sa bouche. C'était un coquillage lisse et ovale qui chatoyait au soleil.

— Oh, c'est ravissant, dit T'lion, oubliant assez sa disgrâce pour le montrer aux autres.

— C'est une coquille de bivalve, dit Temma, impressionnée. On n'en voit pas beaucoup d'intactes.

— Merci, Mel. Je la conserverai comme un trésor, déclara T'lion, coinçant la coquille dans la ceinture de son pagne sous le regard rieur de Mel.

Puis Angie se présenta devant Persellan et les surprit tous en se dressant hors de l'eau au niveau du guérisseur, pour lui toucher les lèvres de son nez.

— J'embrasse pour merci. Moi rappeler ancien merci.

Sur quoi, elle plongea et s'éloigna, comme embarrassée de son initiative.

— Sapristi, sapristi, dit Persellan, stupéfait, à travers les doigts qu'il avait portés à ses lèvres.

— Tu es plus populaire auprès des dauphins que des enfants du Weyr, Persellan, dit T'gellan en riant. Tu devrais peut-être laisser T'lion copier les fichiers vétérinaires en même temps que les pages qu'il a endommagées.

— On verra, Chef du Weyr, répondit Persellan, mais, à son expression, on pouvait penser qu'il se raviserait.

Il dirigea son regard dans la direction de T'lion, sans vraiment le regarder.

— J'étais bien plus outré qu'il eût emprunté sans permission un ouvrage qu'il savait sans prix...

T'lion baissa les yeux sur les vaguelettes clapotant autour de ses jambes tout en agitant les mains d'un air embarrassé, tandis que Persellan continuait :

— Mais, honnêtement, maintenant que je vois comment il a utilisé les informations du livre — malgré les dégâts subséquents —, je ne peux plus lui en vouloir.

Incrédule et soulagé, T'lion releva la tête.

— Je m'excuse, Persellan, mais je ne savais pas quoi faire d'autre, et il n'y avait personne...

Le chevalier-bronze ouvrit les mains en un geste de supplication.

— Demande, la prochaine fois, dit Persellan, reprenant son ton sévère. La prochaine fois, du reste, je crois que nous serons mieux au fait des traitements, tous les deux. Tu dis qu'il existe une documentation considérable sur les maladies et blessures des dauphins ?

— Oui. Et D'ram a dit que je pouvais copier tout ce que tu trouverais nécessaire...

— C'est Readis qui devait se charger de ces copies, dit Jayge.

Encore rouge de soulagement, T'lion regarda anxieusement le Seigneur.

— Je pensais qu'il serait là. Cette absence ne lui ressemble pas. À moins que...

— Moi aussi, j'espérais qu'il serait là, dit doucement Jayge.

Dans le silence soudain, T'gellan revint vers la plage, suivi d'Alemi, Temma et Persellan.

— Mais il est rentré au Fort avec toi, dit T'lion, les yeux assombris d'inquiétude.

Il regarda vers la jungle, comme s'attendant à voir Readis surgir de l'épaisse végétation.

— Il a quitté le Fort le lendemain, et on ne l'a pas revu depuis.

— Oh ! s'écriant T'lion, évitant de regarder Jayge.

— Tu ne l'as pas vu ? demanda Jayge, tout en sachant que la réponse serait négative.

T'lion secoua la tête.

— J'ai passé tous mes moments de liberté à l'Atterrissage. Persellan a dit que, puisque c'était moi qui avais emprunté le livre, c'était à moi de le recopier, non à Readis. Je pensais que tu l'avais gardé ici pour aider à déblayer après la tempête.

Jayge secoua la tête.

— Oh, ça ne ressemble pas du tout à Readis, fit T'lion avec sérieux.

Il ouvrit la bouche pour poser une question, puis la referma sans rien dire.

— Si tu en pries T'gellan, il me laissera peut-être survoler la région avec Gaddie, ajouta-t-il.

Jayge regarda T'lion bien en face, et vit son angoisse dans ses yeux. Il acquiesça de la tête.

— Je le lui demanderai. J'apprécierais cette aide. La dernière fois que j'ai vu Readis, il traversait le pont avec Delky, cap à l'ouest.

— Oh, s'il monte Delky, je suis sûr que nous le trouverons, moi et Gadareth.

Puis ils sortirent de l'eau et rejoignirent les autres qui se rhabillaient. Jayge demanda à T'gellan s'il pouvait lui prêter T'lion pour faire des recherches.

T'gellan dirigea sur T'lion un regard incisif.

— T'lion a rendez-vous à l'Atterrissage ce soir, pour sa séance de copie, mais, jusque-là, il est libre pour tes recherches.

T'lion partit de très bonne humeur, certain qu'il lui suffirait de survoler la côte pour retrouver le fugitif. Readis serait content d'apprendre que tout finissait bien, que Persellan avait approuvé l'opération, bien qu'à contrecœur, et qu'il acceptait d'en apprendre davantage sur les traitements à appliquer aux dauphins ! Étape suivante : convaincre Persellan de le prendre comme assistant, et peut-être de l'accepter comme apprenti — au moins pour la médecine delphinique. Il n'existait pas d'Atelier pour la médecine des créatures marines, et le Maître Fermier Andremon avait déclaré sans ambages qu'elles ne faisaient pas partie de ses responsabilités. Mais si les dauphins pouvaient être blessés, ils avaient le droit d'être soignés. Lui et Readis étaient peut-être les seuls à considérer cela comme un impératif, mais c'était toujours mieux que rien.

Jusqu'où peut-il être allé, Gaddie ? Même sur le dos de Delky ? demanda T'lion à son dragon, frôlant la cime des arbres — là où il y en avait encore. Cette partie de la côte, en effet, avait été ravagée. T'lion pensait que ses recherches n'en seraient que plus faciles.

N'ayant relevé aucune trace de son ami au bout d'une heure de recherches sur le littoral, T'lion dirigea son dragon vers l'intérieur et survola la terre en sens inverse. Ils continuèrent leurs allées et venues, se posant parfois dans une clairière pour voir s'il y avait des traces de feu ou de présence humaine. À un moment, ils surprirent un gros animal à fourrure, et seule la taille du dragon dissuada la bête de charger T'lion, et la fit fuir à toute vitesse.

La nuit tomba. Las et découragé, T'lion s'arrêta brièvement au Fort de la Rivière Paradis pour informer Jayge de l'échec de ses recherches.

— Je demanderai à T'gellan de me laisser recommencer demain. Il n'a pas pu aller très loin en trois jours, Seigneur. Il n'a peut-être pas réalisé, en nous voyant, qu'il s'agissait de moi et de Gaddie et il s'est caché. Je ferai une nouvelle tentative, et nous l'appellerons. Et...

T'lion eut le bon sens de se taire en voyant Aramina sortir sur la véranda, en quête de bonnes nouvelles.

La mère de Readis avait pleuré, et elle avait une mine à faire peur, pensa T'lion.

— Nous reprendrons les recherches demain. Je sais que je le trouverai. Ne vous inquiétez pas. Bon, il faut que j'y aille si je ne veux pas que T'gellan m'écorche vif.

Sur ce, T'lion descendit le perron à reculons et partit en courant vers son dragon, avant qu'elle ait eu le temps de lui poser des questions. Car il n'avait pas de réponses.

13

Beljeth, la reine d'Adréa, transmit le message à Ramoth, dont la réaction immédiate — un claironnement de stentor — se répercuta dans le Bassin du Weyr de Benden, faisant sursauter tout le monde et sortir tous les chevaliers-dragons des Cavernes Inférieures où ils étaient en train de manger.

Lessa, K'van dit que c'est le moment, dit la reine.

— Toric n'en rate pas une ! dit Lessa.

Ils étaient sur le point de s'attabler devant un repas tardif.

— Ainsi, il appareille avec la marée de l'aube, non ? Eh bien, je me ferai un plaisir de lui donner la leçon qu'il mérite.

F'lar lorgna avec regret la tourte à la viande fumant sur la table, les primeurs qui l'accompagnaient, le pain tout chaud sorti du four et les baies sucrées qui composaient un excellent dîner. À grandes enjambées, il alla chercher les tenues de vol et donna la sienne à Lessa.

— Je savais que nous aurions dû manger avec les autres, grommela-t-il, mordant à belles dents dans un quignon de pain.

Puis il prit une poignée de baies qu'il se se fourra dans la bouche, et, le menton dégoulinant de jus, alla prendre le harnais de Mnementh à son crochet.

Lessa suivit son exemple, et fourra un morceau de pain dans une poche, avant d'aller décrocher le harnais de Ramoth. La reine se balançait de droite et de gauche, baissant la tête pour se laisser harnacher.

Chacun sait-il où il doit aller? demanda Lessa à Ramoth, qui faisait jouer ses muscles pour mettre son harnais en place. Lessa boucla les sangles et enfila ses gants.

Oui, dit Ramoth, l'orange de l'impatience tournoyant dans ses yeux. *On va s'amuser. Plus qu'à combattre les Fils.*

— Attention de ne pas trop y prendre goût, ma belle reine, dit Lessa.

Elle ferma sa tunique de vol, enroula sa tresse autour de sa tête, sur laquelle elle enfonça son casque de vol, et attacha la jugulaire. Sautant sur l'avant-bras de Ramoth, elle saisit une courroie du harnais et se hissa entre les deux dernières crêtes de cou.

— J'espère ardemment que nous n'aurons pas à faire cet exercice plus d'une fois !

Puis elle sourit.

— Enfin, c'est quand même la deuxième fois ! *Bon, allons-y, mon cher cœur.*

Ramoth marcha jusqu'à la corniche de son weyr. Mnementh était au-dessus d'elle, sur sa droite, F'lar déjà en selle. La demi-douzaine de bronzes et les autres reines de Benden qui devaient participer à cette « leçon » se dirigeaient vers le rebord du Bassin. Mnementh demanda à Lessa si tous les chevaliers pressentis avaient été prévenus, et Ramoth répondit que Beljeth avait transmis le message à tous les Weyrs. Lessa sourit.

F'lar dit que nous devrions décoller maintenant, dit Mnementh à la Dame du Weyr.

Ramoth claironna et s'élança, montant en spirale, dépassant le rebord du Bassin, et se détachant sur les lointaines montagnes par le soleil de cette fin d'après-midi.

Mnementh volait fièrement à côté de sa reine, la tête tournée vers elle.

Tu admires ta reine, Mnementh? demanda Lessa.

Nous volons bien ensemble, répondit-il, et la suffisance du ton la fit sourire. Aucun autre bronze n'était jamais parvenu à rattraper Ramoth au cours d'un vol nuptial, bien que tous s'u fussent essayés, plus deux bruns très téméraires.

Dès que F'lar jugea l'altitude suffisante, Mnementh transmit à Ramoth l'ordre de plonger dans l'*Interstice*.

Cette manœuvre exigea de F'lar un peu plus de temps que la capture des Dames des Forts le jour où les Seigneurs avaient tenté d'envahir le Weyr de Benden. Cette fois, c'étaient les Seigneurs qui devaient impérativement accompagner les Chefs de chaque Weyr, tandis que les chevaliers-bronzes attendaient leur arrivée sur chacun des sites frauduleusement colonisés. Les reines veilleraient à ce que les bateaux qui avaient si fièrement quitté le port de Toric repartent comme ils étaient venus.

F'lar et Lessa se rendirent personnellement sur les huit sites illégaux afin de s'assurer qu'ils avaient tous été inspectés par un Seigneur et un Chef de Weyr, et qu'on chargeait sur des dragons les hommes et les femmes qui s'y trouvaient, avant de les ramener au Fort Méridional. Les reines chargées de faire rentrer les navires dirent à Ramoth qu'elles ne s'étaient jamais tant amusées. Les bateaux n'étaient pas très loin de leur port d'attache, et ne retarderaient pas la confrontation que les Chefs du Weyr avaient décidées avec Toric.

Assis dans son hall devant un déjeuner tardif, Toric entendit des cris et des clameurs. Il avait vu, avec satisfaction, sa petite flotte appareiller, toutes voiles gonflées par le vent d'ouest. Sans savoir pourquoi Toric lui avait demandé quand le temps serait favorable pour une longue navigation, Maître Idarolan lui avait envoyé un message par lézard de feu, l'avertissant que les vents seraient propices ce jour-là et que le temps se maintiendrait au beau durant plusieurs jours. Toric avait même remarqué les dauphins qui escortaient ses navires, sautant et plongeant bêtement selon leur habitude. Puis il était rentré, et avait passé une heure agréable à supputer les bénéfices de son entreprise, réalisant qu'ils compenseraient, comme il l'avait espéré, les dépenses encourues par la fondation des nouveaux Forts sur la péninsule Séminole. Il n'aimait pas se servir des noms des Anciens — ils avaient eu leur chance, et l'avaient gâchée à cause des Fils — mais, comme Siaav avait identifié les lieux d'après les données de ses mémoires, tout le monde avait repris avec enthousiasme les vieux noms du Continent Méridional en tant que « lien avec l'héritage ». Toric n'était pas d'accord. Il avait l'avenir à préparer, lui, et c'est à quoi il s'était employé pendant que tous les habitants de la planète, en se gargarisant de formules creuses sur les accomplissements ancestraux, s'efforçaient de reconstruire toutes sortes de machines. Il comptait sans doute parmi les rares personnes qui ne regrettaient pas le silence de Siaav ou le décès du vieux harpiste — qui avait été un intrigant de premier ordre.

Comme Toric avait choisi les « bons » parmi les candidats colons qui arrivaient bourse en main, il était raisonnablement sûr que la trahison de Denol ne se répéterait pas. Ceux qu'il avait choisis pour rester au Fort Méridional l'écouteraient et lui obéiraient. Et il connaissait suffisamment ceux qu'il envoyait au loin pour savoir que, le moment venu, ils seraient forcés eux aussi de lui obéir. C'était tout ce qu'il exigeait d'*eux* ! L'obéissance à ses ordres. Sinon. Il sourit. À la fin du Passage...

Son sourire s'évanouit quand il réalisa que les bruits du dehors avaient changé de nature, coléreux maintenant, et ponctués de vociférations. Pas du tout le genre de bruits s'accordant avec les événements du matin. Il savait que les résidents de son Fort se plaignaient du surpeuplement causé par les colons qu'il leur avait imposés dans leurs demeures, mais ils étaient partis. Ses gens devraient être contents d'avoir retrouvé leur intimité, maintenant que les bateaux et leurs passagers avaient appareillé.

Il se leva, contrarié de voir ses méditations et son repas interrompus par quelque stupidité, quand les Chefs du Weyr de Benden parurent sur le seuil.

— Qu'est-ce que vous faites là, tous les deux ? demanda-t-il, assez mécontent, et espérant que ses bateaux étaient hors de vue à leur arrivée.

— Je suggère que tu sortes pour voir par toi-même, Seigneur Toric du Fort Méridional, dit F'lar, mais son sourire était rien moins qu'aimable, et celui de Lessa plein de malice.

— Voyons donc, Benden...

— Non, vois, toi, fit Lessa, l'interrompant et tendant le bras vers la porte. Là !

Elle s'écarta pour dégager la vue, et il vit Groghe de Fort, Larad de Telgar et Asgenar de Lemos qui attendaient dans le couloir.

— Nous requérons ta présence dehors, Toric, dit Larad, le visage impassible.

— Le plus tôt sera le mieux, ajouta Groghe. Etre traîné ici alors que j'ai tant à faire à Fort, avec deux générateurs en panne...

Presque apoplectique de fureur, Toric bouscula ses pairs, enfila le couloir et sortit. Il s'arrêta pile en haut du perron qui descendait dans l'immense cour, où grouillaient ses gens et leurs hôtes de naguère. Stupéfait, il porta son regard au-delà de la foule, vers le port, et gronda en voyant, à l'ancre et toutes voiles ferlées, les navires qui avaient appareillé le matin. Un dragon doré planant au-dessus de chacun d'entre eux, la cause de leur retour était facile à deviner.

Baissant les yeux sur la foule, Toric réalisa que les premiers rangs de visages levés vers lui étaient ceux des hommes et des femmes qu'il avait laissés sur les nouveaux sites et qui auraient dû s'y trouver pour attendre l'arrivée des colons, et non pas être ici, l'air craintif, nerveux ou indigné. Et certainement pas à proximité de chevaliers-dragons et de Seigneurs. Il était à la fois surpris et outré que *tous* les Seigneurs fussent présents.

— Qu'est-ce qui se passe ici ? demanda-t-il d'une voix de stentor, quoiqu'il commençât à en avoir une petite idée.

— Ce devrait être évident pour toi, Toric, dit F'lar, se plaçant discrètement à quelque distance du Seigneur indigné. Je voulais que tes pairs voient par eux-mêmes que tu voulais illégalement coloniser des terres, en dehors de tes frontières.

— Qu'est-ce qu'il y a de mal à ça ? demanda Toric, décidant d'anéantir toutes les objections qu'on lui présenterait. J'ai passé des mois à former ces hommes et ces femmes, dit-il, les embrassant d'un geste large, pour qu'ils puissent affronter tous les dangers du Sud.

— Le Continent Méridional ne t'appartient pas pour que tu le distribues à ta guise, Toric, dit Groghe.

— Il n'est pas à eux non plus, rugit Toric, montrant les Chefs du Weyr de Benden. Il appartient à celui qui se montre assez fort pour le mettre en valeur...

— Mais pas à quelqu'un qui a déjà beaucoup plus que sa juste part, dit Groghe, les yeux flamboyants, faisant un pas menaçant vers Toric, pourtant beaucoup plus grand que lui.

Larad et Asgenar avancèrent derrière lui, pour faire comprendre à Toric que Groghe parlait pour eux.

Toric regarda Groghe en ricanant.

— Tu n'as jamais pu avaler ça, hein, Groghe ? L'idée que ton petit Fort serait perdu dans un coin du mien ?

— Ce n'est pas le problème, Toric, fit Larad. Nous avons tous accepté...

— Moi, je n'ai jamais accepté, dit Toric avec dédain, bien résolu à les empêtrer dans une dispute qui détournerait de lui l'attention.

— Tu n'as pas choisi d'assister au Conseil, mais ses décisions s'appliquent à tous.

— Pas à moi !

— Tais-toi, Toric, dit F'lar, montrant les dragons alignés sur la falaise.

— Et depuis quand les chevaliers-dragons se mêlent-ils des affaires des Forts ? gronda Toric, se tournant vers le chevalier bronze.

— Quand l'affaire ne se passe pas *dans* le Fort, Toric, dit N'ton du Weyr de Fort, se détachant de la foule

— Les chevaliers-dragons n'ont jamais interféré dans les affaires des Forts, cria R'mart du Weyr de Telgar

T'gellan du Weyr Oriental, G'dened d'Ista, et son père D'ram qui l'avait précédé dans sa charge, G'narish d'Igen, T'bor des Hautes Terres, K'van du Weyr Méridional et F'lessan du Weyr-Fort de Honshu étaient tous rangés derrière lui.

— Nous avons empêché l'injuste appropriation de terres actuellement non disponibles pour la colonisation par un Seigneur qui n'a pas encore exploité le cinquième de ses possessions.

— Vous voulez garder les meilleurs sites pour vous, railla Toric.

— Absolument pas, dit N'ton en souriant, puis il se tourna vers la foule et ajouta : Mais nous voulons avoir le choix quand les Fils ne tomberont plus.

— Mais ils tombent toujours ! cria quelqu'un au milieu de la foule, avec frustration, colère et indignation.

— Encore vingt-deux Révolutions, dit F'lar, et vous n'aurez plus à verser la dîme aux Weyrs. Et nous...

Il fit une pause, puis reprit, la voix dure et résolue :

— Nous aurons enfin des terres que nous pourrons cultiver, et des forts à nous ! De tous ceux qui vivent sur Pern, les chevaliers-dragons sont les seuls capables de survoler toute l'étendue du Continent Méridional. Sur l'insistance des Seigneurs, nous avons entrepris cette tâche entre les Chutes. Et les Seigneurs peuvent jurer, poursuivit-il, les montrant de la tête, que bien des colonies ont été fondées par des groupes qui ont les connaissances et la formation nécessaires pour affronter les animaux sauvages, les fièvres et les dangers que vous connaissez tous. Vous savez aussi ce qui arrive à ceux qui croient qu'il n'y a qu'à tendre la main pour cueillir son repas sur l'arbre.

D'amers murmures d'acquiescement parcoururent la foule.

— On attribue constamment des terres aux personnes capables de les exploiter. Exactement comme les Anciens le faisaient.

— Et qu'est-ce qui donne le droit aux chevaliers-dragons de décider quels seront les rares privilégiés à en profiter ? rétorqua Toric, narquois. La Charte des Anciens donnait à chaque colon de Pern le droit de choisir ses terres et d'établir sa demeure. Je m'assurais simplement que le droit des autres était reconnu.

— Et tu ne cherchais pas à étendre tes possessions, Seigneur Toric ? demanda Asgenar avec une douceur trompeuse.

— Pourquoi aurais-je fait ça ?

— Et tu n'exigeais pas un paiement en échange de ces sites ?

— Un paiement ?

Toric réussit une imitation convaincante de l'étonnement et de la consternation.

— Un paiement ! dit F'lar, montrant plusieurs hommes au premier rang de la foule.

— Certes, la construction d'établissements adéquats a entraîné quelques dépenses... commença Toric.

Il s'interrompit, voyant un homme qui avançait — un fauteur de troubles qu'il avait voulu éjecter du Fort Méridional aussi vite que possible.

Hobson était le quatrième fils du Fort des Hautes Terres, forte carrure et forte tête, qui allait montrer à son père et aux autres qu'il aurait dû gouverner le Fort familial. Si Toric avait été perspicace, il aurait vu que, ce qui lui déplaisait, dans ce jeune homme, c'étaient ces mêmes qualités dont il était si fier.

— Nous aurions pu construire nos propres Forts, dit Hobson. Nous avons payé et payé sans cesse depuis que nous avons été acceptés, déclara-t-il, prononçant ce dernier mot avec une colère contenue. Payé pour tout ce que nous avons mangé, et pour chaque outil que nous avons utilisé. On aurait eu meilleur compte à être des *illégaux* !

Il lança un regard coléreux à T'bor, du Weyr des Hautes Terres, et aux Chefs de Benden, comme s'ils étaient responsables des indignités qu'il avait souffertes.

— Vous n'auriez pas pu construire des abris *adéquats*, rugit Toric. Il vous aurait fallu de la *pierre* pour vous protéger des Fils !

— Mais tu *disais* que les Fils ne ravageaient pas les terres ici, répondit Hobson, brandissant le poing vers Toric. Nous l'avons vu nous-mêmes...

— Mais, une fois les feuilles et les roseaux coupés, les Fils les dévorent aussi vite que tes muscles, dit T'bor. J'ai vécu ici, alors je suis bien placé pour le savoir.

— Oh ! fit Hobson, déconcerté.

— Le manque de carrières facilement accessibles est l'une des raisons pour lesquelles vous ne pouvez pas vous établir où vous voulez — et survivre. Le Seigneur Toric vous a fait une faveur en construisant en pierre.

— Merci, dit Toric, sarcastique.

— Eh bien, nous les avons payées au prix fort, ces pierres, poursuivit Hobson. Comme nous avons payé tout le reste, sans compter les provisions pour la mauvaise saison. Par la Coquille ! Nous sommes ici depuis des mois. Nous aurions eu le temps de construire nos fortins, et de mettre des vivres de côté pour les mois d'hiver, où notre Bon Seigneur Toric nous laisse enfin partir pour nous soutirer jusqu'à notre dernier mark.

— Le Sud est plus hospitalier que les Hautes Terres en n'importe quelle saison, dit T'bor, mais tu as raison sur le fond.

Hobson se tourna vers T'bor avec un grand sourire.

— Je n'en suis pas si sûr, si la tempête de la septaine dernière est un avant-goût de ce qui nous attend. Mais maintenant, est-ce qu'on va rester ?

Adoptant une posture agressive, il foudroya F'lar du regard.

— Nous avons des explications à donner, Hobson, et elles te concernent, déclara F'lar.

Devant son attitude compréhensive et son ton conciliant, Hobson se détendit un peu.

— Nous savons où tu es. Prouve tes capacités d'exploitant, et les terres te seront officiellement accordées.

— Gratuitement ? demanda Hobson, regardant Toric avec défi.

— Gratuitement, dit F'lar, hochant la tête.

La foule acclama, et son hostilité s'évanouit.

— Alors, pourquoi nous avoir ramenés ici de force ? cria quelqu'un.

— Et pourquoi une reine m'a-t-elle obligé à rentrer au port ? demanda un capitaine, se frayant un chemin jusqu'au premier rang. C'est ça qui va se passer après la fin du Passage ? Les dragons menaçant les honnêtes gens ?

— Nous sommes venus pour rétablir la situation, dit F'lar.

— Nous n'avons fait de mal à personne, ajouta R'mart, regardant les colons ramenés des sites lointains. Même si nous en avons surpris plus d'un.

— Les reines sont assez grandes pour obliger un bateau à rentrer, mais vous n'étiez pas assez loin du port pour que le retour soit difficile, dit Lessa. Et nous avons la responsabilité — elle embrassa du geste les Seigneurs et les Chefs de Weyr — de veiller à réprimer des abus aussi flagrants.

— Les chevaliers-dragons ne sont pas censés se mêler des affaires des Forts, dit Hobson.

— C'est justement là l'important, dit F'lar avec un grand sourire. Et permets-moi de le répéter, pour que tout le monde comprenne bien la différence. Les terres où l'on vous établissait n'appartiennent à aucun Fort reconnu... Pas encore. Et certainement pas au Seigneur Toric pour qu'il en dispose.

— Ça suffit, Chef du Weyr !

Toric, perdant patience, se jeta sur F'lar.

Immédiatement, Mnementh, assis sur la falaise qui dominait la cour, déploya ses ailes et claironna. Ramoth lui aussi déploya ses ailes, mais lança un ordre aux bronzes et aux autres reines, qui se calmèrent. Les assistants, bouches bées, se blottirent les uns contre les autres, aussi loin que possible des dragons. F'lar avait prestement esquivé le swing de Toric et dansoté hors de portée, mais il se mit en garde. Larad, Asgenar et Jaxom, plus agiles que les vieux Seigneurs, saisirent Toric par les bras, empêchant une seconde charge.

— Maintenant, Toric, nous avons à te parler en privé, dit Jaxom, serrant le bras de son beau-frère.

— Je n'ai rien à te dire, gronda Toric, cherchant à se dégager. Ni à aucun autre !

— Peu importe, dit joyeusement Larad. Nous avons l'intention de te parler, et tu serais bien inspiré d'écouter.

Puis, tournant la tête vers R'mart, il ajouta :

— Laisse partir les colons, R'mart. Ils ont encore le temps d'arriver à destination aujourd'hui.

Puis ils firent rentrer Toric dans son Fort. Ramala, la femme de Toric, s'effaça, le visage impassible, devant Larad et Asgenar qui suivirent Jaxom jusqu'au grand hall. Les Chefs de Weyrs et les autres Seigneurs venaient derrière. Comme ils franchissaient le seuil, Toric se libéra et pivota sur lui-même pour affronter ses adversaires. Groghe, un peu essoufflé par l'exercice, Deckter, Seigneur de Nabol, Toronas de Benden et l'austère Oterel de Tillek se rangèrent devant lui, les maîtres de dragons, mâles et femelles, en demi-cercle derrière eux.

— Tu ne peux pas te prévaloir de ton absence à un Conseil capital pour ignorer ses décisions, Toric, dit Groghe. Tu aurais eu ta chance...

— Ha ! ricana Toric, sarcastique.

— Si. En Conseil plénier, dit Oterel. Rien n'avait été décidé...

— Pas de ça avec moi, dit Toric, écartant cette remarque avec dédain.

— Moi, je n'étais pas décidé, dit Laudey d'Igen. Bargen et Begamon non plus, quoi que tu en penses. Mais il était évident qu'aucun de nous, ajouta-t-il, montrant les autres Seigneurs, ne pouvait être impartial dans la distribution des terres. Et aucun de nous n'avait les moyens d'explorer le continent.

— Les Anciens ont laissé des tas de cartes...

— Anciennes elles aussi, et elles ne portaient pas les indications qu'il nous fallait.

— Alors, vous avez confié l'exploration aux chevaliers-dragons...

— Qui ont fait des rapports détaillés au Conseil.

— Comme les rapports que tu recevais de Piemur, dit Corman de Keroon d'un ton cocasse.

— Et qu'il a communiqués au Maître Harpiste.

Ça, Toric ne l'avait pas encore digéré.

— Des rapports sur les terres n'appartenant pas à ton Fort, certainement, dit Groghe. Nous avons établi une procédure, et dressé les listes de colons éventuels s'étant assuré le concours d'artisans compagnons. Tu as eu les mêmes occasions que nous de prendre des mesures pour prévenir les abus.

— Les rapports ont été copiés et ils sont disponibles pour prouver qu'aucune faveur spéciale n'a été accordée aux chevaliers-dragons, dit Larad. Ils tendent à demander des sites qui n'ont pas d'intérêt pour nous.

— Peuh ! Comment te croire !

— Et nous n'avons pas eu de considérations spéciales pour nos fils sans terres, poursuivit Groghe. Ni pour nos filles. Naturellement, tu ne t'en soucies pas, vu que tu as beaucoup de terres inexploitées pour tes descendants.

Toric se contenta de rouler des yeux furibonds.

— L'important, dit Toronas de Benden, c'est qu'aucun de nous, je répète, aucun de nous, Seigneurs ou chevaliers-dragons, ne puisse distribuer des terres sans le consentement de tous. Toi y compris. C'est une ligne de conduite à laquelle tu peux te conformer sans déchoir.

— Je crois que tu devras t'y conformer, Toric, dit R'mart, parce que nous tous — il montra les autres Chefs de Weyrs — veillerons à ce que personne ne bafoue ces principes comme tu l'as fait aujourd'hui.

— C'est ça que vous deviendrez quand vous n'aurez plus à calciner les Fils ? Les gardiens de l'ordre sur Pern ?

— C'est sans doute ce que feront certains d'entre nous, répondit F'lar d'un ton égal, quand ce genre de surveillance se révélera nécessaire.

— Et qui décidera de ce quand, s'il te plaît ?

— Toi et...

— Il y aura aussi des procédures pour ça, l'interrompit Larad.

— Que *nous* établirons au Conseil, et que nous présenterons aux Assemblées spéciales, pour que tous, Weyrs, Forts, et Ateliers, puissent voter. À moins que tu ne décides de boycotter aussi ces réunions ?

— Le Passage n'est pas terminé. N'interfères-tu pas avant le temps ? demanda Toric à F'lar, d'un ton acide.

— Je répète que nous n'avons pas interféré dans les affaires de ton Fort, réppondit F'lar, s'inclinant légèrement. Nous avons expliqué la différence.

— Une explication unanime de la différence, ajouterai-je, dit Groghe. Tu as eu plus que ta part des terres du Sud, Toric. Reste à l'intérieure de tes frontières, et il n'y aura plus ni désaccord ni malentendu.

— Il s'en tire à trop bon compte, dit Oterel de Tillek d'une voix dure. Il savait exactement ce qu'il faisait. Et maintenant, il sait exactement ce qu'on peut faire pour mettre fin à ses incursions.

— Un Fax dans une vie, c'est asscz, déclara Groghe avec rudesse.

— Tu as absolument raison, dit Sangel de Boll, en frissonnant. Nous ne permettrons pas qu'une telle chose se reproduise ! Pas tant que je vivrai.

Toric toisa le Seigneur vieillissant et pas très efficace de Boll, l'air de dire que Boll eût été une cible facile.

— Et tu as trois ou quatre fois plus de terres que Fax n'en avait conquises, poursuivit Sangel. Suis mon conseil, et sois-en reconnaissant.

Toric émit un grognement dédaigneux.

— Vous en avez terminé pour aujourd'hui avec vos permissions et vos interdits ?

— Puisque tu as eu la bonne grâce de nous écouter, dit Larad avec une courtoisie étudiée, nous pouvons prendre congé.

— Mais tu es *prévenu*, dit Laudey d'Igen d'un ton sévère. Tu formuleras tes plaintes devant le prochain Conseil des Seigneurs, et tu en respecteras les décisions ?

— Sinon ?

— Je ne crois pas que tu aies envie de le savoir, dit R'mart de Telgar, avec un sourire plein de malice. Vraiment pas.

Sur quoi, il tourna les talons, suivi de sa Dame, et des autres chevaliers-bronzes.

— *K'van* ! rugit Toric.

Le jeune chef de Weyr se retourna sur le seuil, et Toric brandit le poing.

— Si jamais je vois un seul de tes chevaliers près de ce Fort...

— Ah, mais tu n'en verras pas, Seigneur Toric, dit K'van avec un sourire suave. Tu étais trop occupé pour remarquer que le Weyr était vide, car nous nous sommes établis dans un site plus attrayant, inoccupé jusque-là.

— Avec la totale approbation du Conseil des Seigneurs, ajouta Larad. Bonne journée, Seigneur Toric du Fort Méridional.

14

Quand Readis eut trouvé les grottes marines aperçues un jour depuis le pont du *Bon Vent*, il choisit celle qui convenait le mieux à ses desseins et l'aménagea aussi confortablement que possible. Certaines ouvertures qui donnaient sur la mer se trouveraient à moitié sous l'eau à marée haute, mais cela serait très pratique pour un Atelier des Dauphins. Ce chapelet de grottes et de cavités se trouvait à la base d'une pente rocheuse montant vers la gorge profonde d'une rivière qui, sur les cartes des Anciens, s'appelait le Rubicon, et la plupart n'étaient accessibles que par une dangereuse descente à travers un chaos rocheux. À vrai dire, une seule d'entre elles était aménageable en habitation humaine, avec une grande ouverture par laquelle il pouvait conduire Delky sur une large corniche qui serait son écurie. Au-delà de ce point, la corniche menait à deux chambres intérieures évidées par la mer, toutes deux situées largement au-dessus de la ligne des hautes eaux, et dont l'une était assez grande pour constituer un fortin respectable.

En route pour ces grottes, ils durent passer leur première Chute sous un étroit surplomb rocheux, Delky frissonnant de peur car les Fils sifflaient à un doigt de sa croupe.

Readis eut tout le temps de regretter son départ précipité et les articles qui auraient pu lui faciliter beaucoup la vie. Mais il n'avait pas prévu de partir. Il se cuirassa contre d'autres regrets, comme le renoncement à ses études qu'il commençait à apprécier pour leur stimulation intellectuelle. Et la perspective alléchante de tout ce qui pourrait advenir après la fin du Passage. Il regrettait de ne plus avoir accès à la richesse d'informations des fichiers de Siaav — et de ne pas pouvoir copier les pages endommagées du manuel, autant pour sa propre information que pour se racheter aux yeux de Persellan. Il s'inquiétait pour T'lion, se demandant comment le guérisseur avait pris la chose, et comment son Chef de Weyr l'avait puni. Mais il s'inquiétait surtout pour Angie et Cori : les sutures de T'lion avaient-elles tenu ? Les bébés dauphins avaient-ils guéri ? Qui les soignait ? Comment allait-il entrer en contact avec la bande dans ces eaux ? Et les dauphins révéleraient-ils aux humains l'endroit où il se trouvait ? C'était pour eux qu'il faisait ça, qu'il s'installait dans des grottes accessibles par la mer : s'emplissant avec la marée haute, elles seraient parfaites pour soigner les blessés, et la large corniche d'entrée permettrait de parler avec toute une bande sans qu'il y ait de bousculade. L'eau était profonde sous la corniche — du moins aussi profonde qu'il pouvait plonger.

Les dauphins nageaient, très loin au large, dans le Grand Courant, se laissant entraîner vers l'ouest par son flux. Ils ne sauraient pas qu'un humain habitait maintenant dans cette région. Et Readis n'avait pas de cloche, ni aucun moyen d'en obtenir une. Si seulement T'lion était là, Gadareth les aurait attirés par son claironnement. Le chevalier-bronze était, sans aucun doute, confiné dans le Weyr où il devait remplir ses devoirs officiels. Readis espérait qu'on n'interdirait pas à son ami de voir les dauphins. T'gellan aurait sûrement compris combien il était important de soigner ces créatures... Ses parents, eux, ne l'avaient pas compris ; alors, pourquoi en serait-il autrement pour un Chef de Weyr ? Les dauphins, certes, avaient prévenu la maîtresse de Path qu'elle était enceinte, et que Mirrim avait accouché d'un beau garçon, mais était-ce suffisant ?

Sans doute que non. Ses parents ne voulaient pas se rappeler que les dauphins les avaient sauvés dans la tempête, lui et Alemi. Mais il y avait si longtemps de cela, maintenant.

Readis n'avait guère le temps de réfléchir : il devait se procurer à manger, ce qui entraînait de longues et souvent vaines recherches, car la saison des récoltes était passée. Ce qu'il trouvait, il devait le conserver; il se mit donc à chercher et finit par trouver, dans une crique, de l'argile dont il confectionna des récipients qu'il durcit au feu. Il fit de nombreux essais avant d'obtenir un bol et une jarre qui ne fuyaient pas. Il connaissait la théorie, mais il n'avait guère eu l'occasion de la mettre en pratique. Il se fabriqua un matelas de feuilles qui lui assura des nuits confortables, et se fit une couverture d'herbes tressées. Il réserva les herbes les plus dures pour tresser une corde, afin d'attacher Delky quand il ne voulait pas qu'il s'éloigne de la grotte. Avec des crins de sa queue, il se fabriqua une ligne, selon les leçons d'Unclemi. Son couteau était toujours bien aiguisé, et il espérait que la lame durerait jusqu'à ce qu'il puisse la remplacer, car les nombreux aiguisages l'affinaient à vue d'œil. Il chercha les plus grosses noix qu'il perça d'un trou au sommet, pour y conserver de l'eau une fois qu'il en avait bu le lait. Bien des gens trouvaient très savoureux le lait de noix, et il savait que Swacky le faisait fermenter pour ses fins de septaines, mais il n'en aimait pas la douceur écœurante. Outre le poisson et les coquillages qu'il récoltait sur le rivage, il trouvait parfois un nid de volaille, de sorte que son régime comportait suffisamment de protéines. Mais il ne trouva pas d'œufs de lézards de feu, quoiqu'il eût fouillé toutes les criques sablonneuses en venant. Ce n'était pas la saison des pontes. Il n'avait jamais spécialement désiré un lézard de feu, mais cela lui eût été bien utile dans sa situation actuelle. Delky n'était pas une compagnie. Tant qu'il n'aurait pas contacté les dauphins, il en serait réduit à parler tout seul.

En général, il était trop occupé pour ressentir sa solitude, et trop fatigué pour ne pas dormir la nuit, alors que les doutes et les regrets auraient pu l'assaillir. S'il voulait communiquer avec les dauphins, il lui faudrait aller au large, et il était assez prudent pour ne pas s'y aventurer sans gilet de sauvetage. Quand il eut enfin trouvé un bouquet des plantes fibreuses qu'on utilisait pour les confectionner, il passa plusieurs jours à s'en fabriquer un.

De fines arrêtes de poissons lui servirent d'aiguilles, et, à force de points maladroits mais solides, il finit par obtenir un gilet passable. Lorsqu'il en eut terminé, il en testa longuement la flottabilité, au point que les poissons locaux, rassurés par son immobilité, finirent par venir lui grignoter les orteils. Ce qui était courageux de leur part, vu qu'il en avait pêché beaucoup. Mais l'eau le portait aussi bien à la fin de la matinée qu'au début, de sorte que l'efficacité du gilet lui parut prouvée. Il s'assura que Delky avait assez de fourrage et d'eau dans son pot d'argile — pas totalement étanche, et dont l'eau suintait lentement — avant de rendosser son gilet.

Aujourd'hui, la mer était calme, à peine froissée par une légère brise. Il avait peu de chances de retrouver une journée pareille en cette saison des tempêtes. Il vérifia donc une dernière fois les attaches de son gilet, puis il marcha dans l'eau jusqu'au moment où il perdit pied. Alors, d'un crawl vigoureux, il s'éloigna vers le large. S'il avait de la chance, on le ramènerait.

Lorsqu'il eut laissé le rivage loin derrière lui, il perdit sa confiance. Ses bras se fatiguaient, et il s'essoufflait. Il s'arrêta de nager, et fit la planche, la tête soutenue par le col de son gilet. Il ferma les yeux pour se protéger contre la réverbération, mais continua à percevoir l'éclat du soleil à travers ses paupières. Lentement, sa respiration revint à la normale. Il n'avait jamais eu peur de l'eau et n'en avait pas peur en ce moment. De temps en temps, une vaguelette lui passait par-dessus la tête, et il soufflait pour se dégager les narines sans changer de position. C'était très reposant d'être ainsi balancé par la houle. Ainsi bercé, il faillit s'endormir. Les bras écartés, il cessa même de remuer les mains, bien décidé à se reposer longtemps avant de repartir.

Il sentit un mouvement sous lui. Se relevant à la verticale, ses pieds rencontrèrent quelque chose de lisse, et il aperçut un grand corps montant vers la surface. Puis il vit une nageoire de dauphin près de lui. Brusquement, une tête souriante émergea.

— Sauver homme? Pas tempête. Pas bon loin de terre?

— Je te cherchais.

— Cherchais Cal ?

Le dauphin couina bruyamment de surprise, et passa devant Readis, un œil noir ne quittant jamais son visage.

— Qui tu es ?

— Je suis Readis, Cal.

Le dauphin vira brusquement et s'arrêta devant lui.

— Bandes chercher Readissss.

— Vraiment ?

— Toutes les bandes chercher Readis, répéta Cal avant de plonger.

Alarmé, car il ne voulait pas qu'on le retrouve, il plongea à sa suite et s'accrocha à une nageoire pour l'empêcher de transmettre un message sous-marin.

— Ne dis pas aux autres bandes que tu m'as trouvé, dit-il d'un ton pressant, le visage contre le museau de Cal.

— Pas dire ?

Le dauphin tourna la tête, fixant son œil noir sur Readis, l'air totalement ébahi.

— Toi perdu. Toi trouvé.

— Je ne suis pas perdu. Je ne veux pas être retrouvé. Par les humains.

— Toi humain. Humains rester ensemble. Vivre en bandes sur la terre. Seulement visiter dauphins dans la mer. Pas *vivre* dans la mer. Dauphins *vivre* dans la mer.

La réponse de Cal était longue pour un dauphin, et si les sons couinants et stridents des dauphins quand ils se servaient du langage humain exprimaient des émotions, Cal était frappé de stupeur incrédule.

— Je veux vivre avec les dauphins, soigner les dauphins quand ils sont blessés, être dolphineur !

Les bruyants couinements de Cal cessèrent, le temps d'expulser une gerbe d'eau par son évent.

— Toi dolphineur ? dit-il d'un ton strident. Toi dolphineur de Cal ?

— On vient juste de faire connaissance. Tu ne sais rien de moi...

— Dolphineur ! Dolphineur ! couina Cal d'un ton extatique. Bientôt, beaucoup d'hommes dolphineurs ? Pour nager avec bandes, pêcher avec bandes, aller voir où la côte a changé ? Nouveaux récifs, nouvelles passes ? Visiter le tourbillon et rencontrer la Tillek ?

Malgré la brièveté de son plongeon précédent, Cal devait avoir le temps de prévenir le reste de sa bande, car des dauphins arrivaient de toutes les directions, sautant et plongeant, couinant et clickant avec tant d'enthousiasme qu'ils faillirent noyer Readis. Mas il saisit une nageoire dorsale quand il se trouva enfoncé sous l'eau, et s'y cramponna jusqu'à ce que — c'était Cal à qui il s'était accroché — le dauphin revienne à la surface. Il avait avalé pas mal d'eau, et il passa un bon moment à tousser et cracher avant que sa respiration ne revienne à la normale. Il faudrait qu'il se procure un aqua-poumon. Sans ça, il serait une gêne pour n'importe quelle bande, et non pas le partenaire salutaire qu'il espérait devenir.

— Cal, écoute-moi, dit-il, saisissant ses deux ailerons et les tirant à tour de rôle pour fixer son attention, je veux rester ici. Ne dis rien aux humains.

— Pourquoi ? demanda Cal, perplexe, tandis que les autres sortaient la tête pour écouter la conversation.

— Je veux être seul avec la bande. Apprendre à être dolphineur.

— Pas longs-pieds. Les dolphineurs avaient longs-pieds, dit un autre.

— Ton nom, s'il te plaît ? demanda Readis, le saisissant par une nageoire.

— Moi, Delfi.

Immédiatement, tous se mirent à couiner leurs noms : Tursi, Loki, Sandi, Tini, Rena, Leta, Josi... Ils pointaient le museau vers lui, ou se dressaient hors de l'eau, avançant en lui tendant les nageoires, le submergeant dans leur enthousiasme.

— Hé, dit-il, en agitant les bras, du calme ! Vous allez me noyer.

— Pas noyer au milieu des dauphins ! s'écria Delfi en replongeant.

— Si. Je n'ai pas d'évent !

Remarque saluée par un concert de clicks et de couics ; à l'évidence, les dauphins trouvaient cela très amusant. Readis commença à penser que sa grande idée d'être dolphineur n'était pas si infantile, après tout. Au moins, elle plaisait aux dauphins. Quelle importance qu'elle déplût à tous les humains de la planète ?

— J'ai trouvé des grottes qui communiquent avec la mer, et qui seront parfaites pour parler avec vous, et vous soigner quand vous serez malades. Je peux aussi enlever les poissons-sangsues. Et suturer les blessures. Vous voulez les voir ?

— Voir, voir ! couinèrent en chœur les dauphins.

— Vous me ramenez ? demanda-t-il, mettant sa main en position pour saisir une nageoire.

— Moi ! s'écria Cal, se faufilant pour se placer sous sa main.

Une bousculade s'ensuivit, chacun tentant de l'écarter de Cal.

— Du calme ! Vous pouvez vous relayer pour me remorquer, cria Readis, ce qui lui valut de boire une bonne tasse.

Il eut du mal à se dégager la trachée-artère. Sans son gilet, il aurait coulé.

L'agitation cessa presque instantanément. Deux dauphins le soutinrent jusqu'à ce qu'il ait retrouvé son souffle, même s'il avait un peu mal au cœur après avoir avalé tant d'eau de mer.

— Allons, mes amis, soyez gentils avec un pauvre humain. Vous allez me tirer chacun à votre tour pour ne pas vous fatiguer. D'accord ?

— Fatiguer ? Qu'est-ce que fatiguer ?

— Hummm. Perdre ses forces, devenir las, *épuisé*, dit Readis, imitant un nageur aux mouvements ralentis. Comme les hommes que vous sauvez, fatigués parce que leur bateau a sombré.

Des gerbes d'eau dédaigneuses s'élevèrent de tous les évents, et deux dauphins roulèrent sur eux-mêmes pour manifester leur mépris.

— Dauphins nager tout autour de Pern et pas fatigués, dit Cal, souriant plus que jamais. T'amener à la plage, c'est facile. Facile, facile, facile, ajouta-t-il, lui effleurant doucement le visage de son museau. Maintenant, nous allons. Nous changeons. Toi, tu gardes ta main levée.

Et ainsi, ils le remorquèrent, à une vitesse beaucoup plus réduite que celle dont il se souvenait quand ils l'avaient ramené à terre avec Unclemi après la tempête. Il changeait périodiquement de remorqueur, et il y en avait toujours un qui attendait pour prendre la place du précédent. Il réalisa que Cal était revenu une seconde fois quand ils arrivèrent sur la côte.

— À tribord... dit Readis, montrant la droite de la main gauche. À droite.

— Moi connaître tribord. Connaître bâbord. Cal intelligent.

— Cal est assurément intelligent. Tu connais ces grottes ?

— Oui, moi être allé dans les bassins. Grottes bonnes. Readis intelligent. Trouvé bonnes grottes.

Sa voix résonna dans la grotte et Delky hennit de frayeur.

— Tout va bien, Delky, cria Readis, craignant qu'il ne casse sa longe de lianes dans sa panique.

— Tu as ch'val ? demanda Cal, se soulevant au-dessus de l'eau pour lorgner la bête apeurée.

— Ch'val ? dit Readis en riant. Delky est un coureur. Et étique, en plus. Du calme, mon beau. Tout va bien.

— Ressembler à ch'val, insista Cal. Nom Delky ? Delky, moi Cal.

— Les coureurs ne savent pas parler, Cal.

— Dommage. Maintenant, nous parler mieux parce que toi être là.

— Je trouve que tu parles déjà très bien, Cal, déclara Readis, sortant de l'eau.

Le gilet avait bien rempli son office, mais il l'avait écorché sous les bras, sur les épaules et dans le cou. Il faudrait qu'il trouve quelque chose pour faire des rembourrages. Pour l'instant, ses écorchures le picotaient. Et il avait soif.

— Attends-moi là, Cal.

Il se leva et dut s'appuyer au mur pour ne pas tomber. Il n'avait pas réalisé l'étendue de sa fatigue, et sa jambe infirme ne fonctionnait pas bien. Pour la première fois, il réalisa que les dauphins ne faisaient jamais allusion à son infirmité. À tout le moins, ils ne semblaient pas s'en soucier.

Attrapant la première bouteille d'argile qui lui tomba sous la main, il retourna dans la première grotte et la trouva pleine de dauphins.

— Toute la bande est là ?

— Oui. Voulons voir maison de l'homme sur terre, dit Delfi, se dressant hors de l'eau pour regarder autour d'elle. Très bien, ajouta-t-elle, et elle replongea.

— Quelqu'un a un poisson-sangsue à enlever? demanda Readis, voulant bien leur montrer qu'il pouvait leur être utile.

Il était tellement fatigué qu'il fut content de ne pas trouver d'amateur.

— Nous, bande forte, dit Cal avec une légitime fierté. Plus tard, peut-être. Quand nous nager près de récifs qui coupent.

— Je suis prêt à vous aider chaque fois que je le pourrai, dit Readis.

— Toi, pas pouvoir être dolphineur de toute une bande. Un homme, un dauphin, c'est la tradition.

— Jusqu'à ce que j'en trouve d'autres qui voudront être dolphineurs, il faudra que ce soit un seul pour toute la bande.

Readis s'aperçut avec surprise que les dauphins avaient un penchant à la jalousie. Mais les dragons et les lézards de feu se montraient possessifs à l'égard de leurs maîtres. Les coureurs se souciaient peu de qui montait sur leur dos, même si Readis avait toujours considéré Delky comme sa propriété, vu que c'était un cadeau. Les canins réagissaient mieux à certaines personnes qu'à d'autres : il s'agissait peut-être là d'un de ces traits universels dont il avait appris l'existence dans les fichiers de Siaav.

— Comment hommes savoir qu'ils peuvent être dolphineurs si pas savoir qui tu es? demanda Delfi.

Si Readis avait douté de l'intelligence des dauphins, cette remarque l'aurait convaincu.

— Bonne question, Delfi, répondit-il, s'asseyant sur la corniche, les jambes ballantes au-dessus de l'eau. Ditesleur simplement qu'il y a maintenant un dolphineur et un Atelier des Dolphineurs.

Readis ne savait pas exactement comment on fondait un atelier, mais Maître Benelek l'avait fait, et aussi Maître Hamian, quand il avait décidé de se spécialiser dans les matières plastiques dont les Anciens faisaient si grand usage. Il fallait bien que quelqu'un commence à un certain moment, quelque part, et pour une bonne raison. Il pensait en avoir une : les soins à donner aux dauphins, trop longtemps négligés par les humains dans leur lutte contre les Fils.

— Y avait-il un Atelier des Dolphineurs à l'Atterrissage ?

— Où la cloche sonne, on y va. C'est un Atelier ? demanda Tursi.

Readis le reconnut au réseau de cicatrices de son rostre, et fut très fier d'être parvenu à identifier si vite les individus de la bande.

— Dans ce cas, je ne répondrais pas aux qualifications. Je n'ai pas de cloche.

« Pas de cloche ? », « Pas de cloche ! », « Pas de cloche ! » répétèrent les dauphins de proche en proche.

— C'est pour ça que j'ai dû nager au large pour vous trouver. Je ne pouvais pas vous appeler.

Concert de clicks et de couics accompagnés de force gerbes d'eau soufflées par les évents.

— Demain, cloche, déclara Cal à la fin de cette discussion énigmatique.

— D'accord, répondit aimablement Readis, grattant Cal sous le menton.

— Toi, bien gratter, dit-elle, ouvrant la bouche et appuyant sa mâchoire contre sa main juste assez pour intensifier le grattement. Nous apporter cloche.

Puis elle exécuta un saut périlleux par-dessus le reste de la bande et se dirigea vers la sortie.

Tursi avait levé la tête pour se faire gratter, mais, brusquement, il recula et la suivit, le reste de la bande dans son sillage, et ils ne se livrèrent à leurs sauts exubérants qu'une fois sortis de la caverne.

Readis les regarda s'éloigner, soulagé d'un si bon début, et se demandant ce qu'ils mijotaient. Après tout, les cloches ne poussaient pas sur les arbres. Et jusqu'à présent, les dauphins n'avaient guère manifesté d'intérêt pour les artefacts humains. Malgré tout, il fut content de les voir partir, parce qu'il avait faim et sommeil. Il remplit d'eau la jarre de Delky, lui donna de l'herbe pour la nuit, et mangea un reste de ragoût de poisson de la veille avant de s'allonger avec satisfaction pour rêver des dauphins.

Des bruits bizarres le réveillèrent à l'aube. Maintenant, il était habitué aux sons variés de la mer entrant et sortant des grottes avec les marées, de sorte que ces bruits inusités, auxquels s'ajoutaient les ronflements de détresse de Delky, lui firent quitter sa couche. Il avait les bras raides, et douloureux aux endroits écorchés. Il se demanda ce qu'il pourrait prendre dans sa garde-robe rudimentaire pour rembourrer son gilet. Il glissa son couteau dans sa ceinture, et jeta un coup d'œil dans la grotte d'entrée. Rien et plus un bruit. Delky hennit, mais il ne semblait plus effrayé. Par le trou de l'entrée, il regarda la corniche.

Et il y vit un petit tas dégoulinant, entouré de flaques, suggérant que des corps mouillés avaient déposé l'objet. Aucune dorsale n'était visible dans la grotte, et aucune dans la mer. Remettant son couteau dans son fourreau, il alla examiner le tas. À mi-chemin, il réalisa qu'il était arrondi en haut, et pressa le pas, très excité. Le tas était indiscutablement en forme de cloche, déformée par des siècles de concrétions. Et elle n'avait pas de battant, seulement la barre transversale où l'on pouvait en suspendre un. D'abord, il allait falloir la nettoyer.

— Une cloche. Une cloche à moi, murmura-t-il, allant chercher un marteau qu'il s'était fabriqué, et d'autres pierres qui lui serviraient de ciseau. Une cloche des dauphins pour un Atelier des Dolphineurs.

Ébréchant péniblement, couche après couche, calcaire et coquillages, il gardait l'œil sur le chenal qui menait dans la grotte. Les dauphins étaient d'une curiosité légendaire. Sans doute reviendraient-ils voir comment leur offrande avait été reçue, vérifier qu'il était réveillé, voir ce qu'il faisait de la cloche. Il regrettait qu'aucune dorsale ne fende les eaux.

Il dut faire une pause pour donner à Delky à manger et

à boire. D'après ses calculs, il y aurait une Chute ce jour-là, et il valait mieux rester à l'intérieur. Il sortit quand même déterrer quelques racines pour manger plus tard : elles étaient aussi savoureuses crues que cuites. Il coupa suffisamment d'herbes fibreuses pour tresser une corde solide, cassa une branche de bois dur pour en faire la tige du battant. Pour le battant proprement dit, il choisit quelques galets bien lisses qui tenaient dans sa main. Il s'arrêta près de sa nasse, le temps d'y prendre les deux queues-jaunes qui y frétillaient. Cette nasse était l'une de ses grandes réussites, et il bénissait Unclemi qui lui avait appris à les tresser.

Il ranima son feu, mit sa marmite d'argile sur la pierre du foyer, et se remit à nettoyer la cloche, s'arrêtant de temps en temps pour se reposer ou travailler au battant. Il atteignit bientôt le métal. Une fois débarrassé des concrétions, celui-ci était lisse, mais terne après une si longue immersion. Il se demanda s'il pourrait le faire briller. Était-ce du bronze? De l'acier? Les Anciens avaient un très bon acier. Mais c'était peut-être là un des autres alliages dont ils se servaient.

Il passa le plus clair de la journée à nettoyer l'extérieur de la cloche, puis il lui fallut imaginer des outils pour gratter l'intérieur. Il s'arrêta soudain, entendant Delky gémir de frayeur et fuir aussi loin que possible de l'entrée. Dehors, la pluie grise des Fils fouettait la surface de l'eau. Il vit des poissons sortir la tête pour dévorer cette manne tombée du ciel, mais pas un seul dauphin. Il vérifia la longe de Delky, mais elle était solide, et il ne risquait pas de sortir, quelle que fût sa panique. Puis il reprit son travail. Il s'écorchait sans arrêt les phalanges, qui finirent par saigner. Il ne parvint pas à tout enlever au fond de la cloche, mais il nettoya suffisamment la barre pour y attacher la corde où il allait pouvoir suspendre le battant. Il eut du mal à la passer par-dessus la barre, en partie parce que la lumière de son feu s'était éteinte, et qu'il voyait mal ce qu'il faisait. Finalement, réalisant qu'il n'avait pas mangé de la journée, il mit son travail de côté, bien décidé à le terminer le soir même pour être en mesure de sonner la cloche le lendemain matin. Mais, le temps de faire griller un queue-jaune — tout en grignotant une racine en attendant — et de le manger, ses yeux se fermaient tout seuls. Les phalanges ensanglantées et douloureuses, les muscles des épaules noués par le long travail au ciseau et au maillet, il n'atteignit même pas son lit, et se roula en boule près des braises de son feu où il s'endormit instantanément.

Il se réveilla en sursaut, mais bien plus à cause de l'inconfort et du froid de la pierre sur laquelle il s'était couché qu'à cause des bruits extérieurs. Sa jambe infirme était raide de fatigue, et agitée de spasmes; son pied cogna contre la cloche qui rendit un *bongo* très doux qui le ravit. Il prit le battant et le cogna doucement sur le rebord de la cloche. Le son n'était pas parfait, mais c'était indiscutablement un son de cloche! Les dauphins entendraient-ils ce son assourdi? Il lui faudrait aussi une potence, et une longue corde qui pendrait dans l'eau pour que les dauphins puissent la tirer. Il ranima vivement son feu, détacha les filets du second queue-jaune et les mit à cuire sur la pierre. Puis il prit la cloche et le battant. Il avait les doigts enflés du travail de la veille, et il lui fallut un bon moment — il faillit perdre patience deux fois — pour passer la corde par-dessus la barre et attacher le manche du battant. Puis le battant proprement dit.

Il s'obligea à manger ses filets de poisson — ils étaient meilleurs chauds que froids — avant de se lever, une main sur le battant, pour porter la cloche sur la corniche. Il y avait une saillie près de l'entrée de la grotte. Il posa la cloche et retourna chercher le reste de la corde qu'il avait tressée. Enfin, il la suspendit, grimaçant chaque fois qu'elle émettait un gémissement pendant cette opération. Delky le fixait, l'œil blanc et dilaté, incertain de ce qu'il faisait. Readis espérait qu'il ne paniquerait pas quand il se mettrait à sonner.

Le soleil venait de se lever à l'est, remarqua-t-il, de sorte que la bande aurait terminé son repas du matin. Il n'aurait pas pu choisir un meilleur moment s'il l'avait voulu.

Prenant une profonde inspiration, il tira sur la corde, et écouta d'une oreille critique le son qui se répercuta dans la grotte.

— Pas mal, dit-il, tandis que le *bongo* encore un peu faux résonnait en écho à ses oreilles. Puis il sonna la séquence « Venez ». Non qu'un « Au Rapport » eût été déplacé pour fêter la mise en service de la cloche, mais « Au Rapport » était impérieux, tandis que « Venez » leur laissait le choix.

Comme s'ils eussent guetté le moindre son de cloche juste devant la grotte, de longs corps lisses glissèrent immédiatement sous la surface et des têtes se levèrent vers lui.

— Cloche sonne ! Cloche sonne ! Nous venir ! Nous venir ! R'port ! R'port !

— Pas de rapport, grands fous ! dit Readis en riant, soulagé et ravi. J'ai seulement sonné « Venez ».

— Nous venir ! Nous venir !

Puis la corde lui fut arrachée des mains et tirée avec enthousiasme par un dauphin qui s'aperçut qu'elle pendait dans l'eau.

— Assez ! s'écria Readis, saisissant le battant.

Les sons résonnaient comme le tonnerre dans l'espace confiné de la grotte. Il faudrait qu'il l'installe dehors, ou il allait devenir sourd. Delky se cabrait et ruait en hennissant de panique.

— Du calme ! Du calme ! cria-t-il, à l'intention des dauphins et de son coureur.

De plus, il n'était pas certain que sa corde d'herbes tressées résisterait à de si ardentes manipulations.

Puis il s'agenouilla au bord de la corniche et gratta tous les mentons qui se présentèrent.

— Où avez-vous trouvé cette cloche ? Je n'en croyais pas mes yeux, hier matin. J'ai mis toute la journée à la nettoyer.

— Cloche perdue longtemps, dit Cal. Longtemps, longtemps, longtemps.

Readis sourit à ces répétitions delphiniques. Il fallait vraiment qu'il leur apprenne « bon, meilleur, le meilleur », quoique la bande de Cal parlât déjà très bien, mieux même que celle de la Rivière Paradis.

— Vous l'avez trouvée au fond de la mer ?

— Nous trouver. Nous apporter. Toi réparer. Toi sonner, dit Loki, qu'il identifia à une tache sur la tête.

— Loki, tu es poète ! Le savais-tu ? s'exclama-t-il.
— Oui poète, je sais. Tu vois ?
Hurlant de rire, Readis perdit l'équilibre et s'affala de tout son long sur la corniche, répétant les paroles de Loki sous l'œil amusé des dauphins qui clickaient et couinaient avec animation.
— Maintenant, tu as cloche. Faut longs-pieds, masque et réservoir pour nager avec bande !
Readis fut instantanément dégrisé.
— Tout ça coûterait plus de marks que je n'en ai...
Il réalisa soudain que le peu de marks qu'il possédait se trouvaient dans son dortoir, à l'école. Ou chez lui, si Maître Samvel avait interprété sa longue absence comme une démission et renvoyé ses affaires à la Rivière Paradis. De toute façon, ses marks étaient hors de sa portée, aussi bien que l'aqua-poumon.
— Je n'ai rien pour acheter un aqua-poumon, même si nous pouvions en fabriquer un.
— Pas de choses laissées ? demanda Cal.
— Si tu penses à du matériel de plongée des Anciens, non, il n'a pas duré aussi longtemps que la cloche. Où l'avez-vous trouvée ?
— Là où la tempête a coulé les bateaux du Dunkerque, dit Cal, comme si l'événement avait eu lieu récemment, et non pas deux mille cinq cents Révolutions plus tôt.
— Et vous savez où c'était ?
— Trouver encore choses de l'homme quand tempête remue le fond, dit Cal, à la stupéfaction de Readis.
— Comment pouvez-vous vous rappeler quelque chose qui s'est passé il y a si longtemps ? demanda-t-il, lui grattant distraitement le menton.
— La Tillek. Elle garde l'histoire dans sa tête.
— Ne viens pas me dire qu'il existe un dauphin vieux de deux mille cinq cents Révolutions.
— Non, pas dire si pas vrai. Mais elle savoir de *sa* Tillek.
— Oh, vous avez une sorte d'Atelier des Harpistes ?
— Nous avoir la Tillek, répéta fermement Cal. Toi avoir poumon pour voir la Tillek. Toi aller voir la Tillek.
— J'aimerais beaucoup. Quand j'en serai capable. Si je le suis jamais, termina-t-il en soupirant.

— Si toi dolphineur, toi devoir connaître la Tillek.

De nouveau, Cal avait parlé avec tant d'autorité que Readis eut un gloussement de regret.

— Je suis déjà dolphineur : j'ai une cloche, j'ai une grotte, je vous ai ! Vous avez mangé les Fils hier ?

— Manger bon, bon, bon, couina un autre. Dommage, dommage, dommage les hommes pas manger.

— C'est la vie, mes amis, dit Readis. Et je ferais bien de manger moi-même, ajouta-t-il, car son estomac grognait.

Un gros poisson arc-en-ciel fut jeté sur la corniche, et il le saisit instinctivement par les ouïes avant qu'il ne retombe à l'eau. Un second suivit le premier, puis une grande feuille, deux ravissants fragments de coquillage, et un objet incrusté de berniques.

— Toi manger, puis nager avec nous. Plein de choses à montrer.

— Je n'ai pas de longs-pieds, pas de poumon. Et mon...

Il allait parler des écorchures faites par son gilet, et de sa répugnance à le remettre au risque de rouvrir ses plaies à peine fermées.

— Toi dolphineur. Ta bande veiller sur toi, dit Tursi avec tant d'autorité que Readis ne put s'empêcher de rire.

Il donna à manger et à boire à Delky pendant que son poisson cuisait. Quand il eut mangé, il rassembla du bois pour son feu, puis couvrit les braises d'algues humides. Et il distribua généreusement peau et entrailles à la bande. De temps en temps, un dauphin tirait sur la corde, juste pour le plaisir d'entendre la cloche. Maintenant, Delky était tellement habitué au son qu'il ne bougeait même pas une oreille.

Le « plein de choses » que les dauphins avaient à lui montrer, c'était la côte jusqu'à l'embouchure de la rivière que les Anciens appelaient le Rubicon. Il s'ensuivit de longues nages avec la bande, fatigantes mais passionnantes. Quand il avait soif, ils connaissaient toujours un ruisseau qui se jetait dans la mer. Ils avaient toujours un poisson prêt quand il avait faim, et ils continuaient à lui faire cadeau des objets qui leur plaisaient. Il trouvait des offrandes presque tous les matins. Pourtant, il ne leur avait enlevé que quatre poissons-sangsues; et il ne pensait pas mériter de tels cadeaux, mais il leur en était reconnaissant. Un jour, ils lui apportèrent une « chose de l'homme », une caisse en plastique dont un côté était enfoncé. Quand il l'eut nettoyée, la couleur en apparut aussi fraîche qu'au premier jour. Ils lui dirent qu'il y en avait encore beaucoup là où ils l'avaient trouvée. Les semaines suivantes, il en acquit six de plus, dont il remplit trois de ses « trésors ».

La saison des tempêtes étant venue, il y avait des jours où il était déconseillé de nager avec la bande. Des lames énormes inondaient la corniche, et il devait prendre Delky avec lui dans la grotte intérieure. Le vent trouvait toujours toutes sortes de fentes et crevasses par lesquelles il ululait, et il fut obligé de se boucher les oreilles avec des tampons de plantes fibreuses. S'il allait sur la corniche à marée basse, il y trouvait invariablement un poisson, auquel s'ajoutait parfois un rameau de fruits aux tiges solides. Il s'étonnait que les dauphins connussent si bien les aliments des hommes.

Pendant la première de ces tempêtes, il rembourra les parties abrasives de son gilet, qu'il portait toujours, prétextant que c'était une « chose de l'homme » : il lui évita bien des fois d'être à demi noyé par les acrobaties enthousiastes de ses compagnons. Ils apprirent peu à peu à nager avec lui, sans passer sur ou sous lui ni gêner ses mouvements. Ils ne comprenaient pas très bien qu'il dût périodiquement sortir de l'eau, parce que sa peau se ridait et pelait. Il apprit à parler de « choses de l'homme », par opposition aux « choses des dauphins » ou « choses de la mer ». Du mieux qu'il put, il essaya de se fabriquer dans du bois un équivalent acceptable des « longs-pieds », qu'il s'attacha aux chevilles avec des lianes tressées et des poils de crinière, mais ils étaient trop lourds et, ou bien tournaient et se détachaient, ou bien cognaient contre les dauphins. Ils ne se plaignaient jamais, mais il en voyait les marques sur leur peau.

Maintenant, la mer l'occupait tellement qu'il pensa à libérer Delky. Ce n'était pas juste de le confiner tout le temps dans la grotte. Un jour, il renonça à nager avec la bande et, à l'aide des cordes qu'il avait tressées, il lui confectionna un enclos non loin de la grotte, où il trouverait de l'herbe et de l'ombre, et un ruisseau pour s'abreuver. Il s'était confectionné un calendrier des Chutes sur une paroi de sa grotte, et rentrait son coureur à l'intérieur quand les Fils menaçaient. Cela soulagea sa conscience. Et comme il n'y avait pas de femelles dans les environs pour l'entraîner au loin, Delky sembla satisfait de cet arrangement.

Il fut d'autant plus horrifié, lors d'un retour tardif, de trouver des traces sanglantes de lutte, avec buissons déracinés, arbres portant des marques de ruades, et aucune autre trace de Delky. Inspectant le petit paddock pour découvrir ce qui avait pu l'attaquer, il finit par trouver des empreintes de pattes, et sut que son vieil ami avait été victime d'un grand chat. Il fut bourrelé de remords et resta inconsolable des jours durant. La taille des empreintes le dissuada pourtant de poursuivre la bête avec, pour seule arme, un couteau. Son père avait toujours battu le rappel de tous les hommes valides du Fort pour chasser ces grands fauves. Plus tard, Delky lui manqua pour des raisons non plus sentimentales mais pratiques : il n'avait plus le crin de sa crinière et de sa queue pour tresser des cordes.

Et il lui restait très peu de vêtements. À l'évidence, les dauphins n'avaient pas informé les humains de son existence. Parfois, malgré la vie pleine et passionnante qu'il menait avec eux, il regrettait presque qu'ils lui eussent si bien obéi. Mais il était ravi de participer à leur vie et retrouvait le moral dès que Cal, Tursi ou Loki-le-Poète faisaient ou disaient quelque chose d'étonnant.

La saison des tempêtes tirant à sa fin, il put cueillir les jeunes pousses qui lui fournissaient les éléments nutritifs qu'il ne trouvait pas dans le poisson, et déterrer les racines comestibles qui subsistaient dans ses environs immédiats. Il devrait vraiment cultiver un jardin, dans l'enclos où il avait parqué Delky, pensa-t-il. Son crottin constituerait un bon engrais. Il savait ce qu'il fallait planter, et où trouver des graines, et, renonçant à quelques heures de nage avec la bande, il prit le temps d'organiser son potager. C'est ainsi qu'il tomba sur la queue de Delky. Il faillit ne pas la rapporter à la grotte. La tentation fut grande de l'enterrer, en hommage à son vieux compagnon, mais le bon sens prévalut sur le sentiment et il la fourra dans son sac.

Sur le chemin du retour, il entendit la cloche sonner « Au Rapport », et se mit à courir aussi vite qu'il l'osa avec les précieux plants qu'il rapportait. L'exercice incessant de la natation avait fortifié les muscles de sa jambe infirme, de sorte qu'il atteignait une vitesse respectable, mais il était essoufflé en arrivant à la grotte.

Il n'y avait qu'un seul dauphin tirant sur la corde, et cela l'étonna. Il s'agissait aussi du plus gros dauphin qu'il eût jamais vu. Ce qui aurait dû lui mettre la puce à l'oreille.

— J'arrive, j'arrive ! haleta-t-il, posant son sac contre la paroi avant de s'approcher du bassin. Quelqu'un est blessé ? Où est Cal ? Tursi ?

— Ils viennent quand j'appelle, répondit le dauphin, sortant de l'eau sa tête splendide et ses nageoires.

— Tu es blessé ? Tu as un poisson-sangsue ?

— Oui, je viens me faire enlever un poisson-sangsue, dit-elle. Que je n 'arrive pas à gratter.

Elle se tourna sur le flanc et se laissa lentement flotter jusqu'à lui ; il vit alors le parasite, tout proche des organes sexuels.

— J'ai bien fait d'affûter mon couteau, dit-il, se laissant glisser dans l'eau. Tourne-toi. Et quel est ton nom, s'il te plaît ? demanda-t-il, atteignant en trois brassées une protubérance où il se tenait toujours pour soigner les dauphins. J'aime bien connaître le nom de mes patients, ajouta-t-il du ton jovial qu'il prenait pour accomplir ses devoirs de « guérisseur ».

— On m'a donné le nom de Theresa, répondit-elle, boulant un peu les mots car elle se trouvait toujours sur le flanc pour faciliter l'opération.

— Très joli nom. Venant d'un des dauphins ancestraux, non ? Moi, je suis Readis.

— Ton nom est connu. Tu t'es aussi donné celui de dolphineur.

— Tu parles vraiment très bien, Theresa, poursuivit Readis, tâtant d'une main experte la profondeur du suçoir.

Maintenant, il parvenait souvent à extraire le parasite sans lui couper la tête. S'il perçait le crâne juste au bon endroit, le suçoir se détachait de lui-même. Il trouva le point sur le corps gorgé de sang, le piqua de la pointe de son couteau, et le poisson-sangsue lui vint facilement dans la main. D'un vif mouvement du poignet, il fracassa le parasite contre la paroi. Il glissa jusqu'au sol, laissant derrière lui un sillage sanglant, et, après deux ultimes convulsions, expira, la gueule béante.

— Je suis toujours content de vous débarrasser de ces horribles bêtes.

Il inspecta le trou minuscule laissé par le suçoir, et le rinça à grande eau.

— Là, ça va se refermer très vite.

— Merci. Beau travail, guérisseur des dauphins.

— Oh, je ne suis pas guérisseur, mais je sais faire de petites choses, dit Readis, lavant sa lame avant de la remettre au fourreau.

Il devrait bientôt s'en confectionner un neuf, car l'eau de mer pourrissait le cuir. De quoi se servaient donc les dolphineurs des Anciens ? De leur plastique universel ?

— J'avais entendu parler d'opérations majeures, dit Theresa, reculant un peu pour fixer sur lui un œil noir.

Il lui sourit, habitué à ces manœuvres delphiniques. Elle était vraiment énorme. Et vieille, à en juger par les cicatrices de sa tête, qui toutes semblaient anciennes. Attendait-elle un petit ? Était-elle prête à mettre bas ? Aucune des dauphines de sa bande n'était gravide. Pourtant, il aurait bien voulu assister à une naissance. C'était un moment tellement magique, surtout dans la mer.

— Je voudrais bien être capable d'opérations majeures, fit-il, toujours debout sur la protubérance et s'adossant à la paroi du bassin. Je pourrais peut-être suivre une formation... mais il faudrait qu'il y ait d'autres dolphineurs pour que je puisse m'absenter.

— Tu n'es pas le seul dolphineur, dit-elle, le plongeant dans la stupéfaction.

Il se redressa brusquement, ce qui projeta de l'eau dans les yeux de Theresa ; elle battit des paupières.

— Il y a des dolphineurs au Weyr Oriental, à la Baie de Monaco — c'était la seule dauphine qu'il eût entendue prononcer ce nom correctement —, à la Rivière Paradis, à Ista, Tillek, Fort, Nerat...

— Vraiment ?

Le cœur lui faillit. Il ne serait pas le premier des nouveaux dolphineurs. Le nouvel Atelier qu'il pensait fièrement fonder n'était qu'un rêve, s'écroulant d'une seule phrase. D'autres avaient devancé son grand dessein. Autant rentrer dans sa famille, maintenant, et accepter le châtiment que son père décréterait. On ne le reprendrait sûrement pas à l'école, de sorte qu'il avait gâché aussi cette possibilité. Peut-être même avait-il perdu toute chance de succéder à son père à la Rivière Paradis. Mais il ferait bien comprendre à sa mère qu'il devait nager avec les dauphins. Il ne pouvait plus y renoncer, maintenant. Il avait près de dix-huit ans, réalisa-t-il soudain, si ses calculs étaient justes. Il était en âge de mener une vie indépendante. Peut-être pourrait-il revenir ici. Il avait déjà l'embryon d'un petit fort. Et s'il pouvait mettre suffisamment de terres en valeur, elles lui appartiendraient, selon les termes de la Charte des Anciens. Ainsi, il nagerait avec Cal et Tursi, écouterait les poèmes de Loki, et...

— Viens nager avec moi, Readis, dit Theresa du ton le plus doux qu'il ait jamais entendu chez un dauphin.

— Désolé, Theresa, mais je n'ai guère le cœur à nager en ce moment.

Malgré ses dix-huit ans, qui faisaient de lui un homme, un sanglot s'étrangla dans sa gorge, et il détourna la tête pour éviter le regard pénétrant de la dauphine.

Elle le délogea de son perchoir d'un coup de museau. Il refit surface en toussant. Elle se trouvait face à la sortie.

— Allons, Readis, viens nager avec moi.

— Il faut que j'aille mettre mon gilet.

Il posa la main sur le bord de la corniche pour remonter.

— Tu n'as pas besoin de gilet pour nager avec Theresa, l'informa-t-elle, le poussant vers la mer.

— Je n'avais pas l'intention de t'offenser...

— Tu ne m'as pas offensée, répliqua-t-elle.

Il saisit sa dorsale de la main droite. Elle le remorqua avec une douceur trompeuse, mais la vitesse à laquelle ils se retrouvèrent hors de la grotte lui apprit qu'elle était rapide. À peine dehors, ils furent rejoints par les autres, et Cal sortit la tête à son côté, avec un grand sourire.

— Tu l'as soignée ? demanda Cal.

— Oui ; je lui ai enlevé un poisson-sangsue.

Il était entraîné à une telle vitesse qu'il avait la bouche pleine d'eau, et il fit signe qu'il ne pouvait pas parler. Puis il vit que la bande était là au complet, alignée de part et d'autre de Theresa, certains dauphins les précédant, sautant et plongeant comme s'ils escortaient un navire. D'autres faisaient de même derrière eux, mais plus calmement que d'habitude, sans se livrer à leurs manœuvres les plus acrobatiques. Il repéra Loki, qui lui fit signe de la tête avant de replonger.

Theresa, elle, se contentait de nager, se dirigeant droit sur le Grand Courant Occidental. Il y était allé plusieurs fois avec la bande, et avait été entraîné à une vitesse incroyable, sans la moindre peur, car il se trouvait avec les dauphins.

Ils avaient presque atteint les bateaux quand il réalisa que la masse de Theresa les lui avait cachés.

Ils étaient deux, le *Sœurs de l'Aube* de Maître Idarolan, et le *Bon Vent* d'Alemi.

— Oh, non, Theresa !

Il lâcha la dorsale, mais fut immédiatement soutenu par Cal sur sa gauche.

— Accroche-toi, dit Theresa, tournant la tête pour qu'il ne puisse pas prétendre qu'il n'avait pas entendu. Tu vas venir avec moi.

— Elle parler. Toi obéir ! couina Cal avec emphase.

C'est alors que Readis ressentit ses premiers soupçons. Plus tard, il réalisa sa sottise. Au même instant, il aperçut d'autres bandes, qui sautaient, plongeaient et batifolaient, se dirigeant toutes vers les bateaux qui avaient ferlé leurs voiles et paraissaient immobiles. Ils ont jeté les ancres flottantes, se dit Readis, perplexe. À mesure qu'ils approchaient — et Theresa réduisait la distance à une vitesse incroyable — il distingua une longue barque au bas de chaque navire, autour de laquelle les dauphins s'attroupaient. Il n'avait jamais entendu dire que les dauphins se rassemblaient lors de Fêtes, comme les humains, mais c'est le mot qui lui vint irrésistiblement à l'esprit. D'après ce que lui avaient dit Afo et Kib, le seul rassemblement annuel des dauphins se plaçait dans la Grande Fosse du Nord-Ouest pour...

— Tu es la Tillek, Theresa ! cria-t-il.

Il la lâcha, buvant une tasse qui lui coupa le souffle et l'obligea à se raccrocher précipitamment au corps le plus proche, qui se trouva être celui de Theresa. Il la lâcha aussitôt pour en trouver un autre, car s'accrocher à la Tillek lui semblait sacrilège.

— Tiens-moi, dolphineur, lui ordonna-t-elle.

Sa main fut poussée vers le haut et atterrit sur sa dorsale qu'il saisit docilement.

— Je ne devrais pas... haleta-t-il. Ce n'est pas normal. Tu es la Tillek.

Un concert de clicks approbateurs salua cette remarque, puis ils arrivèrent si près des barques qu'il entendit les cris de bienvenue. La Tillek se dirigea vers le bateau de Maître Idarolan, et s'arrêta devant la barque du *Sœurs de l'Aube*, se maintenant immobile grâce à de subtils mouvements de ses nageoires. Levant les yeux, il vit son père souriant, sa mère qui, si elle ne souriait pas, paraissait cependant fière de lui, Alemi et, il n'en crut pas ses yeux, Kali, qui semblait sur le point de pleurer. Derrière eux, il vit T'gellan, les Chefs de Benden, D'ram, T'lion qui avait l'air très heureux, un vieillard austère qu'il ne connaissait pas, Maître Samvel, Maître Menolly et Maître Sebell. Son père et Alemi lui tendirent les mains.

— Accroche-toi, Readis, lui cria Jayge.

Trop surpris pour discuter, il leva les bras et fut hissé à bord. Sa mère elle-même lui tendit une grande serviette, tout en examinant d'un œil critique son corps bronzé, comme si elle ne s'attendait pas à le trouver en si bonne condition physique.

— Merci, Maman, marmonna-t-il, ne sachant trop quoi faire, car la Tillek s'était dressée hors de l'eau pour participer à tout ce qui se passerait dans la barque.

Mais ce rassemblement de personnalités lui semblait dépasser de beaucoup ce qu'on attend des retrouvailles avec un fugitif.

— Eh bien, mon garçon, tu nous en as fait voir de belles, fit Maître Idarolan, se plantant devant lui avec un grand sourire, les mains sur les hanches.

— Je voulais juste aider les dauphins, dit Readis, s'adressant à son père, malgré les nombreux personnages importants qui l'entouraient. Personne ne s'occupait d'eux.

Jayge lui serra affectueusement le bras, avec un sourire de regret.

— Nous l'avons compris maintenant, mon fils. Et je te rends hommage pour ce que tu as fait ce jour-là, malgré ce que j'ai dit et ressenti à l'époque.

— Je n'aurais jamais dû parler comme je l'ai fait, murmura Aramina près de lui, et quand il se tourna vers elle, il vit qu'elle avait les yeux pleins de larmes.

— Hum, nous ne pouvons pas faire attendre la Tillek plus longtemps, mes amis. C'est à sa requête que nous sommes là, Readis, dit Maître Idarolan.

— À sa...

Readis reporta son regard de Maître Idarolan à la Tillek, toujours dressée sur l'eau.

— Elle désire que tu sois le dolphineur, dit Maître Idarolan. Nous n'avons jamais eu d'Atelier des Dolphineurs sur Pern... jamais réalisé que nous devrions en avoir un. Mais, bon, elle est très compréhensive.

— Les Fils ont causé bien des problèmes aux humains, dit la Tillek, d'un ton indiquant qu'elle ne comprenait pas bien pourquoi.

Derrière elle, Readis voyait la foule compacte des dauphins. Toutes les bandes de Pern semblaient s'être donné rendez-vous ici !

— Nous sommes redevables aux hommes de bien des

choses. De l'histoire, de la connaissance de notre identité, du don de la parole. Car la parole est ce qui élève les humains — et nous-mêmes — au-dessus des animaux qui vivent sur terre et dans la mer.

— Et toi, Theresa-la-Tillek, tu es à l'évidence mon équivalent parmi les dauphins, dit le Maître Harpiste Sebell.

— Je ne joue d'aucun instrument de musique. Mais je chante les anciennes ballades, pour que les jeunes n'oublient pas le passé et la vieille Terre, et les hommes et les femmes venus nager avec nous dans ces mers nouvelles.

— Ne reste pas bouche bée, Readis, lui murmura son père.

— Mais il a dit... elle a dit... un Atelier des Dolphineurs ?

— Un Atelier des Dolphineurs, répéta Maître Idarolan.

— Un Atelier des Dolphineurs, dit F'lar, et je parle au nom de tous les Chefs de Weyrs...

— Et moi, Oterel, du Fort de Tillek, je parle au nom de tous les Seigneurs... dit l'homme austère inconnu de Readis, puis il sourit, et il eut l'air beaucoup moins intimidant.

— Et moi, je parle pour l'Atelier des Harpistes, dit Sebell, et nous déclarons tous que le nouvel Atelier est nécessaire, et qu'il aura désormais son siège dans les grottes de... comment les appelleras-tu, Readis ?

— Euh... je ne sais pas. Je ne sais rien de...

— Kahrain est le nom que les Anciens avaient donné à cet endroit et que les dauphins ont conservé, dit la Tillek.

— Ce sera donc le Fort de Kahrain, déclara Readis, se demandant si son cœur pouvait exploser dans sa poitrine. Mais, en fait de Fort, ce n'est pas grand-chose ; je n'ai que les grottes et les bassins où je peux soigner. Et il faudrait que j'apprenne beaucoup de médecine vétérinaire pour être un *bon* dolphineur...

— Cela t'a été promis, dit la Tillek, plongeant, puis refaisant surface pour souffler l'eau par son évent.

— Pourquoi ? Pourquoi moi ? Tu as dit qu'il y avait d'autres dolphineurs, dit Readis, d'un ton qui l'accusait presque de son innocente tromperie.

— Il y en a ! s'écria T'lion, impatient de lui annoncer les nouvelles. Parce que Gaddie veut aussi aider, et que T'gellan m'a autorisé à passer mon temps libre avec toi et les dauphins. Et j'ai copié pour toi des tas de trucs médicaux, Readis...

Soudain, Readis se mit à frissonner, malgré la chaleur du soleil et la douceur de la brise.

— Il a froid, et il a besoin d'aliments chauds, dit la Tillek. Nous allons nous retirer et revenir quand il aura mangé.

Elle n'entendit pas, ou fit semblant de ne pas entendre, le « ça alors ! » outragé d'Aramina, car elle poursuivit :

— Tu nages bien et vigoureusement, dolphineur Readis. Tu seras Tillek pour tous ceux de ton Fort.

Puis elle disparut. Encore sous le choc des récents événements, Readis fixa l'endroit qu'elle avait quitté, jusqu'au moment où il la vit sauter puis replonger, s'éloignant, de nombreux dauphins dans son sillage.

Readis fut alors hissé par l'échelle de corde et conduit dans la cabine de Maître Idarolan, où on lui donna de la soupe et du klah, tandis qu'Aramina l'entourait de mille attentions, qu'il supporta par gratitude pour son pardon et pour les événements de la journée. Son père lui tendit une chemise neuve, marmonnant qu'il avait apporté d'autres choses dont il pourrait avoir besoin. Puis, Aramina tournant toujours anxieusement autour de lui, on le ramena sur le pont, où tous les participants de ce voyage extraordinaire avaient un verre à la main, que remplissaient les matelots de Maître Idarolan.

— Maintenant, mon garçon, j'ai une cargaison destinée à ton nouveau Fort, dit Maître Idarolan à Readis, lui tendant un verre plein. Je sais que la Tillek veut encore s'entretenir avec toi...

— Je crois que j'aimerais vous parler d'abord *à vous*, dit Readis, regardant son père et sa mère pour les inclure dans ses propos. Je ne savais pas qu'on savait où j'étais.

— Nous ne le savons que depuis trois septaines, dit Jayge, prenant son fils par les épaules. Non, les dauphins ne t'ont pas trahi, ajouta-t-il, voyant Readis jeter un regard soupçonneux vers la mer.

— J'ai survolé la région tous les jours pour te retrouver. Quand j'ai découvert les grottes marines, je me suis dit qu'elles seraient parfaites pour toi et les dauphins, et que tu devais t'y être installé, dit T'lion, l'air très content de lui. Seulement, une chose en entraînant une autre, nous n'avons jamais eu le temps d'aller vérifier. Tu t'étais organisé une vie confortable, non ?

— Je me suis débrouillé, répondit-il, à la fois pour adoucir l'angoisse de sa mère et prouver à son père qu'il était capable de s'assumer.

— Puis j'ai été contacté par la Tillek en personne, dit Maître Idarolan, les gratifiant tous impartialement d'un sourire radieux. Les dauphins de la Rivière Paradis étaient bouleversés de ta disparition.

— La bande du Weyr Oriental m'a questionné, dit T'lion. Maître Persellan aussi — au fait, il m'a pardonné !

— C'est un soulagement, dit Readis.

— La Tillek m'a demandé quand des dolphineurs viendraient dans la mer travailler avec les bandes, poursuivit Idarolan. Alors, naturellement, j'en ai informé le Seigneur Oterel... ajouta-t-il, montrant le Seigneur de Tillek.

— J'ai donc posé des questions à T'bor des Hautes Terres et à lui..., dit Oterel, se tournant vers le Maître Harpiste.

— Je ne connaissais presque rien de la vie des bandes, et je tenais de Menolly le peu que j'en savais, dit Sebell, alors j'ai conféré avec Alemi, qui m'a dit que tu avais disparu et pourquoi. J'ai aussi parlé avec...

— Nous, dit Lessa, reprenant le fil du récit, et je me suis souvenu de certaines choses que Maître Robinton m'avait dites sur ces créatures.

Elle se tourna vers D'ram.

— Et je me suis rappelé tous les films que Siaav nous avait montrés, datant de l'époque où il y avait encore des dolphineurs, enchaîna le vieux Chef de Weyr en haussant les épaules. C'est alors que la Tillek est allée à la Rivière Paradis parler à tes parents.

— Elle nous a demandé si nous avions des objections à ce que tu deviennes dolphineur, dit Jayge, l'air un peu embarrassé, tandis qu'Aramina baissait la tête et tripotait nerveusement l'ourlet de sa tunique — une de ses tuniques de Fête, remarqua Readis.

Readis attendit.

— C'est un honneur d'être sollicité, déclara-t-elle, hésitante, avant de relever la tête pour regarder son fils dans les yeux. Je l'ai été autrefois — et je n'ai pas eu le courage d'accepter, ajouta-t-elle, jetant un regard furtif à Lessa. Je ne m'opposerai pas à ta vocation, Readis.

— Merci, Maman, murmura-t-il, la gorge serrée de soulagement et de bonheur.

— Tu as encore bien des choses à apprendre avant de devenir Maître d'Atelier, jeune Readis, déclara Maître Idarolan. Mais tes débuts sont prometteurs. Hum-hum... fit-il, s'éclaircissant la gorge. Toutefois, la Tillek a l'intention de t'instruire elle-même. C'est la raison pour laquelle elle a quitté son habitat naturel.

— Vraiment ?

Readis referma la bouche lorsqu'il prit conscience que sa mâchoire s'était affaissée de surprise.

— Elle a insisté, fit Sebell avec un sourire ironique. Elle est la dépositaire de l'histoire, des traditions et des connaissances des dauphins.

— De tous les dauphins que je connais, c'est elle qui parle le mieux, dit Readis.

— Elle prétend que c'est parce qu'elle a répété les Mots et l'Histoire chaque printemps à tous les jeunes dauphins désirant passer le Test. Je suppose que c'est la traversée du tourbillon de la Grande Fosse.

Readis hocha la tête, puis demanda doucement :

— Moi, je n'aurai pas à le faire, non ? Je veux dire, je suis bon nageur, mais...

Sebell ne fut pas le seul à glousser.

— Elle t'inventera un autre test. Mais tu dois savoir que tu as déjà passé l'examen d'entrée.

— Vraiment ?

— Vraiment. C'est pourquoi elle t'a amené jusqu'à nous.

— Sinon, vous seriez rentrés à la maison, comme ça ? s'étonna Readis.

— Non, on serait allés te chercher pour te ramener au Fort, mon garçon, dit Alemi. Sans aucun reproche.

— Oh !

— Écoutez ! s'écria Menolly, levant la main. Écoutez !

— Écouter quoi ? demanda Idarolan.

Mais Sebell leva aussi la main pour demander le silence, et tout le monde se tut. Même les matelots qui s'affairaient dans les haubans et sur le pont interrompirent leur travail, à l'écoute des sons étranges et mélodieux qui frappèrent leurs oreilles.

— C'est un chant, mais d'où vient-il ? demanda Sebell, regardant autour de lui.

— Je l'ai déjà entendu, murmura Aramina à Jayge, se blottissant contre lui. Sauf qu'il n'est pas... tout à fait pareil.

— Le son n'est pas aussi désolé, dit Menolly, se tournant lentement face à la mer.

C'est alors qu'ils virent tous les dauphins qui approchaient en sautant et cabriolant. Soudain, Menolly recula de surprise en entendant un bruyant « click ».

— La grande est de retour, Maître, dit un matelot accroché dans le gréement.

Lui aussi eut un mouvement de recul instinctif en voyant la Tillek se dresser hors de l'eau.

— Readis ! cria-t-elle clairement, avant de replonger.

— J'arrive, cria-t-il, se dirigeant vers la lisse.

Puis il s'immobilisa, surpris de sa propre docilité, hésitant à quitter sans plus de cérémonie l'éminente compagnie rassemblée sur le pont du *Sœurs de l'Aube*.

— Je m'en vais comme ça ?

— Quand ton Maître t'appelle, tu dois obéir, mon garçon, déclara Idarolan, le poussant doucement dans le dos avec un grand sourire.

— On déchargera le matériel à ta grotte, lui cria Alemi.

— Écoute bien, apprends bien, ajouta Sebell.

— Nous sommes fiers de toi, mon fils, dit son père, à l'instant où Readis, arquant son corps, plongeait gracieusement par-dessus bord, visant soigneusement l'espace libre que lui avaient laissé les dauphins qui l'attendaient.

ÉPILOGUE

Les chevaliers-dragons s'attardèrent quelque temps, commentant cette réunion inusitée des hommes et des dauphins, tout en mangeant le léger repas offert par Maître Idarolan.

— Parfois, j'ai l'impression que nous nous ruons vers l'avenir à une vitesse incroyable sans avoir le temps de reprendre notre souffle, remarqua Menolly. Il s'est passé tant de choses si vite !

Sebell acquiesça de la tête.

— Sans même le temps d'en faire des ballades !

Il regarda sa femme avec un sourire cocasse, et esquiva prestement une tape enjouée.

— Ce chant... dit Sebell, se penchant vers Menolly. Nous l'avons entendu. Mais où ?

— La nuit, près de la mer. Et...

Menolly s'interrompit, fronçant les sourcils.

— C'était à la Rivière Paradis, quand j'instruisais les enfants. Tu l'as entendu aussi ?

— Oui, dit Aramina avec tristesse et regret. J'ai toujours pensé que c'était un rêve, et pourtant je ne dormais pas toujours quand je l'entendais.

— Quand on pense aux siècles que les dauphins ont attendu avant que nous nous rappelions leur existence, on comprend leur tristesse, dit Sebell, entourant d'un bras rassurant les épaules de sa femme.

— Les dragons ne chantent pas, je savais donc que ça ne venait pas d'eux. Mais Ramoth se plaignait souvent de « sons désolés » qui troublaient son sommeil, dit Lessa.

Puis, se tournant vers Aramina, elle lui sourit, ajoutant :

— Maintenant, nous savons que les dauphins de Pern sont une partie de notre avenir. Et, je l'espère, une partie heureuse de notre avenir à la fin du Passage.

— À la fin du Passage ! s'écria Maître Idarolan, levant son verre.

Et ils burent tous à la fin du Passage !

Achevé d'imprimer en mars 1996
sur les presses de l'Imprimerie Bussière
à Saint-Amand (Cher)

POCKET - 12, avenue d'Italie - 75627 Paris Cedex 13
Tél. : 44-16-05-00

— N° d'imp. 672. —
Dépôt légal : avril 1996.

Imprimé en France